鹿鼎記
金庸

前頁圖片/禹之鼎「女樂圖卷」(部分)——禹之鼎是韋小寶的同鄉，揚州人，比韋小寶大九歲，清初著名人物畫家，白描寫真，當時即譽爲上品，據載：「一時名人小像，皆出其手。」傳世之作有詩人王漁洋、畫家王麓台等名人畫像。然無韋小寶畫像流傳後世，惜哉！

吳三桂起兵反清後所用之兵部護照及關防。

圖一/分守漢興道關防正面。

圖二/關防背面(用「周」年號)。

圖三/兵部護照(用「昭武」年號)。

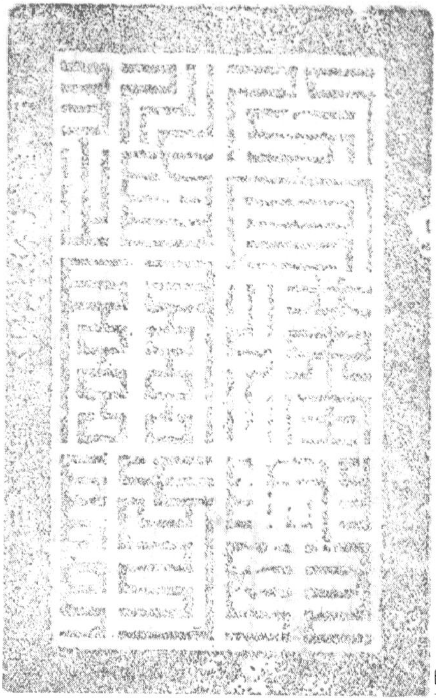

圖一

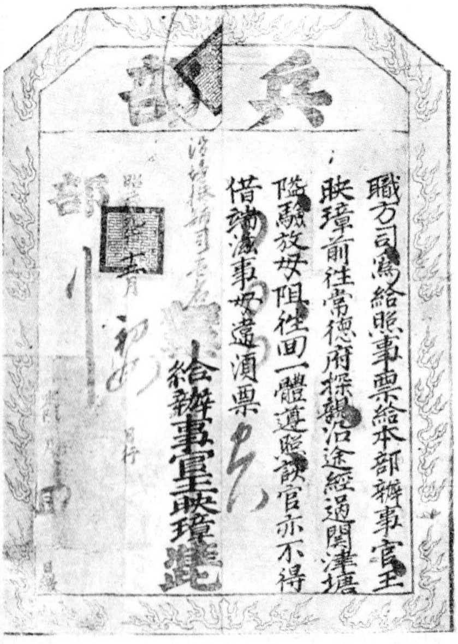

兵部

職方司爲給照事票給本部辦事官王
賝璋前往常德府探親沿途經過關津塘
隘驗放毋阻往回一體遵照該官亦不得
借端滋事毋違須票
給辦事官王賝璋照

圖三

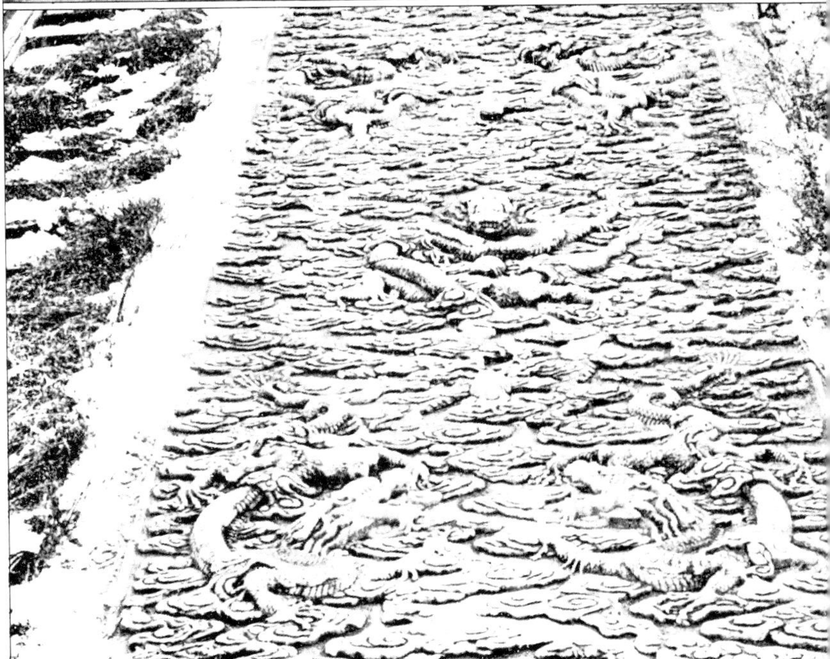

上圖／清宮三大殿鳥瞰圖。
下圖／清宮太和殿丹陛。

五台山殊相寺之文殊騎青獅像，高二丈八尺。

第五、六、七頁圖／「康熙南巡圖」（部分）——圖卷篇幅甚巨，許多畫家合作而成，由著名畫家王翬主持其事。草稿事先得康熙批准。圖中一切細節均符合實情，相當於照相。本圖及第八頁圖均採自「紫禁城」月刊。

康熙出巡時鹵簿的旗幟部分。

上圖／清軍的大炮。
下圖／康熙年間的大炮。

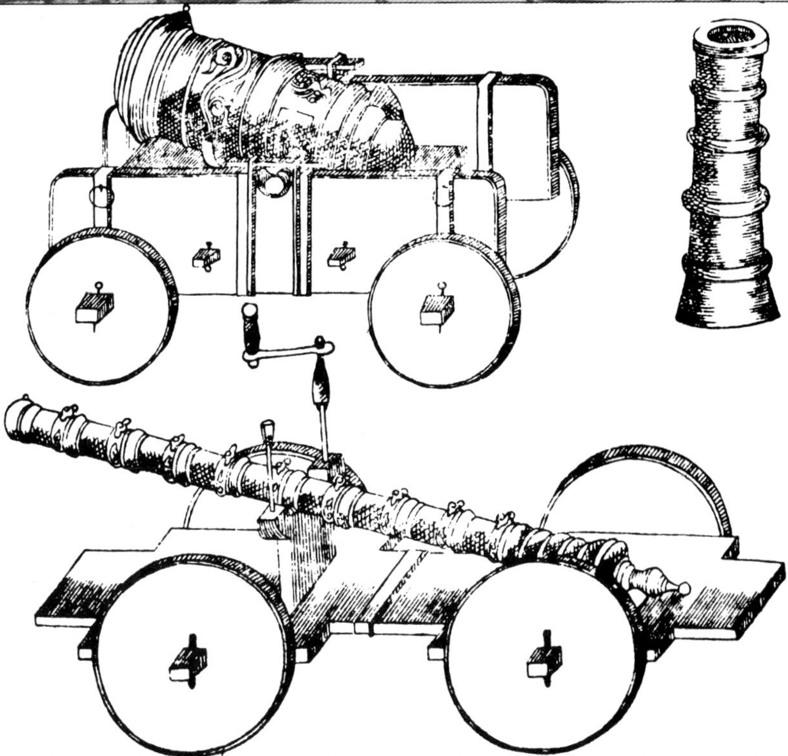

御製佩文韻府序

朕萬幾在御日旰宵分未遑自逸時尚游閒不輟問學群經子史誦其文而晰其義矣以至百家之書凡可以裨世教勵風俗備明補正罔使闕遺嘗謂韻府群玉五車韻瑞諸書事繫於字字統於韻稽古者近而取之而能博是書之作誠不爲無所見也然其爲書簡而不詳略而不備且引據多誤朕每致意焉欲博稽衆籍著爲全書爰於康熙四十三年夏六月朕與內直翰林諸臣親加考訂證其訛舛增其脫漏或引其經史所載其字其事未備者朕復時時面諭一一增録漸次成帙猶以故實或未極博於十月復命閣部大臣更加蒐采以裒益之既有原本增末又有內增外增將付剞劂矣名曰佩文韻府隨於十二月開局武英殿集翰林諸臣合併詳勘逐日進覽旋按梓人於五十年十月全書告成共一百零六卷一萬八千餘頁囊括古今網羅鉅細韻學之盛未有過於此書者也然諸臣請序朕念自初至今經八年矣歷寒暑之久積歲月之勤朕於此書以事之暇未嘗惜一日之勞也朕又嘗諭諸臣從來著一大書非數十年之功不能成今兹年以來所成大部書凡十有餘種若非合衆人之力豈能刻期告竣故念先後預事諸臣皆命列名其中兹序佩文韻府因併記編撰之始末遂及脩集諸書之大指以見成書之不易如此

康熙五十年十月題

康熙書法「御製佩文韻府序」——「佩文韻府」是極重要的詩詞辭典，共一萬八千餘頁。序中說：「若非合眾人之力，豈能克期告竣?」可見康熙並不將一切成就都歸功於己，而說是「合眾人之力」。

朝盛時北京後門大街的市容。

清朝皇帝之玉璽。國璽共二十五枚，分別藏於壽皇殿、交泰殿。

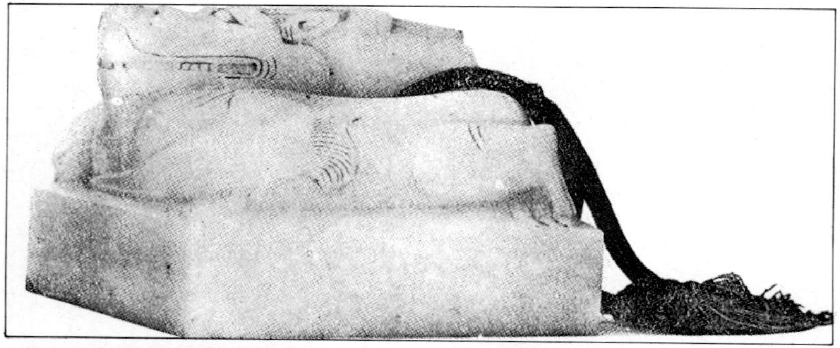

右圖／五台山顯通寺無樑殿。
左圖／五台山顯通寺銅殿。

右圖／五台山菩薩頂。

左圖／五台山塔院寺之白塔。

□山佛光寺大殿內之唐塑佛像及諸菩薩。

吳三桂鬥鵪鶉圖——此圖原藏清內務府錢糧庫，錄自一九二九年出版之「故宮」月刊第二期。該刊編者注云：「無欵誌，雖破碎不堪，然所繪人物神彩奕奕，洵寶物也。」吳三桂及隨從均作明裝，當爲起兵反清之後所繪。

鹿鼎記

金庸著

金庸作品集㉞

鹿鼎記㈢

The Duke of the Mount Deer, Vol. 3

作　者／金　庸

平裝版封面設計／霍榮齡　典藏版封面設計／霍榮齡
內頁插畫／姜雲行　內頁圖片構成／霍榮齡・潘清芬・陳銘

發 行 人／王 榮 文
出版・發行／遠流出版事業股份有限公司
臺北市汀州路3段184號7樓之5
電話／365-1212　傳眞／365-7979
郵撥／0189456-1
站址／http://www.YLib.com.tw/JINYONG
E-mail:YLib@yuanliou.ylib.com.tw

印　刷／優文印刷有限公司
□1987年2月1日　初版一刷
□1997年5月1日　三版二刷（套）

平裝版　每冊250元　（本作品全五冊，共1250元）
〔典藏版「金庸作品集」全套36冊，不分售〕

行政院新聞局局版臺業字第1295號

ISBN　957-32-2946-3（套：平裝）
ISBN　957-32-2949-8（第三冊：平裝）
Printed in Taiwan

目錄

第二十一回　金剪無聲雲委地　寶釵有夢燕依人……八三五
第二十二回　老衲山中移漏處　佳人世外改粧時……八七三
第二十三回　天生才士定多癖　君與此圖皆可傳……九二七
第二十四回　愛河縱涸須千刦　苦海難量爲一慈……九六七
第二十五回　烏飛白頭竄帝子　馬挾紅粉啼宮娥……一〇〇三
第二十六回　草木連天人骨白　關山滿眼夕陽紅……一〇四一
第二十七回　滇海有人聞鬼哭　棘門此外盡兒嬉……一〇八七
第二十八回　未免情多絲宛轉　爲誰心苦竅玲瓏……一一二三
第二十九回　捲幔微風香忽到　瞰床新月雨初收……一一七三
第三十回　鎮將南朝偏跋扈　部兵西楚最輕剽……一二一七

韋小寶伸手拍拍兩個耳光，當胸一拳，右足橫掃，公主又卽跌倒。他跳將上去，倒騎在她背上，雙拳便如擂鼓，往她腿上、屁股上用力打去，大罵：「臭小娘，老子打死了你！」

第二十一回　金剪無聲雲委地　寶釵有夢燕依人

不一日，海船到達秦皇島，棄船登岸，到了北京。

韋小寶道：「我要想法子混進皇宮去，可不知那一天方能得手，大夥兒須得找個安身之所。」當下陸高軒去租了一所住宅，是在宣武門頭髮胡同，甚是清靜，一行人搬了進去。

安頓已畢，韋小寶獨自出來，到甜水井胡同天地會的落脚處去一看，見住客已換了個茶葉商，打着會中切口問了幾句，那人瞠目不知，顯是會中已搬了地址。再踱去天橋，心想八臂猿猴徐天川就算也給逼着入了神龍教，不在天橋，會中其餘兄弟高彥超、樊綱、錢老本等或許可以撞上。那知在天橋來回踱了幾轉，竟見不到一個。

當下來到西直門上次來京住過的客店，取出三兩銀子，拋在櫃上，說要一間上房。掌櫃見他出手闊綽，招呼得十分恭敬。韋小寶又取五錢銀子，塞進店小二手裏，仍要上次住的那間天字第三號上房，碰巧這房並無住客，店小二算是白賺了五錢銀子。韋小寶喝了杯茶，躺在坑上閉目養神，聽得四下無聲，拔出匕首，撬開牆洞，順治皇帝交給他那部經書好端端的便在洞裏。他打開油布，檢視無誤，將磚塊塞回牆洞。胖頭陀已成自己下屬，不必再叫侍衛來護送經書，於是把經書揣入懷中，逕向禁城走去。

走到宮外，守門侍衛見一個少年穿着平民服色，直向宮門走來，喝道：「小傢伙，幹甚麼的？」韋小寶笑道：「你不認識我麼？我是宮裏的桂公公。」那侍衛向他仔細一看，認了出來，果真是皇上身邊的大紅人桂公公，忙滿臉堆笑，說道：「桂公公，你穿了這身衣服，嘻嘻。」韋小寶笑道：「皇上差我去辦一件要緊事，趕着回話，來不及換衣服了。」那侍衛道：「是，是。桂公公紅光滿面，這趟差事定然順手得很，皇上定有大大賞賜。」

韋小寶回到自己住處，換了太監服色，將經書用塊舊布包了，逕到上書房來見皇帝。

康熙聽得小桂子求見，喜道：「快進來，快進來。」韋小寶快步走進，只見康熙站在內書房門口，喜孜孜的道：「他媽的，小桂子，快給我滾進來，怎麼去了這麼久？」這「他媽的」三字，他只在韋小寶面前才說，已彆得甚久。

韋小寶跪下磕頭，說道：「恭喜皇上，天大之喜！」

康熙一聽，便知父王果然尚在人世，心頭一陣激盪，身子幌了幾下，伸手扶住門框，說道：「進來慢慢的說。」胸口一酸，險些掉下淚來。

韋小寶走進內書房，回身將房門關了，上了門閂，在四周書架後巡了一趟，不見另有侍候皇帝的太監，才低聲說道：「皇上，我在五台山見到了老皇爺。」

康熙緊緊抓住他手，顫聲道：「父皇……果然在五台山出了家？他……他說甚麼？」

韋小寶於是將在清涼寺中如何會見老皇爺，如何西藏的喇嘛意圖加害，自己如何奮勇救護，拚命保駕，如何幸得少林十八羅漢援手等情一一說了。這件事本已十分驚險，在他口中說來，另行多加了三分，自己的忠心英勇，那更是足尺加五。只聽得康熙手中揑了把汗，連說：「好險，好險！」又道：「咱們卽刻派一千名護衞上山，加意衞護。」

韋小寶搖頭道：「老皇爺多半不願意。」於是又將順治的言語一一轉述。

康熙聽父親叫自己不用去五台山相會，又讚自己：「他是好皇帝，先想到朝廷大事，可不像我……」這幾句話，忍不住放聲哭了出來，說道：「我一定要去，一定要去！」

韋小寶待他哭了一會，取出經書，雙手呈上，說道：「老皇爺要我對你說：『天下事須當順其自然，不可強求，能給中原百姓造福，那是最好。倘若天下百姓都要咱們走，那麼咱們從那裏來，就回那裏去。』老皇爺又要我對你說：『要天下太平，「永不加賦」四字，務須牢牢緊記。他能做到這四字，便是對我好，我便心中歡喜。』」

康熙怔怔聽着，眼淚撲簌簌的流在包袱之上，雙手發抖，接了過去，打開包袱，見是一部四十二章經，翻了開來，第一頁寫着「永不加賦」四個大字，筆致圓柔，果是父親的親筆，嗚咽道：「父皇訓示，孩兒決不敢忘。」

他定了定神，細細詢問順治身子是否安康，現下相貌如何，在清涼寺中是否清苦之極。韋小寶一一據實稟告。康熙一陣傷心，又大哭起來。

韋小寶靈機一動：「他媽的，我也陪他大哭一場，他給我的賞賜一定又多了許多，反正眼淚又不用錢買。」說哭便哭，抽噎了幾下，眼淚長流，嗚嗚咽咽的哭得淒慘之極。康熙雖然悲痛難忍，哭泣出聲，但自念不可太失身分，因此不住強自抑制。韋小寶卻有意做作，竟然號啕大哭。這件本事，他當年在揚州之時，使已十分拿手，母親的毛竹板尚未打上屁股，他已哭得驚天動地，而且並非乾號，而是貨眞價實的淚水滾滾而下，旁人決計難辨眞僞。

康熙哭了一會，收淚問道：「我想念父皇，因而哭泣，你卻比我哭得還要傷心，那爲甚麼？」韋小寶道：「我見你哭得傷心，又想起老皇爺溫和慈愛，對我連聲稱讚，說我不顧性命的保駕，很喜歡我，心中更加難過了。」一面說，一面嗚咽不止，又道：「若不是我知道你掛念，趕着回來向你稟報，眞想留在五台山上服侍老皇爺，也免得擔心他給壞人欺侮。」

康熙道：「小桂子，你很好，我一定重重有賞。」

韋小寶眼淚還是不斷流下，抽抽噎噎的道：「皇上待我已經好得很，我也不要甚麼賞賜了，只盼老皇爺平安，我們做奴才的就快活得很了。」他在神龍島上走了這一遭，耳聽得人高呼「教主永享仙福，壽與天齊」，絲毫不以爲恥，不免臉皮練得更厚，拍馬屁的功夫大有長進，但教討人歡喜，言語更是誇張。

康熙信以爲眞，說道：「我也眞擔心父皇沒人服侍。你說那個行顛和尚莽莽撞撞，甚是粗笨，父皇身邊沒個得力的人，好教人放心不下。小桂子，難得父皇這樣喜歡你……」韋小寶聽到這裏，張大了口，合不攏來，心裏暗暗叫苦：「啊喲！啊喲！這次老子要倒大霉，老子吹牛吹得過了份。」只聽康熙續道：「……本來嘛，我身邊也少不了你。不過做兒子的孝順父親，手邊有甚麼東西，總是挑最好的孝敬爹爹。你是我最得力的手下，年紀雖小，卻十分能幹，對我父子都忠心耿耿……」韋小寶心中大叫：「乖乖龍的東，我的媽呀！你派老子去五台山陪老和尚，寧可叫我坐牢。」

果然聽得康熙說道：「這樣罷，你上五台山去，出家做了和尙，就在清涼寺中服侍我父皇……」韋小寶聽得局勢緊急，不但要陪老和尙，自己還得做小和尙，大事之不妙，無以復加，不等他說完，忙道：「服侍老皇爺是好得很，要我做和尙，這個……我可不幹！」

康熙微微一笑，說道：「也不是要你永遠做和尙。只不過父皇既一心淸修，你也做了和尙，服侍起來方便些。將來……將來……你要還俗，自也由得你。」言下之意，是說日後順治老了，圓寂歸西，你不做和尙，誰也不會加以阻攔。

饒是韋小寶機變百出，這時卻也束手無策，他雖知小皇帝待自己甚好，但既出口差遣，倘若堅決不允，不但前功盡棄，說不定皇帝一翻臉，立即砍了自己腦袋，可不是好玩的，哭喪着臉，道：「我……我可又捨不得你……」哇的一聲，哭了出來，這一次卻是半點不假，千眞萬確，乃是眞哭，只不過並非爲了忠君愛主之心，實在是不願意去當小和尙。

康熙大爲感動，輕拍他肩頭，溫言道：「這樣罷，你去做幾年和尙，服侍我父皇，然後我另行派人來，接替你回到我身邊，豈不是好？父皇不許我去朝見，我卻是非去不可的。那時候你又可見到我了，也不用隔多久。小桂子，你乖乖的，聽我吩咐，將來我給你一個好官做。」一眼見韋小寶哭個不住，安慰他道：「你在廟裏有空，就讀書識字，以便日後做官，做個大官。」

韋小寶心想：「將來做不做大官，管他媽的，眼前這個小和尙怕是當定了。」轉念一想：「我到得五台山上，胡說八道一番，哄得老皇爺放我轉來，也非難事。只說小皇帝沒我服侍，吃不下飯，這次離開他一兩個月，便瘦了好幾公斤，老皇爺愛惜兒子，定然命我回宮。」此計一生，便即慢慢收了哭聲，說道：「你差我去辦甚麼事，原是赴湯蹈火，在所不辭，別說去做和尚，就是烏龜王八蛋，那也做了。皇上放心，我一定盡心竭力，服侍老皇爺，讓他老人家身子康強，長命百歲……還有……永享仙福，壽與天齊。」

康熙大喜，笑道：「你出京幾個月，居然學問也長進了，成語用得不錯。怎地在五台山上躭了這麼久？不容易見到老皇爺，是不是？」

韋小寶心想神龍島之事，還是不說爲妙，答道：「是啊，清涼寺的住持方丈，還有那位玉林老法師，說甚麼也不肯認廟裏有老皇爺，我又不好點破，只得在山上一座座廟裏轉來轉去的做法事，今天到顯通寺去打醮，明天又到佛光寺放燄口。五台山幾千個大和尚小和尚，我少說也識得了一千有零。若不是那些惡喇嘛來囉唕老皇爺，只怕我今天還在布施僧衣齋飯呢。」康熙笑道：「你這下可破費不少哪！花了的銀子，都到內務府去領還罷。」他也不問數目，心想韋小寶立了大功，又肯去做小和尚，他愛開多少虛頭，儘可自便。

不料韋小寶道：「不瞞皇上說，上次你派我去抄鰲拜的家，奴才是很有點兒好處的。當時不好意思跟你稟報。這次去五台山，見到老皇爺，受了他老人家的教訓，明白對皇上甚麼壞事都不可做，於是把先前得的銀子，都布施在廟裏了，也算是奴才幫皇上積些陰德，盼望菩薩保祐，老皇爺和皇上早日團圓。這筆錢本來是皇上的，不用再領了。」心想你父子早日團圓，我也可少做幾天小和尚；同時有了這番話，日後如果有人告發，說我抄鰲拜家時吞沒巨欵，此刻也已有了伏筆：「我早代你布施在五台山上啦，還追問甚麼？」

康熙一聽，更是歡喜，連連點頭，問道：「五台山好不好玩？」

當下韋小寶說了些五台山上的風景。康熙聽得津津有味，說道：「小桂子，你先去，我不久就來。咱們總得想法子迎接父皇回宮，他老人家倘若一定不肯還俗復位，那麼在宮裏清修，也是一樣。」韋小寶搖頭道：「那恐怕難得緊……」

忽聽得書房門外靴聲橐橐，一個清脆的女子聲音叫道：「皇帝哥哥，你怎麼還不來跟我比武？」說着砰砰幾聲，用力推門。康熙露臉微笑，道：「開了門。」

韋小寶心想：「這是誰？難道是建寧公主？」走到門邊，拔下門閂，打開房門。一個身穿大紅錦衣的少女一陣風般衝進來，說道：「皇帝哥哥，我等了你好久，你老是不來，怕了我啦，是不是？」韋小寶見這少女十五六歲年紀，一張瓜子臉兒，薄薄的嘴唇，眉目靈動，頗有英氣。

康熙笑道：「誰怕了你啦？我看你連我徒兒也打不過，怎配跟我動手。」那少女奇道：「你收了徒兒，那是誰？」康熙左眼向韋小寶一眨，說道：「這是我的徒兒小桂子，他的武功是我一手所傳。快來參見師姑建寧公主。」

韋小寶心想：「果然是建寧公主。」他知道老皇爺共生六女，五女夭殤，只有這位公主長大（按：建寧公主其實是清太宗之女，順治之妹。建寧長公主的封號也要到康熙十六年才封。順治的女兒和碩公主是康熙的姊姊，下嫁鰲拜之姪。但稗官小說不求事事與正史相合，學者通人不必深究），是皇太后親生。韋小寶極怕皇太后，平時極少行近慈寧宮，公主又不到皇帝書房來，因此直至今日才得見到。他聽了康熙的話，知道是他兄妹鬧着玩，便即湊趣，笑嘻嘻的上前請安，說道：

「師姪小桂子叩見師姑大人，師姑萬福金……」

建寧公主嘻嘻一笑，突然間飛起一脚，正中韋小寶下頦。這一脚踢來，事先竟沒半點朕兆，韋小寶又屈了一腿，躬身在她足邊，卻那裏避得開？他一句話沒說完，下巴上突然給重重踢了一脚，下顎合上，登時咬住了舌頭，只痛得他「啊」的一聲，大叫出來，嘴巴開處，鮮血流了滿襟。

康熙驚道：「你……你……」建寧公主笑道：「皇帝哥哥，你的徒兒功夫膿包之極，我踢一脚試試他本事，他竟然避不開。我瞧你自己的武功，也不過如此了。」說着格格而笑。

韋小寶大怒，心中不知已罵了幾十句「臭小娘，爛小娘」，可是身在皇宮，公主究是主子，又怎敢罵出一個字來？

康熙慰問韋小寶：「怎麼？舌頭咬傷了？痛得厲害麼？」

韋小寶苦笑道：「還好，還好！」舌頭咬傷，話也說不清楚了。

建寧公主學着他口音，道：「還好，還好，性命丟了大半條！」又笑了起來，拉住康熙的手：「來，咱們比武去。」

先前皇太后教康熙武功，建寧公主看得有趣，纏着母親也教，皇太后點撥了一些。她見母親敷衍了事，遠不及教哥哥那樣用心，要強好勝，便去請宮中的侍衞教拳。東學幾招，西學幾式，練得兩三年下來，竟也小有成就。前幾日剛學了幾招擒拿手，和幾名侍衞試招，大家當然相讓，個個裝模作樣，給小公主摔得落花流水。她知衆侍衞哄她高興，反而不喜，便去約皇帝哥哥比武。康熙久不和韋小寶過招，手脚早已發癢，御妹有約，正好打上一架。

兩人在小殿中動起手來。康熙半眞半假，半讓半不讓，五場比試中贏了四場。建寧公主氣不過，又去要母親教招。皇太后重傷初愈，精神未復，將她攆了出來。她只得再找侍衛，又學了幾招擒拿手，約好了康熙這天再打。

不料韋小寶回宮，長談之下，康熙早將這場比武之約忘了。他得到父皇的確訊，悲喜交集，心神恍惚，那裏還有興致和妹子鬧玩，說道：「此刻我有要緊事情，沒空跟你玩，你再去練練罷，過幾天再比。」

建寧公主一雙彎彎的眉毛蹙了起來，說道：「咱們江湖上英雄比武，死約會不見不散，你不來赴約，豈不讓天下好漢恥笑於你？你不來比武，那就是認栽了。」這些江湖口吻，都是侍衛們教的。

康熙道：「好，算我栽了。建寧公主武功天下第一，拳打南山猛虎，足踢北海蛟龍。」

建寧公主笑道：「足踢北海毛蟲！」飛起一脚，又向韋小寶踢來。

韋小寶側身閃避，她這一脚就踢了個空。她眼見皇帝今天是不肯跟自己比武的了，侍衛們身材魁梧，倘若眞打，自己定然打不過，這個小太監年紀高矮都和自己差不多，身手又甚靈活，正好拿來試招，說道：「好！你師父怕了我，不敢動手，你跟我來。」

康熙向來對這活潑伶俐的妹子很是歡喜，不忍太掃她興，吩咐：「小桂子，你去陪公主玩玩，明日再來侍候。」

建寧公主突然叫道：「皇帝哥哥，看招！」握起兩個粉拳，「鐘鼓齊鳴」，向康熙雙太陽穴打去。康熙叫道：「來得好！」舉手一格，轉腕側身，變招「推窗望月」，在她背上輕輕一推。公主站立不定，向外跌了幾步。

韋小寶嗤的一聲笑。公主老羞成怒，罵道：「死太監，笑甚麼？」一伸手，抓住了他右耳，將他拖出書房。韋小寶若要抵擋閃避，公主原是抓他不住，但終究不敢無禮，只得任由她扭了出去。

建寧公主扭住他的耳朵，直拉過一條長廊。書房外站着侍候的一大排侍衛、太監們見了，無不好笑，只是忌憚韋小寶的權勢，誰也不敢笑出聲來。

韋小寶道：「好啦，快放手，你要到那裏，我跟着你去便是。」

公主道：「你這橫行不法的大盜頭子，今日給我拿住了，豈可輕易放手？我先行點了你的穴道再說。」伸出食指，在他胸口和小腹重重戳了幾下。她不會點穴，這幾下自然是亂戳一氣。韋小寶大叫：「點中穴道啦！」一交坐倒，目瞪口呆，就此不動。

公主又驚又喜，輕輕踢了他一脚，韋小寶毫不動彈。公主道：「起來！」韋小寶仍是不動。公主還道自己誤打誤撞，當眞點中了他穴道，道：「我來給你解穴！」提足在他後腰一踢。韋小寶心道：「這臭小娘解不開我的穴道，還要再踢。」當下「啊」的一聲，跳了起來，說道：「公主，你的點穴本領當眞高明，只怕連皇上也不會。」公主道：「你這小太監奸滑得很，我幾時會點穴了？」但見他善伺人意，也自喜歡，說道：「跟我來！」

韋小寶跟隨着她，來到他和康熙昔日比武的那間屋子。公主道：「閂上了門，別讓人來偷拳學師。」韋小寶一笑，心道：「憑你這點微末功夫，有誰來偷拳學師了！」當卽依言關門。公主拿起門閂，似是要遞給他，突然之間，韋小寶耳邊嘭的一聲，頭頂一陣劇痛，就此人事不知了。

待得醒轉，睜眼只見公主笑吟吟的扠腰而立，說道：「窩囊廢的，學武之人，講究眼觀六路，耳聽八方。我打你這一下，你怎麼不防備？還學甚麼武功？」韋小寶道：「我……我……」只覺頭痛欲裂，忽然左眼中濕膩膩的，睜不開來，鼻中聞到一股血腥味，才知適才已給這一門閂打得頭破血流。

公主一擺門閂，喝道：「有種的，快起身再打。」呼的一聲，又是一閂打在他肩頭。韋小寶「啊」的一聲，跳起身來。公主揮門閂橫掃，掠他脚骨。韋小寶側身閃避，伸手去奪門閂。公主叫道：「來得好！」門閂挑起，猛戳他胸口。韋小寶向左避讓，不料那門閂翻了過來，砰的一聲，重重打中了他右頰。

韋小寶眼前金星亂冒，踉蹌幾步。公主叫道：「你這綠林大盜，非得趕盡殺絕不可。」門閂猛力橫掃，韋小寶撲地倒了。

公主大喜，舉門閂往他後腦猛擊而下。韋小寶只聽得腦後風聲勁急，大駭之下，身子急滾，砰的一聲，門閂打在地上。公主大叫：「啊喲！」這一下使力太重，震得虎口劇痛，大怒之下，在他腰間重重一脚。韋小寶叫道：「投降，投降！不打了！」公主舉門閂擊落，這一下打中他小腹，拍的一聲，幸好打中在他懷中所藏的五龍令上，韋小寶剛欲躍起，又摔了下來。公主一閂又是一閂，怒罵：「你這死太監，我要打你，你敢閃開？」

公主力氣雖不大，但出手毫不容情，竟似要把他當場打死。韋小寶驚怒交集，奮力轉身躍起。公主舉門閂迎面打來，韋小寶左手擋格，喀喇一響，臂骨險斷。他心念急轉：「公主明明不是跟我鬧着玩，幹麼要打死我？啊！是了，她受了皇太后囑咐，要取我性命！」一想到此節，決不能再任由她毆打，右手食中兩根手指「雙龍槍珠」，疾往公主眼中戳去。公主「啊喲」一聲，退了幾步。韋小寶左足橫掃，公主撲地倒了，大叫：「死太監，你眞打麼？」韋小寶夾手奪過門閂，便要往她頭頂擊落，只見她眼中露出又是恐懼、又是惱怒的神色，心中一驚：「這是皇宮內院，我這一門閂打下去，那是大逆不道之事，除非將她殺了，用化屍粉化去，否則後患無窮。」這麼一遲疑，手中高擧的門閂便打不下去。

公主罵道：「死太監，拉我起來。」韋小寶心想：「她眞要殺我，可也不容易。」當卽伸左手拉她起來。公主道：「你武功不及我，只不過我不小心絆了一交而已。剛才你已叫過投降，怎地又打？男子漢大丈夫，怎麼不守武林中的規矩？」

韋小寶額頭鮮血淋漓，迷住了眼睛，伸袖子去擦。公主笑道：「你打輸了，沒用東西。來，我給你擦擦血。」從懷中取出一塊雪白手帕，走近幾步。韋小寶退了一步，道：「奴才可不敢當。」公主道：「咱們江湖上英雄好漢，須當有福同享，有難同當。」便用手帕去抹他臉上血漬。韋小寶聞到她身上一陣幽香，心中微微一蕩，此時兩人相距甚近，見到她一張秀麗的面龐，皮色白膩，心想：「這小公主生得好俊！」

公主道：「轉過身來，我瞧瞧你後腦的傷怎樣。」韋小寶依言轉身，心想：「先前我可是多疑了，原來小公主眞是鬧着玩的，只不過她好勝心強，出手不知輕重。」公主伸手輕輕撫摸他後腦的傷處，笑問：「痛得厲害麼？」韋小寶道：「還好……」

突然之間，韋小寶背心一陣劇痛，脚下被她一勾，俯跌在地。原來公主悄悄取出藏在小蠻靴中的短刀，冷不防的忽施偷襲，左足踏住他背脊，提刀在他左腿右腿各戳一刀，笑道：「痛得厲害麼？你說『還好』，那麼再多戳幾刀。」

韋小寶大駭，暗叫：「老子要歸位！」背上有寶衣護身，短刀戳不進去，腿上這兩刀也非重傷，卻已痛得他死去活來，想要施展洪夫人所教的第二招「小憐橫陳」脫身，一來先受傷，沒了氣力，一來這一招並未練熟，掙了一掙，想要從她胯下鑽到她背後，但行動太慢，身子甫動，屁股上又吃了一刀，只聽她格格笑道：「痛得厲害麼？」

韋小寶道：「厲害之極了。公主武功高強，奴才不是你老人家的對手，江湖上的……好漢，大英雄，捉住了人，一定饒他性命。」公主笑道：「死罪可恕，活罪難饒。」蹲身便坐在他屁股上，喝道：「你動一動，我便一刀殺了你。」韋小寶道：「奴才半動也不動。」可是公主剛好坐在他傷口上，痛得不住呻吟。

公主解下他腰帶，將他雙足縛住，用刀割了他衣襟，又將他雙手反剪縛住，笑道：「你是我的俘虜，咱們來練一招功夫，叫做……叫做『諸葛亮七擒孟獲』。」滿清皇族人人對三國故事十分熟悉，「三國演義」她已看過三遍。韋小寶看過這戲，忙道：「是，是，諸葛亮擒孟獲七擒七縱，建寧公主擒小桂子，只消一擒一縱。你一放我，我就不反了。你比諸葛亮還厲害七倍。」公主道：「不成！諸葛亮要火燒籐甲兵。」

韋小寶嚇了一跳，忙道：「奴才不……不穿籐甲。」公主笑道：「那麼燒你衣服也一樣。」韋小寶大叫：「不行！不行！」公主怒道：「甚麼行不行的，諸葛亮要燒便燒，籐甲兵不得多言。」一見桌上燭台旁放着火刀火石，當卽打燃了火，點了蠟燭。韋小寶叫道：「諸葛亮並沒有燒死孟獲。你燒死了我，你就不是諸葛亮，你是曹操！」公主拈起他衣角，正要湊燭火過去點火，忽然見到他油光烏亮的辮子，心念一動，便用燭火去燒他辮尾。

頭髮極易着火，一經點燃，立時便燒了上去，嗤嗤聲響，滿屋焦臭。韋小寶嚇得魂飛天外，大叫：「救命，救命，曹操燒死諸葛亮啦！」

公主握着他辮根，不住搖幌，哈哈大笑，道：「這是一根火把，好玩得緊。」

轉眼之間，火頭燒近，公主放脫了手。韋小寶頃刻間滿頭是火，危急中力氣大增，一彈而起，挺頭往公主懷裏撞去。公主「啊喲」一聲，退避不及，韋小寶已撞上她小腹，頭上火燄竟然熄滅。公主雙手撲打衣衫上焦灰斷髮，只覺小腹疼痛，又驚又恐，提足在韋小寶頭上亂踢。踢得幾下，韋小寶已暈了過去。

迷糊中忽覺全身傷口劇痛，醒了過來，發覺自己仰躺在地，胸口袒裸，衣衫、背心、內衣竟然都被解開了，公主左手抓着一把白色粉末，右手用短刀在他胸口割了一道三四分深的傷口，將白粉撒入傷口。韋小寶大叫：「你幹甚麼？」

公主笑道：「侍衞說，他們捉到了強盜惡賊，賊人不招，便在他傷口裏加上些鹽，痛得他大叫救命，那就非招不可。因此我隨身帶得有鹽，專爲對付你這等江湖大賊。」韋小寶但覺傷口中陣陣抽痛，大叫：「救命，救命，我招了！」公主嘻嘻一笑，說道：「你這膿包，這麼快便招，有甚麼好玩？你要說：『老子今日落在你手裏，要殺要剮，皺一皺眉頭的不是好漢。』我再割你幾道傷口，鹽放得多些，你再求饒，那才有趣哪。」韋小寶大怒，罵道：「他媽的，你這臭小娘……喂喂，我不是罵你，我……我不是好漢，我招啦，我招啦！」

公主歎了口氣，要將鹽末丟掉，轉念一想，卻將鹽末都撒在他傷口之中，正色道：「我是建寧派掌門人，武功天下第一，擒住了你這無惡不作的大盜……」韋小寶道：「好，好，我是江洋大盜，今日藝不如人，給武功天下第一的建寧派掌門人擒住，有死無生。江湖上道得好：殺人不過頭點地。在下既然服了，也就是了。」公主聽他滿口江湖漢子的言語，與張康年等侍衛說給她聽的相同，心中就樂了，讚道：「這才對啦，既然要玩，就該玩得像。」

韋小寶心中「臭小娘、爛小娘」的痛罵，全身傷口痛入了骨髓，一時捉摸不到她到底是奉太后之命來殺死自己，還是不過模擬江湖豪客行徑，心想這臭小娘下手如此毒辣，就算不過拿我玩耍，老子這條命還得送在她手裏，忽然想起當日恐嚇沐劍屏這條計策頗有效驗，小姑娘們都怕鬼，當下強忍疼痛，說道：「老子忽然之間，又不服了。掌門老師，你如有種，就放了我，咱們再來比劃比劃。你要是怕老子武功高強，不敢動手，那就一刀將我殺了。我變了寃魂，白天跟在你背後，晚上鑽在你被窩，扠住你脖子，吸你的血……」

公主「啊」的一聲大叫，顫聲道：「我殺你幹麼？」韋小寶道：「那麼快放我！」公主道：「不放！死太監，你嚇我。」拿起燭台，用燭火去燒他臉。

燭火燒上臉，嗤的一聲，韋小寶吃痛，向後一仰，右肩奮力往她手臂撞去。公主手臂一動，燭台落地，燭火登時熄了。她大怒之下，提起門閂，又夾頭夾腦向他打去。韋小寶疼痛難當，害怕之極：「這次再也活不成了。」大叫一聲：「我死了。」假裝死去，再也不動。

公主怒道：「你裝死！快醒轉來，陪我玩！」韋小寶毫不動彈。公主輕輕踢了他一脚，見他絲毫不動，柔聲道：「好啦，我不打你了，你別死罷。」韋小寶心想：「我死都死了，怎能不死？狗屁不通。」

公主拔下頭髮上的寶釵，在他臉上、頸中戳了幾下，韋小寶忍痛不動。

公主柔聲道：「求求你，你……你……別嚇我，我……我不是想打死你，我只是跟你比武打架，大家玩兒，誰教你……誰教你這樣膿包，打不過我……」突然察覺到韋小寶鼻中有輕微的呼吸之聲，她心中一喜，伸手去摸他心口，只覺一顆心兀自跳動，笑道：「死太監，原來你沒死。這一次饒了你，快睜開眼來。」

韋小寶仍然不動。公主卻不再上他當了。喝道：「我挖出你的眼珠，教你死後變成個瞎鬼，找不到我。」拿起短刀，將刀尖指到他右眼皮上。韋小寶大驚，一個打滾，立即滾開。

公主怒道：「壞小鬼頭，你又來嚇我。我……我非刺瞎你的眼睛不可。」一跳將過去，伸足猛力踏住他胸口，舉刀往他右眼疾戳下去。

這一下可不是假裝，她和身猛刺，刀勢勁急，不但要戳瞎他眼睛，勢必直刺入腦。韋小寶雙腿急曲，膝蓋向她胸口撞去，拍的一聲，公主身子一幌，軟軟摔倒。

韋小寶大喜，彎了身子，伸手拔出靴桶中匕首，先割開縛住雙脚的衣襟，一站起身，便在公主頭頂上重重踢了一脚，教她一時不得醒轉，這才將匕首插入桌腿，轉過身來，將縛住雙手的腰帶到刃鋒上去輕輕擦動，只擦得兩下，腰帶便卽斷了。

他舒了一口長氣，死裏逃生，說不出的開心，身上到處是傷，痛得厲害，一時也不去理會，心想：「如何處置這臭小娘，倒是件天大的難事。聽她口氣，似乎當眞是跟我玩耍，倘若是奉太后之命殺我，幹麼見我裝假死，反而害怕起來？可是小孩子玩耍，那有玩得這麼兇的？是了，她是公主，壓根兒就沒把太監宮女當人，人家死也好，活也好，她只當是揑死一隻螞蟻。」越想越氣，向她胸口又是一脚。

不料這一脚，卻踢得她閉住的氣息順了。公主一聲呻吟，醒了轉來，慢慢支撐着站起，罵道：「死太監，你……」韋小寶正自惱怒，伸手拍拍兩個耳光，當胸一拳，右足橫掃，公主又卽跌倒。他跳將上去，倒騎在她背上，雙拳便如擂鼓，往她腿上、背上、屁股上用力打去，叫道：「死小娘、臭小娘，婊子生的鬼丫頭，老子打死了你。」公主大叫：「別打，別打！你沒規矩，我叫太后殺了你，叫……叫皇帝殺了你，凌……凌遲處死。」

韋小寶心中一寒，便卽住手，轉念又想：「打也打了，索性便打個痛快。」揮拳又打，罵道：「老子操你十八代祖宗，打死你這臭小娘！」

打得幾下，公主忽然嗤的一笑。韋小寶大奇：「我如此用力打她，怎麼她不哭反笑？」從桌腿上拔出匕首，指住她頸項，左手將她身子翻了過來，喝道：「笑甚麼？」只見她媚眼如絲，滿臉笑意，似乎眞的十分歡暢，並非做作，聽她柔聲說道：「別打得那麼重，可也別打得太輕了。」韋小寶摸不着頭腦，只怕她突施詭計，右足牢牢踏住她胸口，喝道：「你玩甚麼花樣，老子才不上當呢。」

公主身子一掙，鼻中嗯嗯兩聲，似要跳起身來。韋小寶喝道：「不許動。」在她額上用力一推，公主又卽倒下。韋小寶只覺傷口中一陣陣抽痛，怒火又熾，拍拍拍拍四下，左右開弓，連打她四個耳光。公主又是嗯嗯幾聲，胸口起伏，臉上神情卻是說不出的舒服，輕聲說道：「死太監，別打我臉。打傷了，太后問起來，只怕瞞不了。」韋小寶罵道：「臭小娘，你這犯賤貨，越是挨打越開心，是不是？」伸手在她左臂上重重扭了兩把，公主「哎唷，哎唷」的叫了幾聲，皺起眉頭，眼中卻孕着笑意。韋小寶道：「他媽的，舒不舒服？」

公主不答，緩緩閉上眼睛，突然間飛起一脚，踢中韋小寶大腿，正是一處刀傷的所在。韋小寶吃痛，撲上去按住她雙肩，在她臂上、肩頭、胸口、小腹使勁力扭。公主格格直笑，叫道：「死太監，小太監，好公公，好哥哥，饒了我罷，我……我……眞吃不消啦。」

她這麼柔聲一叫，韋小寶心中突然一蕩，心想：「她這麼叫喚，倒像是方姑娘在海船中跟我說情話的模樣。」怒氣大減，然而她到底打甚麼主意，實是難測，於是依樣畫葫蘆，解下她腰帶，將她雙手雙脚綁住。公主笑道：「死小鬼頭兒，你幹甚麼？」韋小寶道：「叫你別打壞主意害人。」站起身來，呼呼喘氣，全身疼痛，又欲暈去。

公主笑道：「小桂子，今天玩得眞開心，你還打不打我？」韋小寶道：「你不打我，我又怎敢打你？」公主道：「我動不來啦，你就是再打我，我也沒法子。」韋小寶吐了一口唾沫，道：「你不是公主，你是賤貨。」在她屁股上踢了一脚。

公主「哎唷」一聲，道：「咱們再玩麼？」韋小寶道：「老子性命給你玩去了半條，還玩？我現在扮諸葛亮，也要火燒籐甲兵，把你頭髮和衣服都燒了。」公主急道：「頭髮不能燒……」嘻嘻一笑，說道：「你燒我衣裳好了，全身都燒起泡，我也不怕。」

韋小寶道：「呸，你不怕死，老子可不陪你發顚。我得去治傷了，傷口裏都是鹽，當眞好玩麼？」這時才相信公主並無殺害自己之意，將她手上縛着的腰帶解開。

公主道：「眞的不玩了？那麼明天再來，好不好？」語氣中滿是祈求之意。韋小寶道：

「要是太后和皇上知道了，我還有命麼？」公主慢慢站起，道：「只要我不說，太后和皇上怎會知道？明天你別打我臉，身上傷痕再多也不打緊。」韋小寶搖頭道：「明天不能來。我給你打得太厲害，一兩個月，養不好傷。」公主道：「哼，你明天不來？剛才你罵我甚麼？說操我的十八代祖宗，我的十八代祖宗，就是皇帝哥哥的十八代祖宗，是皇阿爸的十七代祖宗，太宗皇帝的十六代祖宗，太祖皇帝的十五代祖宗……」

韋小寶目瞪口呆，暗暗叫苦，突然靈機一動，說道：「你不是老皇爺生的，我罵你的祖宗，跟皇上、老皇爺，甚麼太祖皇帝、太宗皇帝全不相干。」公主大怒，叫道：「我怎麼不是老皇爺生的？你這死太監胡說八道，明天午後我在這裏等你，你這死太監倘若不來，我就去稟告太后，說你打我。」說着捋起衣袖，一條雪白粉嫩的手臂之上，青一塊，黑一塊，全是給他扭起的烏青。韋小寶暗暗心驚：「剛才怎麼下手如此之重。」

公主道：「哼，你明天不來，瞧你要命不要？」

到此情景，韋小寶欲不屈服，亦可不得，只好點頭道：「我明天來陪你玩便是，不過你不能再打我了。」公主大喜，道：「你來就好，我再打你，你也打還我好了。咱們江湖上好漢，講究恩怨分明。」韋小寶苦笑道：「再給你打一頓，我這條好漢就變成惡鬼了。」

公主笑道：「你放心，我不能當真打死你的。」頓了一頓，又道：「最多打得你半死不活。」見他臉色有異，嫣然一笑，柔聲道：「小桂子，宮裏這許多太監侍衛，我就只喜歡你一個。另外那些傢伙太沒骨氣，就是給我打死了，也不敢罵我一句『臭小娘、賤貨……』」學着他罵人的腔調：「婊子生的鬼丫頭！嘻嘻，從來沒人這樣罵過我。」

韋小寶又好氣，又好笑，道：「你愛挨罵？」公主笑道：「要像你這樣罵我才好。太后板起臉訓斥，要我守規矩，我可就不愛聽了。」韋小寶道：「那你最好去麗春院。」心想：「你去做婊子，臭罵你的人可就多了。老鴇要罵要打，嫖客發起火來，也會又打又罵。」

公主精神一振，問道：「麗春院是甚麼地方？好不好玩？」韋小寶肚裏暗笑，道：「好玩極了，不過是在江南，你不能去。你只要在麗春院裏住上三個月，包你開心得要命，公主也不想做了。」公主歎了口氣，悠然神往，道：「等我年紀大了，一定要去。」

韋小寶正色道：「好，好！將來我一定帶你去。大丈夫一言既出，死馬難追。」他這句「駟馬難追」總記不住，「甚麼馬難追」是不說了，卻說成「死馬難追」。

公主握住他手，說道：「我跟那些侍衞太監們打架，誰也故意讓我，半點也不好玩。只有昨天皇帝哥哥跟我比武，才有三分眞打，不過他也不肯打痛、扭痛了我。好小桂子，只有你一個，才是眞的打我。你放心，我決計不捨得殺你。」突然湊過嘴去，在他嘴唇上親了一親，臉上一紅，飛奔出房。

韋小寶霎時間只覺天旋地轉，一交坐倒，心想：「這公主只怕是有些瘋了，我越打她罵她，她越開心。他媽的，這老婊子生的鬼丫頭，難道眞的喜歡我這假太監？」想到她秀麗的面龐，心下迷迷糊糊，緩緩站起，支撐着回屋，筋疲力竭，一倒在床，便即睡着了。

這一覺直睡了五個多時辰，醒轉時天色已黑，只覺全身到處疼痛，忍不住呻吟，站起身來想去洗傷口中鹽末，那知一解衣服，傷口鮮血凝結，都已牢牢黏在衣上，一扯之下，又是一陣劇痛，不免又再「臭小娘、爛小娘」的亂罵一頓，當下洗去鹽末，敷上金創藥。

次日去見小皇帝，康熙見他鼻青目腫，頭髮眉毛都給燒得七零八落，大吃一驚，登時料到是那寶貝御妹的傑作，道：「是公主打的？受的傷不重嗎？」

韋小寶苦笑道：「還好。師父，徒兒丟了您老人家的臉，只好苦練三年，再去找回這場子，爲你老人家爭光。」

康熙本來擔心他怒氣衝天，求自己給他出頭，不過御妹雖然理屈，做主子的毆打奴才，總是理所當然之事，但如不理，卻又怕他到了五台山上，服侍父皇不肯盡心，正感爲難，聽他這麼說，竟對此事並不抱怨，只當作一場玩耍，不由得大喜，笑道：「小桂子，你眞好！我非好好賞賜你不可。你想要甚麼？」

韋小寶道：「師父不責弟子學藝不精，弟子已經感激萬分，甚麼賞賜都不用了。」頓了一頓，說道：「師父傳授弟子幾招高招，以後遇險，不會再給人欺侮，也就是了。」

康熙哈哈大笑，道：「好，好！」當下將太后所傳武功，揀了幾招精妙招數傳授給他。這幾招擒拿手法雖然也頗不凡，但比之洪教主夫婦所傳的六招卻差得遠了。韋小寶以前和他比武，這幾招也見他用過，此時一加點撥，不多時便學會了。

韋小寶心想：「以前和他摔交，便似朋友一般。但他是皇帝，我是奴才，這朋友總是做不久長。這次回北京來，眼見他人沒大了多少，威風卻大得多了，『小玄子』三字再也叫不出口，不如改了稱呼，也是拍馬屁的妙法。」當即跪下，咚咚咚磕了八個響頭，說道：「師父在上，弟子韋小寶是你老人家的開山大弟子。」

康熙一怔，登時明白了他的用意，一來覺得挺好玩，二來確也不喜他再以「小玄子」相稱，笑道：「君無戲言！我說過是你師父，只好收了你做徒弟。」叫道：「來人哪！」

兩名太監、兩名侍衛走進書房。康熙道：「轉過身來。」四人應道：「是。」但規矩臣子不得以背向着皇帝，否則極爲不敬。四人不明康熙用意，只微微側身，不敢轉身。

康熙從書桌上拿起一把金剪刀，走到四人身後。四人又畧畧側身。康熙看了看四人的辮子，見其中一名太監的辮子最是油光烏亮，左手抓住了，喀的一聲，齊髮根剪了下來。那太監只嚇得魂飛天外，當卽跪倒，連連叩頭，道：「奴才該死，奴才該死！」康熙笑道：「不用怕，賞你十兩銀子。大家出去罷！」四人莫名其妙，只覺天威難測，倒退了出去。

康熙將辮子交給韋小寶，笑道：「你就要去做和尚，公主燒了你頭髮，看來也是天意。上天假公主之手，吩咐你去落髮爲僧。你先把這條假辮子結在頭上，否則有失觀瞻。」

韋小寶跪下道：「是，師父愛惜徒弟，眞是體貼之至。」康熙笑道：「你拜我爲師，可不許跟旁人說起。我知你口緊，謹愼小心，這才答應。你若在外招搖，我掌門人立時便廢了你武功，將你逐出門牆。」韋小寶連稱：「是，是，弟子不敢。」康熙和他比武摔交，除了太后和海大富之外，宮中始終並無旁人得知，心想鬧着玩收他爲徒，只要決不外傳，也不失皇帝的體面，但他生性謹細，特意叮囑一番。

康熙坐了下來，心想：「太后陰險毒辣，教我武功也決不會當眞盡心，否則她將人打得骨節寸斷的厲害功夫，怎地半招也不傳我？我雖做了師父，其實比之這小子也強不了多少，沒甚麼高明武功傳他。少林寺的和尙武功極高，此番父皇有難，也是他們相救……」

想到此處，心中有了個主意，說道：「你去休息養傷，明天再來見我。」

韋小寶回到下處，命手下太監去請御醫來敷藥治傷，傷處雖痛，卻均是皮肉之傷，並未傷及筋骨，太醫說將養得十天半月，便卽好了，不用擔心。

他吃過飯後，便去應公主之約，心頭七上八下，旣怕她再打，卻又喜歡見她。一推開門，公主一聲大叫，撲將上來。韋小寶早已有備，左臂擋格，右足一勾，右手已抓住了公主後領，將她按得俯身下彎。公主笑罵：「死太監，今天你怎麼厲害起來啦。」韋小寶抓住她左臂反扭，低聲道：「你不叫我好桂子、好哥哥，我把你這條手臂扭斷了。」

公主罵道：「呸，你這死奴才！」韋小寶將公主的手臂重重一扭，喝道：「你不叫，我將你這條手臂給扭斷了。」公主笑道：「我偏偏不叫。」韋小寶心想：「小娘皮的確犯賤。我越打她，她越歡喜。」左手拍的一聲，在她臀上重重打了一拳。公主身子一跳，卻格格的笑了起來。韋小寶道：「他媽的，原來你愛挨打。」使勁連擊數拳。

公主痛得縮在地下，站不起來，韋小寶這才停手。公主喘氣道：「好啦，現下輪到我來打你。」韋小寶搖頭道：「不，我不給你打。」心想這小娘下手如此狠辣，給她打將起來，隨時隨刻有性命之憂。公主軟語求懇，韋小寶只是不肯。

公主大發脾氣，撲上來又打又咬，給韋小寶幾個耳光，推倒在地，揪住頭髮，又打了一頓屁股，心想屁股也打了，也不用客氣啦，伸手在她全身到處亂扭。公主伏在他脚邊，抱住了他兩腿，將臉龐挨在他小腿之間，輕輕磨擦，嬌媚柔順，膩聲道：「好桂子，好哥哥，你給我打一次罷，我不打痛你便是。」韋小寶見她猶似小鳥依人一般，又聽她叫得親熱，心神蕩漾，便待答允。公主又道：「好哥哥，你身上出血，我見了比甚麼都喜歡。」

韋小寶嚇了一跳，怒道：「不行！」提起左足，在她頭上踢了一脚，道：「放開了，我要去了。跟你磨在一起，總有一日死在你手裏。」公主歎道：「你不跟我玩了？」韋小寶道：「太危險，時時刻刻會送了老命。」公主格格一笑，站起身來，道：「好！那麼你扶我回房去，我給你打得路也走不動了。」韋小寶道：「我不扶。」公主扶着牆壁，慢慢出去，道：「好桂子，明兒再來，好不好？」忽然左腿一屈，險些摔倒。韋小寶搶上去扶住。

公主道：「好桂子，勞你的駕，去叫兩名太監來扶我回去。」韋小寶心想一叫太監，只怕給太后知道，查究公主爲甚麼受傷，只要稍有洩漏，那可是殺頭的罪名，只得扶住了她，道：「我扶你回房就是。」公主笑道：「好桂子，多謝你。」靠在他肩頭，向西而行。

公主的住處在慈寧宮之西、壽康宮之側。兩人漸漸走近慈寧花園，韋小寶想起太后的神氣，心下慄慄危懼。兩人行到長廊之下，公主忽然在他耳邊輕輕吹氣。韋小寶臉上一紅，道：「不……不要……」公主柔聲道：「爲甚麼？我又不是打你。」說着將他耳垂輕輕咬住，伸出舌尖，緩緩舐動。韋小寶只覺痲癢難當，低聲道：「你如咬痛了我耳朵，我可永遠不來見你了。大丈夫一言既出，死馬難追。」公主本想突然間將他耳垂咬下一塊肉來，聽了這句話，不敢再咬，只膩聲而笑，直笑得韋小寶面紅耳赤，全身酸軟。

到了公主寢宮，韋小寶轉身便走。公主道：「你進來，我給你瞧一件玩意兒。」這時建寧宮中的四名太監、四名宮女站在門外侍候，韋小寶已不敢放肆，只得跟了進去。公主拉着他手，直入自己臥室。兩名宮女跟着進來，拿着熱手巾給公主淨臉。公主拿起一塊手巾，遞給韋小寶。韋小寶接過，擦去臉上汗水。兩名宮女見公主對這小太監居然破格禮遇，連對太后皇上也沒這樣客氣，而這小太監竟也坦然接受，無禮之極，不由得都是呆了。

公主一瞥眼見了，瞪眼道：「有甚麼好看？」兩名宮女道：「是，是！」彎腰退出，那知已然遲了，公主一伸手，向近身一名宮女眼中挖去。那宮女微微一讓，一聲慘呼，眼珠雖沒挖中，臉上卻是鮮血淋漓，自額頭直至下巴，登時出現四條爪痕。兩名宮女只嚇得魂飛天外，疾忙退出。

公主笑道：「你瞧，這些奴才就只會叫嚷求饒，有甚麼好玩？」韋小寶見她出手殘忍，心想這小婊子太過兇惡，跟她母親老婊子差不多，還是及早脫身爲是，說道：「公主，皇上差我有事去辦，我要去了。」公主道：「急甚麼？」反手關上了門，上了門閂。

韋小寶心中怦怦亂跳，不知她要幹甚麼怪事。公主笑道：「我做主子做了十五年，總是給人服侍，沒點味道，今兒咱們來換換班。你做主子，我做奴才。」韋小寶雙手亂搖，道：「不行，不行。我可沒這福氣。」公主俏臉一沉，說道：「你不答應嗎？我要大叫了，我說你對我無禮，打得我全身青腫。」突然縱聲叫道：「哎唷，好痛啊！」

韋小寶連連作揖，說道：「別嚷，別嚷，我聽你吩咐就是。」這是公主寢宮，外面有許多太監宮女站着侍候，她只消再叫得幾聲，立時便有人湧將進來，可不比那間比武的小屋，四下無人。公主微微一笑，說道：「賤骨頭！好好跟你說，偏偏不肯聽，定要敬酒不吃吃罰酒。」韋小寶心道：「你才是賤骨頭，主子不做做奴才。」

公主屈下一膝，恭恭敬敬的向他個請安，說道：「桂貝勒，你要安息了嗎，奴才侍候你脫衣。」韋小寶哼了一聲，道：「我不睡。你給我輕輕的搥搥腿。」公主道：「是！」坐在地下，端起他右足，擱在自己腿上，輕輕搥了起來，細心熨貼，一點也沒觸痛他傷處。韋小寶讚道：「好奴才胚子，你服侍得我挺美啊。」伸手在她臉頰上輕輕扭了一把。公主大樂，低聲道：「主子誇獎了。」除下他靴子，在他脚上輕揑一會，換過他左足，搥了半晌，又脫下靴子按摩，說道：「桂貝勒，你睡上床去，我給你搥背。」

韋小寶給她按摩得十分舒服，心想這賤骨頭如不過足奴才癮，決不能放我走，便上床橫臥，鼻中立時傳入幽香陣陣，心想：「這賤骨頭的床這等華麗，麗春院中的頭等婊子，也沒這般漂亮的被褥枕頭。」公主拉過一條薄被，蓋在他身上，在他背上輕輕拍打。

韋小寶迷迷糊糊，正在大充桂貝勒之際，忽聽得門外許多人齊聲道：「皇太后駕到！」他這一驚非同小可，忙欲跳起。公主神色驚惶，顫聲道：「來不及逃啦，快別動，鑽在被窩裏。」韋小寶頭一縮，鑽入了被中，隱隱聽得打門之聲，只嚇得險些暈去。

公主放下帳子，轉身拔開門閂，一開門，太后便跨了進來，說道：「青天白日的，關上了門幹甚麼？」公主笑道：「我倦得很，正想睡一忽兒。」太后坐了下來，問道：「又在搞甚麼古怪玩意兒了，怎麼臉上一點也沒血色？」公主道：「我說倦得很啊。」

太后一低頭，見到床前一對靴子，又見錦帳微動，心知有異，向衆太監宮女道：「你們都在外面侍候。」待衆人出去，說道：「關上了門，上了門。」公主笑道：「太后也搞甚麼古怪玩意兒嗎？」依言關門，順着太后的目光瞧去，見到了靴子，不由得臉色大變，強笑道：「我正想穿上男裝，扮個小子給太后瞧瞧。你說我穿了男裝，模樣兒俊不俊？」

太后冷冷的道：「得瞧床上那小子模樣兒俊不俊？」陡地站起，走到床前。

公主大駭，拉住太后的手，叫道：「太后，我跟他鬧着玩兒……」

太后手一甩，將她摔開幾步，捋起帳子，揭開被子，抓住韋小寶的衣領，提了起來。

韋小寶面向裏床，不敢轉頭和她相對，早嚇得全身簌簌發抖。

公主叫道：「太后，這是皇帝哥哥最喜歡的小太監，你……你可別傷他。」

太后哼了一聲，心想女兒年紀漸大，情竇已開，床上藏個小太監，也不過做些假鳳虛凰的勾當，算不了甚麼大事，右手一轉，將韋小寶的臉轉了過來，拍拍兩記耳光，喝道：「滾你的，再教我見到你跟公主鬼混……」突然間看清楚了他面貌，驚道：「是你？」

韋小寶一轉頭，說道：「不是我！」

這三字莫名其妙，可是當此心驚膽戰之際，又有甚麼話可說？

太后牢牢抓住他後領，緩緩道：「天堂有路你不走，地獄無門闖進來。你對公主無禮，今日可怨不得我。」公主急道：「太后，是我要他睡在這裏的，不能怪他。」太后左掌在韋小寶腦門輕輕一拍，左臂提起，便欲運勁使重手擊落，一掌便斃了他。

韋小寶於萬分危急之中，陡然想起洪教主所授那招「狄青降龍」，雙手反伸，在太后胸前摸了一把。太后吃了一驚，胸口急縮，叱道：「你作死！」

韋小寶雙足在床沿上一登，一個倒翻觔斗，已騎在太后頸中，雙手食指按住她眼睛，拇指抵住她太陽穴，喝道：「你一動，我便挖了你眼珠出來！」

他這一招並未熟練，本來難以施展，好在他站在床上而太后站在地下，一高一低，倒騎容易，而挖眼本來該用中指，卻變成了食指，倒翻觔斗時足尖勾下了帳子。這招使得拖泥帶水，狼狽不堪，洪教主倘若親見，非氣個半死不可。雖然手法不對，但招式實在巧妙，太后還是受制，變起倉卒，竟然難以抵擋。

公主哈哈大笑，叫道：「小桂子不得無禮，快放了太后。」

韋小寶右腿一提，右手拔出匕首，抵在太后後心，這才從她頸中滑下。忽然拍的一聲，一件五色燦爛的物事落在地下，正是神龍教的五龍令。

太后大吃一驚，道：「這……這……東西……怎麼來的？」

韋小寶想起太后和神龍教的假宮女鄧炳春、柳燕暗中勾結，說不定這五龍令可以逼她就範，說道：「甚麼這東西那東西，這是本教的五龍令，你不認得嗎？好大的膽子！」

太后全身一顫，道：「是，是！」

韋小寶聽她言語恭順，不由得心花怒放，說道：「見五龍令如見教主親臨，洪教主仙福永享，壽與天齊。」太后顫聲道：「洪教主仙福永享，壽與天齊。」俯身拾起五龍令，高舉過頂。韋小寶伸手接過，問道：「你聽不聽我號令？」太后道：「是，謹遵吩咐。」

韋小寶道：「教主寶訓，時刻在心。制勝克敵，無事不成！」

太后跟着恭恭敬敬的唸道：「教主寶訓，時刻在心。制勝克敵，無事不成。」

直到此刻，韋小寶才噓了口氣，放開匕首，大模大樣的在床沿坐了下來。

太后向公主道：「你到外面去，甚麼話也別說，否則我殺了你。」

公主一驚，應道：「是。」向韋小寶看了一眼，滿心疑惑，道：「太后，是皇帝哥哥的聖旨麼？」康熙年紀漸大，威權漸重，太監宮女以及御前侍衛說到皇上時，畏敬之情與日俱增，公主也早知太后對皇帝頗為忌憚。太后點頭道：「是。他是皇帝的親信，有要緊事跟我說，可千萬不能洩漏了，在皇帝跟前，更加不可提起。免得……免得皇帝惱你。」

公主道：「是，是。我可沒這麼笨。」說着走出房去，反手帶上了房門。

太后和韋小寶面面相對，心中均懷疑忌。過了一會，太后道：「隔牆有耳，此處非說話之所，請去慈寧宮詳談可好？」聽她用了個「請」字，又是商量的口吻，不敢擅作主張，韋小寶更加寬心，隨卽又想：「這老婊子心狠手辣，騙我到慈寧宮中，不要使甚麼詭計，加害老子？」便點了點頭，低聲道：「我是本教新任白龍使，奉洪教主命令，出掌五龍令。」

太后登時肅然起敬，躬身道：「屬下參見白龍使。」

雖然韋小寶早已想到，太后既和黑龍門屬下教衆勾結，對洪教主必定十分尊敬，這五龍令對她多半有鎭懾之效，但萬萬想不到她自己竟然也是神龍教中的教衆，以她太后之尊，天下事何求不得，居然會去入了神龍教，而且地位遠比自己為低，委實匪夷所思，眼見她恭恭敬敬的行禮，不由得愕然失措。

太后見他默默不語，還道他記着先前之恨，甚是驚懼，低聲道：「屬下先前不知尊使身分，多有得罪，十分惶恐，還望尊使大度寬容。」但見他年紀幼小，竟在教中身居高位，終究難以盡信，隨卽想到，近年來教主和夫人大舉提拔新進少年，教中老兄弟或被屠戮，或被疑忌，權勢漸失，這小孩新任白龍使，絕非奇事。又想：「就算他是眞的白龍使，我此刻將他殺了，教中也無人知曉。這小鬼對我記恨極深，讓他活着，那可後患無窮。」殺機既動，眼中不由自主的露出狠毒之色。

韋小寶立時驚覺，暗道：「不好，老婊子要殺我。」低聲道：「剛才我擒住你的手法，你可知是誰傳授的？」太后吃了一驚，回想這小鬼適才所使手法，詭秘莫測，一招間便將自己制住，正是教主的手段，顫聲道：「莫非……莫非是教主的親傳？」韋小寶笑道：「教主傳了我三十招殺手，洪夫人傳了我三十招擒拿手，比較起來，自然教主的手法厲害得多。不過他老人家的招數，一出手就取人性命，我不想殺你，因此只用了夫人所傳的一招『飛燕迴翔』。」他吹牛不用本錢，招數一加便加了十倍。

太后卻毫不懷疑，知道洪夫人所使的許多招數，確是都安上個古代美人的名字，不由得出了身冷汗，尋思：「幸虧他只以洪夫人的招數對付我，倘若使出教主所傳，此刻我早已性命不在了。」此刻那裏還敢有加害之意？恭恭敬敬的道：「多謝尊使不殺之恩。」

韋小寶得意洋洋的道：「我沒挖出你眼珠，比之夫人所授，又放寬三分了。」這話倒是不假，適才要挖太后眼珠，本來也可辦到，只是她傷重之餘，全力反擊，也必取了他性命。

太后越想越怕，道：「多謝手下留情，屬下感激萬分，必當報答尊使的恩德。」

韋小寶本來一見太后便如耗子見貓，情不自禁的全身發抖，那知此刻竟會將她制得貼貼服服，見她誠惶誠恐的站在面前，心中那份得意，當眞難以言宣。他提起左腿，往右腿上一擱，低聲道：「這次隨本使從神龍島來京的，有胖頭陀和陸高軒二人。」

太后道：「是，是。」心想胖陸二人是教中高手，居然爲他副貳，適才幸而沒有魯莽，倘若將他打死了，別說教主日後追究，即是胖陸二人找了上來，那也是死路一條，眼見他雙頰上指痕宛然，正是自己所打的兩個耳光所留，顫聲道：「屬下過去種種，委實罪該萬死。尊使大人大量，後福無窮。」

韋小寶微微一笑，道：「白龍使鍾志靈背叛教主，教主和夫人已將他殺了，派我接掌白龍門。黑龍使張淡月辦事不力，教主和夫人很是生氣，取經之事，現下歸我來辦。」

太后全身發抖，道：「是，是。」想起幾部經書得而復失，這些日子來日夜擔心，終於事發，顫聲道：「這件事說來話長，請尊使移駕慈寧宮，由屬下詳稟。」

韋小寶點頭道：「好。」心想此事之中不明白地方甚多，正要查問，便站起身來。太后轉身去拔了門閂，開了房門，側身一旁，讓他先行。韋小寶大聲道：「太后啓駕啦！」太后低聲道：「得罪了！」走出門去。韋小寶跟在後面。數十名太監宮女遠遠相隨。

兩人來到慈寧宮。太后引他走進臥室，遣去宮女，關上了門，親自斟了一碗參湯，雙手奉上。韋小寶接過喝了幾口，心想：「我今日的威風，只有當年順治老皇爺可比。就算是小皇帝，太后也不會對他如此恭敬。」心中又是一陣大樂。

太后打開箱子，取出一隻錦盒，開盒拿出一隻小玉瓶，說道：「啓稟尊使：瓶中三十顆『雪參玉蟾丸』，乃是朝鮮國王的貢品，珍貴無比，服後強身健體，百毒不侵。其中十二顆請尊使轉呈教主，十顆請轉呈教主夫人，餘下八顆請尊使自服，算是……算是屬下一點兒微末心意。」韋小寶點頭道：「多謝你了。但不知這些藥丸跟『豹胎易筋丸』會不會衝撞？」太后道：「並無衝撞。恭喜尊使得蒙教主恩賜『豹胎易筋丸』，不知……不知屬下今年的解藥，教主是否命尊使帶來？」

韋小寶一怔，道：「今年的解藥？」隨即明白，太后一定也服了「豹胎易筋丸」，教主每年頒賜解藥，卻又解得並不徹底，須得每年服食一次，藥性才不發作，否則她身處深宮，高手侍衛無數，教主本事再大，也不能遙制，笑道：「你我二人都服了豹胎丸，那解藥自不能由我帶來了。」太后道：「是。不過尊使蒙教主恩寵，屬下如何能比？」

韋小寶心想：「她嚇得這麼厲害，可得安慰她幾句。」說道：「教主和夫人說道，只要你盡忠教主，不起異心，努力辦事，教主總不會虧待你的，一切放心好了。」

太后大喜，說道：「教主恩德如山，屬下萬死難報。教主仙福永享，壽與天齊。」

韋小寶心想：「你本來是皇后，現下是皇太后，除了皇帝，天下就是你最大。神龍教再厲害，也決不能和你相比，卻何以要入教，聽命於教主？那不是犯賤之至麼？是了，多半你與你女兒一樣，都是賤骨頭，要給人打罵作賤，這才快活。」他年紀太小，畢竟世事所知有限，一時也猜不透其中關竅所在。

太后見他沉吟，料想他便要問及取經之事，不如自行先提，說道：「那三部經書，屬下派鄧炳春和柳燕二人呈交教主，他老人家想已收到了？」

韋小寶一怔，心想：「假宮女鄧炳春是陶姑姑所殺，柳燕死於方姑娘劍下，有甚麼經書呈交教主？」不明她用意所在，說道：「你說有三部經書呈給了教主？這倒不曾聽說過。教主說黑龍使搞了這麼久，一無所得，很是惱怒，險些逼得他自殺。」太后臉現詫異之色，道：

「這可奇了。屬下明明已差鄧炳春和柳燕二人，將三部經書專誠送往神龍島。那自然是在柳燕爲尊使處死之前的事。」韋小寶道：「哦，有這等事？鄧炳春？就是你那個禿頭師兄嗎？」太后道：「正是。尊使日後回到神龍島，傳他一問，便知分曉。」

韋小寶突然省悟，心道：「是了，鄧炳春爲陶姑姑所殺，這老婊子只道我毫不知情。她失去了三部經書，生怕教主怪罪，將一切推在兩個死人頭上，這叫做死無對證，倒也聰明得緊。那知道這三部經書卻在老子手中。這番謊話去騙別人，那是他媽的刮刮叫，別別跳，偏偏就騙不到老子。我暫時不揭穿你的西洋鏡。」說道：「你旣已取到三部經書，功勞也算不小，其餘五部，還得再加一把勁。」

太后道：「是，屬下從早到晚，就在想怎生將另外五部經書取來，報答教主的恩德。」

韋小寶道：「很好！其實你如此忠心，那豹胎易筋丸中的毒性，就一次給你解了，也是不妨。不久我見到教主，一定給你多說幾句好話。」太后大喜，躬身請了個安，道：「尊使大恩，屬下永不敢忘。最好屬下能轉入白龍門，得由尊使教導指揮，更是大幸。」

韋小寶道：「那也容易辦到。不過你入教的一切經過，須得跟我我詳說，毫不隱瞞。」

太后道：「是，屬下對本門座使，決不敢有半句不盡不實的言語……」

忽然門外脚步聲響，一名宮女咳嗽一聲，說道：「啓稟太后：皇上傳桂公公，說有要緊事，命他立刻便去。」韋小寶點點頭，低聲道：「你一切放心，以後再說。」太后低聲道：「多謝尊使。」朗聲道：「皇上傳你，這便去罷。」韋小寶道：「是，太后萬福金安。」

出得門來，只見八名侍衛守在慈寧宮外，微微一驚，心想道：「可出了甚麼事？」快步來到上書房。

康熙喜道：「好，你沒事。我聽說你給老賤人帶了去，眞有些擔心，生怕她害你。」

韋小寶道：「多謝師父掛懷，那老……老……她問我這些日子去了那裏？我想老皇爺的事千萬說不得，連山西和五台山也不能提，可是我又不大會說謊，給她問得緊了，我情急智生，便說皇上派奴才去江南，瞧瞧有甚麼好玩的玩意兒，便買些進宮。又說，皇上吩咐別讓太后知道，免得太后怪罪皇上當了皇帝，還是這般小孩子脾氣。」

康熙哈哈大笑，拍拍他肩頭，說道：「這樣說最好。讓老賤人當我還是小孩子貪玩，便不來防我。你不大會說謊嗎？可說得挺好啊。」

韋小寶道：「原來還說得挺好嗎？奴才一直擔心，生怕這樣說皇上要不高興呢。」

康熙道：「很好，很好。剛才我怕老賤人害你，已派了八名侍衛去慈寧宮外守着，倘若老賤人不放你走，我便叫他們衝進去搶你出來，眞要跟她立時破臉，也說不得了。」

韋小寶跪下磕頭道：「皇帝師父恩重如山，奴才弟子粉身難報。」

康熙道：「你好好去服侍老皇爺，便是報了我對你的恩遇。」韋小寶道：「是。」

康熙從書桌上拿起一個密封的黃紙大封套，說道：「這是封賞少林寺衆僧的上諭，你挑選四十名御前侍衛，二千名驍騎營官兵，去少林寺宣旨辦事。辦甚麼事，在上諭中寫着，到少林寺後拆讀，你遵旨而行就是。現下我升你的官，任你爲驍騎營正黃旗副都統，那是正二品的大官了。你本是漢人，我賜你爲滿洲人，咱們這叫作入滿洲抬旗。正黃旗是皇帝親將的旗兵，驍騎營更是皇帝的親兵。那御前侍衛副總管的官兒仍然兼着。」他知韋小寶不學無術，年紀又小，當眞做官是做不來的，因此兩個職位都是副手。

韋小寶道：「只要能常在皇帝師父身邊，官大官小，奴才弟子倒不在乎。」說着大力磕頭謝恩，心想：「我好好是個漢人，現在搖身一變，變作滿洲韃子了。」又想：「皇帝師父叫我不忙去清涼寺去做小和尙，卻先帶兵去少林寺頒旨，封賞救駕有功的諸位大師，多半是讓我出出風頭。這叫做先甜後苦，先做老爺，後打屁股。」

康熙將驍騎營正黃旗都統察爾珠傳來，諭知他小桂子其實並非太監，而是御前侍衛副總管，眞名韋小寶，爲了要擒殺鰲拜，這才派他假扮太監，現已賜爲旗人，屬正黃旗，升任驍騎營正黃旗副都統。

察爾珠當鰲拜當權之時，大受傾軋，本已下在獄中，性命朝夕不保，幸得鰲拜事敗，這才獲釋，對擒殺鰲拜的韋小寶早已十分感激，聽得皇上命他爲自己之副，心中大喜，當卽向他道賀，說道：「韋兄弟，咱哥兒倆在一起辦事，那是再好也沒有了。你是少年英雄，咱們驍騎營這一下可大大露臉哪。」韋小寶謙虛一番。察爾珠打定了主意，這人大受皇帝寵幸，雖然是自己副手，其實自己該當做他副手，只要討得他的歡心，日後飛黃騰達，不在話下。

康熙道：「我有事差韋小寶去辦，你們兩人下去，點齊人馬。韋小寶今晚就卽出京，不用來辭別了。」將調動驍騎營兵馬的金牌令符交了給韋小寶。

韋小寶接過金牌，磕頭告別，心想：「老婊子爲甚麼要入神龍教，這事還沒查明，那也不打緊，多半是犯賤，下次回宮時再去問她。」又想：「昨晚給公主打了一頓，全身疼痛，一覺睡到大天光，沒能去見陶姑姑，不知她在宮中怎樣，下次回宮，得跟她會上一會。」

當下二人去見御前侍衞總管多隆。韋小寶取出康熙先前所書那張任他爲御前侍衞副總管的上諭，給他看了，多隆又是連聲道賀，道：「韋兄弟要挑那些侍衞，儘管挑選，只要皇上點頭，要我陪你去一遭也成。」韋小寶笑道：「那可不敢當。保護皇上，責任重大，多總管想出京去逛逛，卻不大容易了。」多隆笑道：「下次我求皇上，咱哥兒倆換一換，你做正的，我做副的，有甚麼出京打秋風的好差使，讓做哥哥的去走走。」

韋小寶點了張康年、趙齊賢兩名侍衞，叫二人召約一批親近的侍衞。察爾珠點齊二千名驍騎營軍士。各參領、佐領參見副都統。皇帝賞給少林寺僧人的賜品，也即齊備，裝在幾十輛車上。皇帝要做甚麼事，自是叱嗟立辦，只兩個多時辰，一切預備得妥妥貼貼。

韋小寶本該身穿驍騎營戎裝，可是這樣小碼的將軍戎服，一時之間卻不易措辦。察爾珠想得周到，將自己的一套戎裝送了給他，傳了四名巧手裁縫跟去，在大車之中趕着修改，吩咐他們晚上不能睡覺，趕好了衣衫才許回京，倘若偷懶，重責軍棍。

韋小寶抽空回到頭髮胡同，對陸高軒和胖頭陀道：「今日已混進了宮中，盜經之事也已略有眉目。」吩咐他二人在屋中靜候消息，不可輕易外出，以免洩漏機密。陸胖二人見他辦事順利，兩天之間便有了頭緒，均感欣慰，喏喏連聲的答應。

韋小寶命雙兒改穿男裝，扮作書僮，隨他同行。

二十幾名妓女塞住了小巷，那藍衫女郎持刀威嚇。衆妓料她也不敢當眞殺人，亂七八糟的罵個不休，又伸手拉扯她衣衫。那綠衫女郎睜大一雙妙目，渾然不明所以。

第二十二回　老衲山中移漏處　佳人世外改粧時

韋小寶動身啓程，天色已晚，但聖旨要他即日離京，說甚麼也非得出城不可。出永定門行了二十里，便即紮營住宿。驍騎營是衞護皇帝的親兵，都是滿洲的親貴子弟，服用飲食，無不高出尋常士兵十倍。大家在京中耽得久了，出京走走，無不興高采烈，何況又不是去拚命打仗，到河南公幹，那是朝廷出了錢請他們遊山玩水，實是大大的優差。

韋小寶吃了酒飯，睡覺太早，於是召集張康年、趙齊賢等衆侍衞、驍騎營的參領佐領軍官，齊到中軍帳中。衆人均想：「皇上不知差韋副都統去幹辦甚麼大事，他傳我們去，定是要宣示特旨。」

各人參見畢，韋小寶笑道：「哥兒們閒着無事，他奶奶的，大家來賭錢，老子作莊。」衆軍官一呆，還道他是開玩笑，卻見他從懷中摸出四粒骰子，往木几上一擲，骰子滴溜溜的滾動，衆人這才歡聲雷動。大凡當兵的無不好賭，只是行軍出征之時，卻嚴禁賭博，以免軍心浮動，有誤大事。韋小寶又怎懂得這一套？驍騎營的參領佐領雖知軍律，但想這一次又不是打仗，何必阻了副都統的雅興？韋小寶又從懷中摸出一疊銀票，往几上一放，足足有五六千兩銀子，說道：「那個有本事的就來贏去？」衆軍官紛歸本帳去取銀子。

驍騎營的軍士有很多職位雖低，家財卻富，聽說韋副都統做莊開賭，都悄悄踅進帳來。

韋小寶叫道：「上場不分大小，只吃銀子元寶！英雄好漢，越輸越笑，王八羔子，贏了便跑！」在四粒骰子上吹口氣，一把撒將下來。

他在揚州之時，好生羨慕賭場莊家的威風，做甚麼副總管、副都統，都還罷了，今日統帶數千之衆，做莊大賭，那才是生平的大得意事。

衆軍官紛紛下注，有吃有賠。賭了一會，大家興起，賭注漸大，擠在後面的軍士也遞上銀子來下注。侍衛趙齊賢和一名滿洲佐領站在韋小寶身旁，幫他收注賠錢。中軍帳中，但聞一片呼么喝六、吃上賠下之聲，宛然便是個大賭場。賭了一個多時辰，賭枱上已有二萬多兩銀子。有些輸光了的，回營去向不賭的同袍借了錢來翻本。

韋小寶一把骰子擲下，四骰全紅，正是通吃。衆人甚是懊喪，有的咒罵，有的歎氣。趙齊賢伸出手去，正要將賭注盡數攞進，韋小寶叫道：「且慢！老子今日第一天帶兵做莊，這一注送給了衆位朋友，不吃！」

衆兵將歡聲大作，齊叫：「韋副都統當眞英雄了得！」韋小寶道：「要加注的便加！」各人這一注死裏逃生，都覺運氣甚好，紛紛加注，滿枱堆滿了銀子。

忽然一人朗聲說道：「押天門！」將一件西瓜般的東西押在天門。衆人一看，登時驚得呆了。賭枱上赫然是一顆血肉模糊的首級。那首級頭戴官帽，竟是一名御前侍衛。

了頭。

趙齊賢驚叫：「葛通！」原來這是御前侍衞葛通的腦袋。他輪值在帳外巡邏，卻被人割

衆人驚惶抬頭，只見中軍帳口站着十多個身穿藍衫之人，各人手持長劍。衆軍官人人全神貫注的賭錢，誰也不知這些人是幾時進來的。帳中衆軍官沒帶兵刃，一時不知如何是好。賭枱前站着一個二十五六歲的青年，雙手空空，說道：「都統大人，受不受注？」

趙齊賢叫道：「拿下了！」登時便有四名御前侍衞向那青年撲去。那人雙臂一分，抓住兩人胸口，砰的一聲，將二人頭對頭一撞，二人便即昏暈。跟着白光閃動，兩柄長劍刺出，自另外兩名侍衞的背心直通到前胸。兩名侍衞慘聲長呼，倒地而死。使劍的藍衫人一是中年漢子，另一個是道人。兩人同時拔劍揮手，雙臂齊飛，撲撲兩聲，都插在賭台之上。中年人叫道：「押上門！」道人叫道：「押下門！」兩柄長劍果然揷在上門下門。

那青年左手一揮，四個藍衫人搶了上來，四柄長劍分指韋小寶左右要害。

趙齊賢顫聲喝道：「你們是甚麼人？好……好大的膽子。殺官闖營，不……不怕殺……殺頭麼？」

用劍指着韋小寶的四人之中，忽有一人嗤的一聲笑，說道：「我們不怕，你怕不怕？」卻是嬌嫩的女子聲音。韋小寶側頭看去，見是個十五六歲的小姑娘，臉蛋微圓，相貌甚甜，一雙大大的眼睛漆黑光亮，嘴角也正自帶着笑意。他本已嚇得魂不附體，但一見到了美貌女子，自然而然勇氣大增，笑道：「單只姑娘一人用劍指着，我早就怕了。」

那少女長劍微挺，劍尖抵到了他肩頭，說道：「你既然怕，爲甚麼還笑？」韋小寶臉孔

一板，道：「我最聽女人的話，姑娘說不許笑，我就不笑。」果然臉上更無絲毫笑容。那少女見他裝模作樣，忍不住嗤的一聲笑了出來。

那帶頭的青年眉頭微蹙，冷笑道：「滿洲韃子也是氣數將盡，差了這麼一個乳臭未乾的小娃娃帶兵。喂，兩把寶劍、一顆腦袋已經押下了，你怎地不擲骰子？」

韋小寶身旁既有美貌姑娘，又聽他說要擲骰子，驚魂稍定，問道：「我輸了賠甚麼？」那青年道：「那還用問？輸劍賠劍，輸頭賠頭！」料想這少年將軍定然討饒投降。那知韋小寶打架比武，輸了便投降，在賭枱上卻說甚麼也不肯做狗熊、認膿包，何況身邊有個俊美姑娘，人生在世，豈能在美貌姑娘之前丟臉？又想：「你們四把劍已指住了我，若要殺我，輸也好，贏也好，反正都是要殺，何必口頭上吃虧？」當即拿起骰子，說道：「好，受了！輸劍賠劍，輸頭賠頭，輸褲子就脫下！你先擲！」

那青年料不到這少年將軍居然有此膽識，倒是一怔。那中年漢子低聲道：「大軍在外，遲則有變！」要他不必無謂耽擱時光，只怕二千名滿洲兵一湧而入，倒是不易對付。那青年向韋小寶望了一眼，見他臉上並無懼色，說道：「我不跟你賭這一場，你死了也不服氣。」接過骰子一擲，是個六點。那道人和中年漢子也各擲了，都是八點。

韋小寶拿起骰子，伸掌到那少女面前，說道：「姑娘，請你吹口氣！」那少女微笑道：「幹甚麼？」還是在骰子上吹了口氣。韋小寶道：「成了！美女吹氣，有殺無賠！」將骰子在掌心中搖了幾搖，正要擲下，趙齊賢道：「且慢！韋都統，問……問他們到底要甚麼？」他怕韋小寶這一骰子擲下去，擲成了六點以下，不免有性命之憂，更怕韋小寶不賠自己之頭，而要割我趙齊賢的頭來賠。誰教我站在旁邊幫莊呢？

那青年冷笑道：「倘若怕了，那就跪下討饒。」

韋小寶道：「烏龜王八蛋才怕！」手上微玩花樣，只是心驚膽戰之際，手法不大靈光，四粒骰子擲去，骨碌碌的滾動，定了下來，擲不成一對天牌，卻是六點。韋小寶大喜，叫道：「六吃六，殺天門，賠上賠下。」將葛通那顆首級提了過來，放在自己面前，又道：「趙大哥，拿兩柄劍來，賠了上家下家。」趙齊賢應道：「是！」向帳門口走去。

一名藍衫漢子挺劍指住他前胸，喝道：「站住了！」韋小寶道：「不許拿劍？好，那也成，一把寶劍算一千兩銀子。」從面前一堆銀子中取了二千兩，平分了放在長劍之旁。

這羣豪客闖進中軍帳來制住了主帥，衆軍官都束手無策，敵人武功既高，出手殺人，肆無忌憚，己方軍士雖多，卻均在帳外，未得訊息，待會混戰一起，帳中衆人赤手空拳，只怕不免要盡數喪命，慄慄危懼之際，見韋小寶和敵人擲骰賭頭，談笑自若，不禁都佩服他的膽氣。也有人心想：「小孩子不知天高地厚，你道這批匪徒是跟你鬧着玩麼？」

那青年又是一聲冷笑，道：「憑我們這兩把寶劍，只贏你二千兩銀子？枱上銀子一起拿了！」六七名藍衫漢子走上前來，將賭枱上的銀子銀票一古腦兒都拿了。那青年接過一把長劍，指住韋小寶的咽喉，喝道：「小奴才，你是滿洲人還是漢人？叫甚麼名字？」

韋小寶心想：「老子若要投降，你們一進來就降了，此時若再屈服，變成有頭無尾，前功盡棄，大丈夫要硬就到底。」哈哈一笑，說道：「老子是正黃旗副都統，名叫花差花差小寶的便是。你要殺便殺，要賭便賭！嘿嘿，以大欺小，不是好漢。」最後這八個字，實在是討饒了，不過說得倒也頗有點英雄氣概。

那青年微微一笑，道：「以大欺小，不是好漢。這句話倒也不錯。小師妹，你年紀跟他也差不多，就跟他鬥鬥。」那少女笑道：「好！」提劍而出，笑道：「喂，花差花差小寶將軍，我領教你的高招。」韋小寶身旁三人長劍微挺，碰到了他衣衫，齊道：「出去動手！」

那青年一揮手，長劍飛起，插在韋小寶面前桌上。

韋小寶尋思：「我劍術半點兒也不會，一定打不過小姑娘。」說道：「以大欺小，不是好漢。我比小姑娘大，怎能欺她？」

那青年一把抓住他後領提起，喝道：「你不敢比劍，那就向我小師妹磕頭求饒。」

韋小寶笑道：「好，磕頭就磕頭。男兒膝下有黃金，最好天天跪女人！」雙膝一曲，向那少女跪了下去。衆藍衫人都鬨笑起來。

突然之間，韋小寶身子一側，已轉在那青年背後，手中匕首指住他後心，笑道：「你投降不投降？」

這一下奇變橫生，那青年武功雖高，竟也猝不及防，後心要害已被他制住。原來韋小寶知道學自神龍島的六招救命招數尚未練熟，只好嬉皮笑臉，插科打諢，大做小丑模樣，引得敵人都笑嘻嘻的瞧他出醜，跪下之際，伸手握住匕首之柄，驀地裏使出那招「飛燕迴翔」，竟然反敗爲勝。倘若他是大人，對方心有提防，這招半生不熟、似是而非的招數定然無效。但一來這一招十分巧妙，使得雖未全對，卻仍具威力，二來那青年怎想到這小丑般的少年竟會出此巧招，就此着了道兒。

一眾藍衣人大驚之下，七八柄長劍盡皆指住他身子，齊喝：「快放開！」然見他匕首對準那青年後心，這七八柄劍每一劍固然都可將他刺死，但他匕首只須輕輕一送，那青年卻也不免喪命，是以劍尖刺到離他身邊尺許，不敢再進。

韋小寶笑道：「放開便放開，有甚麼希奇？」揮動匕首劃了個圈子，錚錚錚一陣響聲過去，七八柄長劍劍頭齊斷，匕首尖頭又對住那青年後心。眾藍衣人一驚，都退了一步。

韋小寶道：「放下銀子，我就饒了你們的頭兒。」

手捧銀兩的幾名藍衣人毫不遲疑，便將銀子銀票放在桌上。

只聽得帳外數百人紛紛呼喝：「莫放了匪徒！」「快快投降！」原來適才一下混亂，帳中兩名軍官逃了出去，召集部屬，圍住了中軍帳。

那道人喝道：「先殺了小韃子！」拔起賭枱上長劍，白光一閃，噗的一聲，已刺在韋小寶右胸。他這一劍計算極精，橫斜切入，自前而後的擊刺，料定韋小寶中劍之後，身子必定後仰，匕首尖便離開那青年的背心。

不料長劍一彎，拍的一聲，立時折斷。韋小寶叫道：「啊喲，刺不死我！」眾藍衣人見他居然刀槍不入，無不驚得呆了。那道人只覺劍尖着體柔軟，並非刺在鋼甲背心之上，一時不明所以，他那知韋小寶內穿防身寶衣，利刃難傷。

這時中軍帳內已湧進數百名軍士，長槍大刀，密布四周，眾侍衞和軍官也已從部屬手中取得兵器。那十幾名藍衣人武功再高，也已難於殺出重圍，何況幾人長劍已斷，首領又被制住，本來大佔上風，霎時之間形勢逆轉，一敗塗地。那青年高聲叫道：「大家別管我，自行衝殺出去！」衆侍衛和軍官湧上，每七八人圍住了一人。這些藍衣人只要稍有動彈，便是亂刀分屍之禍，只得拋下兵刃，束手就擒。

韋小寶心想：「這幾個人武功了得，又和朝廷作對，說不定跟天地會有些瓜葛，我怎生放了他們走路？」當即笑道：「老兄，剛才你本可殺我，沒有下手。倘若我此刻殺了你，不給你翻本的機會，未免不是英雄好漢，這叫做王八羔子，贏了就跑。這樣罷，咱們再來賭一賭腦袋。」這時已有七八般兵刃指住那青年。韋小寶收起匕首，笑吟吟的坐了下來。

那青年怒道：「你要殺便殺，別來消遣老子。」

韋小寶拿起四顆骰子，笑道：「我做莊，賭你們的腦袋，一個個來賭。那一個贏了的，立刻便走，再拿一百兩盤纏。骰子擲輸了的，趙大哥，你拿一把快刀在旁侍候，一刀砍將下去，將腦袋砍了下來，給我們葛通葛大哥報仇。」

他一點對方人數，共是十九人，當下將一錠錠銀子分開，共分十九堆，每堆一百兩。

那些藍衣人自忖殺官作亂，既已被擒，自然個個殺頭，更無倖免之理，不料這少年將軍要充好漢，竟然放一條生路，倘若骰子擲輸，那也是無可如何了。那道人叫道：「很好，大丈夫一言既出……」

韋小寶道：「死馬難追！我花差花差小寶做事，決不佔人便宜。這位小姊姊還不知是小妹妹，剛才幫我在骰子上吹了一口氣，保全了我的腦袋，你就不必賭了。你的小腦袋兒，算是我贏了之後分給你的紅錢。拿了這一百兩銀子，先出帳去罷。傳下號令，外面把守的人不得留難。」一名佐領大聲傳令：「副都統有令：中軍帳放出去的，一概由其自便，不得留難阻擋。」帳外守軍大聲答應。韋小寶將兩錠五十兩的元寶推到那少女面前。

那少女臉上一陣白、一陣紅，緩緩搖頭，低聲道：「我不要。我們……我們同門一十九人，同……同生共死。」

韋小寶道：「好，你很有義氣。既然同生共死，那也不用一個個的分別賭了。小姑娘，你跟我賭一手。你贏了，一十九人一起拿了銀子走路；倘若輸了，一十九顆腦袋一齊砍下，爽不爽快？」那少女向青年望去，等候他示下。

那青年好生難以委決，倘若十九人分別和這小將軍賭，勢必有輸有贏，如果他當眞言而有信，那麼十九人中當可有半數活命，日後尙可再設法報仇。但如由小師妹擲骰，贏則全師而退，輸了全軍覆沒，未免太過凶險。他眼光向同門衆人緩緩望去。

一名藍衣大漢大聲道：「小師妹說得不錯，我們同生共死，請小師妹擲好了。否則就算是我贏了，也不能獨活。」七八人隨聲附和。

韋小寶笑道：「好！小姑娘，你先擲！」將骰盆向那少女面前一推。

那少女望着那青年，要瞧他眼色行事。那青年點頭道：「小師妹，生死有命，你大膽擲好了。反正大夥兒同生共死！」

那少女伸手到碗中抓起四粒骰子，長長的睫毛垂了下來，突然抬起頭來，向韋小寶看了一眼，拿着骰子的手微微發抖，一鬆手，四粒骰子跌下碟去，發出清脆的響聲。那少女閉上了眼，竟不敢看，只聽得耳邊響起一陣叫聲：「三！三！三！三點！」夾雜着衆侍衞官兵笑罵之聲。那少女雖不懂骰子的賭法，但聽得敵人歡笑叫嚷，料想自己這一把骰擲得極差，緩緩睜眼，果見衆同門人人臉色慘白。

四粒骰子最大的可擲到至尊，其次天對、地對、人對、和對、梅花、長三、板凳、牛頭等等對子，即使不成對，也有九點以至四點都比三點爲大。這三點一擲出來，十成中已輸了九成九，就算韋小寶也擲了三點，他是莊家，三點吃三點，還是能砍了十九人的腦袋。

一名藍衫漢子突然叫道：「我的腦袋，由我自己來賭，別人擲的不算。」那道人怒道：「男子漢大丈夫，豈能如此貪生怕死？墮了我王屋派的威名。」韋小寶點頭道：「衆位都是王屋派的？」那道人道：「反正大夥兒是個死，跟你說了，也不打緊。」那藍衣漢子大聲道：「我是我爹娘生的，除了爹娘，誰也不能定我的生死。」那道人怒道：「你小師妹擲骰子之前，你又不說，待她擲了三點，這才開腔。我王屋派中，沒你這號不成材的人物。」那漢子性命要緊，大聲道：「五符師叔，我不做王屋派門下弟子，也沒甚麼大不了。」另一名漢子冷冷的道：「你只求活命，其餘的甚麼都不在乎，是不是？」那漢子道：「這位少年將軍明明要我們一個個跟他賭。小師妹代擲骰子，你們答應了，我出聲答應了沒有？」

那藍衣青年森然道：「好，元師兄，從此刻起，你不是王屋派門下弟子。你自己和他賭過罷。」那姓元的道：「不是就不是好了。」

韋小寶道：「你姓元，叫甚麼名字？」那姓元的微一遲疑，眼見同門已成仇人，自己若說假名，必被揭穿，說道：「在下元義方。」那青年哼了一聲，道：「閣下不妨改個名字，叫作元方。」韋小寶道：「爲甚麼改名哪？嗯，元方，元方，少了個『義』字，他是罵你沒有義氣。喂，王屋派的各位朋友，還有那一位要自己賭的？」注目向衆藍衫人中望去，只見有兩人口唇微動，似欲自賭，但一遲疑間，終於不說。

韋小寶道：「很好，王屋派門下，人人英雄豪傑，很有義氣。這位元兄，反正不是王屋派的，他有沒有義氣，跟王屋派並不相干。」那青年微微一笑，道：「多謝你了。」韋小寶道：「來人，斟上酒來！我跟這裏十八位朋友喝上一杯，待會是輸是贏，總之是生離死別。這十八位義氣深重的朋友，不可不交。」手下軍士斟上十九杯酒，在韋小寶面前放了一杯，十八個藍衫人各遞一杯。那些人見爲首的青年接了，也都接過。

那青年朗聲道：「我們跟滿洲韃子是決不交朋友的。只是你爲人爽氣，對我王屋派又很看重，跟你喝這一杯酒也不打緊。」韋小寶道：「好，乾了！」一飲而盡。那十八人也都喝了，紛紛將酒杯擲在地下。元義方鐵青着臉，轉過了頭不看。

韋小寶喝道：「侍候十八柄快刀，我這一把骰子，只須擲到三點以上，便將這十八位好朋友的腦袋都給割了下來。」衆軍官轟然答應，十八名軍官提起刀劍，站在那十八人之後。

韋小寶心想：「我這副骰子做了手脚，要擲成一點兩點，本也不難。只是近來少有練習，手上功夫生疏了，剛才想擲天一對，卻擲成了個六點，要是稍有差池，不免害了這十八人的性命。這些臭男子倒也罷了，這花朵般的小姑娘死了，豈不可惜？」

他拿起四枚骰子，在手中搖了搖，自己吹了口氣，手指輕轉，一把擲下，隨即左掌掩住碗口。只聽得骰子滾了幾滾，定了下來，他沒有把握，手指離開一縫，湊眼望去，只見四枚骰子中兩枚兩點，一枚一點，一枚五點，湊起來剛好是個鱉十。鱉十便是無點，小到無可再小。他本已打定主意，倘若手法不靈，擲成三點以上，隨口便說兩點一點，幌動骰碗，擾了骰子，從此死無對證，對方自是大喜過望，自己部屬最多只心中起疑，無人敢公然責難。現下作弊成功，大喜之下，罵道：「他媽的，老子這隻手該當砍掉了才是！」左手在自己手背上重擊數下。

衆人看到了骰子，都大叫出聲：「彆十，彆十！」

那些藍衣人死裏逃生，忍不住縱聲歡呼。那爲首的藍衣青年望着韋小寶，心想：「滿洲韃子不講信義，不知他說過的話是否算數？」

韋小寶將賭枱上的銀子一推，說道：「贏了銀子，拿了去啊。難道還想再賭？」

那青年道：「銀子是不敢領了。閣下言而有信，是位英雄。後會有期。」一拱手，轉身欲走。韋小寶道：「喂，你贏了錢不拿，豈不是瞧不起在下花差花差小寶？」那青年心想：「身在險地，不可多有耽擱。」說道：「那麼多謝了。」十八人都拿了銀子，轉身出帳。

韋小寶的一雙眼睛一直盯在那少女臉上。她取了銀子後，忍不住向韋小寶瞧了一眼。四目交投，那少女臉上一紅，微微一笑，低聲道：「謝謝你。」走了兩步，轉頭說道：「小將軍，你這四枚骰子，給了我成不成？」韋小寶笑道：「成啊，有甚麼不可以。你拿去跟師兄們賭錢麼？」那少女微笑道：「不是的。我要好好留着，剛才眞把我性命嚇丟了半條。」韋小寶抓起四枚骰子，放在她手裏，乘勢在她手腕上輕輕一揑，這一下便宜，總是要討的。

那少女又道：「謝謝你。」快步出帳。

元義方見衆同門出帳，跟着便要出去。韋小寶道：「喂，我可沒跟你賭過。」元義方臉上登時全無血色，心想：「這件事可眞錯了，早知他會擲成鱉十，我又何必枉作小人。」說道：「將軍沒了骰子，我……我只道不賭了。」韋小寶道：「爲甚麼不賭？甚麼都可賭，豁拳可以賭，滾銅錢也可賭。」隨手抓起一叠銀票，道：「你猜猜，這裏一共多少兩銀子。」元義方道：「那怎麼猜得到？」韋小寶一拍桌子，喝道：「這匪徒，對本將軍無禮，拿出去砍了！」衆軍官齊聲答應。

元義方嚇得面如土色，雙膝一軟，跪倒在地，說道：「小……小人不敢，大將軍……大將軍饒命。」韋小寶大樂，心想：「這傢伙叫我大將軍。」喝道：「我問你甚麼，一句句從實招來，若有絲毫隱瞞，砍下你的腦袋。」元義方連聲道：「是，是！」

韋小寶命人取過足鐐手銬，將他銬上了，吩咐輸了銀子的衆軍官取回賭本，退了出去，帳中只剩張康年、趙齊賢兩名侍衞，以及驍騎營參領富春。當下由張康年審訊，他問一句，元義方答一句，果然毫無隱瞞。

原來王屋派掌門人司徒伯雷，本是明朝的一名副將，隸屬山海關總兵吳三桂部下，抗拒滿洲入侵，驍勇善戰，頗立功勳。後來李自成打破北京，吳三桂引清兵入關，司徒伯雷領兵與李自成部作戰，奮勇殺敵，攻回北京。當時他只道清兵入關，是爲崇禎皇帝報仇，那知清兵卻乘機佔了漢人的江山，吳三桂做了大漢奸。司徒伯雷大怒之下，立即棄官，到王屋山隱居。他舊時部屬頗有許多不願投降滿清的，便都在王屋山聚居。司徒伯雷武功本高，閒來以武功傳授舊部，時日既久，自然而然的成了個王屋派。那是先有師徒，再有門派，與別的門派頗不相同。說起司徒伯雷的名字，張康年等倒也曾有所聞。

元義方說道，那帶頭的青年是司徒伯雷的兒子司徒鶴，其餘的有些是同門師兄弟，有幾個年長的，他們以師叔相稱。那少女名叫曾柔，她父親是司徒伯雷的舊部，已於數年之前過世，臨終時命她拜在老上司門下。

他們最近得到訊息，吳三桂的兒子吳應熊到了北京，司徒掌門便派他們來和他相見。路經此處，見到清兵軍營，司徒鶴少年好事，潛入窺探，見衆人正在大賭，便欲動手搶刦，其意倒還不在錢財，卻是志在殺一殺滿洲兵的氣燄。

韋小寶問道：「你們去見吳三桂的兒子，爲了甚麼？」元義方道：「師父吩咐，命我們想法子擒了他去王屋山，以此要挾吳三桂，迫他……迫他……」韋小寶道：「怎麼？迫他造反？」元義方道：「是師父說的，可與小人不相干。小人忠於大清，決不敢造反。小人今日和王屋派一刀兩斷，就是不肯附逆，棄暗投明，陣前起義。」韋小寶一脚踢去，笑罵：「他媽的，你還是個大大的義士啦。」元義方毫不閃避，挨了他這一脚，說道：「是，是！全仗將軍大人栽培。小人今後給將軍大人做奴做僕，忠心耿耿，赴湯蹈火，在所不辭。」

韋小寶心想對方這一下殺了三名御前侍衞，自己卻放了司徒鶴、曾柔一干人，只怕張康年等侍衞不服，至少也要怪老子擲骰子的運氣太也差勁，眼前這件案子，總須給大家一些好處，才是做大莊家的面子，沉吟半晌，已有了主意，伸手在桌上重重一拍，喝道：「你這大膽反賊，明明是去跟吳三桂勾結，造反作亂，卻說要綁架他兒子。你得了吳三桂多少好處，卻替他隱瞞？他媽的王八蛋，來人哪！給我重重的打！」

帳外走進七八名軍士，將元義方掀翻在地，一頓軍棍，只打得皮開肉綻。

韋小寶道：「你招了不招？你說要去綁架吳三桂的兒子，怎麼到我們軍營來殺害御前侍衞？御前侍衞和驍騎營，都是皇上最最親信之人，你們得罪了御前侍衞和驍騎營，就是不給皇上面子。」張康年、富春等一聽，心下大爲受用，一齊出聲威嚇。

韋小寶道：「這傢伙花言巧語，揑造了一片謊話來騙人。這等反賊，不打那有眞話？再給我打！」衆軍士一陣吆喝，軍棍亂下。元義方大叫：「別打，別打！小人願招！」韋小寶問：「你們在王屋山上住的，共有多少人？」元義方道：「共有四百多人。」韋小寶又問：「連帶家人呢？」元義方道：「總有二千來人罷！」韋小寶拍案罵道：「操你個奶奶雄，那有這麼少的？給我打！」元義方叫道：「別打，別打！有……有四千……五千多人！」

韋小寶大罵：「操你奶奶的十八代老祖宗，說話不爽爽快快的，九千就是九千，爲甚麼說四千、五千，分開來說？」元義方道：「是，是，有九千多人。」韋小寶道：「你們這等反賊，那有說眞話的？說九千多人，至少有一萬九千。」砰的一聲，在桌上一拍，喝道：「在王屋山聚衆造反的，到底有多少人？」

元義方聽出了他口氣，人數說得越多，小將軍越喜歡，便道：「聽說……聽說共有三萬來人。」韋小寶喜道：「是啊，這才差不多了。」轉頭向參領富春道：「這賤骨頭不打不招。」富春道：「正是，還得狠狠的打。」

元義方叫道：「不用打了。將軍大人問甚麼，小人招甚麼。」早已打定了主意，總之是順着這小將軍的口風，以免皮肉受苦。

韋小寶道：「你們這三萬多人，個個都練武藝，是不是？剛才那小姑娘，只十五六歲年紀，也練了武藝。你們都是吳三桂的舊部，有些年輕的，是他部下將領的子女，是不是？」元義方道：「是，是。大家都……都會武藝，都是吳三桂的舊部。」韋小寶道：「你們的首領司徒伯雷，以前是吳三桂的愛將，打仗是很厲害的，是不是？他說要把我們滿洲人都殺光了？」元義方道：「這是他大逆不道的言語，非常……非常之不對。」韋小寶道：「他派你們去北京見吳三桂的兒子，商量如何造反。爲甚麼不到雲南去，跟吳三桂當面商量？」

元義方道：「這個……這個……恐怕……恐怕別有原因。」實則他們只是要綁架吳應熊，對韋小寶這句話倒不易回答。

韋小寶怒道：「混蛋！甚麼別有原因？你們那司徒伯雷自己早已去過雲南，跟吳三桂一切都說好了，是不是？」元義方道：「好像……好像是的。」韋小寶罵道：「甚麼好像不好像？他媽的，是就是，不是就不是。」元義方道：「是……是的，去……去過的。」

張康年、趙齊賢、富春三人聽得韋小寶一路指引，漸漸將一件造反謀叛的大逆案攀到平西王吳三桂頭上，不由得面面相覷，暗暗擔心，不知他是甚麼用意。

韋小寶又問：「司徒伯雷是吳三桂的愛將，帶着這三萬多精兵，爲甚麼不紮駐在雲南？你奶奶的，王屋山在甚麼地方？」心想：「倘若王屋山也在雲南，這句問話可不對了。」幸好元義方答道：「在河南省濟源縣。」但韋小寶可也不知河南省濟源縣在甚麼地方，說道：「那離北京很近，是不是？」元義方道：「也不太遠。」韋小寶罵道：「操你奶奶，很近就很近。甚麼也不太遠！」元義方道：「是，是，很近，很近。」韋小寶道：「好啊，那離北京近得很哪！你們這些反賊，用意當眞惡毒，在京城附近山裏伏下了一枝精兵。吳三桂在雲南一造反，你們立刻從山裏殺將出來，直撲北京，將我們這些御前侍衞、驍騎營親兵，一個個砍瓜切菜，只殺得血流成河，屍積如山，沙塵滾滾，屁滾尿流，是不是？」元義方磕頭道：「這是吳三桂跟司徒伯雷兩個反賊大逆不道的陰謀，跟小人可不……可不相干。」

韋小寶微微一笑，心道：「你這傢伙倒乖巧得緊。」問道：「你們王屋派中，在吳三桂部下當過軍官兵卒的，有那些人，一一招來。」元義方道：「人數多得很。」當下說了許多人的姓名，那倒並非揑造。韋小寶道：「很好！你把這些人的姓名都寫下來，他們以前在吳三桂部下當甚麼官職，也都一一寫明。」元義方道：「有些……有些小人不大清楚。」韋小寶道：「你不清楚？拖下去再打三十棍，你就淸楚了。」元義方忙道：「不……不用打，小人都……都記起來啦。」

軍士拿來紙筆，元義方便書寫名單。韋小寶見他寫了半天也沒寫完，心中不耐，對張康年道：「這人的口供，叫師爺都錄了下來。」向元義方喝道：「你剛才說的口供，去跟師爺再說一遍。說得有半句不清楚的，砍了你的腦袋。帶了下去。」兩名軍官拉了他下去。

韋小寶笑嘻嘻的道：「三位老兄，咱們這次可眞交上了運啦，破了這一件天大的造反案子，咱四人非大大升官不可。」張康年等三人驚喜交集。趙齊賢道：「這是都統大人的明見英斷，屬下有甚麼功勞？」韋小寶道：「見者有份，人人都有功勞。」

張康年道：「說平西王造反，不知道夠不夠證據？」韋小寶道：「這批王屋山的反賊要造反，總不是假的罷？他們上北京去見吳三桂的兒子，能有甚麼好事幹出來？」張康年道：「這姓元的說，他們要綁架平西王世子，逼迫平西王造反，那麼王屋派事先恐怕未必跟他們有甚麼聯絡。」韋小寶道：「張大哥跟平西王府的人很有來往，內情知道得很多，是不是？倘若他們造反成功，平西王做了皇帝，嘿嘿。」

張康年聽他語氣不善，大吃一驚，忙道：「平西王府中的人，我一個也不識。都……都統大人說……說得是，吳三桂那廝大……大逆不道，咱們立……立刻去向皇上告狀。」

韋小寶道：「請三位去跟師爺商量一下，怎麼寫這道奏章。」

張康年等三人和軍中文案師爺寫好了奏章，讀給韋小寶聽，內容一如元義方的招供，王屋山中吳三桂舊部諸人的名單，附於其後。奏摺中加油添醬，敍述韋小寶日間見到反賊，夜裏在營中假裝不備，引其來襲，反賊兇悍異常，韋小寶率衆奮戰，身先士卒，生擒賊魁元義方，得悉逆謀。御前侍衞葛通等三人，忠勇殉國，求皇上恩典，對三人家屬厚加撫卹。

韋小寶聽了，說道：「把富參領和張趙兩位侍衞頭領的功勞也說上幾句。」富春等三人大喜道謝。韋小寶又道：「再加上幾句，說咱們把反賊一十九人都擒住了，反賊卻說甚麼也不肯吐露逆謀，我便依據皇上先前所授方略，故意將一十八名反賊釋放，這才將全部逆謀查得明明白白。」三人齊道：「放走一十八名反賊，原來是皇上所授方畧？」

韋小寶道：「這個自然，我小小年紀，那有這等聰明？若不是皇上有先見之明，這一樁大逆謀怎查得出？」

韋小寶說的是先前康熙命他放走吳立身、敖彪、劉一舟三人，以便查知刺客入宮爲逆的眞相。張康年等卻以爲王屋派來襲之事，早爲皇上所知，那麼誣攀吳三桂，也是皇上先有授意了，眼見一場大富貴平白無端的送到手中，無不大喜過望，向韋小寶千恩萬謝。

按照滿清規矩，將軍出征，若非奉有詔書，不得擅回，雖然韋小寶離北京不過二十里，卻也不能自行回宮向康熙親奏，當下命兩名佐領、十名御前侍衛，領了一個牛彔三百名兵士（按：八旗兵三百人爲一牛彔，牛彔爲「大箭」之意，爲首者持大箭爲令符。五牛彔爲一甲喇。五甲喇爲一固山。）連夜押了元義方去奏知康熙。他心下得意：「這一下搞得吳三桂可夠慘的了。沐王府跟我們天地會比賽，要瞧是誰鬥倒鬥垮吳三桂。老子今日對兩位師父都立了大功，天地會的陳師父喜歡，皇帝師父也必喜歡。」

次日領軍緩緩南行，到得中午時分，兩名御前侍衛從京中快馬追來，說道：「皇上有密旨。」韋小寶大喜，當即召集衆侍衛、驍騎營衆軍官在中帳接旨。

那宣旨的侍衛站在中間，朗聲說道：「驍騎營正黃旗副都統兼御前侍衛副總管韋小寶聽者：朕叫你去少林寺辦事，誰叫你中途多管閒事？聽信小人的胡說八道，誣陷功臣，這樣瞎搞，豈不令藩王寒心？那些亂七八糟的說話，從此不許再提，若有一言一語洩漏了出去，大家提了腦袋回京來見朕罷。欽此。」

韋小寶一聽，只嚇得背上出了一身冷汗，只得磕頭謝恩。中軍帳內人人面無目光，好生羞慚。富春、張康年等不敢多說，心想你這小孩兒胡鬧，皇上不降罪，總算待你很好的了，眼下你心情惡劣，沒的找釘子來碰，各人辭了出去。

那傳旨的侍衛走到韋小寶身旁，在他身邊低聲道：「皇上吩咐，叫你一切小心在意。」韋小寶道：「是，皇上恩典，奴才韋小寶感激萬分。」取出四百兩銀子，送了兩名侍衛。待兩人走後，甚是納悶：「難道皇帝知道我誣攀吳三桂？還是元義方那廝到了北京之後又翻口供，說我屈打成招？看來皇上對吳三桂好得很，若要扳倒他，倒是不易。」

傍晚時分，押解元義方的侍衞和驍騎營官兵趕了上來。韋小寶碰了這個大釘子，大家賭錢也沒興致了。一路無話，不一日，到了嵩山少林寺。

住持得報有聖旨到，率領僧衆，迎下山來，將韋小寶一行接入寺中。

韋小寶取出聖旨，拆開封套，由張康年宣讀，只聽他長篇大論的讀了不少，甚麼「法師等深悟玄機，早識妙理，克建嘉猷，夾輔皇畿」，甚麼「梵天宮殿，懸日月之光華，佛地園林，動烟雲之氣色」，甚麼「雲繞嵩嶽，鸞迴少室，草垂仙露，林昇佛日，倬焉梵衆，代有明哲」，跟着讀到封少林寺住持晦聰爲「護國佑聖禪師」，所有五台山建功的十八名少林僧皆有封賞，最後讀道：「茲遣驍騎營正黃旗副都統、兼御前侍衞副總管、欽賜黃馬褂韋小寶爲朕替身，在少林寺出家爲僧，御賜度牒法器，着即剃度，欽此。」

前面那些文謅謅的駢四驪六，韋小寶聽了不知所云，後面這段話卻是懂的，不由得臉上變色。康熙要他去五台山做和尚，他是答應了的，萬料不到竟會叫他在少林寺剃度。這道聖旨一直在他身邊，可是不到地頭，怎敢拆開偷看？何況就算看了，也不識其中寫些甚麼。

晦聰禪師率僧衆謝恩。衆軍官取出犒賞物事分發。韋小寶在旁看着，心下滿不是味兒。

晦聰禪師道：「韋大人代皇上出家，那是本寺的殊榮。」當即取出剃刀，說道：「韋大人是皇上替身，非同小可，即是老衲，也不敢做你師父。老衲代先師收你爲弟子，你是老衲的師弟，法名晦明。少林合寺之中，晦字輩的，就是你和老衲二人。」

韋小寶到此地步，只得滿目含淚，跪下受剃。晦聽禪師先用剃刀在他頭頂剃三刀，便有剃度僧將他頭上本已燒得稀稀落落的頭髮剃個淸光。晦聽禪師說偈道：「少林素壁，不以爲碍。代帝出家，不以爲泰。塵土榮華，昔晦今明。不去不來，何損何增！」取過皇帝的御賜度牒，將「晦明」兩字塡入牒中，引他跪拜如來，衆僧齊宣佛號。

韋小寶心中大罵：「你老賊禿十八代祖宗不積德，却來剃老子的頭髮。你唸一聲阿彌陀佛，老子肚裏罵一聲辣塊媽媽。」突然間悲從中來，放聲大哭。滿殿軍官盡皆驚得呆了。衆僧朗誦佛號，無人理他。韋小寶哭了一會，也只好收淚。

晦聽禪師道：「師弟，本寺僧衆，眼下以『大覺觀晦，澄淨華嚴』八字排行。本師觀證禪師，已於二十八年前圓寂，寺中澄字輩諸僧，都是你的師姪。」

當下羣僧順次上前參見，其中澄心、澄光、澄通等都是跟他頗有交情的。

韋小寶見到一個個白鬚如銀的澄字輩老和尙都稱自己爲師叔，淨字輩中也有不少和尙年紀已老，竟稱自己爲師叔祖，倒也有趣，即是華字輩的衆僧，也有三四十歲的，參拜之時竟然口稱太師叔祖，忍不住哈哈太笑。衆人見他臉上淚珠未擦，忽又大笑，無不莞爾。

康熙派遣御前侍衛、驍騎營親兵來到少林寺，原來不過護送韋小寶前來剃度出家，但皇帝替身，豈同尋常，若非如此大張旗鼓，怎能在少林羣僧心目中顯得此事的隆重？

驍騎營參領富春，御前侍衛趙齊賢、張康年等向韋小寶告別。韋小寶取出三百兩銀子，要張康年在山下租賃民房，讓雙兒居住。少林寺向來不接待女施主入寺，雙兒雖已改穿了男裝，但達摩院十八羅漢都認得她是韋小寶的丫頭，是以她候在山下，只道傳過聖旨、封贈犒賞之後，韋小寶便即下山回京，那料到他竟會在寺中出家。

韋小寶既是皇帝的替身，又是晦字輩「高僧」，在寺中自是身分尊崇。方丈撥了一座大禪房給他。晦聰方丈道：「師弟在寺中一切自由，朝晚功課，亦可自便，除了殺生、偷盜、淫邪、妄語、飲酒五大戒之外，其餘小戒，可守可不守。」跟着解釋五戒是甚麼意思。

韋小寶心想：「這五戒之中，妄語一戒，老子是說甚麼也不守的了。」問道：「戒不戒賭？」晦聰方丈一怔，問道：「甚麼賭？」韋小寶問道：「賭錢哪？」晦聰微微一笑，說道：「五大戒中，並無賭戒。旁人要守，師弟任便。」韋小寶心想：「他媽的，我一個人不戒有甚麼用？難道自己跟自己賭？」

在寺中住了數日，百無聊賴，尋思：「小玄子要我去服侍老皇爺，卻叫我先在少林寺出家，不知甚麼時候才讓我去五台山？」這日信步走到羅漢堂外，只見澄通帶着六名弟子正在練武，衆僧見他到來，一齊躬身行禮。

韋小寶揮手道：「不必多禮，你們練自己的。」但見淨字輩六僧拳脚精嚴，出手狠捷，拆招之時又是變化多端，比之自己這位師叔祖，實在是高明得太多了。聽得澄通出言指點，這一拳如何剛猛有餘，韌勁不足，這一脚又是如何部位偏了，踢得太高，韋小寶全不明白，瞧得索然無味，轉身便走。

心想：「常聽人說，少林寺武功天下第一，我來到寺裏做和尚，不學功夫豈不可惜？」突然間恍然大悟：「啊喲，是了！海大富這老烏龜教給我的狗屁少林寺武功是假的，管不了用，小玄子叫我在少林寺出家，是要我學些少林寺的眞本事，好去保護老皇爺。可是我的師父在廿八年前早就死了，誰來教我功夫？」沉吟半晌，又明白了一事：「住持老和尚教我做他師弟，原來就是要讓我沒有師父，這老賊禿好生奸滑。嗯，是了，他見我是皇帝親信，乃是滿洲大官，決不肯把上乘武功傳給我這小韃子。哼，你不教我，難道我不會自己瞧着學嗎？」

武林中傳授武功之時，若有人在旁觀看，原是任何門派的大忌，但這位晦明禪師乃本寺「前輩高僧」，本派徒子徒孫傳功練武，他要在旁瞧瞧，任誰都不能有何異議。他在寺中各院東張西望，見到有人練武習藝，便站定了看上一會。只可惜這位「高僧」的根柢實在太過淺薄，當日海大富所教的既非眞實功夫，陳近南所傳的那本內功秘訣，他又沒練過幾天。少林寺武功博大精深，這樣隨便看看，豈能有所得益？何況他又沒耐心多看。

在少林寺中遊蕩了月餘，武功一點也沒學到。但他性子隨和，喜愛交結朋友，在寺中是位份僅次於方丈的前輩，既肯和人下交，所有僧衆自是對他十分親熱。

這一日春風和暢，韋小寶只覺全身暖洋洋地，耽在寺中與和尚爲伴，實在不是滋味，於是出了寺門，信步下山，心想好久沒見雙兒，不知這小丫頭獨個兒過得怎樣，要去瞧瞧她，再者在寺中日日吃素，青菜豆腐的祖宗早給他罵過幾千幾萬次，得要雙兒買些鷄鴨魚肉，讓大和尚飽餐一頓。

行近寺外迎客亭，忽聽得一陣爭吵之聲，他心中一喜：「妙極，妙極！有人吵架。」快步上前，只聽得幾個男人的聲音之中，夾着女子的清脆嗓音。

走到臨近，只見亭中兩個年輕女子，正在和本寺四名僧人爭鬧。四僧見到韋小寶，齊道：

「師叔祖來了，請他老人家評評這道理。」迎出亭來，向他合十躬身。這四僧都是淨字輩的，韋小寶知道他們職司接待施主外客，平日能言善道，和藹可親，不知何故竟會跟兩個年輕女子爭鬧起來。看這兩個女子時，一個二十歲左右，身穿藍衫，另一個年紀更小，不過十六七歲，身穿淡綠衣衫。

韋小寶一見這少女，不由得心中突的一跳，胸口宛如被一個無形的鐵錘重重擊了一記，霎時之間脣燥舌乾，目瞪口呆，心道：「我死了，我死了！那裏來的這樣的美女？這美女倘若給了我做老婆，小皇帝跟我換位我也不幹。韋小寶死皮賴活，上天下地，槍林箭雨，刀山油鍋，不管怎樣，非娶了這姑娘做老婆不可。」

兩個少女見四僧叫這小和尚為「師叔祖」，執禮甚恭，甚是奇怪，片刻之間，便見他雙目發呆，牢牢的盯住綠衣女郎。縱然是尋常男子，如此無禮也是十分不該，何況他是出家的僧人？那綠衣女郎臉上一紅，轉過了頭去，那藍衣女郎已是滿臉怒色。

韋小寶兀自不覺，心道：「她為甚麼轉了頭去？她臉上這麼微微一紅，麗春院中一百個小娘站在一起，也沒她一根眉毛好看。她每笑一笑，我就給她一萬兩銀子，那也抵得很。」又想：「方姑娘、小郡主、洪夫人、建寧公主、雙兒丫頭，還有那個擲骰子的曾姑娘，這許許多多人加起來，都沒跟前這位天仙的美貌。我韋小寶不要做皇帝、不做神龍教教主、不做天地會總舵主、甚麼黃馬褂三眼花翎、一品二品的大官，更加不放在心上，我……我非做這小姑娘的老公不可。」頃刻之間，心中轉過了無數念頭，立下了赴湯蹈火、萬死不辭的大決心，臉上神色古怪之極。

四僧二女見他忽爾眉花眼笑，忽爾咬牙切齒，便似顛狂了一般。淨濟和淨清連叫數次：「師叔祖，師叔祖！」韋小寶只是不覺。過了好一會，才似從夢中醒來，舒了口長氣。

那藍衫女郎初時還道他好色輕薄，後來又見神色不像，看來這小和尚多半是個白痴，心下好笑，問道：「這小和尚是你們的師叔祖？」

淨濟忙道：「姑娘言語可得客氣些。這位高僧法名上晦下明，是本寺兩位晦字輩的高僧之一，乃是住持方丈的師弟。」兩個女郎都微微一驚，隨即更覺好笑，搖頭不信。那綠衣女郎笑道：「師姊，他騙人，我們才不上當呢。這個小……小法師，怎麼會是甚麼高僧了？」

這幾句話清脆嬌媚，輕柔欲融，韋小寶只聽得魂飛魄散，忍不住學道：「這個小……小法師，怎麼會是甚麼高僧了？」這句話一學，輕薄無賴之意，表露無遺。

兩個女郎立即沉下臉來，四名淨字輩的僧人也覺這位小師叔祖太也失態，甚感羞愧。

那藍衫女郎哼了一聲，問道：「你是少林寺的高僧？」韋小寶道：「僧就是僧，卻不是甚麼高僧，你瞧我這麼矮，只不過是個矮僧。」藍衫女郎雙眉一軒，朗聲道：「我們聽人說道，少林寺是天下武學的總滙，七十二門絕藝深不可測。我姊妹倆心中羨慕，特來瞻仰，不料武功固是平平，寺裏和尚更加不守清規，油嘴滑舌，便如市井流氓一般，令人好生失望。師妹，咱們走罷！」說着轉身出亭。

淨清攔在她身前，說道：「女施主來到少林寺，行兇打人，就算要走，也得留下尊師的名號。」

韋小寶聽到「行兇打人」四字，心想：「原來她們打過人了，怪不得淨清他們要不依爭吵。」只見淨清、淨濟二人左頰上都有個紅紅的掌印，顯是各吃了一記巴掌。他和寺中僧衆閒談，早知這幾個知客僧的武功，在寺中屬於最末流，方丈便因他們口齒伶俐而武功極低，才派他們接待來寺隨喜的施主。少林寺在武林中享大名千餘年，每月前來寺中領教的武人指不勝屈，知客僧武功低微，便不致跟人動手，否則的話，少林禪寺變成了動武打架的場子，既碍清修，更大違佛家慈悲無諍之義，兼且不成體統。

那藍衫女郎顯然不知其中緣由，只覺一出手便打了兩名少林僧，心下甚是得意，說道：「憑你們這一點功夫，也想要姑娘留下師父名號，哼，你們配不配？」

淨濟適才吃過她的苦頭，知道憑着自己這裏五人，無法截得住她們，這兩個少女下山去一加宣揚，說來到少林寺中打了兩個和尚，揚長而去，對方連自己的來歷也不知道，少林寺的名頭往那裏擱去？便道：「我們四僧職司接待施主，武功低微之極，出家人和氣爲本，豈可妄自跟人動手？兩位既要領教敝寺武功，還請少待，貧僧去請幾位師伯師叔來，讓兩位見見便了。」說着轉身往寺中奔去。

突然間藍影一幌，淨濟怒喝：「你……」拍的一聲，摔了個觔斗，卻是那藍衫女郎搶了過去，伸足勾了他一交。淨濟躍起身來，怒道：「女施主，你怎地……」那藍衫女郎哈哈一笑，右拳出擊，淨濟忙挺右臂擋格。藍衫女郎左手一帶，喀喇一聲，竟將他右臂關節卸脫。只聽得喀喇、哎唷、格格之聲連響，她頃刻之間，又將餘下三僧或斷腕骨，或脫臂臼。四僧退在一旁，已全無抵禦之能。淨濟轉身便奔，回入寺中報信。

韋小寶嚇得手足無措，不知如何是好，突然間後領一緊，已被人抓住，這一抓連着他後頸中要穴一起拿住，登時全身發軟，使不出力氣。

眼見藍衫女郎站在前面，那麼抓住他後領的，自然是綠衫女郎了，他心中狂喜，大叫：「妙極，妙極！」既已給她這麼一抓，就不枉了在這人世走一遭，最好她再在自己身上踢幾脚，在頭頂鑿幾拳，就算立即給打死了，那也是滋味無窮，艷福不淺。這時鼻中聞到一陣淡淡的幽香，便叫：「好香，好香！」

藍衫女郎怒道：「這小賊禿壞得很，妹子，你把他鼻子割下來。」韋小寶只聽得身後一個嬌媚的聲音道：「好！我先挖了他一雙賊忒兮兮的眼睛。」便覺一根溫軟膩滑的手指尖按到了他左眼皮上。韋小寶叫道：「你慢慢的挖，可別太快了。」那女郎奇道：「爲甚麼？」韋小寶道：「最好你這樣抓住我，抓一輩子，永遠不放。」那女郎怒道：「小和尚，你死到臨頭，還在跟我風言風語？」

韋小寶只覺右眼陡然劇痛，那女郎竟然眞的要挖出他眼珠，大駭之下，彎腰低頭，滿腔風情登時丟到九霄雲外，雙手反撩，只盼格開她抓住自己後領的那隻手。那女郎一拳打在他後心。韋小寶大叫：「哎喲，媽呀！」雙手反過來亂抓亂舞，不知不覺的使上了洪教主所授的半招「狄青降龍」，突然之間，雙手手掌中軟綿綿地，竟然抓住了那女郎胸口。

這一式本是要逼得背後敵人縮身，然後倒翻觔斗，騎在敵人頸中，豈知那女郎並無臨敵經驗，不提防給韋小寶抓住了胸部。招式的後果既大不相同，那「狄青降龍」的後半招便也使不出來。

那女郎驚羞交加，雙手自外向內拗入，兜住韋小寶的雙臂，喀喇一聲，已拗斷了他雙臂臂彎的關節，這招「乳燕歸巢」名目溫雅，卻是「分筋錯骨手」中的一記殺着，跟着飛腿將韋小寶踢出丈許。那女郎氣惱之極，拔出腰間柳葉刀，猛力向韋小寶背心斬落。

韋小寶忙一個打滾，滾到了亭心的石桌之下。那女郎一刀斬在地下，火星四濺，左足踢出，將韋小寶從桌子底下踢了出來。藍衫女郎叫道：「師妹，不可殺人！」綠衫女郎恍若不聞，又是一刀，重重砍在韋小寶背上。韋小寶又叫：「哎喲，我的媽啊！」綠衫女郎再砍了兩刀，只砍得韋小寶奇痛徹骨，幸有寶衣護身，卻未受傷。

綠衫女郎還待再砍，藍衫女郎抽出刀來，噹的一聲，架住了她鋼刀，叫道：「這小和尚活不成啦，咱們快走！」她想在少林寺殺了廟中僧人，這禍可闖得不小。

綠衫女郎受了重大侮辱，又以爲已將這小和尚殺死，驚羞交集，突然間淚水滾下雙頰，手臂一彎，揮刀往自已脖子抹去。藍衫女郎大驚，急忙伸刀去格，雖將她刀刃擋開，但刀尖還是劃過頸中，鮮血直冒。藍衫女郎驚叫：「師妹……你……你幹甚麼？」綠衫女郎眼前一黑，暈倒在地。

藍衫女郎拋下鋼刀，抱住了她，只是驚叫：「師妹，你……你……死不得。」

忽聽身後有人說道：「阿彌陀佛，快快救治。」藍衫女郎哭道：「救……救不了啦。」只見一隻手從背後伸過來，手指連動，點了綠衫女郎頸中傷口周圍的穴道，說道：「救人要緊，姑娘莫怪。」嗤嗤聲響，那人撕下衣襟，包住綠衫女郎的頭頸，俯身將她抱起。藍衫女郎手足無措，站起身來，見那人是個白鬚垂胸的老僧，抱了綠衫女郎，快步向山上奔去。她惶急之下，只得跟隨其後，見那老僧抱着師妹進了少林寺山門，當即跟了進去。

韋小寶從石桌下鑽出，雙臂早已不屬己有，軟軟的垂在身旁，心想：「這……這姑娘好狠，幹麼要自尋短見，倘若當眞死了，那怎麼辦？我……我還是逃他媽的罷。」但一想到那少女的絕世容顏，心口一熱，打定主意：「逃是不能逃的，非得去瞧瞧她不可。」雙臂劇痛，額頭冷汗如黃豆般一滴滴洒將下來，支撐着上山。

只走得十餘步，寺中已有十多名僧人奔出，將他和淨字輩三僧扶回寺中。

他和四僧都是給卸脫了關節，擒拿跌打原是少林寺武功之所長，當即有僧人過來替他們接上了臼。韋小寶迫不及待要去瞧那姑娘，問知那兩個女客的所在，逕向東院禪房走去，剛繞過迴廊，只見八名僧人手執戒刀，迎面走來。

那八僧都是戒律院中的執事僧，爲首一人躬身說道：「師叔祖，方丈大師有請。」韋小寶道：「是了。我得先去瞧瞧那個小姑娘，看她是死是活。」那僧人道：「方丈大師在戒律院中相候，請師叔祖即刻過去。」韋小寶怒道：「他媽的，我說要去瞧那個美貌小姑娘，你沒聽到嗎？」他平時脾氣甚好，這時心中急了，在寺中竟也破口罵人。

八僧面面相覷，不敢阻攔，當下四僧在後跟隨，另四僧去傳淨濟等四名知客僧。

韋小寶來到東院禪房，問道：「小姑娘不會死嗎？」一名老僧道：「啓稟師叔，傷勢不重，小僧正在救治。」韋小寶當即放心。

那藍衫女郎站在門邊，指着韋小寶罵道：「都是這小和尚不好。」

韋小寶向她伸了伸舌頭，遲疑片刻，終於不敢進房去看，轉身走向戒律院來。只見院門大開，數十名僧人身披袈裟，兩旁站立，神情肅然。押着他過來的執刀四僧齊聲道：「啓稟方丈，晦明僧傳到。」韋小寶見了這等神情，心想：「你是大老爺審堂嗎？他奶奶的，搭甚麼臭架子？」走進大堂。只見佛像前點了數十枝蠟燭，方丈晦聰禪師站在左首，右首站着一位老僧，身材高大，不怒自威，乃是戒律院首座澄識禪師。淨濟、淨清等四僧站在下首。

晦聽禪師道：「師弟，拜過了如來。」韋小寶跪下禮佛。晦聽待他拜過後站起，說道：「半山亭中之事，相煩師弟向戒律院首座說知。」韋小寶道：「我聽得他們在吵架，便過去瞧瞧。至於到底爲甚麼吵架，可不知道了。淨濟，你來說罷。」

淨濟道：「是。」轉身說道：「啓稟方丈和首座師叔：弟子四人在半山亭中迎客，那兩位女施主要到寺來隨喜，便婉言相告，本寺向來的規矩，不接待女施主。那位年紀較大的女施主說：『聽說少林寺自稱是武學正宗，七十二項絕藝，每一項都是當世無敵，我們便是要來見識見識，到底是怎樣厲害法。』弟子道：『敝寺決不敢自稱武功當世無敵，天下各門各派，武功各有所長，少林寺如何敢狂妄自大？』」

晦聽方丈道：「那說得不錯，很是得體啊。」

淨濟道：「那女施主道：『如此說來，少林寺只不過浪得虛名，三脚貓的拳脚，不足一笑？』弟子說：『請教兩位女施主是何門派，是那一位武林前輩門下的高足？』」

晦聽道：「正是。這兩個年輕女子來本寺生事，瞧不起本派武功，必是大有來頭，該當問明她們的門派來歷。」

淨濟道：「那女子說：『你要知道我們的門派來歷嗎？那容易得很，一看就知道。』」突然出手，將弟子和淨清師弟都打了一記巴掌。她出手極快，弟子事先又沒防備，慚愧得很，竟然沒能避過。淨清師弟說：『兩位怎地動粗，出手打人？』那女子笑道：『你們問我門派來歷，口說無憑，出手見功，你們一看，不就知道了嗎？』說到這裏，晦明師叔祖就來了。」

澄識問道：「那位女施主出手打你，所使手法如何？」淨濟、淨清都低下頭去，說道：「弟子沒看清楚。」澄識問其餘二僧：「你們沒挨打，該看到那女施主的手法身法？」二僧道：「只聽得拍拍兩聲，兩位師兄就挨了打，那女子好像手也沒動，身子也沒動。」

澄識向方丈望去，候他示下。

晦聰凝思半刻，向執事僧道：「請達摩院、般若堂兩位首座過來。」過不多時，兩位首座先後到來。達摩院首座澄心，便是到五台山去赴援的十八羅漢之首。般若堂的首座澄觀禪師是個八十來歲老僧。二僧向方丈見了禮。晦聰說道：「有兩位女施主來本寺生事，不知是甚麼門派，兩位博知多聞，請共同參詳。」當下說了經過。

澄心道：「四名師姪全沒看到她出手，可是兩人臉上已挨了一掌，這種武功，本派千葉手中是有的，武當派迴風掌是有的，崑崙派落雁拳、崆峒派飛鳳手，也都有這等手法。」

晦聰道：「單憑這兩掌，瞧不出她的武功門派。師弟，你又怎地和他們動手？」

韋小寶道：「那藍衫姑娘先將四個……四個和尚都打斷了手……」晦聰詢問四僧的手腕手臂如何脫臼。四僧連比帶說，演了當時情景。澄心凝神看了，逐一細問那女郎的手法，最後問韋小寶道：「請問師叔，那姑娘又如何折斷你老人家的雙臂？」

韋小寶道：「我老人家後領給那美貌姑娘一把抓住，登時全身酸麻，她抓在這裏。」說着一指後頸。澄心點頭道：「那是『大椎穴』，最是人身要穴。」韋小寶道：「我反手想格開她手臂，卻給她在背心上打了一拳，痛得要命。我老人家急了，反過手去亂抓，在她胸口抓了一把。這小姑娘也急了，弄斷了我手臂，又將我摔在地下，提刀亂砍。他媽的，殺人不要本錢，她一心一意謀殺親夫，想做小寡婦。」

衆僧聽他滿口胡言，面面相覷。澄心站到他身後，伸手相比，見到他後心僧衣上的三條刀痕，吃了一驚，道：「她砍了你三刀，師叔傷勢怎樣？」

韋小寶得意洋洋，道：「我有寶衣護身，並沒受傷。這三刀幸好沒砍在我的光頭上。這小妹子砍我不死，定是嚇得魂飛天外，以爲我老人家武功深不可測，只好自己抹了脖子。其實我武功稀鬆平常，而她這等花容月貌，我老人家也決計不會跟她爲難……」

晦聰怕他繼續胡說八道下去，插嘴道：「師弟，這就夠了。」

衆僧這時均已明白，那女郎所以自尋短見，是因胸口被抓，受了極大羞辱。韋小寶當時生死懸於一髮，觀他衫上三條刀痕可知，急危中回手亂抓，碰到敵人身上任何部位，都不能說有甚麼錯。他武功低微，給人擒住後拚命掙扎，出手豈能有甚麼規矩可循？

澄識臉色登時平和，說道：「師叔，先前聽那女施主口口聲聲罵你不守淸規，只道你眞的犯戒去調戲婦女，致有得罪。原來那是爭鬥之際的無意之失，不能說是違犯戒律。師叔請坐。」親自端過一張椅子，放在晦聰下首，意思是說你不犯戒律，戒律院便管你不着，你是寺中尊長，自當對你禮敬。韋小寶嘻嘻一笑，坐了下來。澄識見他神態輕浮，說話無聊，忍不住道：「師叔雖不犯色戒，但見到女施主時，也當舉止莊重，貌相端嚴，才不失少林寺高僧的風度。」韋小寶笑道：「我這個高僧馬馬虎虎，隨便湊數，當不得眞的。」

晦聽正要出言勸喻，般若堂首座澄觀忽道：「沒有門派。」澄心奇道：「師兄說這兩位女施主沒有門派？」澄觀道：「偷學的武功！她二人的分筋錯骨手中，包含了武當、崑崙、崆峒、點蒼四派手法，在師叔背心上砍的這三刀，包含了峨嵋、青城、山西六合刀的三門刀法。如此雜駁不純，而且學得並不到家，天下沒這一派武功。」

韋小寶大感詫異，說道：「咦，她們這些招式，你每一招都能知道來歷？」

他不知澄觀八歲便在少林寺出家，七十餘年中潛心武學，從未出過寺門一步，博覽武學典籍，所知極爲廣博。少林寺達摩院專研本派武功，般若堂卻專門精研天下各家各派武功。般若堂中數十位高僧，每一位都精通一派至數派功夫。

少林寺衆僧於隋末之時，曾助李世民削平王世充，其時武功便已威震天下，千餘年來聲名不替，固因本派武功博大精深，但般若堂精研別派武功，亦是主因之一。通曉別派武功之後，一來截長補短，可補本派功夫之不足；二來若與別派高手較量，先已知道對方底細，自是大佔上風。少林弟子行俠江湖，回寺參見方丈和本師之後，先去戒律院稟告有無犯過，再到般若堂稟告經歷見聞。別派武功中只要有一招一式可取，般若堂僧人便筆錄下來。如此積累千年，於天下各門派武功瞭若指掌。縱然寺中並無才智卓傑的人才，卻也能領袖羣倫了。

澄觀潛心武學，世事一竅不通，爲人有些痴痴呆呆，但於各家各派的武功卻分辨精到。文人讀書多而不化，成了「書獃子」，這澄觀禪師則是學武成了「武獃子」。他生平除了同門拆招之外，從未與外人動過一招半式，可是於武學所知之博，寺中羣僧推爲當世第一。

澄心道：「原來兩位女施主並無門派，事情便易辦了。只要治好了那位姑娘的傷，送她們出寺，便無後患。」澄識道：「她二人師姊妹相稱，似乎是有師父的。」澄心道：「就算有師父，也不會是名門大派中的高明人物。」澄識點了點頭。

晦聰方丈道：「兩位女施主年輕好事，這場爭鬥咱們並沒做錯了甚麼。雖然如此，還是不可失了禮數，對兩位女施主須得好好相待。這便散了罷。」說着站起身來。

澄心微笑道：「先前我還道武林中出了那一位高手，調教了兩個年輕姑娘，有意來折辱本派，有點兒擔心。少林寺享名千載，可別在咱們手裏栽了觔斗。」衆僧都微笑點頭。

韋小寶忽道：「依我看來，少林寺武功名氣很大，其實也不過如此。」

晦聰正要出門，一聽愕然回頭。韋小寶道：「淨濟、淨清，你們已學了幾年功夫？」淨濟說學了十四年，淨清學了十二年，都自稱資質低劣，全無長進，慚愧之至。

晦聰方丈道：「咱們學佛，志在悟道解脫，武功高下乃是末節。」

韋小寶搖頭道：「我看這中間大有毛病。這兩個小妞兒，年紀大的也不過二十歲，只是東偷一招，西學一式，使些別門別派雜拌兒的三脚貓，就打得學過十幾年功夫的少林僧落荒而逃，屁滾尿流，毫無招架之功，死無葬身之地。如此看來，甚麼武當派、崑崙派的一招半式，可比咱們少林寺的正宗武功厲害得多了。」

晦聰、澄識、澄心等僧的臉色都十分尷尬，韋小寶這番話雖然極不入耳，一時卻也難以辯駁，只想：「淨濟等四人的功夫差勁之極，怎能說是少林派的正宗武功？」

澄觀卻點頭道：「師叔言之有理。」

澄識奇道：「怎地師兄也說有理？」澄觀道：「人家的雜拌兒打敗了咱們的正宗功夫，這中間總有點不大對頭。」晦聰道：「各人的資質天份不同。淨濟等原不以武功見長，他們忙於接待賓客，那於宏揚佛法是大有功德之事。淨濟、淨清、淨本、淨源，你們四人交卸了知客的職司，以後多練練武功罷。」淨濟等四僧躬身答應。

眾僧出得戒律院來。韋小寶搖了搖頭，澄觀皺眉思索半晌，也搖了搖頭。

晦聰和澄心對望了一眼，均想：「這一老一少，都大有獃氣，不必理會。」逕自走了。

澄觀望着院中一片公孫樹的葉子緩緩飄落，出了一會神，說道：「師叔，我要去瞧瞧這位女施主。」韋小寶大喜，道：「那再好沒有了。我也去。」

兩人來到東院禪房，替綠衫女郎治病的老僧迎了出來。韋小寶問道：「她會不會死？」那老僧道：「刀傷不深，不要緊，不會死的。」韋小寶喜道：「妙極，妙極。」走進禪房。只見那綠衫女郎橫臥榻上，雙目緊閉，臉色白得猶如透明一般，頭頸中用棉花和白布包住，右手放在被外，五根手指細長嬌嫩，眞如用白玉雕成，手背上手指盡處，有五個小小的圓渦。韋小寶心中大動，忍不住要去摸摸這隻美麗可愛已極的小手，說道：「她還有脈搏沒有？」伸手假意要去把脈。

那藍衫女郎站在床尾，見他進來，早已氣往上衝，喝道：「別碰我妹子！」見他並不縮手，左手一探，便抓他手腕。澄觀中指往她左手掌側「陽谷穴」上彈去，說道：「你這招是山西郝家的擒拿手。」藍衫女郎手一縮，手肘順勢撞出。澄觀伸指彈向她肘底「小海穴」。那女郎右手反打，澄觀中指又彈，逼得她收招，退了一步。那女郎又驚又怒，雙拳如風，霎時之間擊出了七八拳。澄觀不住點頭，手指彈了七八下，那女郎「哎唷」一聲，右臂「清冷淵」中指，手臂動彈不得，罵道：「死和尚！」

澄觀奇道：「我是活的，若是死和尚，怎能用手指彈你？」那女郎見他武功厲害，心下怯了，卻不肯輸口，罵道：「你今天還活着，明天就死了。」澄觀一怔，問道：「女施主怎知道？難道你有先見之明不成？」

那女郎哼了一聲，道：「少林寺的和尚就會油嘴滑舌。」她只道澄觀跟自己說笑，卻不知這老和尚武功雖強，卻全然不通世務。他一生足不出寺，寺中僧侶嚴守妄言之戒，從來沒人跟他說過一句假話，他便道天下絕無說假話之事。他聽那女郎說少林寺和尚油嘴滑舌，心想：「難道今天齋菜之中，豆油放得多了？」伸袖抹了抹嘴唇，不見有油，舌頭在口中一捲，也不覺得如何滑了。正自詫異，那藍衫女郎低聲喝道：「出去，別吵醒了我師妹！」

澄觀道：「是，是……師叔，咱們出去罷。」韋小寶獃望榻上女郎，早已神不守舍，應了一聲，卻不移步。藍衫女郎慢慢走到他身後，突然出掌，猛力一推。韋小寶「啊」的一聲大叫，被她推得直飛出房去，砰的一聲，重重跌下，連聲「哎唷」，爬不起來。

澄觀道：「這一招『江河日下』，本是勞山派的掌法，女施主使得不怎麼對。」口中嘮叨，出房扶起韋小寶，說道：「師叔，她這一掌推來，共有一十三種應付之法。倘若不願和她爭鬥，那麼六種避法之中，任何一種都可使用。如要反擊呢，那麼勾腕、托肘、指彈、反點、拿臂、斜格、倒踢，七種方法，每一種都可將之化解了。」

韋小寶摔得背臂俱痛，正沒好氣，說道：「你現下再說，又有何用？」

澄觀道：「是，師叔教訓得是。都是做師姪的不是。倘若我事先說了，師叔就算不想爲難她，只要會避，也不致於摔這一交。」

韋小寶心念一動：「這兩個姑娘兇得很，日後再見面，她們一上來就拳打脚踢，倒是難以抵擋。這老和尚對兩個小妞的武功知道得清清楚楚，手指這麼一彈，便逼得她就此不敢過來欺人。我要娶那妞兒做老婆，非騙得老和尚跟在身旁保駕不可。」轉念又想：「老和尚這樣老了，不知還有幾天好活，倘若他明天就嗚呼哀哉，豈不是糟糕之至？」說道：「你剛才用手指彈了幾彈，那妞兒便服服貼貼，這是甚麼功夫？」

澄觀道：「這是『一指禪』功夫，師叔不會嗎？」韋小寶道：「我不會。不如你教了我罷。」澄觀道：「師叔有命，自當遵從。這『一指禪』功夫，也不難學，只要認穴準確，指上勁透對方穴道，也就成了。」

韋小寶大喜，忙道：「那好極了，你快快教我。」心想學會了這門功夫，手指這麼彈得幾彈，那綠衣姑娘便即動彈不得，那時要她做老婆，還不容易？而「也不難學」四字，更是關鍵所在。天下功夫之妙，無過於此，霎時間眉花眼笑。心癢難搔。

澄觀道：「師叔的易筋經內功，不知已練到了第幾層，請你彈一指試試。」韋小寶道：「怎樣彈法？」澄觀屈指彈出，嗤的一聲，一股勁氣激射出去，地下一張落葉飄了起來。

韋小寶笑道：「那倒好玩。」學着他樣，也是右手拇指扣住中指，中指彈了出去，這一下自然無聲無息，連灰塵也不濺起一星半點。

澄觀道：「原來師叔沒練過易筋經內功，要練這門內功，須得先練般若掌。待我跟你拆拆般若掌，看了師叔掌力深淺，再傳授易筋經。」韋小寶道：「般若掌我也不會。」澄觀道：「那也不妨。咱們來拆拈花擒拿手。」韋小寶道：「甚麼拈花擒拿手，可沒聽見過。」

澄觀臉上微有難色，道：「那麼咱們試拆再淺一些的，試金剛神掌好了。這個也不會？就從波羅蜜手試起好了。也不會？那要試散花掌。是了，師叔年紀小，還沒學到這路掌法，韋陀掌？伏虎拳？羅漢拳？少林長拳？」他說一路拳法，韋小寶便搖一搖頭。

澄觀見韋小寶甚麼拳法都不會，也不生氣，說道：「咱們少林寺武功循序漸進，入門之後先學少林長拳，熟習之後，再學羅漢拳，然後學伏虎拳，內功外功有相當根柢了，可以學韋陀掌。如果不學韋陀掌，那麼學大慈大悲千手式也可以……」韋小寶口唇一動，便想說：「這大慈大悲千手式我倒會。」隨即忍住，知道海老公所教這些甚麼大慈大悲千手式，十招中只怕有九招半是假的，這個「會」字，無論如何說不上。只聽澄觀續道：「不論學韋陀掌或大慈大悲千手式，聰明勤力的，學七八年也差不多了。如果悟性高，可以跟着學散花掌。學到散花掌，武林中別派子弟，就不大敵得過了。是否能學波羅蜜手，要看各人性子近不近。像淨濟、淨清那幾個師姪，都在練伏虎拳，他們的性子不近於練武，進境慢些。再過十年，淨清或許可以練韋陀掌。淨濟學武不大專心，我看還是專門唸金剛經參禪的爲是。」

韋小寶倒抽了口涼氣，說道：「你說那一指禪並不難學，可是從少林長拳練起，一路路拳法掌法練將下來，練成這一指禪，要幾年功夫？」

澄觀道：「這在般若堂的典籍中是有得記載的。五代後晉年間，本寺有一位法慧禪師，生有宿慧，入寺不過三十六年，就練成了一指禪，進展神速，前無古人，後無來者。料想他前生一定是一位武學大宗師，許多功夫是前生帶來的。其次是南宋建炎年間，有一位靈興禪師，也不過花了三十九年時光。那都是天縱聰明、百年難遇的奇才，令人好生佩服。前輩典型，後人也只有神馳想像了。」

韋小寶道：「你開始學武，到練成一指禪，花了多少時候？」

澄觀微笑道：「師姪從十一歲上起始練少林長拳，總算運氣極好，拜在恩師晦智禪師座下，學得比同門師兄弟們快得多，到五十三歲時，於這指法已畧窺門徑。」

韋小寶道：「你從十一歲練起，到了五十三歲時畧跪甚麼門閂（他不知「畧窺門徑」的成語，說成了「畧跪門閂」），那麼一共練了四十二年才練成？」澄觀甚是得意，道：「以四十二年而練成一指禪，本派千餘年來，老衲名列第三。」頓了一頓，又道：「不過老衲的內力修爲平平，若以指力而論，恐怕排名在七十名以下。」說到這裏，又不禁沮喪。

韋小寶心想：「管你排名第三也好，第七十三也好，老子前世不修，似乎沒從娘胎裏帶來甚麼武功，要花四十二年時光來練這指法，我和那小妞兒都是五六十歲的老頭子、老太婆啦。老子還練個屁！」說道：「人家小姑娘只練得一兩年，你們練四五十年才勝得她過，實在差勁之至。」

澄觀也早想到了此節，一直在心下盤算，說道：「是，是！咱們少林武功如此給人家比了下去，實在……實在不……不大好。」

韋小寶道：「甚麼不大好，簡直糟糕之極。咱們少林寺這一下子，可就抓不到武林中的牛耳朵、馬耳朵了。你是般若堂首座，不想個法子，怎對得起幾千幾萬年來少林寺的高僧？你死了之後，見到法甚麼禪師、靈甚麼禪師，還有我的師兄晦智禪師，大家責問你，說你只是吃飯拉屎，卻不管事，不想法子保全少林派的威名，豈不羞也羞死了？」

澄觀老臉通紅，十分惶恐，連連點頭，道：「師叔指點得是，待師姪回去，翻查般若堂中的武功典籍，看有甚麼妙法，可以速成。」韋小寶喜道：「是啊，你倘若查不出來，咱們少林派也不用再在武林中混了。不如請了這兩位小姑娘來，讓那大的做方丈，小的做般若堂首座。由她二人傳授武功，比咱們那些笨頭笨腦的傻功夫，定是強得多了。」

澄觀一怔，問道：「她們兩位女施主，怎能做本寺的方丈、首座？」

韋小寶道：「誰教你想不出武功速成的法子？方丈丟臉，你自己丟臉，那也不用說了，少林寺從此在武林中沒了立足之地，本寺幾千名和尚，都要去改拜這兩個小姑娘為師了。大家都說，花了幾十年時光來學少林派武功，又有甚麼用？兩個小姑娘只學得一年半載，便喀喇、喀喇、喀喇，把少林寺和尚的手脚都折斷了。大家保全手脚要緊，不如恭請小姑娘來做般若堂首座罷！」

這番言語只把澄觀聽得額頭汗水涔涔而下，雙手不住發抖，顫聲道：「是，是！請兩位小姑娘來做本寺的方丈，首座，唉，那……那太也丟臉了。」韋小寶道：「可不是嗎？那時候咱們也不叫少林派了。」澄觀問道：「那……那叫甚麼派？」韋小寶道：「不如乾脆叫少女派好啦，少林寺改名少女寺。只消將山門上的牌匾取下來，刮掉那個『林』字，換上一個『女』字，只改一個字，那也容易得緊。」澄觀臉如土色，忙道：「不成，不成！我……我這就去想法子。師叔，恕師姪不陪了。」合十行禮，轉身便走。

韋小寶道：「且慢！這件事須得嚴守秘密。倘若寺中有人知道了，可大大不妥。」澄觀問道：「爲甚麼？」韋小寶道：「大家信不過你，也不知你想不想得出法子。那兩個小姑娘還在寺裏養傷，大家心驚膽戰之下，都去磕頭拜師，咱們偌大個少林派，豈不就此散了？」

澄觀道：「師叔指點得是。此事有關本派興衰存亡，那是萬萬說不得的。」心中好生感激，心想這位師叔年紀雖小，卻眼光遠大，前輩師尊，果然了得，若非他靈台明澈，具卓識高見，少林派不免變了少女派，千年名派，萬刦不復。

韋小寶見他匆匆而去，袍袖顫動，顯是十分驚懼，心想：「老和尚拚了老命去想法子，總會有些門道想出來。我這番話人人都知破綻百出，但只要他不和旁人商量，諒這笨和尚也不知我在騙他。」想起躺在榻上那小姑娘容顏如花，一陣心猿意馬，又想進房去看她幾眼。回頭走得幾步，門帷下突然見到藍裙一幌，想起那藍衫女郎出手狠辣，身邊沒了澄觀保駕，單身入房，非大吃苦頭不可，只得歎了口氣，回到自己禪房休息。

次日一早起來，便到東禪院去探望。治病的老僧合十道：「師叔早。」韋小寶道：「女施主的傷處好些了嗎？」那老僧道：「那位女施主半夜裏醒轉，知道身在本寺，定要即刻離去，口出無禮言語。師姪好言相勸，她說決不死在小……小……小僧的廟裏。」韋小寶聽他吞吞吐吐，知道這小姑娘不是罵自己爲「小淫賊」，便是「小惡僧」，問道：「那便如何？」那老僧道：「師姪勸她明天再走，女施主掙扎着站起身來，她的師姊扶了她出去。師姪不敢阻攔，反正那女施主的傷也無大碍，只得讓她們去了，已將這事稟報了方丈。」

韋小寶點點頭，好生沒趣，暗想：「這小姑娘一去，不知到了那裏？她無名無姓，又怎查得到？」怪那老僧辦事不力，埋怨了幾句，轉念一想：「這兩個小妞容貌美麗，大大的與衆不同，出手時各家各派的功夫都有，終究會查得到。」於是踱到般若堂中。

只見澄觀坐在地下，周身堆滿了數百本簿籍，雙手抱頭，苦苦思索，眼中都是紅絲，多半是一晚不睡，瞧他模樣，自然是沒想出善法。他見到韋小寶進來，茫然相對，宛若不識，竟是潛心苦思，對身周一切視而不見。

韋小寶見他神情苦惱，想要安慰幾句，跟他說兩個小姑娘已去，眼下不必急急，轉念一想：「他如不用心，如何想得出來？只怕我一說，這老和尚便偷懶了。」

倏忽月餘，韋小寶常到般若堂行走，但見澄觀瘦骨伶仃，容色憔悴，不言不語，狀若痴呆，有時站起來拳打脚踢一番，跟着便搖頭坐倒。韋小寶只道這老和尚甚笨，苦思了一個多月，仍然一點法子也沒有，卻不知少林派武功每一門都講究根基紮實，寧緩毋速。躐等以求速成，正是少林派武功的大忌。澄觀雖於天下武學幾乎已無所不知，但要他打破本派禁條，另創速成之法，卻與他畢生所學全然不合。

天氣漸暖，韋小寶在寺中已有數月。這些日子來，每日裏總有數十遍想起那綠衫少女。

這一日悶得無聊，携帶銀兩，向西下了少室山，來到一座大鎮，叫作潭頭鋪。去衣鋪買了一套衣巾鞋襪，到鎮外山洞中換上，將僧袍僧鞋包入包袱，負在背上，臨着溪水一照，宛然是個富家子弟。回到鎮上，在一間酒樓中鷄鴨魚肉的飽餐一頓，心想：「這便得去尋找賭場，大賭一番。」知道賭場必在小巷之中，當下穿街過巷，東張西望。

他每走進一條小巷，便傾聽有無呼么喝六之聲，尋到第七條巷子時，終於聽到有人叫道：「天九王，通吃！」這幾個字鑽入耳中，當眞說不出的舒服受用，比之少林寺中時時刻刻聽到的「南無阿彌陀佛」，實有西方極樂世界與十八層地獄之別。

他快步走近，伸手推門。一名四十來歲的漢子歪戴帽子，走了出來，斜眼看他，問道：「幹甚麼的？」韋小寶從懷中取出一錠銀子，在手中一抛一抛，笑道：「手發癢，來輸幾兩銀子。」那漢子道：「這裏不是賭場，是堂子。小兄弟，你要嫖姑娘，再過幾年來罷。」

韋小寶餓賭已久，一聽到「天九王，通吃」那五個字後，便天塌下來，也非賭上幾手不可，何況來到妓院就是回到了老家，怎肯再走？笑道：「你給我找幾個淸倌人，打打茶圍，今晚少爺要擺三桌花酒。」將那錠二兩重的銀子塞到他手上，笑道：「給你喝酒。」

龜奴大喜，見是來了豪客，登時滿臉堆歡，道：「謝少爺賞！」長聲叫道：「有客！」恭恭敬敬的迎他入內。老鴇出來迎接，見是個十五六歲的少年，衣着甚是華貴，心想：「這孩子偷了家裏的錢來胡花，倒可重重敲他一筆。」笑嘻嘻的拉着他手，說道：「小少爺，我們這裏規矩，有個開門利是。你要見姑娘，須得先給賞錢。」

韋小寶臉一扳，說道：「你欺我是沒嫖過院的雛兒嗎？咱們可是行家，老子家裏就是開這個調調兒的。」摸出一疊鈔票，約莫三四百兩，往桌上一拍，說道：「打茶圍的五錢銀子一個姑娘，做花頭是三兩銀子，提大茶壺的給五錢，娘姨五錢。老子今日興致挺好，一律成雙加倍。」一連串妓院行話說了出來，竟沒半句外行，可把那老鴇聽得呆了，怔了半晌，這才笑道：「原來是同行的小少爺，我這可走了眼啦。不知小少爺府上開的是那幾家院子？」

韋小寶道：「老子在揚州開的是麗春院、怡情院，在北京開的是賞心樓、暢春閣，在天津開的是柔情院、問菊樓，六家聯號。」其實這六家都是揚州著名的妓院，否則一時之間，他也杜撰不出六家妓院的招牌。

那老鴇一聽，心想乖乖不得了，原來六院聯號的大老闆到了，他這生意可做得不小，笑問：「小少爺喜歡怎樣的姑娘陪着談心？」韋小寶道：「諒你們這等小地方，也沒蘇州姑娘。有沒大同府的？」老鴇面有慚色，低聲道：「有是有一個，不過是冒牌貨，她是山西汾陽人，只能騙騙寃大頭，可不敢欺騙行家。」

韋小寶笑道：「你把院子裏的姑娘通統叫來，少爺每個打賞三兩銀子。」老鴇大喜，傳話出去，霎時間鶯鶯燕燕，房中擠滿了姑娘。這小地方的妓院之中，自然都是些粗手大脚的庸脂俗粉，一個個拉手摟腰，竭力獻媚。韋小寶大樂，雖然衆妓或濃眉高顴，或血盆大口，比他自己還着實醜陋幾分，但他自幼立志要在妓院中豪闊一番，今日得償平生之願，自是得意洋洋，拉過身邊一個妓女，在她嘴上一吻，只覺一股葱蒜臭氣直衝而來，幾欲作嘔。

突然間門帷掀開，兩個女子走了進來。韋小寶道：「好！兩個大妹子一起過來，先來親個嘴兒……」一言未畢，已看清楚了兩女的面貌，不由得大吃一驚。

他大叫一聲，跳起身來，將摟住他的兩個妓女推倒在地。

原來進來的這兩個女子，正是日思夜想的那綠衫女郎和他師姊。

那藍衫女郎冷笑道：「你一進鎮來，我們就跟上了你，瞧你來幹甚麼壞事。」韋小寶背上全是冷汗，強笑道：「是，是。這位姑娘，你……你頭頸裏的傷……傷好……好了嗎？」綠衫女郎哼了一聲，並不理睬。藍衫女郎怒道：「我們每日裏候在少林寺外，要將你碎屍萬段，以報辱我師妹的深仇大恨。哼，總算皇天不負苦心人，教你這惡僧撞在我們手裏。」

韋小寶暗暗叫苦：「老子今日非歸位不可。」陪笑道：「其實……其實我也沒怎樣得罪了……得罪了姑娘，只不過……只不過這麼抓了一把，那也不打緊，我看……我看……」

綠衫女郎紅暈上臉，目光中露出殺機。藍衫女郎冷冷的道：「剛才你又說甚麼來？叫我們怎麼樣？」韋小寶道：「糟糕，這可又不巧得很了。我……我當做你們兩位也是……也是這窰子裏的花姑娘。」

綠衫女郎低聲道：「師姊，跟這爲非作歹的賊禿多說甚麼？一刀殺了乾淨。」刷的一聲響，白光一閃，韋小寶大叫縮頸，頭上帽子已被她柳葉刀削下，露出光頭。

衆妓女登時大亂，齊聲尖叫：「殺人哪，殺了人哪！」

韋小寶一矮身，躲在一名妓女身後，叫道：「喂，這裏是窰子啊，進來的便是婊子，你們兩個還不快快出去，給人知道了那可……難聽……難聽得很哪……」二女刷刷數刀，但房中擠滿了十來個妓女，卻那裏砍他得着？刀鋒掠過，險些砍傷了兩名妓女。

韋小寶縱聲大叫：「老子在這裏嫖院，有甚麼好瞧的？我……我要脫衣服了，要脫褲子啦。」扯下上身衣衫，摔了出去。

二女怒極，但怕韋小寶當眞要耍賴脫褲子，綠衫女郎轉身奔出，藍衫女郎一怔，也奔了出去，砰砰兩聲，將衝進來查看的老鴇、龜奴推得左右摔倒。

一時之間，妓院中呼聲震天、罵聲動地。

韋小寶暫免一刀之厄，但想這兩位姑娘定是守在門口，自己只要踏出妓院門口一步，立時便給她們殺了，叫道：「大家別亂動，每個人十兩銀子，人人都有，決不落空。」衆妓一聽，立時靜了下來。韋小寶取出二十兩銀子，交給龜奴，吩咐：「快去給我備一匹馬，等在巷口。」那龜奴接了銀子出去。

韋小寶指着一名妓女道：「給你二十兩銀子，快脫下衣服給我換上。」那妓女大喜，便即脫衣。餘人七嘴八舌，紛紛詢問。韋小寶道：「這兩個是我的大老婆、小老婆，剃光了我頭，不許我嫖院，我逃了出來，她們便追來殺我。」

老鴇和衆妓一聽，都不禁樂了。嫖客的妻子到妓院來吵鬧打架，那是司空見慣，尋常之極，但提刀要殺，倒也少見，至於妻妾合力剃光丈夫的頭髮，不許他嫖院，卻是首次聽聞。

韋小寶匆匆換上妓女的衣衫，用塊花布纏住了頭。衆妓知他要化粧逃脫，嘻嘻哈哈的幫他塗脂抹粉。在妓院中賭錢的嫖客聽得訊息，也擁來看熱鬧。不久龜奴回報馬已備好，得知情由之後，說道：「少爺這可得小心，你大夫人守在後門，小夫人守在前門。兩人都拿着刀子。」韋小寶大派銀子，罵道：「這兩個潑婦，管老公管得這麼緊，眞是少有少見。」

那老鴇得了他三十兩銀子的賞錢，說道：「兩隻雌老虎壞人衣食，天下女人都像你兩個老婆一樣，我們喝西北風嗎？二郎神保祐兩隻雌老虎絕子絕孫。啊喲，小少爺，我可不是說你。你不如休了兩隻雌老虎，天天到這裏來玩個暢快。」

韋小寶笑道：「這主意倒挺高明。媽媽，你到前門去，痛罵那潑婦一頓，不過你可得躲在門後罵，防她使潑，用刀子傷你。衆位姊妹，大家從後門衝出去。我那兩個潑婆娘就捉不到我了。」當下拿出銀子分派。衆婊子無不雀躍。重賞之下，固有勇夫，只須重賞，勇婦也大不乏人。衆妓得了白花花的銀子，人人「忠」字當頭，盡皆戮力效命。

只聽得前門口那老鴇已在破口大罵：「大潑婦，小潑婦，要管住老公，該當聽他的話，討他歡心才是。你們自己沒本事，他才會到院子裏來尋歡作樂。拿刀子嚇他、殺他，又有屁用？你們這位老公手段豪闊，乃是天下第一的大好人，兩隻雌老虎半點也配他不上。老娘教你們個乖，趕快向他磕頭陪罪，再拜老娘爲師，學點床上功夫，好好服侍他。否則的話，他決意把你們賣給老娘，在這裏當婊子，咱們今天成交……啊喲……哎唷，痛死啦……」

韋小寶一聽，知道那藍衫女郎已忍不住出手打人，忙道：「大夥兒走啊！」

二十幾名妓女從後門一擁而出，韋小寶混在其中。那綠衫女郎手持柳葉刀守在門邊，陡然見到大批花花綠綠的女子衝了出來，睜大一雙妙目，渾然不明所以。

衆妓奔出小巷，韋小寶一躍上馬，向少林寺疾馳而去。

那藍衫女郎見機也快，當即撇下老鴇，轉身來追。衆妓塞住了小巷，伸手拉扯，紛道：「雌老虎，你老公騎馬走啦，追不上啦！嘻嘻，哈哈。」那女郎怒得幾乎暈去，持刀威嚇，衆妓料她也不敢當眞殺人，「賤潑婦，醋罈子，惡婆娘」的罵個不休。那女郎大急，縱聲高叫：「師妹，那賊子逃走了，快追！」但聽得蹄聲遠去，又那裏追得上？

韋小寶馳出市鎭，將身上女子衫褲一件件脫下拋去，包着僧袍的包袱，忙亂中卻失落在妓院中了，在袖子上吐些唾沫，抹去臉上脂粉，心想：「老子今年的流年當眞差勁之至，旣做和尚，又扮婊子。唉，那綠衣姑娘要是眞的做了我老婆，便殺我頭，也不去妓院了。」

一口氣馳回少林寺，縱馬來到後門，躍下馬背，悄悄從側門躡手躡脚的進寺，立即掩面狂奔，回到自己禪房。他洗去臉上殘脂膩粉，穿上僧袍，這才心中大定，尋思：「這兩個大老婆、小老婆倘若來寺吵鬧，老子給她們一個死不認帳。」

次日午間，韋小寶斜躺在禪床之上，想着那綠衣女郎的動人體態，忍不住又想冒險，尋思：「我怎生想個法子，再去見她一面？」忽然淨濟走進禪房，低聲道：「師叔祖，這幾天你可別出寺，事情有些不妙。」韋小寶一驚，忙問端詳。淨濟道：「香積廚的一個火工剛才跟我說，他到山邊砍柴，遇到兩個年輕姑娘，手裏拿着刀子，問起了你。」韋小寶道：「問甚麼？」淨濟道：「問他認不認得你，問你平時甚麼時候出來，愛到甚麼地方。師叔祖，這兩個姑娘不懷好意，守在寺外，想加害於你。你只要足不出寺，諒她們也不敢進來。」

韋小寶道：「咱們少林寺高僧怕了她們，不敢出寺，那還成甚麼話？」

淨濟道：「師姪孫已稟報了方丈。他老人家命我來稟告師叔祖，請你暫且讓她們一步，料想兩位小姑娘也不會有長性，等了幾天沒見到你，自然走了。方丈說道，武林中朋友只會說我們大人大量，決不能說堂堂少林寺，竟會怕了兩個無門無派的小姑娘。」

韋小寶道：「無門無派的小姑娘，哼，可比我們有門有派的大和尚厲害得多啦。」

淨濟道：「誰說不是呢？」想到折臂之恨，忿忿不平，又道：「只不過方丈有命，說甚麼要息事寧人。」

韋小寶待他走後，心想：「得去瞧瞧澄觀老和尚，最好他已想出妙法。」來到般若堂，只見澄觀雙手抱頭，仰眼瞧着屋樑，在屋中不住的踱步兜圈子，口中唸唸有詞。

韋小寶不敢打斷他的思路，等了良久，見他兜了幾個圈子，兀自沒停息的模樣，便咳嗽了幾聲。澄觀並不理會。韋小寶叫道：「老師姪，老師姪！」澄觀仍沒聽見。

韋小寶走上前去，伸手往他肩頭拍去，笑道：「老……」手掌剛碰到他肩頭，突然身子一震，登時飛了出去，砰的一聲，撞在牆上，氣息阻塞，張口大呼，卻全沒聲息。

澄觀大吃一驚，忙搶上跪倒，合十膜拜，說道：「師姪罪該萬死，衝撞了師叔，請師叔重重責罰。」韋小寶隔了半晌，才喘了口氣，苦笑道：「請起，請起，不必多禮，是我自己不好。」澄觀仍不住道歉。韋小寶扶牆站起，再扶澄觀起身，問道：「你這是甚麼功夫？可眞厲害得緊哪。」心想：「這功夫倘若不太難練，學會了倒也有用。」

澄觀臉有惶恐之色，說道：「眞正對不住了。回師叔：這是般若掌的護體神功。」韋小寶點了點頭，心想要學這功夫，先得學甚麼少林長拳、羅漢拳、伏虎拳、韋陀掌、散花手、波羅密手、金剛神掌、拈花擒拿手等等囉裏囉嗦的一大套，自己可沒這功夫，就算有功夫，也沒精神去費心苦練，問道：「速成的法子，可想出來沒有？」

澄觀苦着臉搖了搖頭，說道：「師姪已想到不用一指禪，不用易筋經內功，以般若掌來對付，也可破得了兩位女施主的功夫，只不過……只不過……」韋小寶道：「只不過練到般若掌，也得二三十年的時光，是不是？」澄觀囁嚅道：「二三十年，恐怕……恐怕……」韋小寶扁扁嘴，臉有鄙夷之色，道：「恐怕也不一定夠了？」

澄觀十分慚愧，答道：「正是。」呆了一會，說道：「等師姪再想想，倘若用拈花擒拿手，不知是否管用。」

韋小寶心想這老和尚拘泥不化，做事定要順着次序，就算拈花擒拿手管用，至少也得花上十幾年時候來學。這老和尚內力深厚，似不在洪教主之下，可是洪教主任意創制新招，隨機應變，何等瀟洒如意，這老和尚卻是呆木頭一個，非得點撥他一條明路不可，說道：「老師姪，我看這兩個小姑娘年紀輕輕，決不會練過多少年功夫。」

澄觀道：「是啊，所以這就奇怪了。」

韋小寶道：「人家既然決不會是一步步的學起，咱們也就不必一步步的死練了。她們那有你這樣深厚的內功修爲？我瞧哪，要對付這兩個小妞兒，壓根兒就不用練內功。」

澄觀大吃一驚，顫聲道：「練武不……不紮好根基，那……那不是旁門左道嗎？」

韋小寶道：「她們不但是旁門左道，而且是沒門沒道。對付沒門沒道的武功，便得用沒門沒道的法子。」澄觀滿臉迷惘，喃喃道：「沒門沒道，沒門沒道？這個……這個，師姪可就不懂了。」韋小寶笑道：「你不懂，我來教你。」

澄觀恭恭敬敬的道：「請師叔指教。」他一生所見的每一位「晦」字輩的師伯、師叔，盡是武功卓絕的有德高僧，心想這位小師叔雖因年紀尚小，內力修爲不足，但必然大有過人之處，否則又怎能做自已師叔？這些日子來苦思武功速成之法，始終摸不到門徑，看來再想十年、二十年，直到老死，也無法解得難題，既有這位晦字輩的小高僧來指點迷津，不由得驚喜交集，敬仰之心更是油然而生。

韋小寶道：「你說兩個小姑娘使的，是甚麼崑崙派、峨嵋派中的一招，咱們少林派的武功，比之這些亂七八糟的門派，是誰強些？」

澄觀道：「只怕還是咱們少林派的強些，就算強不過，至少也不會弱於他們。」

韋小寶拍手道：「這就容易了。她們不用內功，使一招唏哩呼嚕門派的招式，咱們也不用內功，使一招少林派的招式，那就勝過她們了。管他是般若掌也好，金剛神拳也好，波羅密手也罷，阿彌陀佛脚也罷，只消不練內功，那就易學得很，是不是？」

澄觀皺眉道：「阿彌陀佛脚這門功夫，本派是沒有的，不知別派有沒有？不過倘若不練內功，本派的這些拳法掌法便毫無威力，遇上別派內力深厚的高手，一招之間，便會給打得筋折骨斷。」韋小寶哈哈一笑，道：「這兩個小姑娘，是內功深厚的高手麼？」澄觀道：「不是。」韋小寶道：「那你又何必擔心？」

當眞是一言驚醒了夢中人，澄觀吁了口長氣，道：「原來如此，原來如此！師姪一直想不到此節。」他呆了一呆，又道：「不過另有一樁難處，本派入門掌法十八路，內外器械三十六門，絕技七十二項。每一門功夫變化少的有數十種，多在一千以上，要將這些招式盡數學全了，卻也不易。就算不習內功，只學招式，也得數十年功夫。」

韋小寶心想：「這老和尚實在笨得要命。」笑道：「那又何必都學全了？只消知道小姑娘會甚麼招式，有道是兵來將擋，水來土掩，小姑娘這一招打來，老和尚這一招破去，管教殺得她們落荒而逃，片甲不回。」

澄觀連連點頭，臉露喜色，大有茅塞頓開之感。

韋小寶道：「那個穿藍衣的姑娘用一招甚麼勞山派的『江河日下』，你說有六種避法，又有七種反擊的法門，其實又何必這麼囉裏囉嗦？只消有一種法子反擊，能夠將她打敗，其餘的十二種又學做幹麼，豈不是省事得多嗎？」

澄觀大喜，說道：「是極！是極！兩位女施主折斷師叔的手臂，打傷淨濟師姪他們四人，所用的分筋錯骨手，包括了四派手法，用咱們少林派的武功，原是化解得了的。」當下先將二女所用手法，逐一施演，跟着又說了每一招的一種破法，和韋小寶試演。

澄觀的破解之法有時太過繁複難學，有時不知不覺的用上了內功，韋小寶便要他另想簡明法子。少林派武功固然博大宏富，澄觀老和尚又是腹笥奇廣，只要韋小寶覺得難學，搖了搖頭，他便另使一招，倘若不行，又再換招，直到韋小寶能毫不費力的學會爲止。

澄觀見小師叔不到半個時辰，便將這些招式學會，苦思多日的難題一旦豁然而解，只喜歡得扒耳摸顋，心癢難搔。突然之間，他又想起一事，說道：「可惜，可惜。」又搖頭道：「危險，危險。」

韋小寶忙問：「甚麼可惜？甚麼危險？」

韋小寶拿了密旨，來到晦聰的禪房，說道：「方丈師兄，皇上有一道密旨給我，要請你指點。」拆開密旨封套，見裏面摺着一大張宣紙，攤將開來，畫着四幅圖畫。

第二十三回　天生才士定多癖　君與此圖皆可傳

澄觀道：「又要師叔你老人家和淨濟他們四個出去，和兩位女施主動手，讓她們折斷手足。倘若折得厲害了，難以治愈，從此殘廢，豈不可惜？又如兩位女施主下手狠辣，竟把你們五位殺了，豈不危險？」韋小寶奇道：「爲甚麼又要我們五人去動手？」澄觀道：「兩位女施主所學的招數，一定不止這些。師姪既不知她們另有甚麼招數，自然不知拆解的法門。五位若不是送上去挨打試招，如何能夠查明？」

韋小寶哈哈大笑，說道：「原來如此。那也有法子的，只要你去跟她們動手，就不會可惜、沒有危險了。」澄觀臉有難色，道：「出人不生嗔怒，平白無端的去跟人家動手，那是大大不妥。」韋小寶道：「有了。咱二人就出寺走走，倘若兩位女施主已然遠去，那再好也沒有了。這叫做人不犯我，我不犯人。她們便另有甚麼招數，咱們也不必理會了。」澄觀道：「是極，是極！不過師姪從來不出寺門，一出去便存心生事，立意似乎不善。我佛當年在鹿野苑初轉法輪，傳的是四聖諦、八正道，這『正意』是八正道的一道……」韋小寶打斷他話頭，說道：「咱們也不必去遠，只在寺旁隨意走走，最好是遇不着她們。」澄觀道：「正是，正是。師叔立心仁善，與人無爭無競，那便是『正意』了，師姪當引爲模楷。」

韋小寶暗暗好笑，携着他手，從側門走出少林寺來。澄觀連寺畔的樹林也未見過，眼見一大片青松，不由得嘖嘖稱奇，讚道：「這許多松樹生在一起，大是奇觀。我們般若堂的庭院之中，只有兩棵……」

一言未畢，忽聽得身後一聲嬌叱：「小賊禿在這裏！」白光閃動，一把鋼刀向韋小寶砍將過來。澄觀道：「這是五虎斷門刀中的『猛虎下山』。」伸手去抓使刀人的手腕，忽然想起，這一招是「拈花擒拿手」的手法，未免太難，說道：「不行！」急忙縮手。

使刀的正是那藍衫女郎，她見澄觀縮手，柳葉刀疾翻，向他腰間橫掃。便在這時，綠衫女郎也已從松林中竄出，揮刀向韋小寶砍去。韋小寶急忙躲到澄觀身後，綠衫女郎這一刀便砍向澄觀左肩。澄觀道：「這是太極刀的招數，倒不易用簡便法子來化解……」一句話沒說完，二女雙刀揮舞，越砍越急。澄觀叫道：「師叔，不行，不行。兩位女施主出招太快，我可……我可來不及想。你……你快請兩位不必性急，慢慢的砍。」

藍衫女郎連使狠招，始終砍不着老和尚，幾次還險些給他將刀奪去，聽他大呼小叫，只道他有意譏諷，大怒之下，砍得更加急了。

韋小寶笑道：「喂，兩位姑娘，我師姪請你們不必性急，慢慢的發招。」

澄觀道：「正是，我腦子不大靈活，一時三刻之間，可想不出這許多破法。」

綠衫女郎恨極了韋小寶，幾刀砍不中澄觀，又揮刀向韋小寶砍來。澄觀伸手擋住，說道：

「這位女施主，我師姪沒學過你這路刀的破法，現下不必砍他，等他學會之後，識了抵擋之法，那時再砍他不遲。唉，我這些法子委實不行。師叔，你現下不忙記，我這些法子都是不管用的，回頭咱們再慢慢琢磨。」他口中不停，雙手忽抓忽拿，忽點忽打，將二女纏得緊緊的，綠衫女郎要去殺韋小寶，卻那裏能夠？

韋小寶眼見已無兇險，笑嘻嘻的倚樹觀戰，一雙眼不停在綠衫女郎臉上、身上、手上、脚上轉來轉去，飽餐秀色，樂也無窮。

綠衫女郎不見韋小寶，只道他已經逃走，回頭找尋，見他一雙眼正盯住了自己，臉上一紅，再也顧不得澄觀，轉身舉刀，向他奔去。那知澄觀正出指向她脅下點來，這一指故意點得甚慢，她原可避開，但一分心要去殺人，脅下立時中指，一聲嚶嚀，摔倒在地。澄觀忙道：「哎喲，對不住。老僧這招『笑指天南』，指力使得並不厲害，女施主只須用五虎斷門刀中的一招『惡虎攔路』，斜刀一封，便可擋開了。這一招女施主雖未使過，但那位穿藍衫的女施主卻使過的，老僧心想女施主一定會使，那知道……唉，得罪，得罪。」

藍衫女郎怒極，鋼刀橫砍直削，勢道凌厲，可是她武功和澄觀相差實在太遠，連他僧袍衣角也帶不上半點。澄觀嘴裏囉唆不休，心中只是記憶她的招數，他當場想不出簡易破法，只好記明了刀法招數，此後再一招招的細加參詳。

韋小寶走到綠衫女郎身前，讚道：「這樣美貌的小美人兒，普天下也只有你一個人了，嘖嘖嘖！眞是瞧得我魂飛天外。」伸出手去，在她臉上輕輕摸了一把。那女郎驚怒交迸，一口氣轉不過來，登時暈去。韋小寶一驚，倒也不敢再肆意輕薄，站直身子，叫道：「澄觀師姪，你把這位女施主也點倒了，請她把各種招數慢慢說將出來，免傷和氣。」

澄觀遲疑道：「這個不大好罷？」韋小寶道：「現下這樣動手動脚，太不雅觀，還是請她口說，較爲斯文大方。」澄觀喜道：「師叔說得是。動手動脚，不是『正行』之道。」

藍衫女郎知道只要這老和尚全力施爲，自己擋不住他一招半式，眼下師妹被擒，自己如也落入其手，無人去報訊求救，當即向後躍開，叫道：「你們要是傷了我師妹一根毛髮，把你們少林寺燒成白地。」

澄觀一怔，道：「我們怎敢傷了這位女施主？不過要是她自己落下一根頭髮，難道你也要放火燒寺？」藍衫女郎奔出幾步，回頭罵道：「老賊禿油嘴滑舌，小賊禿……」她本想說「淫邪好色」，但這四字不便出口，一頓足，竄入林中。

韋小寶眼見綠衫女郎橫臥於地，綠茵上一張白玉般的嬌臉，一雙白玉般的纖手，眞似翡翠座上一尊白玉觀音的睡像一般，不由得看痴了。

澄觀道：「女施主，你師姊走了。你也快快去罷，可別掉了一根頭髮，你師姊來燒我們寺廟。」

韋小寶心想：「良機莫失。這小美人兒既落入我手，說甚麼也不能放她走了。」合十說道：「我佛保祐，澄觀師姪，我佛要你光大少林武學，維護本派千餘年威名，你眞是本派的第一大功臣。」澄觀奇道：「師叔何出此言？」韋小寶道：「咱們正在煩惱，不知兩位女施主更有甚麼招數。幸蒙我佛垂憐，派遣這位女施主光臨本寺，讓她一一施展。」說着俯身將那女郎抱起，說道：「回去罷。」

澄觀愕然不解，只覺此事大大的不對，但錯在何處，卻又說不上來，過了一會，才道：「師叔，我們請這女施主入寺，好像不合規矩。」韋小寶道：「甚麼不合規矩？她進過少林寺沒有？方丈和戒律院首座都說沒甚麼不對，自然是合規矩了，是不是？」他問一句，澄觀點一下頭，只覺他每一句話都是無可辯駁。眼見小師叔脫下身上僧袍，罩在那女郎身上，抱了她從側門進寺，只得跟在後面，臉上一片迷惘，腦中一團混亂。

韋小寶心裏卻是怦怦大跳，雖然這女郎自頭至足，都被僧袍罩住，沒絲毫顯露在外，但若給寺中僧侶見到，總是不免起疑。他溫香軟玉，抱個滿懷，內心卻只有害怕，幸好般若堂是在後寺僻靜之處，他快步疾趨，沒撞到其他僧人。進堂之時，堂中執事僧見師姪祖駕到，首座隨在其後，都恭恭敬敬的讓在一邊。

進了澄觀的禪房，那女郎兀自未醒，韋小寶將她放在榻上，滿手都是冷汗，雙掌在腿側一擦，吁了口長氣，笑道：「行啦！」

澄觀問道：「咱們請這位……這位女施主住在這裏？」韋小寶道：「是啊，她又不是第一次在本寺住。先前她傷了脖子，不是在東院住過嗎？」澄觀點頭道：「是。不過……不過那一次是爲她治傷，性命攸關，不得不從權處置。」韋小寶道：「那容易得很。」從腿筒中拔出匕首，道：「只須狠狠割她一刀，讓她再有性命之憂，又可從權處置了。」說着走到她身前，作勢便要割落。

澄觀忙道：「下，不，那……那是不必了。」韋小寶道：「好，我便聽你的。除非你不讓別人知曉，待她將各種招數演畢，咱們悄悄送了她出去，否則的話，我只好割傷她了。」澄觀道：「是，是。我不說便是。」只覺這位小師叔行事着實奇怪，但想他既是晦字輩的尊長，見識定比自己高超，聽他吩咐，決無岔差。

韋小寶道：「這女施主脾氣剛硬，她說定要搶了你般若堂的首座來做，我得好好勸她一勸。」澄觀道：「她一定要做，師姪讓了給她，也就是了。」

韋小寶一怔，沒料到這老和尚生性淡泊，全無競爭之心，說道：「她又不是本寺僧侶，搶了般若堂首座位子，咱們少林寺的臉面往那裏擱去？你若存此心，便是對不起少林派。」說着臉色一沉，只把澄觀嚇得連聲稱是。韋小寶扳起了臉道：「是了。你且出去，在外面等着，我要勸她了。」澄觀躬身答應，走出禪房，帶上了門。

韋小寶揭開蓋在那女郎頭上的僧袍，那女郎正欲張口呼叫，突見一柄寒光閃閃的匕首指住了自己鼻子，登時張大了嘴，不敢叫出聲來。韋小寶笑嘻嘻的道：「小姑娘，你只要乖乖的聽話，我不會傷你一根毫毛。否則的話，我只好割下你的鼻子，放了出寺。一個人少了個鼻子，只不過聞不到香氣臭氣，也沒甚麼大不了，是不是？」那女郎驚怒交集，臉上更無半點血色。韋小寶道：「你聽不聽話？」那女郎怒極，低聲道：「你快殺了我。」

韋小寶歎了口氣，說道：「你這般花容月貌，我怎捨得殺你？不過放你走罷，從此我日夜都會想着你，非爲你害相思病而死不可，那也有傷上天好生之德。」

那女郎臉上一紅，隨即又轉爲蒼白。韋小寶道：「只有一個法子。我割了你的鼻子，你相貌就不怎麼美啦。那我就不會害相思病了。」

那女郎閉上了眼，兩粒清澈的淚珠從長長的睫毛下滲了出來，韋小寶心中一軟，安慰道：「別哭，別哭！只要你乖乖的聽話，我寧可割了自己的鼻子，也不割你的鼻子。你叫甚麼名字？」那女郎搖了搖頭，眼淚更加流得多了。韋小寶道：「原來你名叫搖頭貓，這名字可不大好聽哪。」那女郎睜開眼來，嗚咽道：「誰叫搖頭貓？你才是搖頭貓。」

韋小寶聽她答話，心中大樂，笑道：「好，我就是搖頭貓。那麼你叫甚麼？」那女郎怒道：「不說！」韋小寶道：「你不肯說，只好給你起一個名字。叫做……叫做啞巴貓。」那女郎怒道：「胡說八道，我又不是啞巴。」

韋小寶坐在一疊高高堆起的少林武學典籍之上，架起了二郎腿，輕輕搖幌，見她雖滿臉怒色，但秀麗絕倫，動人心魄，笑道：「那麼你尊姓大名哪？」

那女郎道：「我說過不說，就是不說。」韋小寶道：「我有話跟你商量，沒名沒姓的，說起來有多別扭。你既不肯說，我只好給你取個名字了。嗯，取個甚麼名字好呢？」那女郎連聲道：「不要，不要，不要！」韋小寶笑道：「有了，你叫做『韋門搖氏』。」那女郎一怔，道：「古裏古怪的，我又不姓韋。」

韋小寶正色道：「皇天在上，后土在下，我這一生一世，便是上刀山，下油鍋，千刀萬剮，滿門抄斬，大逆不道，十惡不赦，男盜女娼，絕子絕孫，天打雷劈，滿身生上一千零一個大疔瘡，我也非娶你做老婆不可。」

那女郎聽他一口氣的發下許多毒誓，只聽得呆了，忽然聽到最後一句話，不由得滿臉通紅，呸了一聲。

韋小寶道：「我姓韋，因此你已經命中註定，總之是姓韋的了。我不知你姓甚麼，你只是搖頭，所以叫你『韋門搖氏』。」

那女郎閉起了眼睛，怒道：「世上從來沒有像你這樣胡言亂語的和尚。你是出家人，娶甚麼……娶甚麼……也不怕菩薩降罰，死了入十八層地獄。」

韋小寶雙手合十，撲的一聲跪倒。那女郎聽到他跪地之聲，好奇心起，睜開眼來，只見他面向窗子，磕了幾個頭，說道：「我佛如來，阿彌陀佛，觀世音菩薩、文殊菩薩、普賢菩薩、玉皇大帝、四大金剛、閻王判官、無常小鬼，大家請一起聽了。我韋小寶非娶這個姑娘為妻不可。就算我死後打入十八層地獄，拔舌頭，鋸腦袋，萬劫不得超生，那也沒有甚麼。我是活着甚麼也不理，死後甚麼也不怕。這個老婆總之是娶定了。」

那女郎見他說得斬釘截鐵，並無輕浮之態，不像是開玩笑，倒也害怕起來，求道：「別說了，別說了。」頓了一頓，恨恨的道：「你殺了我也好，天天打我也好，總之我是恨死了你，決計……決計不答應的。」

韋小寶站起身來，道：「你答應也好，不答應也好，總而言之，言而總之，我今後八十年是跟你耗上了。就算你變了一百歲的老太婆，我若不娶你到手，仍然死不瞑目。」

那女郎惱道：「你如此辱我，總有一天教你死在我手裏。我要先殺了你，這才自殺。」

韋小寶道：「你殺我是可以的，不過那是謀殺親夫。我如做不成你老公，不會就那麼死的。」說到這句話時，不由得聲音發顫。

那女郎見他咬牙切齒，額頭青筋暴起，心中害怕起來，又閉了上眼睛。

韋小寶向着她走近幾步，只覺全身發軟，手足顫動，忽然間只想向她跪下膜拜，虔誠哀求，再跨得一步，喉頭低低叫了一聲，似是受傷的野獸嘶嚎一般，又想就此扼死了她。

那女郎聽到怪聲，睜開眼來，見他眼露異光，尖聲叫了起來。

韋小寶一怔，退後幾步，頹然坐下，心想：「在皇宮之中，我曾叫方姑娘和小郡主做我大小老婆，那時嘻嘻哈哈，何等輕鬆自在？想摟抱便摟抱，要親嘴便親嘴。這小妞兒明明給老和尚點中了穴道，動彈不得，怎地我連摸一摸她的手也是不敢？」眼見她美麗的纖手從僧袍下露了出來，只想去輕輕握上一握，便是沒這股勇氣，忍不住罵道：「辣塊媽媽！」

那女郎不懂，凝視着他。韋小寶臉一紅，道：「我罵自己膽小不中用，可不是罵你。」那女郎道：「你這般無法無天，還說膽小呢，你倘若膽小，可真要謝天謝地了。」

一聽此言，韋小寶豪氣頓生，站起身來，說道：「好，我要無法無天了。我要剝光你的衣衫。」那女郎大驚，險些又暈了過去。

韋小寶走到她身前，見到她目光中充滿了怨毒之意，心道：「算了，算了，我韋小寶是烏龜兒子王八蛋，向你投降，不敢動手。」柔聲道：「我生來怕老婆，放你走罷。」

那女郎驚懼甫減，怒氣又生，說道：「你……你在那鎮上，跟那些……那些壞女人胡說甚麼？說我師姊和我……是……是你……甚麼的，要捉你回去，你……你這惡人……」

韋小寶哈哈大笑，道：「那些壞女人懂得甚麼？將來我娶你爲妻之後，天下一千所堂子中的十萬個婊子，排隊站在我面前，韋小寶眼角兒也不瞟她們一瞟，從朝到晚，從晚到朝，一天十二個時辰，只瞧着我親親好老婆一個。」那女郎急道：「你再叫我一聲老……老……

甚麼的，我永遠不跟你說話。」韋小寶大喜，忙道：「好，好，我不叫，我只心裏叫。」那女郎道：「心裏也不許叫。」韋小寶微笑道：「我心裏偷偷的叫，你也不會知道。」那女郎道：「哼，我怎會不知？瞧你臉上神氣古裏古怪，你心裏就在叫了。」

韋小寶道：「媽媽一生下我，我臉上的神氣就這樣古裏古怪了。多半因爲我一出娘胎，就知道將來要娶你爲妻。」那女郎閉上眼，不再理他。韋小寶道：「喂，我又沒叫你老婆，你怎地不理我了？」那女郎道：「還說沒有？當面撒謊。你說要娶我爲……爲甚麼的，那就是了。」韋小寶笑道：「好，這個也不說。我只說將來做了你老公……」

那女郎怒極，用力閉住眼睛，此後任憑韋小寶如何東拉西扯，逗她說話，總是不答。

韋小寶無法可施，想說：「你再不睬我，我要香你面孔了。」可是這句話到了口邊，立即縮住，只覺如此脅迫這位天仙般的美女，實是褻瀆了她，歎道：「我只求你一件事。你跟我說了姓名，我就放你出去。」那女郎道：「你騙人。」韋小寶道：「普天下我人人都騙，只不騙你一個。這叫做大丈夫一言既出，死馬難追。小妻子一言不發，活馬好追。」

那女郎一怔，問道：「甚麼死馬難追，活馬好追？」

韋小寶道：「這是我們少林派的話，總而言之，我不騙你就是。你想，我一心一意要讓你孫子叫我做爺爺，今天倘若騙了你，你兒子都不肯叫我爹爹，還說甚麼孫子？」

那女郎先不懂他說甚麼孫子爺爺的，一轉念間，明白他繞了彎子，又是在說那件事，輕輕說道：「我也不要你放，我受了你這般欺侮，早就不想活啦。你快一刀殺了我罷！」

韋小寶見到她頸中刀痕猶新，留着一條紅痕，好生歉疚，跪下地來，咚咚咚咚，向着她重重的磕了四個響頭，說道：「是我對姑娘不起！」左右開弓，在自己臉頰連打了十幾下，雙頰登時紅腫，說道：「姑娘別難過，韋小寶這混帳東西眞正該打！」站起身來，過去開了房門，說道：「喂，老師姪，我要解開這位姑娘的穴道，該用甚麼法子？」

澄觀一直站在禪房門口等候。他內力深厚，韋小寶和那女郎的對答，雖微聲細語，亦無不入耳，只覺這位師叔「勸說」女施主的言語，委實高深莫測，甚麼老公、老婆、孫子、爺爺，似乎均與武功無關，小師叔的機鋒妙語太也深奧，自己佛法修爲不夠，未能領會。後來聽得小師叔跪下磕頭，自擊面頰，不由得更是感佩。禪宗傳法，弟子倘若不明師尊所傳的微言妙義，師父往往一棒打去，大喝一聲。以棒打人傳法，始於唐朝德山禪師；以大喝促人醒悟者，始於唐代道一禪師。「當頭棒喝」的成語，由此而來。澄觀心想當年高僧以棒打人而點化，小師叔以掌擊己而點化這位女施主，捨己爲人，慈悲心腸更甚前人，正自感佩讚歎，聽得他問起解穴之法，忙道：「這位女施主被封的是『大包穴』，乃屬足太陰脾經，師叔替她在腿上『箕門』、『血海』兩處穴道推宮過血，即可解開。」

韋小寶道：「『箕門』、『血海』兩穴，卻在何處？」澄觀拎起衣衫，指給他看膝蓋內側穴道所在，讓他試拿無誤，又教了推宮過血之法，說道：「師叔未習內勁，解穴較慢。但推拿得半個時辰，必可解開。」韋小寶點了點頭，關上房門，回到榻畔。

那女郎於兩人對答都聽見了，驚叫：「不要你解穴，不許你碰我身子！」

韋小寶尋思：「在她膝彎內側推拿半個時辰，的確不大對頭。我誠心給她解穴，但她一定說我有意輕薄。雖然老公輕薄老婆，天公地道，何況良機莫失，失機者斬。不過小妞兒性子狠，我一解開她穴道，只怕她當即一頭在牆上撞死，韋小寶就要絕子絕孫了。」回頭大聲問道：「男女授受不親，咱們出家人更須講究。倘若不推拿，可有甚麼法子？」

澄觀道：「是。師叔持戒精嚴，師姪佩服之至。不獨對方身體而解穴，是有法子的。袖角輕輕一拂，或以一指禪功夫臨空一指……啊喲，不對，小師叔未習內勁，這些法子都用不上，待師姪好好想想。」其實只須他自己走進房來，袖角輕輕一拂，或以一指禪功夫臨空一指，都可立時解開那女郎的穴道，但師叔既然問起，自當設法回答。可是身無內功之人，不用手指推拿而要解穴，那是何等的難事？就算他想上一年半載，也未必想得出甚麼法子。

韋小寶聽他良久不答，將房門推開一條縫，只見他仰起了頭呆呆出神，只怕就此三個時辰不言不動，也不出奇，於是又帶上了門，回過身來，想起當日在皇宮中給沐劍屏解穴，從第一流的法子用到第九流的，在她身上拿捏打戳，毫無顧忌，她雖是郡主之尊，自己可一點也沒瞧在眼裏，但對眼前這無名女郎，卻爲甚麼這麼戰戰兢兢、敬若天神？

轉眼向那女郎瞧去，只見她秀眉緊蹙，神色愁苦，不由得憐惜之意大起，拿起了木魚的鎚子，走到她身邊，說道：「韋小寶前世欠了你的債，今世天不怕，地不怕，就只怕你小姑娘一人。現在我向你投降，我給你解穴，可不是存心佔你便宜。」說着揭開僧袍，將木魚鎚子在她左腿膝彎內側輕輕戳了幾下。那女郎白了他一眼，緊閉小嘴。韋小寶又戳了幾下，問道：「覺得怎樣？」

那女郎道：「你……你就是會說流氓話，此外甚麼也不會。」

澄觀內力深厚，輕輕一指，勁透穴道，韋小寶木魚鎚所戳之處雖然部位甚準，但力道不足，解不開被封的穴道。他聽那女郎出言諷刺，怒氣不可抑制，挺木魚鎚重重戳了幾下。那女郎「啊」的一聲，韋小寶一驚，問道：「痛嗎？」那女郎怒道：「我……我……我……」

韋小寶又去戳她右腿膝彎，下手卻輕了，戳得數下，那女郎身子微微一顫。韋小寶喜道：「成了，少林派本來只有七十二門絕技，打從今天起，共有七十三門了。這一項新絕技是高僧晦明禪師手創，叫作……叫作『木魚鎚解穴神功』，嘿嘿……」

正自得意，突然腰眼間一痛，呆了一呆，那女郎翻身坐起，伸手搶過他匕首，一劍直插入他胸中。韋小寶叫道：「啊喲，謀殺親夫……」一交坐倒。

那女郎搶過放在一旁的柳葉刀，拉開房門，疾往外竄去。澄觀伸手攔住，驚道：「女施主，你……殺……殺了我師叔……那……那……」那女郎左手柳葉刀交與右手，刷刷刷連劈三刀。澄觀袍袖拂出，那女郎雙腿酸麻，摔倒在地。

澄觀搶到韋小寶身邊，右手中指連彈，封了他傷口四周穴道，說道：「阿彌陀佛，我佛慈悲。」三根手指抓住匕首之柄，輕輕提了出來，傷口中鮮血跟着滲出。澄觀見出血不多，忙解開他衣衫，見傷口約有半寸來深，口子也不甚大，又唸了幾聲：「阿彌陀佛。」

韋小寶身穿護身寶衣，若不是匕首鋒利無匹，本來絲毫傷他不得，匕首雖然透衣而過，卻已無甚力道，入肉甚淺。但他眼見胸口流血，傷處又甚疼痛，只道難以活命，喃喃的道：「謀殺親夫……咳咳，謀殺親……親……」

那女郎倒在地下，哭道：「是我殺了他，老和尚，你快快殺了我，給他……給他……抵命便了。」澄觀道：「咳，我師叔點化於你，女施主執迷不悟，也就罷了，這般行兇……殺人，未免太過。」韋小寶道：「我……我要死了，咳，謀殺親……」

澄觀一怔，飛奔出房，取了金創藥來，敷上他傷口，說道：「師叔，你大慈大悲，點化兇頑，你福報未盡，不會就此圓寂的。再說，你傷勢不重，不打緊的。」

韋小寶聽他說傷勢不重，精神大振，果覺傷口其實也不如何疼痛，說道：「俯耳過來，啊喲，我要死了，我要死了！」澄觀彎腰將耳朵湊到他嘴邊。韋小寶低聲道：「你解開她穴道，可是不能讓她出房，等她全身武藝都施展完了，這才……這才……」澄觀道：「這才如何？」韋小寶道：「那時候……那時候才……」心想：「就算到了那時候，也不能放她。」說道：「就……就照我吩咐……快……快……我要死了，死得不能再死了！」

澄觀聽他催得緊迫，雖然不明其意，還是回過身來，彈指解開那女郎被封的穴道。

那女郎眼見韋小寶對澄觀說話之時鬼鬼祟祟，心想這小惡僧詭計多端，臨死之時，定是安排了毒計來整治我，否則幹麼反而放我？當即躍起，但穴道初解，血行未暢，雙腿痳軟，又即摔倒。澄觀呆呆的瞧着她，不住唸佛。那女郎驚懼更甚，叫道：「快快一掌打死了我，折磨人的不是英雄好漢。」澄觀道：「小師叔說此刻不能放你，當然也不能害死你。」

那女郎大驚，臉上一紅，心想：「這小惡僧說過，他說甚麼也要娶我為妻，否則死不瞑目，莫非……莫非他在斷氣之前，要……要娶我做……做甚麼……甚麼老婆？」側身拾起地下柳葉刀，猛力往自己額頭砍落。

澄觀袍袖拂出，捲住刀鋒，左手衣袖向她臉上拂去。那女郎但覺勁風刮面，只得鬆手撤刀，向後躍開，澄觀衣袖一彈，柳葉刀激射而上，噗的一聲，釘入屋頂樑上。

那女郎見他仰頭望刀，左足一點，便從他左側竄出。澄觀伸手攔阻。那女郎右手五指往他眼中抓去。澄觀翻手拿她右肘，說道：「『雲烟過眼』，這是江南蔣家的武功。」那女郎飛腿踢他小腹。澄觀微微彎腰，這一腿便踢了個空，說道：「這一招『空谷足音』，源出山西晉陽，乃是沙陀人的武功。不過沙陀人一定另有名稱，老衲孤陋寡聞，遍查不知，女施主可知道這一招的原名麼？」

那女郎那來理他，拳打足踢，指戳肘撞，招數層出不窮。澄觀一一辨認，只是她出招甚快，已來不及口說，只得隨手拆解，一一記在心中。那女郎連出數十招，都被他毫不費力的破解，眼見難以脫身，惶急之下，一口氣轉不過來，幌了幾下，暈倒在地。

澄觀歎道：「女施主貪多務得，學了各門各派的精妙招數，身上卻無內力，久戰自然不濟。依老衲之見，還是從頭再練內力，方是正途。此刻打得脫了力，倘若救醒了你，勢必再鬥，不免要受內傷，還是躺着多休息一會，女施主以為如何？不過千萬不可誤會，以為老衲袖手旁觀，任你暈倒，置之不理。啊喲，老衲胡裏胡塗，你早已昏暈，自然聽不到我說話，卻還在說個不休。」

走到榻邊一搭韋小寶的脈搏，但覺平穩厚實，絕無險象，說道：「師叔不用擔心，你這傷一點不要緊的。」

韋小寶笑道：「這小姑娘所使的招數，你都記得麼？」澄觀道：「倒也記得，只是要以簡明易習的手法對付，卻是大大的不易。」韋小寶道：「只須記住她的招數就是。至於如何對付，慢慢再想不遲。」澄觀道：「是，是，師叔指點得是。」韋小寶道：「等她拳脚功夫使完之後，再讓她使刀，記住了招數。」澄觀道：「對，兵刃上的招數，也要記的。只不過有一件事為難，她的柳葉刀已釘在樑上了。只怕她跳不到那麼高，拿不到。」韋小寶問道：「你呢？你能跳上去取下來嗎？」澄觀一怔，哈哈大笑，道：「師姪眞是胡塗之極。」

他這麼一笑，登時將那女郎驚醒。她雙手一撐，跳起身來，向門口衝出。

澄觀左袖斜拂，向那女郎側身推去。那女郎一個踉蹌，撞向牆壁，澄觀右袖跟着拂出，擋在牆前，將她身子輕輕一托，那女郎登時站穩。她一怔之際，知道自己武功和這老僧相差實在太遠，繼續爭鬥，徒然受他作弄，當即退了兩步，坐在椅中。澄觀奇道：「咦，你不打了？」那女郎氣道：「打不過你，還打甚麼？」澄觀道：「你不出手，我怎知你會些甚麼招式？怎能想法子來破你的武功？你快快動手罷！」

那女郎心想：「好啊，原來你誘我動手，是要明白我武功家數，我偏不讓你知道。」突然間躍起身來，雙拳直上直下，狂揮亂打，兩脚亂踢，一般的不成章法。

澄觀大奇，叫道：「咦！啊！古怪！希奇！哎！唷！不懂！奇哉！怪也！」但見她每一招都是見所未見，偶而有數招與某些門派中的招式相似，卻也是小同大異，似是而非，一時之間，頭腦中混亂不堪，只覺數十年勤修苦習的武學，突然全都變了樣子，一切奉為天經地義、金科玉律的規則，霎時間盡數破壞無遺。

他那知道那女郎所使的，根本不是甚麼武功招式，只是亂打亂踢。她知道不論自己如何出手，這老僧決計不會加害，最多也不過給他點中了穴道、躺在地上動彈不得而已，他若要制住自己，原不過舉手之勞，縱然自己使出最精妙的武功，結果也無分別，不如就此亂打亂踢。你要查知我武功的招式，我偏偏教你查不到。

澄觀熟知天下各門各派的武功，竟想不到世上儘有成千成萬全然沒學過武功之人，打起架來，出拳便打，發足便踢，懂甚麼拳法脚法，招數正誤？但見那女郎各種奇招怪式，源源不絕，無一不是生平所從未見，向所未聞，不由得惶然失措。

他畢生長於少林寺中，自剃度以來，從未出過寺門一步。少林寺中有人施展拳脚，自然每一招都有根有據，有人講到各派武功，自然皆是精妙獨到之招，這些小孩子的胡打亂踢，人人都見得多了，偏偏就是這位少林寺般若堂首座、武學淵博的澄觀大師從來沒見過，也從來沒聽人說過。他再看得十餘招，不由得目瞪口呆，連「奇哉怪也」的感歎之辭也說不出口了，眼前種種招式，紛至沓來：「這似乎是武當長拳的『倒騎龍』，可是收式不對。難道是從崆峒派『雲起龍驤』這一招中化出來？咦，這一脚踢得更加怪了，這樣直踢出去，給人隨手一拿，便抓住了足踝。但武學之道，大巧不能勝至拙，其中必定藏有極厲害的後着變化。啊，這一招她雙手抓來，要抓我頭髮，可是我明明沒有頭髮，那麼這是虛招了。武術講究虛中有實，實中有虛，爲甚麼要抓和尙頭髮，其中深意，不可不細加參詳……」

那女郎出手越亂，澄觀越感迷惘，漸漸由不解而起敬佩，由敬佩而生畏懼。

韋小寶眼見那女郎胡亂出手，澄觀卻一本正經地凝神鑽研，忍不住「哈」的一聲，笑了出來。這一笑牽動傷處，甚是疼痛，只是咬牙忍住，一時又痛又好笑，難當之極。

澄觀正自惶惑失措，忽然聽得韋小寶發笑，登時面紅過耳，心道：「師叔笑我不識得這女施主的奇妙招數，只怕要請她來當般若堂的首座。」一回頭，見他神色痛苦，更感歉仄：

「師叔心地仁厚，要我將首座之位讓了給這位女施主，這話一時卻說不出口。」但見那女郎拳脚越來越亂，心想：「古人說道，武功到於絕詣，那便羚羊掛角，無迹可尋。聽說前朝有位獨孤求敗大俠，又有位令狐冲大俠，以無招勝有招，當世無敵，難道……難道……」

他只須上前一試，隨便一拳一脚，便能把那女郎打倒，只是武學大師出手，必先看明對方招數，謀定後動，既對那女郎的亂打亂踢全然不識，便如黔虎初見驢子，惶恐無已。

那女郎卻也不敢向他攻擊。一個亂打亂踢，憤怒難抑；一個心驚膽戰，胡思亂想。那女郎亂打良久，手足酸軟，想到終究難以脫困，心中一陣氣苦，突然一幌身子，坐倒在地。

澄觀大吃一驚，心道：「故老相傳，武功練到極高境界，坐在地下即可遙遙出手傷人，只怕……只怕……」腦中本已一片混亂，惶急之下，熱血上升，登時暈了過去，慢慢坐倒。

那女郎又驚又喜，生怕他二人安排下甚麼毒辣詭計，不敢上前去殺這老少二僧，起身便即衝出禪房。般若堂衆僧忽見一個少女向外疾奔，都是驚詫不已，未得尊長號令，誰也不敢上前阻攔。韋小寶臥在榻上，也只有乾瞪眼的份兒。

過了良久，澄觀才悠悠醒轉，滿臉羞慚，說道：「師叔，我……我實在愧對本寺的列祖列宗。」韋小寶苦笑道：「你到底想到那裏去啦？」澄觀道：「這位女施主武功精妙，師姪一招也識他不得，孤陋寡聞，實在慚愧之至。」用心記憶那女郎的招式，可是她招數變幻無方，全無脈絡可循，卻那裏記得住了？他搖搖幌幌的站起身來，手扶牆壁，又欲暈倒。

韋小寶笑道：「你……你說她這樣亂打一氣，也是精妙武功？哈哈，呵呵，這……這可笑……笑死我了。」澄觀奇道：「師叔說這……這是亂打一氣，不……不是精妙武功？」韋小寶按住傷口，竭力忍笑，額頭汗珠一粒粒滲將出來，不住咳嗽，笑道：「這是天下每個小孩兒……小孩兒……都……都會的……哈哈……啊喲……笑死我了。」

澄觀吁了一口氣，心下兀自將信將疑，臉上卻有了笑容，說道：「師叔，當眞這是亂打一氣？怎地我從來沒見過？」韋小寶笑道：「少林寺中，自然從來沒這等功夫。」澄觀抬頭想了半天，一拍大腿，道：「是了。這位女施主這些拳脚雖然奇特，其實極易破解，只須用少林長拳最粗淺的招式，便可取勝。只是……只是師姪心想天下決無如此容易之事，大巧若拙，大智若愚，良賈深藏若虛，外表看來極淺易的招式之中，定然隱伏有高深武學精義。難道這些拳脚，眞的並無高深之處？這倒奇了。這位女施主爲甚麼要在這裏施展，那些招式似乎不登大雅之堂……那豈不是貽笑方家麼？」韋小寶笑道：「我看也沒甚麼奇怪。她使不出甚麼新招了，就只好胡亂出手。唉，哈哈，呵呵！」忍不住又大笑起來。

韋小寶所受刀傷甚輕，少林寺中的金創藥又極具靈效，養息得十多天，也就好了。他是當今皇帝的替身，在寺中地位尊崇，誰也不敢問他的事，此事既非衆所周知，只要他自己不說，旁人也就不知。他養傷之時，澄觀將兩個女郎所施的各種招式一一錄明，想出了破解的法子，一等韋小寶傷愈，便一招一式的傳他。

澄觀所教雖雜，但大致以「拈花擒拿手」爲主。「拈花擒拿手」是少林寺的高深武學，純以渾厚內力爲基，出手平淡沖雅，不雜絲毫霸氣。禪宗歷代相傳，當年釋迦牟尼在靈山會上，手拈金色波羅花示衆，衆皆默然，不解其意，獨有迦葉尊者破顏微笑。佛祖說道：「我有正法眼藏，涅槃妙心，實相無相，微妙法門，不立文字，教外別傳，付囑摩訶迦葉。」摩訶迦葉是佛祖十大弟子之一，稱爲「頭陀第一」，禪宗奉之爲初祖。少林寺屬於禪宗，注重心悟。想佛祖拈花，迦葉微笑，不着一言，妙悟於心，那是何等超妙的境界？後人以「拈花」兩字爲這路擒拿手之名，自然每一招都是姿式高雅，和尋常擒拿手的扳手攀腿，大異其趣。只是韋小寶全無內力根基，以如此斯文雅致的手法拿到了高手身上，只要被對方輕輕一揮，勢必摔出幾個觔斗，跌得鼻青目腫，不免號啕大哭，微笑云云，那是全然說不上了，幸而那兩個女郎也是全無內力，以此對付，倒也用得上。澄觀心想對方是兩個少女，不能粗魯相待，因此教的着重於這路手法。

韋小寶當日向海大富學武功，由於有人監督，兼之即學即用，總算學到了一點兒，此後陳近南傳他武功圖譜，只學得幾次，便畏難不學了。至於洪教主夫婦所授的救命六招，也只馬馬虎虎的學個大概，離神龍島後便不再練習。可是這一次練武，爲的是要捉那綠衫女郎來做老婆，自己做不成她老公便得上刀山，下油鍋，死後身入十八層地獄，此事非同小可，學招時居然十分用心，一招一式，和澄觀拆解試演。

學得幾天，又懶了起來，忽然想到雙兒：「這小丫頭武功不弱，大可對付得了這兩個姑娘，我只須叫雙兒在身邊保駕便是，不用自己學武功了。」轉念又想：「我自己使本事拿住那綠衣姑娘，香香她的面孔，這才夠味。叫雙兒點了她穴道，我再去香面孔，太也沒種，這綠衣姑娘更加要瞧我不起。而且叫好雙兒做這等事，她縱然聽話，心裏一定難過，我也不能太對她不住了。就算兩人的臉孔都香，公平交易，她二人也必都不喜歡。」終於強打精神，又學招式。

這天澄觀說道：「師叔，你用心學這種武功，其實……其實沒有甚麼用處的。你這樣拿在我身上，倘若我內力一吐，你的手腕……你的手腕就這個……就那個……」韋小寶笑道：「我的手腕就這個那個喀喇一響，斷之哀哉了。」澄觀道：「你老望安，我是決不會對你使上內勁的，師姪萬萬不敢。不過依師姪之見，還是從頭自少林長拳學起，循序漸進，才是正途。」韋小寶道：「咱們練的招式爲甚麼不是正途？」澄觀道：「這些招式沒有內功根基，遇上了高手，不論變化多麼巧妙，總不免一敗塗地。只有對付那兩位女施主，才有用處。」

韋小寶笑道：「那好極了，我就是要學來對付這位女施主。」

澄觀向着他迷惘瞪視，大惑不解，說道：「倘然今後師叔再不遇到那兩位女施主，這番功夫心血，豈不是白費了？又躭誤了正經練功的時日。」

韋小寶搖頭道：「我倘若遇不到這位女施主，那是非死不可，練了正經功夫，又有甚麼用？」澄觀說的是「那兩位女施主」，韋小寶說的卻是「這位女施主」。

澄觀更是奇怪，問道：「師叔是不是中了那女施主的毒，因此非找到她來取解藥不可，否則的話，就會性命難保？」韋小寶心道：「我說的是男女風話，這老和尚卻夾纏到那裏去了？」正色道：「正是，正是。我中了她的毒，這毒鑽入五臟六腑，全身骨髓，非她本人不解。」澄觀「啊喲」一聲，道：「本寺澄照師弟善於解毒，我去請他來給師叔瞧瞧。」韋小寶忍笑道：「不用，不用，我所中的是慢性毒，只有她本人才是解藥，旁的人誰都不管用。澄照老和尚更加沒用。」澄觀點頭道：「原來只有她本人才有解藥。」韋小寶說「只有她本人才是解藥」，澄觀誤作「只有她本人才有解藥」，一字之差，意思大不相同。老和尚心下擔憂，喃喃自語：「唉，師叔中了這位女施主的獨門奇毒，幸虧是慢性的……」

那女郎武功招式繁多，澄觀所擬的拆法也是變化不少，有些更頗爲艱難，韋小寶武功全無根柢，一時又怎學得會？他每日裏和澄觀過招試演，往往將這個白鬚皓然的老僧，當作了是那紅顏綠衫的女郎，有時竟然言語輕佻，出手溫柔，好在澄觀一概不懂，只道這位小師叔妙悟佛法，禪機深湛，自己蠢笨，難明精詣。

這一日兩人正在禪房中談論二女的刀法，般若堂的一名執事僧來到門外，說道：「方丈大師有請師叔祖和師伯，請到大殿敍話。」

兩人來到大雄寶殿，只見殿中有數十名外客，或坐或站，方丈晦聰禪師坐在下首相陪。上首坐着三人。第一人是身穿蒙古服色的貴人，二十來歲年紀；第二人是個中年喇嘛，身材乾枯，矮瘦黝黑；第三人是個軍官，穿戴總兵服色，約莫四十來歲。站在這三人身後的數十人有的是武官，有的是喇嘛，另有十數人穿着平民服色，眼見個個形貌健悍，身負武功。

晦聰方丈見韋小寶進殿，便站起身來，說道：「師弟，貴客降臨本寺。這位是蒙古葛爾丹王子殿下，這位是西藏大喇嘛昌齊大法師，這位是雲南平西王麾下總兵馬寶馬大人。」轉身向三人道：「這位是老衲的師弟晦明禪師。」

衆人見韋小寶年紀幼小，神情賊忒嘻嘻，十足是個浮滑小兒，居然是少林寺中與方丈並肩的禪師，均感訝異。葛爾丹王子忍不住笑了出來，說道：「這位小高僧眞是小得有趣，哈哈，古怪，古怪。」韋小寶合十道：「阿彌陀佛，這位大王子眞是大得滑稽，嘻嘻，希奇，希奇！」葛爾丹怒道：「我有甚麼滑稽希奇？」韋小寶道：「小僧有甚麼有趣古怪，殿下便有甚麼滑稽希奇了，難兄難弟，彼此彼此，請請。」說着便在晦聰方丈的下首坐下，澄觀站在他身後。

衆人聽了韋小寶的說話，都覺莫測高深，心中暗暗稱奇。

晦聰方丈道：「三位貴人降臨寒寺，不知有何見教？」昌齊喇嘛道：「我們三人在道中偶然相遇，言談之下，都說少林寺是中原武學泰山北斗，好生仰慕。我們三人都僻處邊地，見聞鄙陋，因此上一同前來寶寺瞻仰，得見高僧尊範，不勝榮幸。」他雖是西藏喇嘛，卻說得好一口北京官話，清脆明亮，吐屬文雅。

晦聰道：「不敢當。蒙古、西藏、雲南三地，素來佛法昌盛。三位久受佛法光照，自是智慧明澈，還盼多加指點。」昌齊喇嘛說的是武學，晦聰方丈說的卻是佛法。少林寺雖以武功聞名天下，但寺中高僧皆以勤修佛法爲正途，向來以爲武學只是護持佛法的末節。

葛爾丹道：「聽說少林寺歷代相傳，共有七十二門絕技，威震天下，少有匹敵。方丈大師可否請貴寺衆位高僧一一試演，好讓小王等一開眼界？」晦聰道：「好教殿下得知，江湖上傳聞不足憑信。敝寺僧侶勤修參禪，以求正覺，雖然也有人閒來習練武功，也只是強身健體而已，區區小技，不足掛齒。」葛爾丹道：「方丈，你這可太也不光明磊落了。你試演一下這七十二項絕技，我們也不過是瞧瞧而已，又偷學不去的，何必小氣？」

少林寺名氣太大，上門來領教武功之人，千餘年來幾乎每月皆有，有的固是誠心求藝，有的卻是惡意尋釁，寺中僧侶總是好言推辭。就算來者十分狂妄，寺僧也必以禮相待，不與計較，只有來人當眞動武傷人，寺僧才迫不得已，出手反擊，總是敎來人討不了好去。像葛爾丹王子這等言語，晦聰方丈早已不知聽了多少，當下微微一笑，說道：「三位若肯闡明禪理，講論佛法，老僧自當召集僧衆，恭聆敎益。至於武功甚麼的，本寺向有寺規，決計不敢妄自向外來的施主們班門弄斧。」

葛爾丹雙眉一挺，大聲道：「如此說來，少林寺乃是浪得虛名。寺中僧侶的武功狗屁不如，一錢不值。」晦聰微笑道：「人生在世，本是虛妄，本就狗屁不如，一錢不值。五蘊皆空，色身已是空的，名聲更是身外之物。殿下說敝寺浪得虛名，那也說得是。」

葛爾丹沒料得這老和尙竟沒半分火氣，不禁一怔，站起身來，哈哈大笑，指着韋小寶道：「小和尙，你也是狗屁不如，一錢不値之人麼？」

韋小寶嘻嘻一笑，說道：「大王子當然是勝過小和尙了。小和尙確是狗屁不如，一錢不值。大王子卻是有如狗屁，值得一錢，這叫做勝了一籌。」站着的衆人之中，登時有幾人笑了出來。葛爾丹大怒，忍不住便要離座動武，隨即心想：「這小和尙在少林寺中輩份甚高，只怕眞有些古怪，也未可知。」呼呼喘氣，將滿腔怒火強行按捺。

韋小寶道：「殿下不必動怒，須知世上最臭的不是狗屁，而是人言。有些人說出話來，臭氣沖天，好比……好比……嘿嘿，那也不用多說了。至於一錢不値，還不是最賤，最賤的乃是欠了人家幾千萬、幾百萬兩銀子，抵賴不還。殿下有無虧欠，自己心裏有數。」

葛爾丹張口愕然，一時不知如何對答。

晦聽方丈說道：「師弟之言，禪機淵深，佩服，佩服。世事因果報應，有因必有果。做了惡事，必有惡果。一錢不值，也不過無善無惡，比之欠下無數孽債，卻又好得多了。」禪宗高僧，無時無刻不在探求禪理，韋小寶這幾句話，本來只是譏刺葛爾丹的尋常言語，可是聽在晦聽方丈耳裏，只覺其中深藏機鋒。

澄觀聽方丈這麼一解，登時也明白了，不由得歡喜讚歎：「晦聰師叔年少有德，妙悟至理。老衲跟着他老人家學了幾個月，近來參禪，腦筋似乎已開通了不少。」

一個小和尚胡言亂語，兩個老和尚隨聲附和，倒似是和葛爾丹有意的過不去。葛爾丹滿臉通紅，突然急縱而起，向韋小寶撲來。賓主雙方相對而坐，相隔二丈有餘，可是他身手矯捷，一撲即至，雙手成爪，一抓面門，一抓前胸，手爪未到，一股勁風已將他全身罩住。韋小寶便欲抵擋，已毫無施展餘地，只有束手待斃。

晦聽方丈右手袖子輕輕拂出，擋在葛爾丹之前。葛爾丹一股猛勁和他衣袖一撞，只覺胸口氣血翻湧，便如撞在一堵棉花作面、鋼鐵爲裏的厚牆上一般，身不由主的急退三步，待欲使勁站住，竟然立不住足，又退了三步，其時撞來之力已然消失，可是霎時之間，自己全身力道竟也無影無蹤，大駭之下，雙膝一軟，便即坐倒，心道：「糟糕，這次要大大出醜。」心念甫轉，只覺屁股碰到硬板，竟已回坐入自己原來的椅子。

晦聽方丈袍袖這一拂之力，輕柔渾和，絕無半分霸氣，於對方撞來的力道，頃刻間便估量得準確異常，剛好將他彈回原椅，力道用得稍重，葛爾丹勢必坐裂木椅，向後摔跌，力道用得畧輕，他未到椅子，便已坐倒，不免坐在地下。來人中武功高深的，眼見他這輕輕一拂之中，孕育了武學絕詣，有人忍不住便喝出采來。

葛爾丹沒有當場出醜，心下稍慰，暗吸一口氣，內力潛生，並未給這老僧化去，又是一喜，隨即想到適才如此魯莽，似乎沒有出醜，其實已大大的出醜，登時滿臉通紅，聽得身後有人喝采，料想不是稱讚自己給人家這麼一撞撞得好，更是惱怒。

韋小寶驚魂未定，晦聰轉過頭來，向他說道：「師弟，你定力當眞高強，外逆橫來，不見不理。『大寶積經』云：『如人在荆棘林，不動即刺不傷。妄心不起，恆處寂滅之樂。一會妄心纔動，即被諸有刺傷。』故經云：『有心皆苦，無心即樂。』師弟年紀輕輕，禪定修爲，竟已達此『時時無心、刻刻不動』的極高境界，實是宿根深厚，大智大慧。」

他那裏知道韋小寶所以非但沒有還手招架，甚至連躱閃逃避之意也未顯出，只不過葛爾丹的撲擊實在來得太快，所謂「迅雷不及掩耳」，並非不想掩耳，而是不及掩耳。晦聰方丈以明心見性爲正宗功夫，平時孜孜兀兀所專注者，盡在如何修到無我的境界，是以一見韋小寶竟然不理會自己的生死安危，便不由得佩服之極，至於自己以「破衲功」衣袖一拂之力將葛爾丹震開，反覺渺不足道。

澄觀更加佩服得五體投地，讚道：「金剛經有云：『無我相，無人相，無衆生相，無壽者相』，晦聰師叔竟已修到了這境界，他日自必得證阿褥多羅三藐三菩提。」

葛爾丹本已怒不可遏，聽這兩個老和尚又來大讚這小和尚，當即大叫：「哈里斯巴兒，尼馬哄，加奴比丁兒！」

他身後武士突然手臂急揚，黃光連閃，九枚金鏢分擊晦聰、澄觀、韋小寶三人胸口。

雙方相距既近，韋小寶等又不懂葛爾丹喝令發鏢的蒙古語，猝不及防之際，九鏢勢勁力急，已然及胸。晦聰和澄觀同時叫聲：「啊喲！」晦聰仍是使「破衲功」，袍袖一掩，已將三鏢捲起。澄觀雙掌一合，使一招「敬禮三寶」，將三枚金鏢都合在掌中。射向韋小寶的三鏢噗的一聲響，卻都已打在他胸口。

這九鏢陡發齊至，晦聰和澄觀待要救援，已然不及，都大吃一驚，卻聽得噹噹啷啷幾聲響，三枚金鏢落在地下。韋小寶身穿護身寶衣，金鏢傷他不得。

這一來，大殿上眾人無不聳動。眼見這小和尚年紀幼小，居然已練成少林派內功最高境界的「金剛護體神功」，委實不可思議，均想：「難怪這小和尚能身居少林派『晦』字輩，與少林寺住持、成名已垂數十年的晦聰方丈並肩。」其實晦聰和澄觀接鏢的手段也都高明之極，若非內外功俱臻化境，決難辦到，只是韋小寶所顯的「本事」太過神妙，人人對這兩位老僧便不加注意了。

眾人羣相驚佩之際，昌齊喇嘛笑道：「小高僧的『金剛護體神功』練到了這等地步，也可說大爲不易，只不過這神功似乎尚有欠缺，還不能震開暗器，以致僧袍上給戳出了三個小洞。」故老相傳，這「金剛護體神功」練到登峯造極之時，周身有一層無形罡氣，敵人襲來的兵刃暗器尚未及身，已給震開，可是那也只是武林中傳說而已，也不知是否眞有其人能夠練成。昌齊喇嘛如此說法，眾人都知不過是鷄蛋裏找骨頭，硬要貶低敵手身價。

韋小寶給三枚金鏢打得胸口劇痛，其中一枚撞在傷口之側，更是痛入骨髓，一口氣轉不過來，那裏說得出話？只好勉強一笑。

眾人都道他修爲極高，不屑與昌齊這等無理取鬧的言語爭辯。好幾個人心中都說：「你說他這門神功還沒練得到家，那麼我射你三鏢試試，只怕你胸口要開三個大洞，卻不是衣服上戳破三個小洞了。」只是眾人同路而來，不便出言譏嘲。葛爾丹見韋小寶如此厲害，滿腔怒火登時化爲烏有，心想：「少林派武功，果然大有門道。」

昌齊又道：「少林寺的武功，我們已見識到了，自然不是浪得虛名，狗屁不如。只不過聽說貴寺窩藏婦女，於這清規戒律，卻未免有虧。」晦聽臉色一沉，說道：「大喇嘛此言差矣！敝寺素不接待女施主進寺禮佛，窩藏婦女之事，從何說起？」昌齊笑道：「可是江湖上沸沸揚揚，卻是眾口一辭。」晦聽方丈微微一笑，說道：「江湖流言，何必多加理會？終須像晦明師弟一般，於外界橫逆之來，全不動心，這才是悟妙理、證正覺的功夫。」

昌齊喇嘛道：「聽說這位小高僧的禪房之中，便藏着一位絕色美女，而且是他強力綁架而來。難道晦明禪師對這位美女，也是全不動心麼？」

韋小寶這時已緩過氣來，大吃一驚：「他們怎麼知道了？」隨即明白：「是了，那穿藍衫的姑娘逃了出去，自然是去跟她們師長說了。看來這些人是她頒來的救兵，今日搭救我老婆來了。他說我房中有個美女，那麼我老婆逃了出去，還沒跟他們遇上。」當即微微一笑，說道：「我房中有沒有美女，一看便知，各位有興，不妨便去瞧瞧。」

葛爾丹大聲道：「好，我們便去搜查個水落石出。」說着站起身來，左手一揮，喝道：「搜寺！」他手下的從人便欲向殿後走去。

晦聽說道：「殿下要搜查本寺，不知是奉了誰的命令？」葛爾丹說道：「是我本人下令就行了，何必再奉別人命令？」晦聽道：「這話不對了。殿下是蒙古王子，若在蒙古，自可下令任意施爲。少林寺不在蒙古境內，卻不由殿下管轄。」葛爾丹指着馬總兵道：「那麼他是朝廷命官，由他下令搜寺，這總成了。」他眼見少林僧武功高強，人數衆多，倘若動武，己方數十人可不是對手，又道：「你們違抗朝廷命令，那便是造反。」

晦聽道：「違抗朝廷的命令，少林寺是不敢的。不過這一位是雲南平西王麾下的武官，平西王權力再大，也管不到河南省來。」晦聽爲人本來精明，只是一談到禪理，就不由得將世事全然置之度外，除此之外，卻是暢曉世務，與澄觀的一竅不通全然不同。

昌齊喇嘛笑道：「這位小高僧都答應了，方丈大師卻又何必藉詞阻攔？難道這位美女不是在晦明禪師房中，卻是在……是在……嘻嘻……在方丈大師的禪房之中麼？」

晦聽道：「阿彌陀佛，罪過，罪過，大師何出此言？」

葛爾丹身後忽有一人嬌聲說道：「殿下，我妹子明明是給這小和尚捉去的，快叫他們交出人來，否則我們決不能罷休，一把火將少林寺燒了。」這幾句話全是女子聲音，但說話之人卻是個男人，臉色焦黃，滿頣濃髯。

韋小寶一聽，即知此人便是那藍衫女郎所喬裝改扮，不過臉上塗了黃蠟，黏了假鬚，不禁大喜：「這幾日我正在發愁，老婆的門派不知道，姓名不知道，她背夫私逃，卻上那裏找去？現今知道她們跟這蒙古王子是一夥，很好，很好，那便走不脫了。」

晦聽也認了出來，說道：「原來這位便是那日來到敝寺傷人的姑娘，另有一位姑娘，確曾在敝寺療傷，不是隨着姑娘一起去了嗎？」

那女郎怒道：「後來我師妹又給這小和尚捉進你廟裏來了，這個老和尚便是幫手，是他將我師妹打倒的。」說着指着澄觀。

韋小寶大驚，心道：「啊喲！不好。澄觀老和尚不會撒謊，這件事可要穿了，那便如何是好？」一時徬徨無計。

那女郎手指澄觀，大聲道：「老和尚，你說，你說，有沒這回事？」

澄觀合十道：「令師妹女施主到了何處，還請賜告。我師叔中了她所下的劇毒，只有她本人才有解藥。女施主大慈大悲，請你趕快去求求令師妹，賜予解藥。雖然晦明師叔智慧深湛，勘破生死，對這事漫不在乎，所謂生死即涅槃，涅槃即生死，不過……唉……」

他顛三倒四的說了一大串，旁人雖然不能盡曉，但也都知道那女郎不在寺中，而且韋小寶被她下了毒，正要找她拿解藥解毒，否則性命難保。衆人見他形貌質樸，這番話說得極是誠懇，誰都相信不是假話，又想：「就算寺中當眞窩藏婦女，而住持又讓人搜查，少林寺百房千舍，一時三刻卻那裏搜得出來？當眞要搜，多半徒然自討沒趣。」

那女郎卻尖聲道：「我師妹明明是給你們擄進寺去的，只怕已給你們害死了。你們這些惡和尚傷天害理，毀屍滅迹，自然搜不到了。」說到後來，又氣又急，聲音中已帶嗚咽。

葛爾丹點頭道：「此話甚是。這個……這個小和尚不是好人。」

那女郎指着韋小寶罵道：「你這壞人，那天……那天在妓院裏和那許多壞女人鬼混，又見到我師妹生得美貌，心裏便轉歹主意，一定是我師妹不肯……不肯從你，你就將她殺了。你妓院都去，還有甚麼壞事做不出來？」

晦聰一聽，微微一笑，心想那有此事。澄觀更不知妓院是甚麼東西，還道是類似少林寺戒律院、達摩院、菩提院的所在，心道：「小師叔勇猛精進，勤行善法，這是六波羅蜜中的『精進波羅蜜』，在妓院中修行，那也很好啊！」

韋小寶心中卻是大急，生怕她一五一十，將自己的胡鬧都抖了出來。

忽然馬總兵身後走出一人，抱拳說道：「姑娘，小人知道這位小禪師戒律精嚴，絕無涉足妓院之事，只怕是傳聞所誤。」

韋小寶一見之下，登時大喜，原來此人便是在北京會過面的楊溢之。他當日衛護吳應熊前往北京，想來吳應熊已回雲南，這一趟隨着馬總兵來到河南，他一直低下了頭，站在旁人身後，是以沒認他出來。

那女郎怒道：「你又怎知道？難道你認得他嗎？」

楊溢之神態恭敬，說道：「小人認得這位小禪師，我們世子也認得他。這位小禪師於我王府有極大恩惠，他出家之前，本是皇宮中的一位公公。因此去妓院甚麼的，又是甚麼強逼令師妹，決非事實，請姑娘明鑒。」

衆人一聽，都「哦」的一聲，均想：「如果他本是太監，自然不會去嫖妓，更不會強搶女子，藏入寺中。」

那女郎見了衆人神色，知道大家已不信自己的話，更是惱怒，尖聲道：「你怎麼知道他是太監？他如是太監，怎會說要娶……娶我師妹做……做老婆？不但小和尚風言風語，這老和尚也是油嘴滑舌，愛討人便宜。」說着手指澄觀。

衆人見澄觀年逾八旬，一副獃頭獃腦的模樣，適才聽他說話結結巴巴，辭不達意，普天下要找一個比他更不油嘴滑舌之人，只怕十分爲難。這一來，對那女郎的話更加不信了，都覺今日貿然聽了她異想天開的一面之辭，來到少林寺出醜，頗爲後悔。

楊溢之道：「姑娘，你不知這位小禪師出家之前，大大有名，乃是手誅大奸臣鰲拜的桂公公。我們王爺受奸人誣陷，險遭不白之寃，全仗這位小禪師在皇上面前一力分辯，大恩大德，至今未報。」

衆人都曾聽過殺鰲拜的小桂子之名，知他是康熙所寵幸的一個小太監，不由得「哦」了一聲，臉上顯露驚佩之色。

韋小寶笑道：「楊兄，多時不見，你們世子好？從前的一些小事，你老是掛在嘴上幹甚麼？」

楊溢之跟隨着馬總兵上少室山來，除了平西王手下諸人之外，葛爾丹和昌齊喇嘛那夥人都不知他姓名，聽得韋小寶稱他爲「楊兄」，兩人自是素識無疑。只聽楊溢之道：「禪師慈悲爲懷，與人爲善，說道小事一件，我們王爺卻是感激無已。雖然皇上聖明，是非黑白，最後終能辨明，可是若非禪師及早代爲言明眞相，這中間的波折，可也難說得很了。」

韋小寶笑道：「好說，好說。你們王爺也太客氣了。」心下卻想：「我恨不得扳倒了你們這個漢奸王爺，只是皇上聖明，自己查知了眞相，我這個順水人情就想不做也不可得。總算當結下了善緣，今天居然是這人來給我解圍。」

葛爾丹上上下下的向他打量，說道：「原來你就是殺死鰲拜的小太監。我在蒙古，也曾聽到過你的名頭。鰲拜號稱滿洲第一勇士，那麼你的武功，並不是在少林寺中學的了。」

韋小寶笑道：「我的武功差勁之極，說來不值一笑。教過我武功的人倒是不少，這位楊大哥，就曾教過我一招『橫掃千軍』，一招『高山流水』。」說着站起身來，將這兩招隨手比劃。他沒使半分內勁，旁人瞧不出高下，但招式確是「沐家拳」無疑。

楊溢之道：「全仗禪師將這兩招演給皇上看了，才辨明我們王爺爲仇家誣陷的寃屈。」

那女郎臉色已不如先前氣惱，道：「楊大哥，這小……這人當眞本來是太監？當眞於平西王府有恩？」楊溢之道：「正是。此事北京知道的人甚多。」

那女郎微一沉吟，問韋小寶道：「那麼你跟我們姊妹……這樣……這樣開玩笑，是不是另有用意？」韋小寶道：「玩笑是沒有開，用意當然是有的。」心道：「我的用意是要娶你妹子做老婆，不過這裏人多，說不出口。」那女郎道：「甚麼用意？」韋小寶微微一笑，並不答覆。衆人均想：「他既別有用意，當然不便當衆揭露。」

昌齊站起身來，合十說道：「方丈大師、晦明禪師，我們來得魯莽，得罪莫怪，這就告辭了。」晦聰合十還禮，說道：「佳客遠來，請用了素齋去。不過這位女施主……」他想你喬裝男人，混進寺來，不加追究，也就是了，再請你吃齋，未免不合寺規。昌齊笑道：「多謝，多謝！免得方丈師兄爲難，這餐齋飯，大家都不吃了罷。」

當下衆人告辭出來，方丈和韋小寶、澄觀等送到山門口。

忽聽得馬蹄聲響，十餘騎急馳而來。馳到近處，見馬上乘客穿的都是御前侍衞服色，共是一十六人。沒到寺前，十六人便都翻身下馬，列隊走近，當先二人正是張康年和趙齊賢。

張康年一見韋小寶，大聲說道：「都……都……大人，你老人家好！」他本想叫「都統大人」，但見他穿着僧袍，這一句稱呼只好含糊過去。當下十六人齊向他拜了下去。

韋小寶大喜，說道：「各位請起，不必多禮。我天天在等你們。」

葛爾丹等見這十六人都是品級不低的御前侍衛，對韋小寶卻如此恭敬，均想：「這小和尚果然有些來歷。」清制總兵是正二品官，一等侍衛是正三品，二等侍衛正四品。張康年等官階雖較總兵為低，但他們是皇帝侍衛，對外省武官並不瞧在眼裏，只對馬總兵微一點頭招呼，便向韋小寶大獻殷勤。

葛爾丹見這些御前侍衛着力奉承韋小寶，對旁人視若無覩，心中有氣，哼了一聲，道：「走罷，我可看不慣這等樣子。」一行人向晦聰方丈一拱手，下山而去。

韋小寶邀衆侍衛入寺。張康年和他並肩而行，低聲道：「皇上有密旨。」韋小寶點了點頭。

到得大雄寶殿，張康年取出聖旨宣讀，卻只是幾句官樣文章，皇帝賜了五千兩銀子給少林寺，修建僧舍，重修佛像金身，又册封韋小寶為「輔國奉聖禪師」。晦聰和韋小寶叩頭拜謝。張康年道：「皇上吩咐，要輔國奉聖禪師尅日啓程，前往五台山。」這事早在韋小寶意料之中，躬身應道：「奴才遵旨。」

奉過茶後，韋小寶邀過張康年、趙齊賢二人到自己禪房中敍話。張康年從懷中取出一道密旨，雙手奉上，說道：「皇上另有旨意。」

韋小寶跪下磕頭，雙手接過，見是火漆印密封了的，尋思：「不知皇上有甚麼吩咐。聖旨上寫的字，他認得我，我不認得他。既是密旨，可不能讓張趙他們得知，還是去請教方丈師兄爲是。他決不能洩漏了機密。」

於是拿了密旨，來到晦聰的禪房，說道：「方丈師兄，皇上有一道密旨給我，要請你指點。」拆開密旨封套，見裏面摺着一大張宣紙，攤着開來，畫着四幅圖畫。

第一幅畫着五座山峯，韋小寶認得便是五台山。在南台頂之北畫着一座廟宇，寫着「清涼寺」三字。他曾在清涼寺多日，這三個字倒有點面熟，寫在別處，他是決計不識的，寫在廟上，便算是遇上熟人了。

第二幅是一個小和尚走進一座廟宇，廟額上寫的也是「清涼寺」三字。小和尚身後跟着一羣僧侶，衆僧頭頂寫着「少林寺和尚」五字。前面三字，韋小寶倒也識得，「和尚」兩字雖然不識，卻也猜得到。

第三幅畫的是大雄寶殿，一個小和尚居中而坐，嬉皮笑臉，面目宛然便是韋小寶，但身披大紅袈裟，穿了方丈法衣，旁邊有許多僧人侍立。韋小寶瞧着畫中的小和尚和自己實在相像，越看越覺有趣，不覺笑了出來。

第四幅畫中這小和尚跪在地下，侍奉一個中年僧人。這僧人相貌清癯，正是出家後法名行痴的順治皇帝。

除了四幅圖畫外，密旨中更無其他文字。原來康熙雅擅丹青，知道韋小寶識字有限，便畫圖下旨。這四幅圖畫說得再也明白不過，是要他到清涼寺去做住持，侍奉老皇帝。

韋小寶先覺有趣，隨即喜悅之情消滅，暗暗叫苦：「做做小和尚也還罷了，又要去做老和尚，那可糟糕之至了。」

晦聰微笑道：「恭喜師弟，皇上派你去住持清涼寺。清涼寺乃莊嚴古剎，建於北魏孝文帝時，比少林寺尤早。師弟出主大寺，必可宏宣佛法，普渡衆生，昌大我教。」韋小寶搖頭苦笑，說道：「這住持我是做不來的，一定搞得笑話百出，一場胡塗。」晦聰道：「聖旨中畫明要師弟帶領一羣本寺僧侶，隨同前往。師弟可自行挑選。大家既是你相熟的晚輩，自當盡心輔佐，決無疏虞，師弟大可放心。」

韋小寶呆了半晌，這才恍然大悟，原來小皇帝思慮周詳，當時派自己來少林寺出家，早就安排下了今日之事。讓自己在少林寺住了半年有餘，得與羣僧相熟，以便挑選合意僧侶，同赴清涼寺。老皇帝既已出家，決不願由侍衛官兵保衛，說不定竟然來個不別而行，從此再也找不到他。少林僧武功卓絕，由自己率領了保護皇帝，比之侍衛官兵是穩妥得多了。

何況此事乃天大機密，皇帝倘若派遣侍衛官兵，去保衛五台山的一個和尚，必定沸沸揚揚，傳得舉世皆知。衆侍衛中也必有識得老皇帝的。由一個少林僧入主清涼寺，卻十分尋常，以前清涼寺的住持澄光，本就是少林寺的十八羅漢之一。又想：「倘若小皇帝起初就命我去清涼寺出家，仍然太過引人注目，到少林寺來轉得一轉，就不會有人疑心了。」想到此處，對康熙的布置不由得大是欽服。

當下回去禪房，取出六千兩銀票，命張康年等分賞給衆侍衛。張趙二人沒想到韋小寶做了和尚，還是這等慷慨，喜出望外，讚道：「自古以來，大和尚賞銀子給皇帝侍衛的，只有你韋大人一位，當眞是空前絕後，前無古人，後無來者。」

韋小寶笑道：「前無古僧，後無來僧。」

張康年低聲道：「韋大人，皇上派你辦甚麼大事，我們不敢多問。你有甚麼差遣，儘管吩咐好了。給你辦事就是給皇上辦事，大夥兒一樣的奮勇爭先。」趙齊賢道：「倘若韋大人要辦甚麼事，一時不得其便，我們或許可以稍盡微力。比方……比方說，韋大人如果要取少林寺中的武功秘本，我們就來放火燒寺，一場大亂，韋大人就可乘機下手。」張康年吃吃而笑，悄聲道：「是啊，這叫做乘火打刦，渾水摸魚。」

韋小寶一怔，隨即明白：「是了，他們一定在猜想皇上派我來少林寺做和尚，到底有甚麼用意，這次交來的密旨之中，又說了些甚麼。他們知道皇上好武，派我來少林寺出家，自然是盜取武功秘本了。」笑了一笑，也低聲道：「兩位放心！這個……我已經得手啦。」

張趙二人大喜，一齊躬身請安，道：「皇上洪福齊天，韋大人精明幹練，恭喜你立此大功。」趙齊賢道：「要不要讓我們給你帶出去？廟裏和尙若有疑心，韋大人儘可解衣給他們搜查。」韋小寶笑道：「那倒不用。你們去回奏皇上，就說奴才韋小寶謹奉聖旨，已將圖畫牢牢記住，用心辦事，請皇上放心。」兩人應道：「是。」

趙齊賢想了片刻，已明白其中道理，道：「原來這些武功秘訣都是圖譜，韋大人看熟後已牢牢記住。」張康年也即省悟，讚道：「那是更加好了，倘若將秘本盜了出去，廟裏和尙自然會知道，終究……終究不如那個最好，看過後記住，卻是神不知鬼不覺。那也全仗韋大人天生的絕頂聰明，像我這等蠢才，就說甚麼記不住。」韋小寶見二人又誤會他所說的圖畫是少林寺武功圖譜，暗暗好笑，說道：「張兄不必太謙，在寺裏慢慢的看，一天兩天不成，幾個月下來，終於記住了。」兩人齊聲稱是，心想你在寺中半年有餘，少林派武學的圖譜一定記了不少。

兩人告辭出去。韋小寶想起一事，問道：「剛才在山門外遇見一批人，你們可知是甚麼來歷？」張趙二人道：「不知。」韋小寶道：「你們快去查查。這羣人來到少林寺，鬼鬼祟祟，看樣子也是想偷盜寺裏的武功秘本。尤其是那個總兵，不知是誰的部下，他身爲朝廷命官，竟膽敢想壞皇上的大事，委實大逆不道，存心造反。你們查到是何人主使，倒是一件大大的功勞。」二人喜道：「這個容易，他們下山不久，一定追得上。那總兵有名有姓，一查便知。」韋小寶明知那馬總兵是吳三桂部下，卻故意誣陷，假作不知他來歷，讓一衆御前侍衛查知，稟告皇上邀功，遠勝自己去誣告。

韋小寶又道：「跟這夥人在一起的，有個女扮男裝的少女，她們正在找尋另一個約莫十六七歲的美貌姑娘。這兩個女子，跟這件逆謀大事牽涉極多。你們去設法詳細查明，兩個女子叫甚麼名字，甚麼出身來歷。查明之後，送封信來。」這番話自然是假公濟私了。他差皇帝的侍衛去追查自己的心上人，他們貪圖賞金，定然落力辦事。御前侍衛要查甚麼案子，普天下官府都奉命差遣，如此雷厲風行的追查，豈有找不到綫索之理？

張趙二人拍胸擔保，定當查個水落石出，以報韋大人提拔之恩、知遇之恩、眷顧之情、重賞之惠。

數十桶冷水紛紛潑到三人身上。這一下迅雷不及掩耳，別說三人來不及點火自焚，就算已經點着了，也被立時澆熄。

第二十四回　愛河縱涸須千劫　苦海難量為一慈

衆侍衛辭去後，韋小寶去見方丈，說道既有皇命，明日便須啓程，前赴清涼寺。

晦聰方丈道：「自當如此。師弟生具宿慧，妙悟佛義，可惜相聚之日無多，又須分別，未能多有切磋，同參正法，想是緣盡於此。不知師弟要帶同那些僧侶去？」韋小寶道：「般若堂首座澄觀師姪是要的，羅漢堂的十八名師姪是要的。」此外又點了十多名和他說得來的僧侶，一共湊齊了三十六名。

晦聰並無異言，將這三十六名少林僧召來，說道晦明禪師要去住持五台山清涼寺，叮囑他們隨同前去，護法修持，聽由晦明禪師吩咐差遣，不可有違。

次日一早，韋小寶帶同三十六僧，與方丈等告別。來到山下，他獨自去看雙兒。

雙兒在民家寄居，和他分別半年有餘，乍看之下，驚喜交集，雖早聽張康年轉告，主人已在少林寺出家，也不知哭過了多少場，這時親眼見到他光頭僧袍，忍不住又哭了出來。

韋小寶笑道：「好雙兒，你為甚麼哭？怪我這些日子沒來瞧你，是不是？」雙兒哭道：

「不……不是的。你……你……相公出了家……」韋小寶拉住她右手，提了起來，在她手背上輕輕一吻，笑道：「傻丫頭，相公做和尚是假的。」雙兒又喜又羞，連耳根子都紅了。

韋小寶細看她臉，見她容色憔悴，瘦了許多，身子卻長高了些，更見婀娜清秀，微笑道：「你爲甚麼瘦了？天天想着我，是不是？」雙兒紅着臉，想要搖頭，卻慢慢低下頭來。韋小寶道：「好了，你快換了男裝，跟我去罷。」雙兒大喜，也不多問，當卽換上男裝，仍是扮作個書僮模樣。

一行人一路無話，不一日來到五台山下。剛要上山，只見四名僧人迎將上來，當先一名老僧合十問道：「衆位是少林寺來的師父嗎？」韋小寶點點頭。那老僧道：「這一位想必是法名上晦下明的禪師了？」韋小寶又點點頭。四僧一齊拜倒，說道：「得知禪師前來住持清涼，衆僧侶不勝之喜，已在山下等候多日了。」

自澄光回歸少林寺，清涼寺由老僧法勝住持。康熙另行差人頒了密旨給法勝，派他去長安慈雲寺作住持，一等少林僧來，便卽交接。長安慈雲寺比清涼寺大得多，法勝甚是欣喜，派了四僧在五台山下迎接。

韋小寶等來到清涼寺中，與法勝行了交接之禮。衆僧俱來參見。玉林、行痴和行顚三僧卻不親至，只由玉林寫了個參見新住持的疏文。

法勝次日下山，西去長安，韋小寶便是清涼寺的一寺之主了。好在種種儀節規矩都有澄光等僧隨時指點，他小和尚做起方丈來，倒也似模似樣，並無差錯。

那日韋小寶與雙兒在清涼寺逐走來犯敵人，救了合寺僧侶性命，衆僧都是親見，這時見他忽然落髮出家，又來清涼寺作住持，無不奇怪，但他於本寺有恩，各僧盡皆感服。韋小寶命雙兒住在寺外的一間小屋之中，以便一呼卽至。

來清涼寺作住持，首要大事自是保護老皇爺的周全，他詢問執事僧，得知玉林、行痴、行顚三僧仍住在後山小廟，當下也不過去打擾，和澄心大師商議後，命人在距小廟半里處的東西南北四方，各結一座茅廬，派八名少林僧輪流在茅廬當值。

諸事一定，便苦等張康年和趙齊賢送信來，好知道那綠衫女郎的姓名來歷，可是等了數月，竟沒絲毫信息，寂寞之時，便和澄觀拆解招式，把老和尚當作了「那個女施主」，偶爾溜到雙兒的小屋中，跟她說說笑話，摸摸她小手。有時想及：「我服了洪敎主的『豹胎易筋丸』，倘若一年之內不送一部經書去神龍島，毒性發作起來，可不是玩的，算起來也沒賸下幾個月了。我如變得又老又蠢，跟澄觀師姪一模一樣，我那綠衣老婆一見，便叫我『油嘴滑舌的老和尙』，再在她綠裙上剪下一幅布來，做頂帽子給我戴戴，那可差勁之至了！」

這一日，他百無聊賴，獨自在五台山到處亂走，心中想的只是那綠衫女郎，行到一條山溪之畔，見一株垂柳在風中不住幌動，心想：「這株柳樹若是我那綠衣老婆，老子自然毫不客氣，走上前去，一把抱住。她一定不依，使一招崑崙派的『千巖競秀』，接連向我拍上幾掌。那也沒甚麼大不了，老子便使一招『沿門托鉢』，大大方方的化去。澄觀師姪說這一招要使得舉重若輕，方顯得名門正派武功的風範。老子舉輕若輕，舉重若重，管他媽的甚麼名門旁門、正派邪派？這一招發出，跟着便是一招『智珠在握』，左手抓她左手，右手抓她右手，牢牢擒住，那是殺我的頭也不放開了……」

他想得高興，手上便一招一式的使出，噗噗兩聲，雙手各自抓住一根柳枝，將吃奶的力氣也用了出來，牢牢握住。忽聽得一人粗聲粗氣的道：「你瞧這小和尙在發顚！」

韋小寶吃了一驚，抬頭看時，見有三個紅衣喇嘛，正在向着他指指點點的說笑。韋小寶臉上一紅，一時之間，只道自己心事給他們看穿了，堂堂清涼寺的大方丈，卻在荒山無人之處，想着要抓住一個美麗姑娘，實在也太丟臉，當卽回頭便走。

轉過一條山道，迎面又過來幾個喇嘛。五台山上喇嘛廟甚多，韋小寶也不以爲意，只是有了適才之事，不願和他們正面相對，轉過了頭，假意觀賞風景，任由那幾名喇嘛從身後走過。只聽得一名喇嘛說道：「上頭法旨，要咱們無論如何在今日午時之前，趕上五台山，眞是急如星火，可是上得山來，甚麼玩意兒都沒有。那不是開玩笑麼？」另一名喇嘛道：「上頭這樣安排，總有道理的。你捨不得大同城裏那小娘兒，是不是？」

韋小寶聽了也不在意，對他們反而心生好感，心道：「這些喇嘛喝酒逛窰子，倒不假正經。老子眞要出家，寧可做喇嘛，不做和尙。」

回到清涼寺，只見澄通候在山門口，一見到他，立卽迎了上來，低聲道：「師叔，我看情形有些不大對頭。」韋小寶見他臉色鄭重，忙問：「怎麼？」

澄通招招手，和他沿着石級，走上寺側的一個小峯。韋小寶一瞥眼間，只見南邊一團團的無數黃點，凝神看去，那些黃點原來都是身穿黃衣的喇嘛，沒有一千，也有九百，三五成羣，分布於樹叢山石之間。韋小寶嚇了一跳，道：「這許多喇嘛，幹甚麼哪？」澄通向西一指，道：「那邊還有。」韋小寶轉眼向西，果然也是成千喇嘛，一堆堆的或坐或立。日光自東向西照來，白光閃爍，衆喇嘛身上都帶着兵刃。韋小寶更是吃驚，道：「他們帶着兵刃，莫非……莫非……」眼望澄通。澄通緩緩點頭，說道：「師姪猜想，也是如此。」

韋小寶轉向北方、東方望去，每一邊都有數百名喇嘛，再細加觀看，但見喇嘛羣中有些披了深黃袈裟，自是一隊隊的首領了。韋小寶道：「他奶奶的，至少有四五千人。」澄通道：「一百二十五名首領，一共是三千二百零八十名喇嘛。」韋小寶讚道：「眞有你的，數得這麼清清楚楚。」澄通道：「那怎麼辦？」

韋小寶無言可答。遇上面對面的難事，撒謊騙人，溜之大吉，自是拿手好戲，現今對方調集三千餘衆，團團圍困，顯然一切籌劃週詳，如何對付，那可半點主意也沒有了，聽澄通這麼問，也問：「那怎麼辦？」

澄通道：「瞧對方之意，自是想擄刦行痴大師，多半要等到晚間，四方合圍進攻。」韋小寶道：「幹麼現下不進攻？」澄通道：「五台山上，喇嘛的黃廟和咱們中原釋氏的青廟向來和好。咱們青廟廟多僧多，台頂十大廟，台外十大廟。黃廟的喇嘛雖然霸道，卻也不敢欺壓。倘若日間明攻，勢必引起各青廟的聲援。」

韋小寶道：「那麼咱們立刻派人出去，通知各青廟的住持，請他們大派和尚，大夥兒跟衆喇嘛決一死戰，有分教：五台山和尚鏖兵，青廟僧大戰喇嘛。」

澄通搖頭道：「五台山各青廟中的僧人，十之八九不會武功，就是會武的，功夫也都平平，沒聽說有甚麼好手。」韋小寶道：「那麼他們是不肯來援手的了？」澄通道：「赴援的也不會沒有，只怕是徒然送了性命而已。」韋小寶道：「難道咱們就此投降？」他門志向來不堅，打不過就想投降。澄通道：「咱們投降不打緊，行痴大師勢必給他們擄了去。」

韋小寶尋思：「行痴大師的身分，不知少林羣僧是否知悉。」問道：「他們大舉前來擄劫行痴大師，到底是甚麼用意？數月之前就曾來過一次，幸得衆位好朋友將他們嚇退。這一次來的人數卻多得多了。」澄通沉吟道：「行痴大師定是大有來歷之人，不是牽涉到中原武林的興衰，便與青廟黃廟之爭有重大關連。此中原由，澄心師兄沒說起過。師叔既然不知，我們更加不知道了。」

韋小寶想起身上懷有皇帝親筆御札，可以調遣文武官員，說道：「眼下事情緊急，我們少林僧武功雖高，可是寡不敵衆，三十七個和尚，怎敵得過他三千多名喇嘛？我須得立刻下山求救。」澄通道：「只怕遠水救不着近火。」韋小寶道：「那麼咱們護送行痴大師，衝了出去。」澄通點頭道：「看來只有這個法子。咱們三十七名少林僧，再加上師叔的僮兒，要抵擋三千多名喇嘛，那是萬萬不能，但要從空隙中衝出，卻也不是甚麼難事。」韋小寶道：「就只怕行痴大師和他師父玉林大師不肯，他們說生死都是一般，逃不逃也沒甚麼分別。」澄通皺眉道：「這就須請師叔勸上一勸。」

韋小寶搖頭道：「勸服行痴大師，還有法子，要勸那玉林老和尚，老子可是服輸啦，這叫做老鼠拉烏龜，沒下嘴的地方。」向下望去，只見一羣羣喇嘛散坐各處，似乎雜亂無章，卻又分布均匀，上山下山的通道上更是人數衆多，眼見天色一黑，這三千喇嘛一湧而上，清涼寺中的和尚只有大叫「我佛慈悲」的份兒，心想：「他媽的，老子做甚麼和尚，倘若做了喇嘛，這當兒豈不是得意洋洋，用不着擔半點心事？平時吃肉逛窰子，還不算在內。」

一想到「逛窰子」三字，腦海中靈光一閃，已有計較，當下不動聲色，說道：「我回禪房去睡他媽的一覺。」澄通愕然，瞪目而視。韋小寶不再理他，逕自下峯，回寺入房。

過不多時，澄心、澄觀、澄光、澄通四僧齊來求見。韋小寶讓四人入房，眼見各人臉有驚惶之色，他伸個懶腰，打個呵欠，懶洋洋的問道：「各位有甚麼事？」

澄心道：「山下喇嘛聚集，顯將不利本寺，願聞方丈師叔應付之策。」韋小寶道：「我想了半天，想不出甚麼好主意，只好睡覺了。大夥兒在刼難逃，只好逆來順受，刀來頸受，人家一刀砍來，用脖子去頂他一頂，且看那刀子是否鋒利，砍不砍得進去。」

澄心等三僧知道他是信口胡扯，澄觀卻信以爲眞，說道：「衆喇嘛這些刀子看來甚是鋒利，我們的脖子是抵不住的。師叔，出家人與世無爭，逆來順受，倒是不錯。但刀來頸受，未免過份。當年達摩祖師，也沒教人只挨刀子不反抗，否則的話，大家也不用學武了。」韋小寶點頭道：「依澄觀師姪之見，刀來頸受是不行的？」澄觀道：「不行。但如拳來胸受，脚來腹受，倒還可以。」他內功深湛，對方向他拳打足踢，也可不加抵擋，只須運起內功，自可將人拳脚反彈出去。

韋小寶道：「那些喇嘛都帶了戒刀禪杖，不知有甚麼法子，能開導得他們不用兵刃？」澄觀一呆，道：「這些喇嘛只怕不可理喻，要他們放下屠刀，似乎非一朝一夕之功。」

韋小寶道：「這就難了，不知四位師姪，有甚麼妙計？」澄心道：「爲今之計，只有大夥兒保了玉林、行痴、行顚三位，乘隙衝出。他們旨在擄刦行痴大師，寺中其餘僧侶不會武功，諒這些喇嘛也不會加害。」韋小寶道：「好，咱們去跟那三位老和尚說去。」

當下率領了四僧，來到後山小廟。小沙彌通報進去，玉林等聽得住持到來，出門迎迓。一見之下，玉林、行痴、行顚都是大爲錯愕。三僧只聽說新住持晦明禪師是少林寺晦聰方丈的師弟，是一位年紀甚輕的高僧，不料竟然是他。

玉林和行痴登時便卽明白，那是出於皇帝的安排，用意是在保護父親。釋家規矩甚嚴，住持是一廟之主，玉林等以禮參見。韋小寶恭謹還禮，一同進了禪房。

玉林請他在中間的蒲團坐下，餘人兩旁侍立。韋小寶心中大樂：「老子中間安坐，老皇爺站在旁邊侍候，就是小皇帝也沒這般威風。」強忍笑容，說道：「玉林大師、行痴大師，兩位請坐。」玉林和行痴坐了。

玉林說道：「方丈大師住持清涼，小僧等未來參謁，有勞方丈大駕親降，甚是不安。」

韋小寶道：「好說。小衲知道三位不喜旁人打擾，因此一直沒來看你們。若不是今日發生了一件大事，小衲還是不會來的。」他常聽老和尚自己謙稱「老衲」，心想自己年紀小，便自稱「小衲」。衆僧聽他異想天開，杜撰了一個稱呼出來，不覺暗暗好笑。玉林道：「是。」卻不問是何大事。

韋小寶道：「澄光師姪，請你給三位說說。」玉林知道新住持法名「晦明」，也知少林寺「晦」字輩比「澄」字輩高了一輩，但眼見這小和尚油頭滑腦，卻對這位本寺前任住持、莊嚴慈祥的有德老僧口稱「師姪」，還是心下一怔。

澄光恭恭敬敬的應了，便將寺周有數千喇嘛重重圍困等情說了。

玉林閉目沉思半晌，睜開眼來，說道：「請問方丈大師，如何應付。」

韋小寶道：「這些喇嘛僧在本寺周圍或坐或立，只是觀賞風景，別無他意。這裏風景清雅，他們來遊山玩水，也是有的。」行顛忍不住道：「倘若是觀賞風景，不會將本寺團團圍住，好幾個時辰不去。他們定是想來捉了行痴師兄去。」韋小寶道：「小衲心想天下青廟黃廟，都是我佛座下的釋氏弟子，他們如要請行痴大師去，也必是仰慕三位大師佛法深湛，請你們去喇嘛廟講經說法。說不定衆喇嘛仰慕我中土佛法，大家不做喇嘛，改做和尚，那也是極好的機緣。」行顛連連搖頭，不以為然，說道：「未必，未必。」

澄觀道：「方丈師叔，那麼他們為甚麼都帶了兵器呢？」韋小寶合十道：「他們帶了禪杖戒刀，聲勢洶洶，或許眞是想殺本寺僧侶之頭。佛曰：『我不入地獄，誰入地獄？』我們自當刀來頸受，這叫做我不給人殺頭，誰給人殺頭？不生不滅，不垢不淨。有生故有滅，有頭故有殺。佛有三德：大定、大智、大悲。衆喇嘛持刀而來，我們不聞不見，不觀不識，是為大定；他們舉刀欲砍，我們當他刀即是空，空即是刀，是為大智；一刀刀將我們的光頭都砍將下來，大家嗚呼哀哉，是為大悲。」他在寺中日久，聽了不少佛經中的言語，便信口胡扯一番。澄觀道：「方丈師叔，這大悲的悲字，恐怕是慈悲的慈，不是悲哀之悲。」

韋小寶微笑道：「師姪也說得是，想我佛割肉餵鷹，捨身餵虎，實是大慈大悲之至。那些喇嘛雖然兇頑，比之惡鷹猛虎，總究會好些，那麼我們捨身以如惡喇嘛之願，也是大慈大悲之心。」澄觀合十道：「師叔妙慧，令人敬服。」韋小寶道：「昔日玉林大師曾有言道：

『出家人與世無爭，逆來順受。清涼寺倘然眞有禍殃，那也是在劫難逃。』我們一齊在惡喇嘛刀下圓寂，同赴西方極樂世界，一路甚是熱鬧，倒也有趣得緊。」

衆僧面面相覷，均想韋小寶的話雖也言之成理，畢竟太過迂腐，恐怕是錯解了佛法。澄心、澄通又覺這些言語與他平素爲人全然不合，料想他說的是反話，多半是要激得玉林與行痴自行出言求救。只有澄觀一人信之不疑，歡喜讚歎。

衆僧默然半晌。行顚突然大聲道：「師父曾說，西藏喇嘛要捉了師兄去，乃是想虐害萬民，要佔咱們這花花世界。咱們自己的生死不打緊，千千萬萬百姓都受他們欺侮壓迫，豈不是大大的罪業？師父曾道，咱們決不能任由他們如此胡作非爲。」

韋小寶點頭道：「師兄這番話很是有理，比之小衲所見，又高了一層。只是眼下喇嘛勢大，咱們只怕寡不敵衆。」行顚道：「我們保護了師父師兄，衝將出去，料想惡喇嘛也擋不住。」韋小寶道：「就恐怕爭鬥一起，不免要殺傷衆喇嘛的性命。阿彌陀佛，我佛有好生之德，救人一命，勝造七級浮屠，殺人一命，如拆八級寶塔。釋家諸戒，首戒殺生。這便如何是好？」行顚道：「是他們要來殺人，我們迫不得已，但求自保。能夠不殺人，當然最好，可也不能眼睜睜的束手待斃。」

忽然門外脚步聲響，少林僧澄覺快步進來，說道：「啓稟方丈師叔：山下衆喇嘛剛才一齊上山，又逼近了約莫一百丈，停了下來。」韋小寶道：「爲甚麼上了一段路，卻又停下？恐怕是忽受我佛感化，生了悔悟之心，明白了回頭是岸的道理。」

行顚大聲道：「不是的，不是的，他們只待天一黑，便一股作氣，衝進來了。」他昔年是正黃旗大將，進關時身經百戰，深知行軍打仗之法，後來才做順治的御前侍衛總管。

韋小寶道：「待他們一進本寺大雄寶殿，見到我佛如來的莊嚴寶相，忽然懸……懸甚麼勒馬，也是有的。」行顛怒道：「你這位小方丈，實在胡……胡……唉，不會的。」他本想說「實在胡塗」，總算想到不可對方丈無禮，話到口邊，忽然懸崖勒馬。

玉林一直默不作聲，聽着衆人辯論，眼見行顛額頭青筋迸現，說話越來越大聲，微微一笑，說道：「行顛，你自已才實在胡塗。方丈大師早已智珠在握，成竹在胸，你又何必多所憂慮？」行顛一怔，道：「啊，原來方丈大師早有妙策。」

韋小寶愁眉苦臉，說道：「我妙策是沒有。三十六計，走爲上計，大家既然都說衝出去的好，那麼咱們就衝出去罷！只不過若非迫不得已，千萬不可多傷人命。」行顛和澄心等一齊稱是。韋小寶道：「那麼大家收拾收拾，一等天黑，他們還沒動手，咱們先衝了下去。向東衝到阜平縣縣城，這些喇嘛再惡，總不敢公然來攻打縣城。」行顛等又都稱善。

行痴忽然說道：「我是不祥之身，上次已爲我殺傷了不少性命。就算這次逃過了厄難，他們仍然死心不息。多造殺業，終無已時。」

行顛道：「師兄，這些惡喇嘛想將你綁架了去，殘害天下百姓。」行痴歎道：「我是世間禍胎，等得他們到來，我當衆自焚其身，讓他們從此死了這條心，也就是了。」行顛急道：「皇……皇……不，師兄，那是萬萬不可，我代你焚身便是。」行痴微微一笑，道：「你代我焚身，有何用處？他們只是要捉了我去，有所挾制而已。」

衆僧默然半晌。玉林道：「善哉，善哉！行痴已悟大道，這才是佛說『我不入地獄，誰入地獄』的眞義。」韋小寶心中罵道：「臭和尚，他說的是眞義，我說的便是假義了？」玉林又道：「待會衆喇嘛到來，老衲和行痴一同焚身，方丈大師和衆位師兄不可阻攔。」

韋小寶和衆僧面面相覷，盡皆駭然。

行痴緩緩道：「昔日攻城掠地，生靈塗炭，小僧早已百死莫贖。今日得爲黎民捨身，亦不過以償當年罪業之萬一。倘若再因小僧而爭鬥不息，多傷人命，那更增我的罪業了。我意已決，還請各位護持，成此因緣。若能由此而感化衆位喇嘛，去惡向善，更是一件好事。」說着站起身來，向韋小寶及少林五僧合十躬身。

澄心等見他神色，顯是心意甚堅，難以進言，只得辭出，回到文殊殿中。韋小寶招集三十六名少林僧，說知此事。衆僧都道，兩位大師要自焚消業，那是萬萬不可，事到臨頭，只好以武力阻止。

韋小寶道：「大家都要保護三位大師周全，是不是？」衆僧齊道：「是！」韋小寶道：「那也不難。大家聽我的話。你們三十六位，現下衝出寺去，齊攻東路，裝作向山下突圍，可是難以成功，又退回寺中，不過須得順手牽羊，擒拿四五十名喇嘛上來。」澄心道：「方丈之意，是否將這些喇嘛作爲人質，使得他們不敢輕舉妄動？若是如此，那麼所擒拿的喇嘛位份越高越好。」

韋小寶道：「要擒拿大喇嘛恐怕不容易，不免多有殺傷，咱們只須捉來幾十個小喇嘛也就夠了。」衆僧不明他用意，但方丈有命，便都奉令出寺。

過不多時，只聽得山腰裏喊聲大作。韋小寶站在鼓樓上觀看，見三十六名少林僧衝入喇嘛羣中，刀光閃動，打了起來。

這三十六名僧人都是少林寺高手，尋常喇嘛自然不是敵手，衝出數十丈後，擋路喇嘛愈聚愈多。澄心等拳打足踢、掌劈指戳，頃刻間打倒了數十人。澄心高聲叫道：「敵人勢大，衝不出去，暫且回寺，再作道理。」他內力深厚，這幾句呼聲遠遠傳了出去，山谷鳴響。澄通也縱聲叫道：「衝不出去，如何是好？」澄心叫道：「大家捉些喇嘛回去，教他們有所顧忌，不敢胡亂害人。」衆僧或雙手各抓一名喇嘛，或肩上扛了一名，轉身入寺。澄心與澄光斷後，又點倒了數人。但聽得喇嘛陣後有人以藏語傳令。衆喇嘛吶喊叫罵，卻不追來。

韋小寶笑嘻嘻的在寺門前迎接，一點人數，擒來了四十七名喇嘛。回到文殊殿中，韋小寶道：「把這些傢伙全身衣服剝光了，每人點上十八處穴道，都去鎖在後園柴房之中。」

衆僧均覺方丈這道法諭大是高深莫測，當下將四十七名喇嘛都剝得赤條條地，身上加點穴道，鎖入柴房。

韋小寶合十說道：「世間諸色相，皆空皆無。無我無人，無和尚無喇嘛。空卽是色，色卽是空。和尚卽喇嘛，喇嘛卽和尚。諸位師姪，大家脫下袈裟，穿上喇嘛的袍子罷！」衆僧盡皆愕然，面面相覷。

韋小寶大聲叫道：「雙兒，你過來，幫我扮小喇嘛。」雙兒一直候在殿外，當卽進殿，檢了一件最小的喇嘛袍子，助他換上。韋小寶身材矮小，穿了仍是太大，便拔出匕首，將袍子下襬和衣袖都割下了一截，腰間束上衣帶，勉強將就，帶上喇嘛冠，宛然便是個小喇嘛，對雙兒道：「你也扮個小喇嘛。」

澄光問道：「師叔改穿喇嘛服色，不知是何用意？」澄觀道：「難道咱們向喇嘛投降，改歸黃教嗎？」韋小寶道：「非也，大家扮作喇嘛，湧到後邊小廟，將玉林、行痴、行顛三個和尚捉住，點了他們穴道，再將他們換上喇嘛衣衫……」

澄通聽到這裏，鼓掌笑道：「妙計，妙計！咱們幾十個假喇嘛黑夜中向山下衝去，衆喇嘛難分眞假，那就難以阻攔了。」衆僧一齊稱善，登時笑逐顏開。他們自然誰都不知，韋小寶這條妙計，不過是師法當日假扮妓女、得脫大難的故智。

澄心道：「如此衝將出去，不須多所殺傷，最是上策。」澄光躊躇道：「只不過冒犯了行痴大師他們三位，未免不敬。」韋小寶道：「阿彌陀佛，救了三命，勝造三七二十一級浮屠。小小冒犯，勝於烈火焚身。」澄光道：「師叔說得是。」當下衆僧一齊脫下僧袍，換上喇嘛衣衫。衆僧平生謹守戒律，端嚴莊重，這時卻跟着韋小寶做此胡鬧之事，眼見穿上喇嘛衣衫之後形相古怪，人人忍不住好笑。

韋小寶道：「各人把僧袍包了，帶在身上，脫困後再行換過。衝下山後，倘若失散，齊到阜平縣吉祥寺會齊。」命雙兒收拾了銀兩物事，包作一包，負在背上。

堪堪等到天色將黑，韋小寶道：「大家在臉上塗些香灰塵土，每人手中提一桶水，這就動手罷！」衆僧聽了法諭，皆大歡喜，信受奉行，當下捧土抹臉，提了水桶兵刃，齊向山後奔去。來到小廟之外，衆僧唏哩花拉，高聲吶喊，向廟中衝去。

玉林、行痴、行顛三人已決意自焚，在院子中堆了柴草，身上澆滿了香油，只待衆喇嘛攻到，向他們說明捨身自焚用意，便卽點火，那知衆喇嘛說來便來，事先竟沒半分朕兆，待得聽到「嗚嚕嗚嚕，花差花差」似藏語非藏語的怪聲大作，數十名喇嘛已衝進廟來。

玉林朗聲道：「衆位稍待，老衲有幾句話說……」驀地裏當頭一桶冷水澆將下來，跟着數十桶冷水紛紛潑到三人身上。這一下迅雷不及掩耳，別說三人來不及點火自焚，就算已經點着了，也被立時澆熄。

雙兒縱身過去，先點了行顛穴道，行痴不會武功，玉林武功不弱，卻不願出手抗禦，混亂中都被點了穴道。衆僧七手八脚，脫下三人僧袍，將喇嘛袍服套在三人身上。韋小寶有心大說杜撰藏話，生怕給玉林聽出口音，只好忍住，向雙兒一努嘴，雙兒取過燭台，便將院中堆着的柴草燒了起來。韋小寶見行顛的黃金杵放在殿角，想取了帶走，不料金杵沉重，竟然提之不動，澄通伸手抓起。韋小寶手一揮，衆僧將行痴等三僧擁在中間，向東衝下山去。

只奔出數十丈，小廟中黑烟與火光已衝天而起，這大堆柴草上早也淋滿了香油，極易着火。山腰間衆喇嘛見到火起，大聲驚叫，登時四下大亂。領頭的喇嘛派人上來救火。火把光下見到韋小寶等衆僧，都道是自己人，混亂之中，又有誰來盤問阻擋？

衆僧來到山下，已將大隊喇嘛抛在路後，回頭向山上望去，但見火光燭天，那座小廟已燒穿了頂。澄通道：「這座小廟一燒，他們又找不到行痴大師，只道他已燒死在小廟之中，就此死了這條心，再也不來滋擾，倒是一件好事。」澄光點頭道：「師弟之言有理。」

韋小寶命澄觀將行痴等三人身上穴道解了，說道：「多有得罪，還請莫怪。」

行痴等剛才穴道被點，動彈不得，耳目卻是無碍，見到經過情形，早明白是少林僧設法相救。行顛大聲喝采，說道：「妙計，妙計！大夥兒輕輕易易便逃了出來。方丈大師，你是救我們性命，多謝你還來不及，誰來怪你？」行痴決意焚身消業，行顛忠心耿耿，只好陪着殉主，但心中畢竟是不願就此便死，此時得脫大難，自是歡喜之極。行痴微笑道：「不傷一人而化解此事，的是難能可貴。」

忽聽得迎面山道上脚步聲響，大隊人羣快步奔來。澄通道：「師叔，有大批喇嘛殺過來了。」韋小寶道：「咱們衝向前去，嘴裏嘰哩咕嚕一番，見到他們時臉上露出笑容，伸手向山上指去，總之不可與他們動手。」衆僧一齊遵命，連行痴和玉林也都點頭。

韋小寶心中大樂：「老皇爺聽我號令，老皇爺的師父也聽我號令。」

衆僧將行痴護在中間，沿大道奔去。

只見山坳後衝出一股人來，手執燈籠火把，卻不是喇嘛，都是朝山進香的香客，頸中掛了黃布袋，袋上寫着「虔誠進香」等等大字。一衆少林僧奔到近處，均是一呆，澄通等早已住口，澄觀等頭腦不大靈敏的，卻還在亂叫「杜撰藏語」。

香客中走出一名漢子，大聲喝道：「你們幹甚麼的？」這人身材魁梧，聲音洪亮。韋小寶一見大喜，認得他是御前侍衞總管多隆，當卽奔上，叫道：「多大哥，你瞧小弟是誰？」

多隆一怔，從身旁一人手中接過燈籠，移到他面前一照。韋小寶向他擠眉弄眼，哈哈大笑。多隆驚喜交集道：「是……是韋兄弟，你……你怎麼在這裏？又扮作個小喇嘛模樣？」

韋小寶笑道：「你又怎麼到了這裏？」

說話之間，多隆身後又有一羣香客趕到，帶頭的香客卻是趙齊賢。韋小寶一看，這些香客都是御前侍衛所扮，其中倒有一大半相識。衆侍衛圍了上來，嘻嘻哈哈的十分親熱。

韋小寶低聲問多隆道：「皇上派你們來的？」多隆低聲道：「皇上和太后到五台山來進香，現下是在靈境寺中。」韋小寶驚喜交集，道：「皇上到五台山來了？那好極了！好極了！」心想：「那老婊子也來幹甚麼？老皇爺恨不得殺了她。」

不多時又到了一批驍騎營的軍官士兵，也都扮作了香客。韋小寶問：「這次從北京到五台山來的，共有多少香客？」多隆低聲道：「除了咱們御前侍衛之外，驍騎營、前鋒營、護軍營也都隨駕來此。」韋小寶道：「那怕不有三四萬官兵？」多隆道：「一共是三萬四千多人。」韋小寶道：「護駕諸營的總管是誰？」多隆道：「是康親王。」韋小寶笑道：「那也是老朋友了。」向趙齊賢招招手，等他走近，說道：「趙大哥，請你去稟報康親王，我要調動人馬，辦一件大事，事情緊急，來不及向他請示了。」趙齊賢應命而去。

跟着驍騎營正黃旗都統察爾珠也到了。韋小寶道：「多老哥，都統大人，有數千西藏喇嘛，定是得知了皇上進香的訊息，刻下團團圍住了清涼寺，造反作亂。你們兩位立卽去把這干反賊拿下了，這可是一件大大的功勞。」兩人大喜，齊向韋小寶道謝。說道：「韋大人送功勞給我們，眞是何以克當。」韋小寶道：「大家忠心爲皇上辦事，分甚麼彼此？這叫做有福同享，有難共當。」兩人當卽傳下令去，把守四周山道，點齊猛將精兵，向山上殺去。

韋小寶大聲叫道：「聖上仁慈英明，有好生之德，你們只須擒拿反賊，不可多傷人命。因爲聖上是鳥生魚湯，不是差勁的皇帝。」一衆侍衛、親兵齊聲答應。「堯舜禹湯」四字，康熙雖曾簡畧解說過，韋小寶卻也難以明白，總之知道「鳥生魚湯」這碗湯是大大的好湯，不是差勁的湯，凡是皇帝，聽了無不十分歡喜。他這幾句話，卻是叫給老皇帝聽的，心想今日老小皇帝父子相會，多拍老皇帝馬屁，比之拍小皇帝馬屁更爲靈驗有效。

他轉身走到行痴跟前，說道：「三位大師，咱們身上衣服不倫不類，且到前面金閣寺去換過衣衫，找個清靜的所在休息，免得這些閒人打擾了三位清修。」行痴等點頭稱是。

一行人又行數里，來到金閣寺中。韋小寶一進寺門，便取出一千兩銀票，交給住持，說道：「暫借寶刹休息，一切不可多問。問一句話，扣十兩銀子。一句不問，這一千兩銀子都是香金。如果問了一百零一句，你倒找我十兩，不折不扣，童叟無欺。」

那住持乍得巨金，又驚又喜，當卽諾諾連聲，問道：「師兄要……」話到口邊，突然一怔，忙改口道：「……要喝杯茶了。」匆匆入內端茶。他本來想問「師兄要不要喝杯茶？」總算尙有急智，臨時改口，省下了十兩銀子。

韋小寶出寺暗傳號令，命百餘名御前侍衛在金閣寺四周守衛，又差兩名侍衛去奏報皇上：「奴才韋小寶職責重大，不敢擅離，在金閣寺候駕。」

一名侍衛道：「啓稟韋副總管：咱們做臣子的，該當前去叩見皇上才是，不能等皇上過來見你。」韋小寶雙手一攤，笑道：「沒法子。這一次只好壞一壞規矩了。」兩名侍衛答應了，轉過身來，都伸了伸舌頭，心道：「好大的膽子，連性命也不要了。」當卽奔去奏報。

衆僧換過衣衫，坐下休息，只聽得山上殺聲大震，侍衛親兵已在圍捕喇嘛。擾攘良久，聲音漸歇。又過了半個多時辰，突然間萬籟俱寂，但聞數十人的脚步聲自遠而近，來到寺外而止。跟着靴聲橐橐，一羣人走進寺來。

韋小寶心想：「小皇帝到了。」拔出匕首，執在手中，守在行痴的禪房之外，臉上自是擺出一副忠心護主、萬死不辭的模樣，單以外表而論，行顛的忠義勇烈，那是遠遠不如了。

脚步聲自外而內，十餘名身穿便裝的侍衞快步過來，手提着燈籠，站在兩旁。一名侍衞低聲喝道：「快收起刀子。」韋小寶退了幾步，以背靠門，橫劍當胸，大有「一夫當關，萬夫莫入」之概，喝道：「禪房裏衆位大師正在休息，誰都不可過來囉唣。」只見一位身穿藍袍的少年走了過來，正是康熙。

韋小寶這才還劍入鞘，搶上叩頭，低聲道：「皇上大喜。老……老法師在裏面。」康熙顫聲道：「你給我……給我通報。」轉身揮手道：「你們都出去！」

侍衆侍衞退出後，韋小寶在禪房門上輕擊兩下，說道：「晦明求見。」過了好一會，內無應聲。康熙忍不住搶上一步，在門上敲了兩下。韋小寶搖搖手，示意不可說話，康熙將已到口邊的「父皇」一聲叫喚強行忍住。

又過良久，只聽得行顛說道：「方丈大師，我師兄精神困倦，恕不相見。他身入空門，塵緣已了，請你轉告外人，不可妨他清修。」韋小寶道：「是，是，請你開門，只見一面便是。」行顛道：「我師兄之意，此處是金閣寺，大家是客，不奉方丈法旨，還盼莫怪。」

韋小寶轉頭向康熙瞧去，見他神色悽慘，心想：「你說我在這裏不是方丈，不能叫你開門，那麼我去要本寺方丈來叫門，也容易得緊。」正想轉身去叫方丈，康熙已自忍耐不住，突然放聲大哭。

韋小寶心想：「若要本寺方丈來叫開了門，倒有逼迫老皇爺之意，倒還是軟求的好。」雙手在胸口猛搥數下，跟着也大哭起來，一面乾號，一面叫道：「我在這世上是個沒爹沒娘的孤兒，孤苦伶仃的，沒人疼我。做人還有甚麼樂趣？不如一頭撞死了倒還乾淨。」假哭是他自幼熟習的拿手本事，叫得幾聲，眼淚便傾瀉而出，哭得悲切異常。

康熙聽得他大哭，初時不禁一愕，跟着又哭了起來。

只聽得呀的一聲，禪房門開了。行顛站在門口，說道：「請小施主進來。」

康熙悲喜交集，直衝進房，抱住行痴雙脚，放聲大哭。

行痴輕輕撫摸他頭，說道：「痴兒，痴兒。」眼淚也滾滾而下。

玉林和行顛低頭走出禪房，反手帶上了門，對站在門外的韋小寶瞧也不瞧，逕行出外。行顛覺得太過無禮，心中又對他感激，走了十幾步後，回頭叫了聲：「方丈。」

韋小寶正在凝神傾聽禪房內行痴和康熙父子二人有何說話，對行顛也沒理會，只聽得康熙哭着叫道：「父皇，這可想死孩兒了。」行痴輕聲說了幾句，隔着房門便聽不清楚。其後康熙止了哭聲，兩人說話都是極輕，韋小寶一句也聽不見。他雖然好奇，卻也不敢將房門推開一綫，側耳去聽，只得站在門外等候。

過了好一會，隱約聽到康熙提到「端敬皇后」四字，韋小寶心道：「上次老皇爺叫我轉告小皇帝，不可難爲了老婊子，我捺下了這句話沒說，不知老皇爺現下是否回心轉意？」

再過一會，聽得行痴說道：「今日你我一會，已是非份，誤我修爲不小。此後可不能再來了。」康熙沒有作聲。行痴又道：「你派人侍奉我，雖是你一番孝心，可是出家人歷練魔刦，乃是應有之義，侍奉我太過周到，也是不宜……」兩人又說了一會，只聽行痴道：「你這就去罷，好好保重身子，愛惜百姓，便是向我盡孝了。」康熙似乎戀戀不捨，不肯便走。

終於聽得脚步聲響，走向門邊，韋小寶急忙退後幾步，眼望庭中。呀的一聲，房門打開，行痴携着康熙的手走出門外。父子兩人對望片刻，康熙牢牢握住父親的手。行痴道：「你很好，比我好得多。我很放心。你也放心！」輕輕掙脫了他手，退入房內，關上了門。又過片刻，喀的一響，已上了閂。

康熙撲在門上，嗚咽不止。韋小寶站在旁邊，陪着他流淚。康熙哭了一會，料想父親再不會開門，卻也不肯就此便去，拉了韋小寶的手，和他並肩坐在庭前階石之上，取出手帕，拭了眼淚，抬頭望着天上白雲，出了一會神，說道：「小桂子，父皇說你很好，不過不要你服侍了。父皇說臣子們護持得太周到，倒令他老人家不像是出家人了。」說到「出家人」三字，眼淚又流了下來。

韋小寶聽說老皇爺不再要他服侍，開心之極，臉上卻不敢露出絲毫喜色，也不敢顯得太過「忠」字當頭，奮不顧身，以免又生後患，說道：「想害老皇爺的人很多，皇上總得想個法子，暗中妥爲保護才是。」

康熙道：「那是一定要的。那些惡喇嘛，哼，他奶奶的，到底有甚麼陰謀詭計？」他本來只會說一句「他媽的」，數月不見，卻多了一句「他奶奶的」。韋小寶道：「師父，你又多了一句罵人的話。」康熙臉上露出一絲微笑，道：「是我妹子從侍衛們那裏學來的。她和太后都跟着上了山……」臉色一沉，道：「父皇不想見她們。」韋小寶點了點頭。

康熙道：「那些喇嘛自然是想刦持父皇，企圖挾制於我，叫我事事聽他們的話。哼，那有這麼容易？小桂子，你很好，這一次救了父皇，功勞不小。」

韋小寶道：「皇上神機妙算，早就料到了，派奴才到這裏做和尙，本來就是爲了做這件事。奴才也沒甚麼功勞，皇上不論差誰來辦，誰都能辦的。」

康熙道：「那也不然。父皇說你能體會他的意思，不傷一人而得脫危難。」韋小寶道：「奴才見到老皇爺要點火自焚，說甚麼捨身消業，可眞把我嚇得魂靈出竅，屁滾尿流。」康熙驚道：「甚麼點火自焚？捨身消業？」韋小寶加油添醋的說了經過，只把康熙聽得出了一身冷汗。韋小寶道：「只是奴才情急之下，將老皇爺淋了一身冷水，那可大大的不敬了。」

康熙道：「你是護主心切，很好，很好。」

他沉默半晌，回頭向禪房門看了一眼，說道：「老皇帝吩咐我愛惜百姓，永不加賦。這句話你先前也傳過給我了，這一次老皇爺又親口叮囑，我自然是永不敢忘。」韋小寶問道：「永不加賦是甚麼東西？」康熙微微一笑，道：「賦就是賦稅。明朝那些皇帝窮奢極欲，用兵打仗，錢不夠用了，就下旨命老百姓多繳賦稅。明朝的官兒又貪汚得厲害，皇帝要加賦一千萬兩，大小官兒們至少多括二千萬兩。百姓本已窮得很了，朝廷今年加賦，明年加稅，百姓那裏還有飯吃？田裏收成的穀子麥子，都讓做官的拿了去，老百姓眼看全家要餓死，只好起來造反。這叫做官逼民反。」

韋小寶點頭道：「我明白了，原來明朝百姓造反，倒是做皇帝、做官的不好。」康熙道：

「可不是嗎？明朝崇禎年間，普天下百姓都沒飯吃，所以東也反、西也反。殺平了河南的，陝西又反；鎮壓了山西的，四川又反。這些窮人東流西竄，也不過是爲活命。明朝亡在這些窮人手裏，他們漢人說是流寇作亂。其實甚麼亂民流寇，都是給朝廷逼出來的。」韋小寶道：「原來如此。老皇爺要皇上永不加賦，天下就沒有流寇了。皇上鳥生魚湯，鐵桶似的江山，萬歲萬歲萬歲萬萬歲。」康熙道：「堯舜禹湯，談何容易？不過我們滿洲人來做中國皇帝，總得要強過明朝那些無道昏君，才對得起天下百姓。」

韋小寶心想：「天地會、沐王府的人，說到滿清韃子佔我漢人江山，沒一個不恨得牙癢癢地。小皇帝卻說明朝的皇帝不好，倒還是他韃子皇帝好。那也不希奇，一個人自稱自讚，總是有的。」

康熙又道：「父皇跟我說，這幾年來他靜修參禪，想到我們滿洲人昔年的所作所爲，常常慚愧得汗流浹背。明朝崇禎是給流寇李自成逼死的，吳三桂來向我們大清借兵，打敗了李自成，給明朝皇帝報了大仇。可是漢人百姓非但不感激大清，反而拿咱們看作仇人，你說是甚麼緣故？」韋小寶道：「想是他們胡塗。本來天下胡塗人多，聰明人少，又或者是他們忘恩負義。」康熙道：「那倒不然。漢人說我們是胡虜，是外族人，佔了他們花花江山。清兵入關之後，到處殺人放火，害死了無數百姓，那也令他們恨咱們滿洲人入骨。」

韋小寶本是漢人，康熙賜他作了正黃旗滿洲人，跟他說起來，便「咱們、咱們」的，當他便是滿洲人一般。其實說到國家大事，韋小寶甚麼都不懂。只是康熙甫與父親相會，心中激動，想到父皇的諄諄叮囑，便跟這個小親信講論起來。

韋小寶道：「奴才在揚州之時，也聽人說過從前清兵殺人的慘事。」

康熙歎了口氣，道：「揚州十日，嘉定三屠，殺人不計其數，那是我們大清所做下的大大惡事。我要下旨免了揚州和嘉定的三年錢糧。」

韋小寶心想：「揚州人三年不用交錢糧，大家口袋裏有錢，麗春院的生意，可要大大興旺了。怎生想個法子，叫小皇帝派我去揚州辦事？我叫媽媽不用做婊子了，自己開他三家妓院，老子做老闆，再來做莊，大賭十日，也來個『揚州十日』。然後帶了大批銀兩，去嘉定賭他媽的三次，這叫做『嘉定三賭』。」又想：「老皇爺和皇上都說嘉定三賭殺人太多，是件大大的慘事，爲甚麼賭三次錢，便殺不少人？不知嘉定在甚麼地方。這地方的人賭錢本事厲害，倒須小心在意。」

康熙問道：「小桂子，你說好不好？」韋小寶忙道：「好，好極了，這樣一來，大家有飯吃，有錢……誰也不會造反了。」話到口邊，硬生生把「有錢賭」的「賭」字縮住了。

康熙道：「雖然大家有飯吃，有錢使，卻也未必沒人造反。你出京之時，叫侍衛們送了一個人來，說是王屋山的逆賊，我已親自問過了他幾次。」韋小寶心中一驚，忙站起身來，說道：「皇上吩咐奴才不可多管閒事，以後再也不敢了。」康熙道：「你坐下，這件事辦得很好，那也不是閒事，今後還得大大的多管。」韋小寶道：「是，是。」心下莫名其妙。

康熙低聲道：「我命侍衛傳旨申斥你，乃是掩人耳目，別讓反賊有了防備。」

韋小寶大喜，縱身一跳，這才坐下，低聲道：「奴才明白了，原來皇上怕吳三桂這反賊驚覺。」康熙道：「吳三桂是否想造反，現下還拿不定，不過他早有不臣之心，欺我年幼，不把我放在眼裏。」韋小寶道：「皇上使點兒小小手段出來，教他知道厲害。吳三桂他奶奶的，有甚麼了不起？皇上伸個小指頭兒，就殺他一個橫掃千軍，高山流水。」

康熙微笑道：「這兩句成語用得不好，該說伸個小指頭兒，就橫掃千軍，殺他一個落花流水。」韋小寶道：「是，是，是。奴才做了好幾個月和尙，學問半點也沒長進，以後常常服侍皇上，用起成語來就橫掃千軍，讓人家聽個落花流水。」

康熙忍不住哈哈一笑，鬱抑稍減，低聲道：「吳三桂這廝善能用兵，手下猛將精兵，着實不少，倘若眞的造反，和福建耿精忠、廣東尙可喜三藩連兵，倒也棘手得很。咱們只能慢慢來，須得謀定而後動，一動手就得叫他奶奶的吳三桂落花流水，屁滾尿流。」

康熙勤奮好學，每日躬親政務之餘，由翰林學士侍講、侍讀經書詩文，只是詩云子曰讀得多了，突然說幾句「他奶奶的」、「屁滾尿流」，倒也頗有調劑之樂。他今日見到父親，本是又喜又悲，但親近不到半個時辰，便被摒諸門外，不知今後是否再能相見，深感悽傷，幸得韋小寶出言有趣，稍解愁懷，又談到了除逆定亂的大事，更激發了胸中雄心。

他站起身來，在庭中取了四塊石頭，排列在地，說道：「漢軍四王，東邊的、南邊的、西邊的，要分了開來，不能讓他們聯在一起。定南王孔有德這傢伙幸好死了，只留下一個女兒，倒容易對付。」說着輕輕一脚，踢開一塊石頭，說道：「耿精忠有勇無謀，不足爲慮，只須不讓他和台灣鄭氏聯盟便是。」一脚又踢開一塊石頭，說道：「尙可喜父子不和，兩個兒子又勢成水火，自相傾軋，料他無能爲力。」將第三塊石頭也踢開了，只留下一塊最大的石頭，對住了怔怔出神。

韋小寶問道：「皇上，這是吳三桂？」康熙點點頭。韋小寶罵道：「這奸賊，自己老不死，卻累得我萬歲爺為你大傷腦筋。皇上，你在他身上拉一泡尿。」

康熙哈哈大笑，童心大起，當眞拉開褲子，便在那石頭上撒尿，笑道：「你也來。」韋小寶大笑，也在石頭上撒尿，笑道：「這一回書，叫做『萬歲爺高山流水，小桂子……小桂子……』」心想「橫掃千軍」這四字用在這裏不妥，突然想到說書先生說三國故事，有一回書叫做「關雲長水淹七軍」，便道：「小桂子水淹七軍。」

康熙更是好笑，縛好褲子，笑道：「那一日咱們捉到這臭賊，便當眞在他身上撒尿。」

康熙坐回階石，只聽得廟外脚步聲甚響，雖然無人喧嘩，顯是已有不少人聚集在外，韋小寶道：「看來他們已把那些惡喇嘛都捉了來。皇上眞是洪福齊天，湊巧之極，剛好這時候趕到，把這些惡喇嘛一網打盡。」康熙道：「那倒不是湊巧，我得到你的密報，派人查察，得訊之後，急速趕來，卻已慢了一步，讓這些惡喇嘛驚動了聖駕。若不是你機靈，我可終身遺恨無窮，罪不可逭了。」韋小寶奇道：「奴才沒給您甚麼密報啊。」

康熙道：「我派侍衞到少林寺傳旨，他們說見到了一個蒙古王子，幾個喇嘛，又有幾名武官。是不是？」韋小寶道：「是啊。」康熙道：「你吩咐他們暗中查察，這幾人辦事倒也得力。一查之下，便查到那蒙古王子叫作葛爾丹。那武官名叫馬寶，是吳三桂那廝手下的總兵。他們和喇嘛勾結謀叛，意欲不利於父皇。」

韋小寶一拍大腿，說道：「原來如此！奴才見他們鬼鬼祟祟，不是好人，倒不知竟是吳三桂的部下。」其實那些人的姓名來歷，他早已得知，要趙齊賢等查察，意在追尋那綠衣女郎的，順便誣陷吳三桂，想不到竟會引得小皇帝趕上五台山來。

康熙道：「這三夥人後來分了手。侍衞張康年跟蹤喇嘛，聽到他們大集人手，要到五台山來捉拿一位重要人物。他不知事情重大，又跟了好幾天，這才回京奏知。我一聽之下，豈有不急？當郎火速啓程，只是皇帝出京，囉裏囉嗦的儀注一大套，我雖下旨一切從簡，還是遲到了一天。」

韋小寶道：「吳三桂這反賊如此大膽，竟敢派遣數千喇嘛，前來得罪老皇爺，那……那不是公然造反麼？」康熙噓了一聲，道：「小聲！我只知他手下總兵和這些喇嘛結伴同行。他是否就此造反，現下還不能確知。」韋小寶道：「一定反！一定反！如果他是好人，怎會差遣手下大將，去和這些惡喇嘛陰謀暗害老皇爺？」

康熙道：「他自然不是好人。」心下沉吟，緩緩的道：「不過我年紀還小，行軍打仗，還不是他的對手，最好咱們再等幾年，等我再長大些，等他又老了些。那時再動手，就可操必勝。小桂子，你不必性急，多過一天，對咱們就多一分好處，對他便多一分壞處。」

韋小寶急道：「倘若他老得死了，豈不便宜了他？」康熙微微笑道：「那是他的運氣。」頓了一頓，說道：「父皇剛才叮囑我，能夠不用兵打仗，那是最好，一打上仗，不論勝敗，兵卒死傷，那是不用說了，天下百姓便不知要受多少苦楚。因此吳三桂如果乘早死了，等不到我去動手，雖然不大好玩……」他微微一頓，韋小寶接口道：「簡直大大的不好玩。」康熙一笑，道：「對於百姓兵卒，卻是一件大好事。小桂子，你想玩，幾時我帶你去遼東打黑熊，打老虎。」韋小寶大喜，叫道：「妙極，妙極！」

康熙望着禪房門，輕輕的道：「我六歲那年，父皇就曾帶我去遼東打圍，現今……」慢慢的走到門邊，手撫木門，泫然欲涕。過了一會，跪倒在地，拜了幾拜，低聲道：「父皇保重，孩兒去了。」韋小寶跟着跪拜。

康熙走到大雄寶殿，康親王傑書帶着驍騎營都統察爾珠、御前侍衛正總管多隆，以及索額圖等隨駕大臣、前鋒營都統、護軍營都統等都候在殿中，見皇帝出來，跪下參見。羣臣站起後，偷眼見小皇帝眼圈甚紅，顯是大哭過一場，均感詫異。皇帝年紀雖小，但識見卓越，處事明斷，朝中大臣都對他敬畏日增，不敢稍存輕他年幼之心。小皇帝居然會哭，倒是一件奇事。又見韋小寶臉上也有淚痕，均想：「定是韋小寶這小傢伙逗得皇上哭了，兩個少年，不知搞些甚麼玩意兒。」順治在五台山出家，康熙瞞得極緊，縱是至親的妹子建寧公主也不讓知道，羣臣自然更加不知。

康親王上前奏道：「啓奏皇上：查得有數千名喇嘛，在清涼寺外囉嗦爭鬧，不知何故，現下俱已擒獲在此，候旨發落。」康熙點點頭，道：「把爲首的帶上來。」

察爾珠押上三名老喇嘛，都帶了足鐐手銬。三名喇嘛不知康熙是當今皇帝，神態倔強，嘰哩咕嚕的說個不休。康熙突然嘰哩咕嚕的也說了起來，羣臣都吃了一驚，誰都不知皇上居然會說藏語。其實這些喇嘛是蒙古喇嘛，並非來自西藏，康熙和他們說的是蒙古話。說了一會，三名喇嘛俯首不語，似乎已經屈服。康熙道：「帶他們到旁邊房裏去，朕要密審。」多隆道：「是。」將三人拉入殿旁一間經房。

康熙向韋小寶招招手，兩人走入經房。韋小寶反手帶上了房門，拔出匕首，在三名喇嘛眼睛、喉頭、鼻孔、耳朶各處不住比劃。康熙用蒙古話大聲問了幾句，一名最老的喇嘛神態恭順，一一回答。兩人一問一答，說了良久。韋小寶一聽康熙聲音大了起來，稍有怒色，便出匕首威嚇，若見康熙神色溫和，他就笑嘻嘻的站在一旁，向喇嘛點頭鼓勵。

康熙盤問了大半個時辰，才命侍衛將三名喇嘛帶出，叫韋小寶關上了門，沉吟道：「這可奇怪了。」韋小寶不敢打斷他思路，站在一旁不語。

康熙又想了一會，問道：「小桂子，父皇在這裏出家，這事有幾個人知道？」韋小寶道：「除了皇上和奴才之外，知道這事的有老皇爺的師父玉林大師，他師弟行顚大師。本來有個太監海大富，他已經死了。清涼寺原來的住持澄光大師似乎並不知道詳情，只知老皇爺是一位大有來頭的人物。除此之外，只有老……老……那個太后了。」

康熙點頭道：「不錯，知道此事的，世上連父皇自己在內，再加我和你，也不過六人。可是我剛才盤問那蒙古喇嘛，他說是奉了西藏拉薩達賴活佛之命，到清涼寺來接一位和尙去西藏。我細細盤問，清涼寺中那位和尙是何等人物，拉薩活佛接他去幹甚麼，反反覆覆的問來問去，他確是不知。他最後說，好像這位大和尙懂得密宗的許多陀羅尼咒語，活佛要他去傳授密咒，好光大佛法。這自然是胡說八道，不過瞧他樣子，也不是說謊，多半人家這樣騙他，他就信以爲眞。」

韋小寶道：「是，那西藏活佛是否知道老皇爺的身分，現下難以明白，不過那個挑撥活佛，前來冒犯老皇爺的人，恐怕……恐怕多半知道內情。」康熙點了點頭。韋小寶突然害怕起來，說道：「皇上，奴才可的的確確守口如……如甚麼的，知道事關重大，連做夢也沒洩漏過半句。」康熙道：「你不會說，我是信得過的。玉林和行顛兩位自然也不會說。少林寺晦聽方丈和澄光大師就算猜到了一些，他們是有德高僧，決不會向人吐露，算來算去，只有那……那老……老賤人了。」韋小寶道：「對！對！一定是這老……老……」

康熙沉吟道：「她在慈寧宮中，暗藏假扮宮女的男人，那是我親眼所見。她當然擔心事情敗露。她殺害端敬皇后，父皇恨之入骨，父皇雖然出了家，還是派遣海大富回宮去查察此事。你知道其中詳情，又在我身邊。哼，這老賤人那裏睡得着覺？她非下手害了父皇不可。只有謀害了父皇，謀害了我，再殺了你，她才得平安。」

韋小寶心想：「老婊子和神龍教早有勾結，她既知老皇爺未死，一定去稟報了洪教主。看來這些喇嘛來到五台山，還和洪教主有關。」只是自己做了神龍教的白龍使，這事可不能跟皇上提及。康熙見他臉色有異，問道：「怎麼？」韋小寶忙道：「奴才心想……心想……皇上的推想半點不錯，一定是這老……太后說出去的。除她之外，不能更有旁人。」

康熙伸手在桌上重重一拍，咬牙切齒的道：「這賤人害死我親生母后，又害得父皇出了家，令我成為無父無母之人。我……我不將這賤人千刀萬剮，難消心頭之恨。可是……可是父皇偏偏要我不可跟她為難，這卻如何是好？」

韋小寶心想：「老皇爺不許你殺老婊子，可沒不許我殺。就算他不許我殺，老子是他方丈，只能我向他下令，不必聽他號令。不過這件事說穿可就不靈了。」說道：「皇上不必煩心。這太后作惡多端，終究不會有好下場。皇上你睜開龍目，張開龍耳，等着就是了。」

康熙何等聰明，已明其意，向他凝視半晌，點一點頭，道：「不錯，這賤人作惡多端，終究不會有好下場。」他在經房中踱來踱去，說道：「眼前之計，須得不讓衆喇嘛再來冒犯父皇。最好咱們派一個靠得住的人去做西藏活佛。普天下的喇嘛都歸他管，那時自是更無後患。只不過西藏活佛是投胎轉世的，皇帝派去的只怕不行，怎生想個法子……」

韋小寶聽到這裏，只嚇得魂飛魄散，心道：「我今日假扮小喇嘛，別弄假成了眞。皇上金口一出，那就難以挽回，可得搶在頭裏。」忙道：「皇上，這西藏活佛，奴才是萬萬不做的。」康熙哈哈大笑，說道：「你倒機靈。其實做西藏活佛有甚不好？他管的地方比吳三桂的雲南還大，做活佛就是西藏王。」

韋小寶連連搖手，道：「我寧可在你身邊做侍衞，一做活佛，再也難以跟你在一起。西藏王也好，東藏王也好，就算是地藏王，我也不做。」這幾句倒不是假話。他和康熙相處日久，兩人年歲相若，言談投機，雖然一個是小皇帝，一個是小侍衞，已如好朋友一般，倘若遠遠分開，大家也眞都不捨得。

康熙笑道：「地藏王菩薩的名字也亂說得的？」推開房門，走了出來，向察爾珠和多隆道：「你二人辦事得力，朕有賞賜。」察爾珠和多隆大喜，磕頭謝恩。康熙道：「朕崇信佛法，果然這幾年來上體天心，菩薩保祐，國家平安，萬民康樂。韋小寶在這裏作朕替身，代我出家爲僧，大大有功。」韋小寶也磕頭謝恩。

康熙道：「現今韋小寶作朕替身爲期已滿，隨我回京，輪到察爾珠出家兩年，不過不是做和尚，而是做五台山大喇嘛。你挑選一千名驍騎營的得力軍官軍士，一起跟你做喇嘛。分駐山上十間大喇嘛寺。衆軍出家期間，餉銀加倍發給，另有恩賜。」察爾珠一怔，雖然不大願意，也只好謝恩。

康熙道：「爲善若欲人知，便非眞善。此事吩咐衆人守口如瓶，不得洩漏，否則軍法從事，不假寬貸。多隆將五台山的衆喇嘛都鎖拿回京，圈禁起來。派人去告知達賴活佛，說道皇上請這些喇嘛去北京崇揚佛法，明宣教義。過得七八十年，待得佛法昌盛，便送他們回西藏。」他說一句，察爾珠和多隆便應一句。

韋小寶大喜：「老子逃出生天，從此不必做和尙了。」又想：「這些喇嘛再過得七八十年，還有命回家麼？他們大膽冒犯老皇爺，皇上寬洪大量，不殺他們的頭。監禁一世，那是大大的便宜了。」

康熙又道：「韋小寶，升你爲驍騎營正黃旗都統，仍兼御前侍衛副總管。察爾珠，你大喇嘛做得好，回京之後，派你到外省去做提督。」兩人又都謝恩。

韋小寶也不怎樣，心想正都統、副都統反正都是這麼一回事。察爾珠卻十分喜歡，京中大官極多，驍騎營都統不過得皇帝親信，單是驍騎營一營，八旗各有一個都統，便有八個都統，見到親王貝勒、貝子公侯，都得屈膝請安，除了餉銀之外，又沒甚麼油水，一放到外省去做提督，那可威風八面、財源廣進了。

其時天已黎明，康熙吩咐去淸涼寺拜佛。來到寺外，只見刀搶拋了一地，草間石上濺滿血漬，可見昨晚擒拿衆喇嘛時一場激戰，着實打得厲害。康熙入寺參拜如來和文殊菩薩，便到後山順治參禪的小廟去察看，但見焦木殘磚，小廟早已焚毀一空，康熙暗暗心驚：「倘若父皇昨晚沒逃出，不免便燒在廟中，我……我……」一時不敢往下再想，吩咐索額圖布施白銀二千兩，重修小廟。他知父親不願張大其事，因此銀子也不便多給。

回到大雄寶殿，衆少林僧都過來相見。他們見這位小施主隨從衆多，氣派極大，自必大有來頭，說不定還是親王貝勒之流。羣僧雖不趨炎附勢，但他布施巨金，重修小廟，都合十稱謝。澄通等也都看出，那些假扮香客的隨從之中，有不少人身具武功。

康熙來到父親出家之地，不願便去。說道：「我想在寶刹借住三五天，不知使得麼？」

韋小寶道：「大施主光降，求之不得……」

突然間砰的一聲巨響，泥沙紛紛而下，大雄寶殿頂上已穿了一洞，白影幌動，一團白色的物事直墮而下，卻是個身穿白衣的僧人，手持長劍，疾向康熙撲去，叫道：「今日爲大明天子復仇！」

康熙急忙退後，多隆、察爾珠、康親王等因在皇帝之旁，都未携帶兵刃，大驚之下，都向那人抓去。那人左手衣袖疾揮，一股強勁之極的厲風鼓盪而出，多隆等七八人站立不穩，同時向後摔出。

澄心、澄光等齊叫：「不可傷人。」一出手阻攔。那僧人又是袍袖一拂，少林寺澄字輩的僧人各施絕技化開，可是衆僧的虎爪手、龍爪手、拈花擒拿手、擒龍功等等，卻也沒能抓住此人。衆僧驚詫之下，都是心念一閃：「天下竟有如此人物！」

那白衣僧更不停留，又挺劍向康熙刺來。康熙背靠佛座供桌，已無可再退。

韋小寶急躍而上，擋在康熙身前，噗的一聲，劍尖刺正他胸口，長劍一彎，竟沒刺入。那白衣僧一呆。澄觀叫道：「不可傷我師叔！」左掌向他右肩拍落。白衣僧拋去斷劍，反掌擋架。澄觀只覺胸口熱血翻湧，眼前金星亂冒。

白衣僧讚道：「好功夫！」眼見四周高手甚衆，適才這一劍刺不進那小和尙身子，更是大爲駭異，當下不敢戀戰，右手一長，已抓住韋小寶領口，突然間身子拔起，從殿頂的破洞竄了出去。這一下去得極快，殿上空有三十六名少林高手，竟沒一人來得及阻擋。

澄心、澄光等急從破洞中跟着竄上，但見後山白影幌動，竟已在十餘丈外，這人輕功之佳，實是匪夷所思。羣僧眼見追趕不上，但本寺方丈被擒，追不上也得追，三十六僧大呼追去，只幌眼之間，那團白色人影已翻過了山坳。

註：本回回目均爲佛家語，「刦」是極長的時間單位。佛家認爲，人生所以苦海無邊，在於愛心和慈念難斷。

白衣尼穩坐椅上，右手食指東一點，西一戳，將太后凌厲的攻勢一一化解。太后手挺蛾眉刺，倏進倏退，忽而躍起，忽而伏低，迅速已極。

第二十五回　烏飛白頭竄帝子　馬挾紅粉啼宮娥

韋小寶被提着疾行，猶似騰雲駕霧一般，一棵棵大樹在身旁掠過，只覺越奔越高，心中說不出的害怕：「這賊禿一劍刺不死我，定然大大不服氣。他要改用別法，且看從萬丈高峯上擲下來，我這小賊禿會不會死？」果然不出所料，那白衣僧突然鬆手，將韋小寶擲下。

韋小寶大叫一聲，跟着背心着地，卻原來只是摔在地下。白衣僧冷冷地瞧着他，說道：「聽說少林派有一門護體神功，刀槍不入，想不到你這小和尚倒會。」韋小寶聽那人語音清亮，帶着三分嬌柔，微感詫異，看那人臉時，只見雪白一張瓜子臉，雙眉彎彎，鳳目含愁，竟是個極美貌的女子，約莫三十來歲年紀，只是剃光了頭，頂有香疤，原來是個尼姑。

韋小寶心中一喜：「尼姑總比和尚好說話些。」忙欲坐起，只覺胸口劇痛，卻是適才給她刺了一劍，雖仗寶衣護身，未曾刺傷皮肉，但她內力太強，戳得他疼痛已極，「啊喲」一聲，又即翻倒。

那女尼冷冷的道：「我道少林神功有甚麼了不起，原來也不過如此。」

韋小寶道：「不瞞師太說，清涼寺大雄寶殿中那三十六名少林僧，有的是達摩院首座，有的是般若堂首座……哎唷……哎唷……少林派大名鼎鼎的十八羅漢都在其內，個個都是少林派一等一的頭挑高手。他們三十六人敵不過師太妳一個人……哎唷……」頓了一頓，又道：「早知如此，我也不入少林寺了，哎唷……拜了師太爲師，那可高上百倍。」

白衣尼冷峻的臉上露出一絲笑容，問道：「你叫甚麼名字？在少林寺學藝幾年了？」

韋小寶思忖：「她行刺皇上，說要爲大明天子報仇，自然是反清復明之至，只不知她跟天地會是友是敵，還是暫不吐露的爲妙。」便道：「我是揚州窮人家的孤兒，爹爹給韃子兵殺死了，從小給送進了皇宮去當小太監，叫做小桂子。後來……」

白衣女尼沉吟道：「小太監小桂子？好像聽過你的名字。韃子朝廷有個大奸臣鰲拜，是給一個小太監殺死的，那是誰殺的？」韋小寶聽得「鰲拜」的名字上加了「大奸臣」三字，忙道：「是……是我殺的。」白衣尼將信將疑，道：「當眞是你殺的？那鰲拜武功很高，號稱滿洲第一勇士，你怎麼殺他得了？」

韋小寶慢慢坐起，說了擒鰲拜的經過，如何小皇帝下令動手，如何自己冷不防向鰲拜刺了一刀，如何將香灰撒入他的眼中，後來又如何在囚室之中刺他背脊。這件事他已說過好幾遍，每多說一次，油鹽醬醋等等作料便加添一些。

白衣尼靜靜聽完，歎了口氣，自言自語：「倘若當眞如此，莊家那些寡婦們可眞要多謝你了。」韋小寶喜道：「你老人家說的是莊家三少奶奶她們？她早已謝過我了，還送一個丫頭給我，叫作雙兒，這時候她一定急死啦，她……」白衣尼問道：「你又怎地識得莊家的人了？」韋小寶據實而言，最後道：「你老人家倘若不信，可以去叫雙兒來問。」白衣尼道：「你知道三少奶和雙兒，那就是了。怎麼又去做了和尚？」

韋小寶心想老皇爺出家之事自當隱瞞，說道：「小皇帝派我作他替身，到少林寺出家，後來又派我去清涼寺。少林派的武功我學得很少，其實就算再學幾十年，把甚麼韋陀掌、般若掌、拈花擒拿手等等都學會了，在你老人家面前，那也毫無用處。」

白衣尼突然臉一沉，森然道：「你既是漢人，爲甚麼認賊作父，捨命去保護皇帝？眞是生成的奴才胚子！」

韋小寶心中一寒，這句話實在不易回答，當時這白衣尼行刺康熙，他情急之下，挺身遮擋，可全沒想到要討好皇帝，只覺康熙是自己世上最親近之人，就像是親哥哥一樣，無論如何不能讓人殺了他。

白衣尼冷冷的道：「滿洲韃子來搶咱們大明天下，還不算最壞的壞人，最壞的是爲虎作倀的漢人，只求自己榮華富貴，甚麼事都做得出。」說着眼光射到韋小寶的臉上，緩緩的道：「我把你從這山峯上拋下去。你的護體神功還管不管用？」

韋小寶大聲道：「當然不管用。其實也不用將我拋下山去，只須輕輕在我頭頂一掌，我的腦袋立刻碎成十七八塊。」

白衣尼道：「那麼你討好韃子皇帝，還有甚麼好處？」

韋小寶大聲道：「我不是討好他，小皇帝是我的朋友，他……他說過要永不加賦，愛惜百姓。咱們江湖上漢子，義氣爲重，要愛惜百姓。」其實他對康熙義氣倒確是有的，愛惜百姓甚麼，却做夢也沒想過，眼前性命交關，只好抬出這頂大帽子來抵擋一陣。

白衣尼臉上閃過一陣遲疑之色，問道：「他說過要永不加賦，愛惜百姓？」韋小寶忙道：「不錯，不錯。也不知說過幾百遍了。他說韃子皇帝進關之後大殺百姓，大大的不該，甚麼揚州十日、嘉定三賭，簡直是禽獸畜生做的事。他心裏不安，所以……所以要上五台山來燒香拜佛，還下旨免了揚州、嘉定三年錢糧。」白衣尼點了點頭。韋小寶又道：「鰲拜這大奸臣害死了許多忠良，小皇帝不許他害，他偏偏不聽，小皇帝大怒，就叫我殺他。好師太，你倘若殺了小皇帝，朝廷裏大事就由太后做主了。這老婊子壞得不得了，她一拿權，又要搞甚麼揚州十日、嘉定三賭。你要殺韃子，還是去殺了太后這老婊子的好。」

白衣尼瞪了他一眼，道：「在我面前，不可口出粗俗無禮的言語。」韋小寶道：「是，是！在你老人家跟前，以後七八十年之中，我再也不說半句粗俗的言語。」

白衣尼抬頭望着天上白雲，不去理他，過了一會，問道：「太后有甚麼不好？」韋小寶心想：「太后做的壞事，跟這師太全不相干，我得胡謅些罪名，加在她頭上。」說道：「太后說現下是大清的天下，應當把大明十七八代皇帝的墳墓都掘了，看看墳裏有甚麼寶貝，又說天下姓朱的漢人都不大要得，應當家家滿門抄斬，免得他們來搶回大清的江山……」

白衣尼大怒，右手一掌拍在石上，登時石屑紛飛，厲聲道：「這女人好惡毒！」

韋小寶道：「可不是嗎？我勸小皇帝道，這等事萬萬做不得。」

白衣尼哼了一聲，道：「你有甚麼學問，說得出甚麼道理，勸得小皇帝信你的話？」

韋小寶道：「我的道理可大着哪。我說，皇上，一個人總是要死的。陽間固然是你們滿洲人掌權，你可知陰世的閻羅王是漢人還是滿人？那些判官、小鬼、牛頭、馬面、黑無常、白無常，是漢人還是滿人？他們個個是漢人。你在陽間欺凌漢人，就算你活到一百歲，總有一天，你要大大的糟糕。小皇帝說，小桂子，虧得你提醒。因此太后那些壞主意，小皇帝一句也不聽，反說要頒下銀兩，大修大明皇帝的墳，從洪武爺爺的修起，一直修到崇禎皇帝，對了，還有甚麼福王、魯王、唐王、桂王。我也記不清那許多皇帝。」

白衣尼突然眼圈一紅，掉下淚來，一滴滴眼淚從衣衫上滾下，滴在草上，過了好一會，她伸衣袖一拭淚水，說道：「倘若眞是如此，你不但無過，反而有極大功勞，要是我……要是我大明列代皇帝的陵墓都教這……惡女人給掘了……」說到這裏，聲音哽咽，再也說不下去。她站起身來，走上一塊懸崖。

韋小寶大叫：「師太，你……你千萬不可……不可自尋短見。」說着奔過去拉她左臂。在這片刻之間，他對這美貌尼姑已大有好感，只覺她淸麗高雅，斯文慈和，生平所見女子中沒一個及得上。一拉之下，只拉到一隻空袖，韋小寶一怔，才知她沒了左臂。

白衣尼回頭道：「胡鬧！我爲甚麼要尋短見？」韋小寶道：「我見你很傷心，怕你一時想不開。」白衣尼道：「我如自尋短見，你回到皇帝身邊，從此大富大貴，豈不是好？」韋小寶道：「不，不！我做小太監，是迫不得已，韃子兵殺了我爸爸，我怎能認賊作……作那個爹？」白衣尼點點頭，道：「你倒也還有良心。」從身邊取出十幾兩銀子，伸手給他，說道：「給你作盤纏，你回揚州本鄉去罷。」

韋小寶心想：「我賞人銀子，不是二百兩，也有一百兩，怎希罕你這點兒錢？這師太心腸軟，我索性討討她的好。」不接銀子，突然伏在地下，抱住她，放聲大哭。

白衣尼皺眉道：「幹甚麼？起來，起來。」韋小寶道：「我……我不要銀子。」白衣尼道：「那你哭甚麼？」韋小寶道：「我沒爹沒娘，從來沒人疼我，師太，你……你就像我娘一樣。我自個兒常常想，有……有個好好疼我的媽媽就好了。」白衣尼臉上一紅，輕聲啐道：「胡說八道！我是出家人……」韋小寶道：「是，是！」站起身來，淚痕滿臉，說哭便哭原是他的絕技之一。

白衣尼沉吟道：「我本要去北京，那麼帶你一起上路好了。不過你是個小和尚……」

韋小寶心想：回去北京，那當眞再好不過，忙道：「我這小和尚是假的，下山後換過衣衫，便不是小和尚了。」

白衣尼點點頭，更不說話，同下峯來。遇到險峻難行之處，白衣尼提住他衣領，輕輕巧巧的一躍而過。韋小寶大讚不已，又說少林派武功天下聞名，可及不上她一點邊兒，那白衣尼便似聽而不聞。待韋小寶說到第七八遍時，白衣尼道：「少林派武功自有獨到之處，小孩兒家井底之蛙，不可信口雌黃。單以你這刀槍不入的護體神功而言，我就不會。」

韋小寶一陣衝動，說道：「我這護體神功是假的。」解開外衣，露出被心，道：「這件背心才是刀槍不入。」白衣尼伸手一扯，指上用勁，以她這一扯之力，連鋼絲也扯斷了，可是那背心竟絲毫不動。她微微一笑，道：「原來如此。我本來奇怪，就算少林派內功當眞了得，以你小小年紀，也決計練不到這火候。」解開了心中一個疑團，甚是高興，笑道：「你這孩子，說話倒也老實。」

韋小寶暗暗好笑，一生之中，居然有人讚他老實，當眞希罕之至，說道：「我對別人也不怎麼老實，對師太卻句句說的是實話，也不知是甚麼緣故，多半是我把你當作是我……我媽媽……」白衣尼道：「以後別再說這話，難聽得很。」

韋小寶道：「是，是。」心道：「你在我胸口戳了這一下，這時候還在痛。我已叫了你好幾聲媽媽，就算扯直了。」他叫人媽媽，就是罵人爲婊子，得意之下，又向白衣尼瞧了一眼，見到她高華貴重的氣象，不自禁的心生尊敬，好生後悔叫了她幾聲「媽媽」。

他又向白衣尼望了一眼，卻見她淚水盈眶，泫然欲泣，心下奇怪。

他自然不知道，白衣尼心中正在想：「這件背心，我早該想到了。他……他……可不是也有這麼一件嗎？」

白衣尼和他自北邊下山，折而向東。到得一座市鎭，韋小寶便去購買衣衫，打扮成個少年公子模樣。他假扮喇嘛，護着順治離淸涼寺時，幾十萬兩銀票自然決不離身。一路之上吩咐店家供應精美素齋。服侍得白衣尼十分周到。

白衣尼對菜肴美惡分辨甚精，便如出身於大富大貴之家一般，與那些少林僧全然不同。她雖不有意挑剔，但如菜肴精緻，便多吃幾筷。韋小寶有的是銀子，只要市上買得到，甚麼人參、燕窩、茯苓、銀耳、金錢菇，有多貴就買多貴。他掌管御廚多時，太后、皇帝每逢佛祖誕、觀音誕或是祈年大齋都要吃素，他點起素菜來自也十分在行。有時客店中的廚子不知如何烹飪，倒要他去廚房指點一番，煮出來倒也與御膳有七八分差相彷彿。

白衣尼沉默寡言，往往整日不說一句話。韋小寶對她既生敬意，便也不敢胡說八道。不一日到了北京，韋小寶去找了一家大客店，一進門便賞了十兩銀子。客店掌櫃雖覺尼姑住店有些突兀，但這位貴公子出手豪闊，自是殷勤接待。白衣尼似乎一切視作當然，從來不問。

用過午膳後，白衣尼道：「我要去煤山瞧瞧。」韋小寶道：「去煤山嗎？那是崇禎皇上歸天的地方，咱們得去磕幾個頭。」

那煤山便在皇宮之側，片刻即到。來到山上，韋小寶指着一株大樹，說道：「崇禎皇上便是在這株樹上吊死的。」

白衣尼伸手撫樹，手臂不住顫動，淚水撲簌簌的滾了下來，忽然放聲大哭，伏倒在地。

韋小寶見她哭得傷心，尋思：「難道她認得崇禎皇帝？」心念一動：「莫非她就跟陶姑姑一樣，也是大明皇宮裏的宮女，說不定還是崇禎皇帝的妃子。不，年紀可不對了，她好像比老婊子還年輕，不會是崇禎的妃子。」只聽她哭得哀切異常，一口氣幾乎轉不過來，忍不住也掉下淚來，跪倒在地，向那樹拜了幾拜。

白衣尼哀哭良久，站起身來，抱住了樹幹，突然全身顫抖，昏暈了過去，身子慢慢軟垂下來。韋小寶吃了一驚，急忙扶住，叫道：「師太，師太，快醒來。」

過了好一會，白衣尼悠悠醒轉，定了定神，說道：「咱們去皇宮瞧瞧。」韋小寶道：「好，咱們先回客店。我去弄套太監的衣衫來，師太換上了，我帶你入宮。」白衣尼怒道：「我怎能穿韃子太監的衣衫？」韋小寶道：「是，是。那麼……那麼……有了，師太扮作個喇嘛，皇宮裏經常有喇嘛進出的。」白衣尼道：「我也不扮喇嘛。就這樣衝進宮去，誰能阻擋？」

韋小寶道：「是，諒那些侍衞也擋不住師太。只不過……這不免要大開殺戒。師太只顧殺人，就不能靜靜的瞧東西了。」他可眞不願跟白衣尼就這樣硬闖皇宮。

白衣尼點點頭：「那也說得是，今天晚上趁黑闖宮便了。你在客店裏等着我，以免遭遇危險。」韋小寶道：「不，不，我跟你一起去。你一個人進宮，我不放心。皇宮裏我可熟得到了家，地方熟，人也熟。你想瞧甚麼地方，我帶你去便是。」白衣尼不語，呆呆出神。

到得二更天時，白衣尼和韋小寶出了客店，來到宮牆之外。韋小寶道：「咱們繞到東北角上，那邊的宮牆較矮，裏面是蘇拉雜役所住的所在，沒甚麼侍衞巡查。」白衣尼依着他指點，來到北十三排之側，抓住韋小寶後腰，輕輕躍進宮去。

韋小寶低聲道：「這邊過去是壽樂堂和養性殿，師太你想瞧甚麼地方？」白衣尼沉吟道：「甚麼地方都瞧瞧。」向西從樂壽堂和養性殿之間穿過，繞過一道長廊，經玄穹寶殿、景陽宮、鍾粹宮而到了御花園中。

白衣尼雖在黑暗之中，仍行走十分迅速，轉彎抹角，竟無絲毫遲疑，遇到侍衞和更夫巡查，便在屋角或樹林後一躲。韋小寶大奇：「她怎地對宮中情形如此熟悉？她以前定是在宮裏住過的。」

跟着她過御花園，繼續向西，出坤寧門，來到坤寧宮外。白衣尼微一躊躇，問道：「皇后是不是住在這裏？」韋小寶道：「皇上還沒大婚，沒有皇后。從前太后住在這裏，現今搬到慈寧宮去了。眼下坤寧宮沒人住。」白衣尼道：「咱們去瞧瞧。」來到坤寧宮外，伸手按上窗格，微一使勁，窗閂嗤嗤輕響，已然斷了，拉開窗子，躍了進去。韋小寶跟着爬進。

坤寧宮是皇后的寢宮，韋小寶從沒來過，這寢宮久無人住，觸鼻一陣灰塵霉氣。月光從窗紙中映進些微光，依稀見到白衣尼坐在床沿之上，一動也不動。過了一會，聽得撲簌簌有聲，卻是她眼淚流上了衣襟。

韋小寶心道：「是了，她多半跟陶姑姑一樣，本來是宮裏的宮女，服侍過前朝皇后。」只見她抬頭瞧着屋樑，低聲道：「周皇后，就是……就是在這裏自盡死的。」韋小寶應道：「是。」心下更無懷疑，低聲問道：「師太，你要不要見見我姑姑？」

白衣尼奇道：「你姑姑？她是甚麼人？」韋小寶道：「我姑姑姓陶，叫作陶紅英……」白衣尼輕聲驚呼：「紅英？」韋小寶道：「是啊，說不定你認識她。我姑姑從前是服侍崇禎皇帝的長公主的。」

白衣尼道：「好，好。她在那裏？你快……快去叫她來見我。」她一直泰然自若，即就那日在清涼寺中行刺康熙，儘管行動迅速，仍不失鎮靜，可是此刻語音中竟顯得十分焦急。

韋小寶道：「今晚是叫不到了。」白衣尼連問：「為甚麼？為甚麼？」韋小寶道：「我姑姑忠於大明，曾行刺韃子太后，可惜刺她不死，只好在宮裏躲躲藏藏。她要見到我的暗號之後，明晚才能相見。」白衣尼道：「很好，紅英這丫頭有氣節。你做甚麼暗號？」韋小寶道：「我跟姑姑約好的。我在火場上堆一個石堆，插一根木條，她便知道了。」

白衣尼道：「咱們就做暗號去。」一躍出窗外，拉了韋小寶的手，出隆福門，過永壽宮、體元殿、保華殿，向北來到火場。韋小寶拾起一根炭條，在一塊木片上畫了隻雀兒，用亂石堆成一堆，將木條插入石堆。白衣尼忽道：「有人來啦！」

火場是宮中焚燒廢物的所在，深夜忽然有人到來，事非尋常。韋小寶一拉白衣尼的手，躲到了一隻大瓦缸之後，只聽得脚步聲細碎，一人奔將過來，站定身四下一看，見到了韋小寶所插的木條，微微一怔，便走過去拔起。這人一轉身，月光照到臉上，韋小寶見到正是陶紅英，心中大喜，叫道：「姑姑，我在這裏。」從瓦缸後面走了出來。

陶紅英搶上前來，一把摟住了他，喜道：「好孩子，你終於來了。每天晚上，我都到這裏來瞧瞧，只盼早日見到你的記號。」韋小寶道：「姑姑，有一個人想見你。」陶紅英微感詫異，放開了他身子，問道：「是誰？」

白衣尼站直身子，低聲道：「紅英，你……你還認得我麼？」

陶紅英沒想到瓦缸後另有別人，吃了一驚，退後三步，右手在腰間一摸，拔短劍在手，道：「是……是誰？」白衣尼歎了口氣，道：「原來你不認得我了。」陶紅英道：「我……我見不到你臉，你……你是……」

白衣尼身子微側，讓月光照在她半邊臉上，低聲道：「你相貌也變了很多啦。」

陶紅英顫聲道：「你是……你是……」突然間擲下短劍，叫道：「公主，是你？我……我……」撲過去抱住白衣尼的腿，伏在地上，嗚咽道：「公主，今日能再見到你，我……我便即刻死了，也……也喜歡得緊。」

一聽得「公主」二字，韋小寶這一下驚詫自是非同小可，但隨即想起陶紅英先前說過的往事：她是先朝宮中的宮女，一直服侍長公主，李闖攻入北京後，崇禎提劍要殺長公主，砍斷了她手臂，陶紅英在混亂中暈了過去，醒轉來時，皇帝和公主都已不見。韋小寶向白衣尼望了一眼，心想：「她少了一條手臂，對宮中情形這樣熟悉，又在坤寧宮中哭泣，我早該想到了。似她這等高貴模樣，怎能會是宮女？我到這時候才知，眞是大大的蠢才。」

只聽白衣尼道：「這些日子來，你一直都在宮裏？」陶紅英嗚咽道：「是。」白衣尼道：「這孩子說，你曾行刺韃子皇太后，那很好。可……可也難爲你了。」說到這裏，淚水不禁涔涔而下。陶紅英道：「公主是萬金之體，不可在這裏躭擱。奴婢即刻送公主出宮。」白衣尼歎了口氣，道：「我早已不是公主了。」陶紅英道：「不，不，在奴婢心裏，你永遠是公主，是我的長公主。」

白衣尼淒然一笑。月光之下，她臉頰上淚珠瑩然，這一笑更顯淒清。她緩緩的道：「寧壽宮這會兒有人住麼？我想去瞧瞧。」陶紅英道：「寧壽宮……現今是……是韃子的建寧公主住着。不過這幾天韃子皇帝、太后、和公主都不在宮裏，不知上那裏去了。寧壽宮只餘下幾個宮女太監。待奴婢去把他們殺了，請公主過去。」寧壽宮是公主的寢宮，正是這位大明長平公主的舊居。

白衣尼道：「那也不用殺人，我們過去瞧瞧便是。」陶紅英道：「是。」她不知長平公主已身負超凡入聖的武功，只道是韋小寶帶着她混進宮來的。她乍逢故主，滿心激動，別說公主不過是要去看看舊居，就是刀山油鍋，也毫不思索的搶先跳了。

當下三人向北出西鐵門，折而向東，過順貞門，經北五所、茶庫，來到寧壽宮外。

陶紅英低聲道：「待奴婢進去驅除宮女太監。」白衣尼道：「不用。」伸手推門，門閂輕輕一響的斷了，宮門打開，白衣尼走了進去。雖然換了朝代，宮中規矩並無多大更改，寧壽宮是白衣尼的舊居，她熟知太監宮女住宿何處，不待衆人驚覺，已一一點了各人的暈穴，來到公主的寢殿。陶紅英又驚又喜，道：「公主，想不到你武功如此了得！」

白衣尼坐在床沿之上，回思二十多年前的往事，自己曾在這裏圖繪一人的肖像，又曾與此人同被共枕。現今天下都給韃子佔了去，自己這一間臥室，也給韃子的公主佔住了，那人更是遠在絕域萬里之外，今生今世，再也難以相見……（按：大明長平公主之事，請參閱拙作「碧血劍」。）

陶紅英和韋小寶侍立在傍，默不作聲。過了好一會，白衣尼輕聲歎息，幽幽的道：「點起燭火。」陶紅英道：「是。」點燃了蠟燭，只見牆壁上、桌椅上，都是刀劍皮鞭之類的兵器，便如是個武人的居室，那裏像是金枝玉葉的公主寢宮。

白衣尼道：「原來這公主也生性好武。」

韋小寶道：「這韃子公主的脾氣很怪，不但喜歡打人，還喜歡人家打她，武功卻稀鬆平常，連我也不如。」他向床上瞧了一眼，想起那日躲在公主被中，給太后抓住，若不是那枚五龍令掉了出來，此刻早在陰世做小太監、服侍閻羅王的公主了。

白衣尼輕聲道：「我那些圖畫、書册，都給她丟掉了？」陶紅英道：「是。這番邦女子只怕字也認不得幾個，懂得甚麼丹青圖書？」

白衣尼左手一抬，袖子微揚，燭火登時滅了，說道：「你跟我出宮去罷。」

陶紅英道：「是。」又道：「公主，你身手這樣了得，如能抓到韃子太后，逼她將那幾部經書交了出來，便可破了韃子的龍脈。」

白衣尼道：「甚麼經書？韃子的龍脈？」陶紅英當下簡述八部四十二章經的來歷。白衣尼默默的聽完，沉吟半晌，說道：「這八部經書之中，倘若當眞藏着這麼個大秘密，能破得韃子的龍脈，自是再好不過。等韃子皇太后回宮，我們再來。」

三人出得寧壽宮，仍從北十三排之側城牆出宮，回到客店宿歇。陶紅英和白衣尼住在一房，事隔二十多年，今晚竟得再和故主同室而臥，喜不自勝，這一晚那裏能再睡得着？

韋小寶卻想：「五部經書在我手裏，有一部在皇上那裏，另外兩部卻不是在那裏。這位公主師太要逼老婊子交出經書，她是交不出的，正好三言兩語，攛掇公主師太殺了她，拔了皇上和我的眼中釘。」

此後數日，白衣尼和陶紅英在客店中足不出戶，韋小寶每日裏出去打聽，皇上是否已經回宮。到第七日上午，見康親王、索額圖、多隆等人率領大批御前侍衛，擁衛着幾輛大轎子入宮，知道皇上已回。果然過不多時，一羣羣親王貝勒、各部大臣陸續進宮，自是去恭叩聖安。韋小寶回到客店告知。

白衣尼道：「很好，今晚我進宮去。韃子皇帝已回，宮中守衛必比上次嚴密數倍，你們二人在客店裏等着我便是。」韋小寶道：「公主師太，我跟你去。」陶紅英也道：「奴婢想隨着公主。奴婢和這孩子熟知宮中地形，不會有危險的。」她既和故主重逢，說甚麼也不肯再離她一步了。白衣尼點頭允可。

當晚三人自原路入宮，來到太后所住的慈寧宮外。四下裏靜悄悄地，白衣尼帶着二人繞到宮後，抓住韋小寶後腰越牆而入，落地無聲。陶紅英躍下之時，白衣尼左手衣袖在她腰間一托，她落地時便也一無聲息。韋小寶指着太后寢宮的側窗，打手勢示意太后住於該處，領着二人走入後院。那是慈寧宮宮女的住處。眼見只三間屋子的窗子透出淡淡黃光。白衣尼自一間屋子的窗縫中向內一張，見十餘名宮女並排坐在櫈上，每人低頭垂眉，猶似入定一般。她輕輕掀開簾子，逕自走進太后的寢殿。韋小寶和陶紅英跟了進去。

桌上明晃晃的點着四根紅燭，房中一人也無。陶紅英低聲道：「婢子曾劃破三口箱子，抽屜中也全找過了，還沒見到經書影子，韃子太后和那個假宮女就進來了……啊喲，有人來啦！」韋小寶一扯她衣袖，忙躲到床後。白衣尼點點頭，和陶紅英跟着躲在床後。

只聽房外一個女子聲音說道：「媽，我跟你辦成了這件事，你賞我甚麼？」正是建寧公主。聽得太后道：「媽差你做些小事，也要討賞。眞不成話！」兩人說着話，走進房來。

建寧公主道：「啊喲，這還是小事嗎？倘若皇帝哥哥查起來，知道是我拿的，非大大生氣不可。」太后坐了下來，道：「一部佛經，又有甚麼大不了的？我們去五台山進香，爲的是求菩薩保祐，回宮之後，仍要誦經唸佛，菩薩這才喜歡哪。」公主道：「既然沒甚麼大不了，那麼我就跟皇帝哥哥說去，說你差我拿了這部四十二章經，用來誦經唸佛，求菩薩保祐他國泰民安，皇帝哥哥萬歲萬歲萬萬歲。」

韋小寶心中喜道：「妙極，原來你差公主去偷了經書來。」轉念一想，又覺運氣不好，倘若這次不是和白衣尼同來，這部經書大可落入自己手中，現下卻沒指望了。

太后道：「你去說好了。皇帝如來問我，我可不知道這回事。小孩子家胡言亂語，也作得準的？」建寧公主叫道：「啊喲，媽，你想賴麼？經書明明在這裏。」太后嗤的一笑，道：「那也容易，我丟在爐子裏燒了便是。」公主笑道：「算了，算了，我總說不過你。小氣的媽，你不肯賞也罷了，卻來欺侮女兒。」太后道：「你甚麼都有了，又要我賞甚麼？」

公主道：「我甚麼都有了，就是差了一件。」太后道：「差甚麼？」公主道：「差了個陪我玩兒的小太監。」太后又是一笑，說道：「小太監，宮裏幾百個小太監，你愛差那個陪你玩，就差那一個，還嫌少了？」公主道：「不，那些小太監笨死啦，都不好玩。我要皇帝哥哥身邊的那個小桂子……」

韋小寶心中一震：「這死丫頭居然還記着我。陪她玩這件差事可不容易當，一不小心，便送了老子的一條老命。」只聽公主續道：「我問皇帝哥哥，他說差小桂子出京辦事去了。可是這麼久也不回來。媽，你去跟皇帝說，要他將小桂子給了我。」

韋小寶肚裏暗罵：「鬼丫頭倒想得出，老子落入了你手裏，全身若不是每天長上十七八個大傷口，老子就跟你姓。啊喲，公主姓甚麼？公主跟小皇帝是一樣的姓，小皇帝卻又姓甚麼？老子當眞胡塗，這可不知道。」

太后道：「皇帝差小桂子去辦事，你可知去了那裏？去辦甚麼事？」

建寧公主道：「這個我倒知道。聽侍衞們說，小桂子是在五台山上。」

太后「啊」的一聲，輕輕驚呼，道：「他……便在五台山上？這一次咱們怎地沒見到他？」公主道：「我也是回宮之後，才聽侍衞們說起的，可不知皇帝哥哥派他去五台山幹甚麼。聽侍衛們說，皇帝哥哥又升了他的官。」太后嗯了一聲，沉思半晌，道：「好，等他回宮，我跟皇帝說去。」語音冷淡，似乎心思不屬，又道：「不早了，你回去睡罷。」

公主道：「媽，我不回去，我要陪你睡。」太后道：「又不是小娃娃啦，怎不回自己屋裏去？」公主道：「我屋裏鬧鬼，我怕！」太后道：「胡說，甚麼鬧鬼？」公主道：「媽，眞的。我宮裏的太監宮女們都說，前幾天夜裏，每個人都讓鬼給迷了，一覺直睡到第二天中午才醒，個個人都做惡夢。」太后道：「那有這等事，別聽奴才們胡說。我們不在宮裏，奴才們心裏害怕，便疑神疑鬼的。快回去罷。」公主不敢再說，請了安退出。

太后坐在桌邊，一手支頤，望着燭火呆呆出神，過了良久，一轉頭間，突然見到牆上兩個人影，隨着燭燄微微顫動。她還道是眼花，凝神一看，果然是兩個影子。一個是自己的，另一個影子和自己的影子並列。這一驚非同小可，想到自己過去害死了的人命，不由得全身寒毛直豎，饒是一身武功，竟然不敢回過頭來。

過了好一會，想起：「鬼是沒影子的，有影子的就不是鬼。」可是屏息傾聽，身畔竟無第二人的呼吸之聲，只嚇得全身手足酸軟，動彈不得，瞪視着牆上兩個影子，幾欲暈去。突然之間，聽到床背後有輕輕呼吸，心中一喜，轉過頭來。

只見一個白衣尼姑隔着桌子坐在對面，一雙妙目凝視着自己，容貌淸秀，神色木然，一時也看不出是人是鬼。太后顫聲道：「你……你是誰？爲甚麼……爲甚麼在這裏？」

白衣尼不答，過了片刻，冷冷的道：「你是誰？爲甚麼在這裏？」

太后聽到她說話，驚懼稍減，說道：「這裏是皇宮內院，你……你好大膽？」白衣尼冷冷的道：「不錯，這裏是皇宮內院，你是甚麼東西？大膽來到此處？」太后怒道：「我是皇太后，你是何方妖人？」

白衣尼伸出右手，按在太后面前那部四十二章經上，慢慢拿過。太后身子一幌，離椅而起，低聲喝道：「放手！」呼的一掌，向她面門擊去。白衣尼右手翻起，和她對了一掌。太后身子一幌，離椅而起，低聲喝道：「好啊，原來是個武林高手。」既知對方是人非鬼，懼意盡去，撲上來呼呼呼呼連擊四掌。白衣尼坐在椅上，並不起立，先將經書在懷中一揣，舉掌將她攻來的四招一一化解了。太后見她取去經書，驚怒交集，催動掌力，霎時間又連攻了七八招。白衣尼一一化解，始終不加還擊。太后伸手在右腿上一摸，手中已多了一柄寒光閃閃的短刃。

韋小寶凝神看去，見太后手中所握的是一柄白金點鋼蛾眉刺，當日殺海大富用的便是此物。她兵刃在手，氣勢一振，接連向白衣尼戳去，只聽得風聲呼呼，掌劈刺戳，寢宮中一條條白光急閃。韋小寶低聲道：「我出去喝住她，別傷了師太。」陶紅英一把拉住，低聲道：「不用！」

但見白衣尼仍穩坐椅上，右手食指東一點，西一戳，將太后凌厲的攻勢一一化解。太后倏進倏退，忽而躍起，忽而伏低，迅速之極，掌風將四枝蠟燭的火燄逼得向後傾斜，突然間房中一暗，四枝燭火熄了兩枝，更拆數招，餘下兩枝也都熄了。

黑暗中只聽得掌風之聲更響，夾着太后重濁的喘息之聲。忽聽白衣尼冷冷的道：「你身為皇太后，這些武功是那裏學來的？」太后不答，仍是竭力進攻，突然拍拍拍拍四下清脆之聲，顯是太后臉上給打中了四下耳光，跟着她「啊」的一聲叫，聲音中充滿着憤怒與驚懼，騰的一響，登時房中更無聲音。

黑暗中火光一閃，白衣尼手中已持着一條點燃了的火摺，太后卻直挺挺的跪在她身前，一動也不動。韋小寶大喜，心想：「今日非殺了老婊子不可。」

只見白衣尼將火摺輕輕向上一擲，火摺飛起數尺，左手衣袖揮出，那火摺爲袖風所送，緩緩飛向燭火，竟將四枝燭火逐一點燃，便如有一隻無形的手在空中拿住一般。白衣尼衣袖向裏一招，一股吸力將火摺吸了回來，伸右手接過，輕輕吹熄了，放入懷中。只將韋小寶瞧得目瞪口呆，佩服得五體投地。

太后被點中穴道，跪在地下，一張臉忽而紫脹，忽而慘白，低聲怒道：「你快把我殺了，這等折磨人，不是高人所爲。」白衣尼道：「你一身蛇島武功，這可奇了。一個深宮中的貴人，怎會和神龍教拉上了關係？」

韋小寶暗暗咋舌，心想這位師太無事不知，以後向她撒謊，可要加倍留神。

太后道：「我不知神龍教是甚麼。我這些微末功夫，是宮裏一個太監教的。」白衣尼道：「太監？宮裏的太監，怎會跟神龍教有關？他叫甚麼名字？」太后道：「他叫海大富，早已死了。」韋小寶肚裏大笑，心道：「老婊子胡說八道之至。倘若她知道我躲在這裏，可不敢撒這漫天大謊了。」

白衣尼沉吟道：「海大富？沒聽見過這一號人物。你剛才向我連拍七掌，掌力陰沉，那是甚麼掌法？」太后道：「我師父說，這是武當派功夫，叫作……叫作柔雲掌。」白衣尼搖頭道：「不是，這是『化骨綿掌』。武當派名門正派，怎能有這等陰毒的功夫？」太后道：「師太說得是。那是我師父說的，我……我可不知道。」她見白衣尼武功精深，見聞廣博，心中越來越敬畏，言語中便也越加客氣。

白衣尼道：「你用這路掌法，傷過多少人？」太后道：「我……晚輩生長深宮，習武只是爲了強身，從來沒傷過一個人。」韋小寶心想：「不要臉，大吹法螺，不用本錢。」只聽她又道：「師太明鑒，晚輩有人保護，一生之中，從來沒跟人動過手，今晚遇上師太，那是第一次。晚輩所學的武功，原來半點也沒有用。」白衣尼微微一笑，道：「你的武功，也算挺不差的了。」

太后道：「晚輩是井底之蛙，今日若不見到師太的絕世神功，豈知天地之大。」白衣尼唔了一聲，問道：「那太監海大富幾時死的？是誰殺了他的？」太后道：「他……他逝世多年，是年老病死的。」白衣尼道：「你自身雖未作惡，但你們滿洲韃子佔我大明江山，逼死我大明天子。你是第一個韃子皇帝的妻子，第二個韃子皇帝的母親，卻也容你不得。」

太后大驚，顫聲道：「師……師太，當今皇帝並不是晚輩生的。他的親生母親是孝康皇后，早已死了。」白衣尼點頭道：「原來如此。可是你身爲順治之妻，他殘殺我千千萬萬漢人百姓，何以你未有一言相勸？」太后道：「師太明鑒，先帝只寵那狐媚子董鄂妃，晚輩當年要見先帝一面也難，實是無從勸起。」白衣尼沉吟片刻，道：「你說的話也不無道理。今日我不來殺你……」太后道：「多謝師太不殺之恩，晚輩今後必定日日誦經唸佛。那……那部佛經，請師太賜還了罷。」

白衣尼道：「這部四十二章經，你要來何用？」太后道：「晚輩虔心禮佛，今後有生之年，日日晚晚都要唸經。」白衣尼道：「四十二章經是十分尋常的經書，不論那一所廟宇寺院之中，都有十部八部，何以你非要這部不可？」太后道：「師太有所不知。這部經書是先帝當年日夕誦讀的，晚輩不忘舊情，對經如對先帝。」白衣尼道：「那就不是了。誦經禮佛之時，須當心中一片空明，不可有絲毫情緣牽纏。你一面唸經，一面想着死去的丈夫，復有何用？」太后道：「多謝師太指點。只是……只是晚輩愚魯，解脫不開。」

白衣尼雙眼中突然神光一現，問道：「到底這部經書之中，有甚麼古怪，你給我從實說來。」太后道：「實在……實在是晚輩一片痴心。先帝雖然待晚輩不好，可是我始終忘不了他，每日見到這部經書，也可稍慰思念之苦。」

白衣尼歎道：「你既執迷不悟，不肯實說，那也由得你。」左手衣袖揮動，袖尖在她身上一拂，被點的穴道登時解了。太后道：「多謝師太慈悲！」磕了個頭，站起身來。

白衣尼道：「我也沒甚麼慈悲。你那『化骨綿掌』打中在別人身上之後，那便如何？」太后道：「那太監沒跟我說過，只說這路掌法很是了得，天下沒幾人能抵擋得住。」

白衣尼道：「嗯，適才你向我拍了七掌，我也並沒抵擋，只是將你七掌『化骨綿掌』的掌力，盡數送了回去，從何處來，回何處去。這掌力自你身上而出，回到你的身上。這惡業是你自作，自作自受，須怪旁人不得。」

太后不由得魂飛天外。她自然深知這「化骨綿掌」的厲害，身中這掌力之後，全身骨骸酥化，寸寸斷絕，終於遍體如綿，欲抬一根小指頭也不可得。當年她以此掌力拍死董鄂妃姊妹、董鄂妃的兒子榮親王，三人臨死時的慘狀，自己親眼目覩。這白衣尼武功如此了得，而將敵人掌力逼回敵身，亦為武學中所常有，此言自非虛假，這等如有人將七掌「化骨綿掌」拍在自己身上。適才出手，唯恐不狠，實是竭盡了平生之力，只一掌便已禁受不起，何況連拍七掌？霎時間驚懼到了極處，跪倒在地，叫道：「求師太救命。」

白衣尼歎了口氣道：「業由自作，須當自解，旁人可無能為力。」太后磕頭道：「還望師太慈悲，指點一條明路。」白衣尼道：「你事事隱瞞，不肯吐實。明路好端端的就擺在你眼前，自己偏不願走，又怨得誰來？我縱有慈悲之心，也對我們漢人同胞施去。你是韃子滿奴，和我有深仇大恨，今日不親手取你性命，已是慈悲之極了。」說着站起身來。

太后知道時機稍縱即逝，此人一走，自己數日間便死得慘不堪言，董鄂妃姊妹臨死時痛楚萬狀、輾轉床笫的情景，霎時之間都現在眼前，不由得全身發顫，叫道：「師……師太，我不是韃子，我是，我是……」白衣尼問道：「你是甚麼？」太后道：「我是，我是……漢人。」白衣尼冷笑道：「到這當兒還在滿口胡言。韃子皇后那有由漢人充任之理？」太后：「我不是胡言。當今皇帝的親生母親佟佳氏，她父親佟圖賴是漢軍旗的，就是漢人。」白衣尼道：「她是母以子貴，聽說本來只是妃子，並不是皇后。她從來沒做過皇后，兒子做了皇帝之後，才追封她為皇太后。」

太后俯首道：「是。」一見白衣尼舉步欲行，急道：「師太，我真的是漢人，我……我恨死了韃子。」白衣尼道：「那是甚麼緣故？」太后道：「這是一個天大的秘密，我……我原是不該說的，不過……不過……」白衣尼道：「既是不該說，也就不用說了。」

太后這當兒當眞是火燒眉毛，只顧眼下，其餘一切都顧不得了，一咬牙，說道：「我這太后是假的，我……我不是太后！」

此言一出，白衣尼固然一愕，躲在床後的韋小寶更是大吃一驚。

白衣尼緩緩坐入椅中，問道：「怎麼是假的？」太后道：「我父母爲韃子所害，我恨死了韃子，我被逼入宮做宮女，服侍皇后，後來……後來，我假冒了皇后。」

韋小寶越聽越奇，心道：「這老婊子撒謊的膽子當眞不小，這等怪話也敢說。乖乖龍的東，老婊子還沒入我白龍門，已學全了掌門使小白龍的吹牛功夫。我入宮假冒小太監，難道她也是當眞入宮假冒皇后？」

只聽太后又道：「眞太后是滿洲人，姓博爾濟吉特，是科爾沁貝勒的女兒。晚輩的父親姓毛，是浙江杭州的漢人，便是大明大將軍毛文龍。晚輩名叫毛東珠。」白衣尼一怔，問道：「你是毛文龍的女兒？當年鎭守皮島的毛文龍？」太后道：「正是，我爹爹和韃子連年交戰，後來給袁崇煥大帥所殺。其實……其實那是由於韃子的反間計。」白衣尼哦了一聲，道：「這倒是一件奇聞了。你怎能冒充皇后，這許多年竟會不給發覺？」

太后道：「晚輩服侍皇后多年，她的說話聲調、舉止神態，給我學得維肖維妙。我這副面貌，也是假的。」說着走到粧台之側，拿起一塊錦帕，在金盒中浸濕了，在臉上用力擦洗數下，又在雙頰上撕下兩塊人皮一般的物事來，登時相貌大變，本來胖胖的一張圓臉，忽然變成了瘦削的瓜子臉，眼眶下面也凹了進去。

白衣尼「啊」的一聲，甚感驚異，說道：「你的相貌果然大大不同了。」沉吟片刻，道：

「可是要假冒皇后，畢竟不是易事。難道你貼身的宮女會認不出？連你丈夫也認不出？」太后道：「我丈夫？先帝只寵愛狐媚子董鄂妃一人，這些年來，他從來沒在皇后這裏住過一晚。眞皇后他一眼都不瞧，假皇后他自然也不瞧。」這幾句話語氣甚是苦澀，又道：「別說我化裝得甚像，就算全然不像，他……他……哼，他也怎會知道？」

白衣尼微微點頭，又問：「那麼服侍皇后的太監宮女，難道也都認不出來？」太后道：「晚輩一制住皇后，便讓她將慈寧宮的太監宮女盡數換了新人，我極少出外，偶爾不得不出去，宮裏規矩，太監宮女們也不敢正面瞧我，就算遠遠偷瞧一眼，又怎分辨得出眞假？」

白衣尼忽然想起一事，說道：「不對。你說老皇帝從不睬你，可是……可是你卻生下了一個公主。」太后道：「這個女兒，不是皇帝生的。他父親是個漢人，有時偷偷來到宮裏和我相會，便假扮了宮女。這人……他不久之前不幸……不幸病死了。」

陶紅英捏了捏韋小寶的手掌，兩人均想：「假扮宮女的男子倒確是有的，只不過不是病死而已。」韋小寶又想：「怪不得公主如此野蠻胡鬧，原來是那個假宮女生的雜種。老皇爺慈祥溫和，生的女兒決不會這個樣子。」

白衣尼心想：「你忽然懷孕生女，老皇帝倘若沒跟你同房，怎會不起疑心？」只是這種居室之私，她處女出家，問不出口，尋思：「這人既然處心積慮的假冒皇后，一覺懷孕，總有法子遮掩，那也不必細查。」搖搖頭，說道：「你的話總是不盡不實。」

太后急道：「前輩，連這等十分可恥之事，我也照實說了，餘事更加不敢隱瞞。」白衣尼道：「如此說來，那眞太后是給你殺了。你手上沾的血腥卻也不少。」太后道：「晚輩誦經拜佛，雖對韃子心懷仇恨，卻不敢胡亂殺人。眞太后還好端端的活着。」

這句話令床前床後三人都大出意料之外。白衣尼道：「她還活着？你不怕洩漏秘密？」太后走到一張大掛氈之前，拉動氈旁的羊毛衫子，掛氈慢慢捲了上去，露出兩扇櫃門。太后從懷裏摸出一枚黃金鑰匙，開了櫃上暗鎖，打開櫃門，只見櫃內橫臥着一個女人，身上蓋着錦被。白衣尼輕輕一聲驚呼，問道：「她……她便是眞太后？」

太后道：「前輩請瞧她的相貌。」說着手持燭台，將燭光照在那女子的臉上。白衣尼見那女子容色十分憔悴，更無半點血色，但相貌確與太后除去臉上化裝之前甚爲相似。

那女子微微將眼睜開，隨即閉住，低聲道：「我不說，你……你快快將我殺了。」

太后道：「我從來不殺人，怎會殺你？」說着關上櫃門，放下掛氈。

白衣尼道：「你將她關在這裏，已關了許多年？」太后道：「是。」白衣尼道：「你逼問她甚麼事？只因她堅決不說，這才得以活到今日。她一說了出來，你立即便將她殺了，是不是？」太后道：「不，不。晚輩知道佛門首戒殺生，平時常常吃素，決不會傷她性命。」

白衣尼哼了一聲，道：「你當我是三歲孩童，不明白你的心思？這人關在這裏，時時刻刻都有危險，你不殺她，必有重大圖謀。倘若她在櫃內叫嚷起來，豈不立時敗露機關？」

太后道：「她不敢叫的，我對她說，這事要是敗露，我首先殺了老皇帝。後來老皇帝死了，我就說要殺小皇帝。這韃子女人對兩個皇帝忠心耿耿，決不肯讓他們受到傷害。」白衣尼道：「你到底逼問她甚麼話？她不肯說，你幹麼不以皇帝的性命相脅？」太后道：「她說我倘若害了皇帝，她立即絕食自盡。她所以不絕食，只因我答應不加害皇帝。」

白衣尼尋思：眞假太后一個以絕食自盡相脅，一個以加害皇帝相脅，各有所忌，相持多年，形成僵局。按理說，眞太后如此危險的人物，便一刻也留不得，殺了之後，尙須將屍骨化灰，不留半絲痕迹，居然仍讓她活在宮中，自是因爲她尙有一件重要秘密，始終不肯吐露之故，而秘密之重大，也就可想而知。問道：「我問你的那句話，你總是東拉西扯，迴避不答，你到底逼問她說甚麼秘密？」

太后道：「是，是。這是關涉韃子氣運盛衰的一個大秘密。韃子龍興遼東，佔了我大明天下，自是因爲他們祖宗的風水奇佳。晚輩得知遼東長白山中，有一道愛新覺羅氏的龍脈，只須將這道龍脈掘斷了，我們非但能光復漢家山河，韃子還得盡數覆滅於關內。」

白衣尼點點頭，心想這話倒與陶紅英所說無甚差別，問道：「這道龍脈在那裏？」

太后道：「這就是那個大秘密了。先帝臨死之時，小皇帝還小，不懂事，先帝最寵愛的董鄂妃又先他而死，因此他將這個大秘密跟皇后說了，要她等小皇帝年長，才跟他說知。那時晚輩是服侍皇后的宮女，偷聽到先帝和皇后的說話，卻未能聽得全。我只想查明了這件大事，邀集一批有志之士，去長白山掘斷龍脈，我大明天下就可重光了。」

白衣尼沉吟道：「風水龍脈之事，事屬虛無縹緲，殊難入信。我大明失卻天下，是因歷朝施政不善，苛待百姓，以致官逼民反。這些道理，直到近年來我周遊四方，這才明白。」

太后道：「是，師太洞明事理，自非晚輩所及。不過爲了光復我漢家山河，那風水龍脈之事，也是寧可信其有，不可信其無。若能掘了龍脈，最糟也不過對韃子一無所損，倘若此事當眞靈驗，豈不是能拯救普天下千千萬萬百姓於水深火熱之中？」

白衣尼矍然動容，點頭道：「你說得是。到底是否具有靈效，事不可知，就算無益，也是絕無所損。只須將此事宣知天下，韃子君臣是深信龍脈之事的，他們心中先自餒了，咱們圖謀復國，大夥兒又多了一層信心。你逼問這眞太后的，就是這個秘密？」

太后道：「正是。但這賤人知道此事關連她子孫基業，寧死不肯吐露，不論晚輩如何軟騙硬嚇，這些年來出盡了法子，她始終寧死不說。」

白衣尼從懷中取出那部四十二章經，道：「你是要問她，其餘那幾部經書是在何處？」太后嚇了一跳，倒退兩步，顫聲道：「你……你已知道了？」白衣尼道：「那個大秘密，便藏在這經書之中，你已得了幾部？」太后道：「師太法力神通，無所不知，晚輩不敢隱瞞。本來我已得了三部，第一部是先帝賜給董鄂妃的，她死之後，就在晚輩這裏了。另外兩部，是從奸臣鰲拜家裏抄出來的。可是一天晚上有人入宮行刺，在我胸口刺了一刀，將這三部經書都盜去了。師太請看。」說着解開外衣、內衣和肚兜，露出胸口一個極大傷疤。

韋小寶一顆心怦怦大跳：「再查問下去，恐怕師太要疑心到我頭上來了。」

只聽白衣尼道：「我知道行刺你的是誰，可是這人並沒取去那三部經書。」她想這三部經書若爲陶紅英取去，她決不會隱瞞不說。太后失驚道：「這刺客沒盜經書？那麼三本經書是誰偷去了，這……這可眞奇了。」白衣尼道：「說與不說，也全由得你。」太后道：「師太恨韃子入骨，又是法力神通，這大秘密若能交在您手裏，由您老人家主持大局，去掘了韃子的龍脈，正是求之不得，晚輩如何會再隱瞞？再說，須得八部經書一起到手，方能找到龍脈所在，現下有一部已在師太手中，晚輩就算另有三部，也是一無用處。」

白衣尼冷冷的道：「到底你心中打甚麼主意，我也不必費心猜測。你既是皮島毛文龍之女，那麼跟神龍教定是淵源極深的了？」

太后顫聲道：「不，沒……沒有。晚輩……從來沒聽見過神龍教的名字。」

白衣尼向她瞪視片刻，道：「我傳你一項散功的法子，每日朝午晚三次，依此法拍擊樹木，連拍九九八十一日，或許可將你體內所中『化骨綿掌』的陰毒掌力散出。」太后大喜，又跪倒叩謝。白衣尼當即傳了口訣，說道：「自今以後，你只須一運內力，出手傷人，全身骨骼立即寸斷，誰也救你不得了。」太后低聲應道：「是。」神色黯然。

韋小寶心花怒放：「此後見到老婊子，就算我沒五龍令，也不用再怕她了。」

白衣尼衣袖一拂，點了她暈穴，太后登時雙眼翻白，暈倒在地。

白衣尼低聲道：「出來罷。」韋小寶和陶紅英從床後出來。韋小寶道：「師太，這女人說話三分眞，七分假，相信不得。」白衣尼點頭道：「經書中所藏秘密，不單是關及韃子龍脈，其中的金錢財寶，她便故意不提。」

韋小寶道：「我再來抄抄看。」假裝東翻西尋，揭開被褥，見到了暗格蓋板上的銅環，低聲喜呼：「經書在這裏了！」拉起暗格蓋板，見暗格中藏了不少珠寶銀票，卻無經書，歎道：「沒有經書！珠寶有甚麼用？」白衣尼道：「把珠寶都取了。日後起義興復，在在都須用錢。」陶紅英將珠寶銀票包入一塊錦緞之中，交給白衣尼。

韋小寶心想：「老婊子這一下可大大破財了。」又想：「怎地上次暗格中沒珠寶銀票？是了，上次放了經書，放不下別的東西了，可惜，可惜。」

白衣尼向陶紅英道：「這女人假冒太后，多半另有圖謀。你潛藏宮中，細加查察。好在她武功已失，不足爲懼。」陶紅英答應了，與舊主重會不久，又須分手，甚是戀戀不捨。

白衣尼帶了韋小寶越牆出宮，回到客店，取出經書查看。這部經書黃綢封面，正是順治皇帝命韋小寶交給康熙的。白衣尼揭開書面，見第一頁上寫着「永不加賦」四個大字，點了點頭，向韋小寶道：「你說韃子皇帝要『永不加賦』，這四個字果然寫在這裏。」一頁頁的查閱下去。四十二章經的經文甚短，每一章只寥寥數行，只是字體極大，每一章才佔了一頁二頁不等。這些經文她早已熟習如流，從頭至尾的誦讀一遍，與原經無一字之差，再將書頁對準燭火映照，也不見有夾層字迹。

她沉思良久，見內文不過數十頁，上下封皮還比內文厚得多，忽然想起袁承志當年得到「金蛇秘笈」的經過，當下用清水浸濕封皮，輕輕揭開，只見裏面包着兩層羊皮，四邊密密以絲綫縫合，拆開絲綫，兩層羊皮之間藏着百餘片剪碎的極薄羊皮。

韋小寶喜叫：「是了，是了！這就是那個大秘密。」

白衣尼將碎片鋪在桌上，只見每一片有大有小，有方有圓，或爲三角，或作菱形，皮上繪有許多彎彎曲曲的朱綫，另用黑墨寫着滿洲文字，只是圖文都已剪破，殘缺不全，百餘片碎皮各不相接，難以拼湊。韋小寶道：「原來每一部經書中都藏了碎皮，要八部經書都得到了，才拼成得一張地圖。」白衣尼道：「想必如此。」將碎皮放回原來的兩層羊皮之間，用錦緞包好，收入衣囊。

次日白衣尼帶了韋小寶，出京向西，來到昌平縣錦屏山思陵，那是安葬崇禎皇帝之所。陵前亂草叢生，甚是荒涼。白衣尼一路之上不發一言，這時再也忍耐不住，伏在陵前大哭。

韋小寶也跪下磕頭，忽覺身旁長草一動，轉過頭來，見到一條綠色裙子。

這條綠色裙子，韋小寶日間不知已想過了多少萬千次，夜裏做夢也不知已夢到了多少千百次，此時陡然見到，心中怦一跳，只怕又是做夢，一時不敢去看。

只聽得一個嬌嫩的聲音輕輕叫了一聲甚麼，說道：「終於等到了，我……我已在這裏等了三天啦。」接着一聲歎息，又道：「可別太傷心了。」正是那綠衣女郎的聲音。

這一句溫柔的嬌音入耳，韋小寶腦中登時天旋地轉，喜歡得全身如欲炸裂，一片片盡如四十二章經中的碎皮，有大有小，有方有圓，或為三角，或作菱形，說道：「是，是，你已等了我三天，多謝，多謝。我……我聽你的話，我不傷心。」說着站起身來，一眼見到的，正是那綠衣女郎秀美絕倫的可愛容顏，只是她溫柔的臉色突然轉為錯愕，立即又轉為氣惱。

韋小寶笑道：「我可也想得你好苦……」話未說完，小腹上一痛，身子飛起，向後摔出丈餘，重重掉在地下，卻是給她踢了一交。但見那女郎提起柳葉刀，往他頭上砍落，急忙一個打滾，拍的一聲，一刀砍在地下。

那女郎還待再砍，白衣尼喝道：「住手！」那女郎哇的一聲，哭了出來，拋下刀子，撲在白衣尼懷裏，叫道：「這壞人，他……他專門欺侮我。師父，你快快把他殺了。」

韋小寶又驚又喜，又是沒趣，心道：「原來她是師太的徒弟，剛才那兩句話卻不是向我說的。」哭喪着臉慢慢坐起，尋思：「事到如今，我只有拚命裝好人，最好能騙得師太大發慈悲，作主將她配我爲妻。」走上前去，向那女郎深深一揖，說道：「小人無意中得罪了姑娘，還請姑娘大人大量，不要見怪。姑娘要打，儘管下手便是，只盼姑娘饒了小人性命。」

那女郎雙手摟着白衣尼，並不轉身，飛腿倒踢一脚，足踝正踢中韋小寶下顎。他「啊」的一聲，又向後摔倒，哼哼唧唧，一時爬不起身。

白衣尼道：「阿珂，你怎地不問情由，一見面就踢人兩脚？」語氣中頗有見責之意。

韋小寶一聽大喜，心想：「原來你名叫阿珂，終於給我知道了。」他隨伴白衣尼多日，知她喜人恭謹謙讓，在她面前，越是吃虧，越有好處，忙道：「師太，姑娘這兩脚原是該踢的，實在是我不對，眞難怪姑娘生氣。她便再踢我一千一萬下，那也是小的該死。」爬起身來，雙手托住下顎，只痛得眼淚也流了出來。這倒不是做作，實在那一脚踢得不輕。

阿珂抽抽噎噎的道：「師父，這小和尙壞死了，他……他欺侮我。」白衣尼道：「他怎麼欺侮你？」阿珂臉上一紅，道：「他……欺侮了我很多……很多次。」

韋小寶道：「師太，總而言之，是我胡塗，武功又差。那一日姑娘到少林寺去玩……」白衣尼道：「你去少林寺？女孩兒家怎麼能去少林寺？」韋小寶心中又是一喜：「她去少林寺，原來不是師太吩咐的，那更加好了。」說道：「那不是姑娘自己去的，是她的一位師姊要去，姑娘拗不過她，只好陪着。」白衣尼道：「你又怎麼知道？」

韋小寶道：「那時我奉了韃子小皇帝之命，做他替身，在少林寺出家爲僧，見到另一位姑娘向少林寺來，姑娘跟在後面，顯然是不大願意。」

白衣尼轉頭問道：「是阿琪帶你去的？」阿珂道：「是。」白衣尼道：「那便怎樣？」

阿珂道：「他們少林寺的和尚兇得很，說他們寺裏的規矩，不許女子入寺。」

韋小寶道：「是，是。這規矩實在要不得，爲甚麼女施主不能入寺？觀世音菩薩就是女的。」白衣尼道：「那便怎樣？」韋小寶道：「姑娘說，既然人家不讓進寺，那就回去罷。可是少林寺的四個知客僧很沒禮貌，胡言亂語，得罪了兩位姑娘，偏偏武功又差勁得很。」

白衣尼問阿珂道：「你們跟人家動了手？」

韋小寶搶着道：「那全是少林寺知客僧的不是，這是我親眼目覩的。他們伸手去推兩位姑娘。師太你想，兩位姑娘是千金之體，怎能讓四個和尚的髒手碰到身上？兩位姑娘自然要閃身躲避，四個和尚毛手毛脚，自己將手脚碰在山亭柱子上，不免有點兒痛了。」

白衣尼哼了一聲，道：「少林寺武功領袖武林，豈有如此不濟的？阿珂，你出手之時，用的是那幾招手法？」阿珂不敢隱瞞，低頭小聲說了。白衣尼道：「你們將四名少林僧都打倒了？」阿珂向韋小寶望了一眼，恨恨的道：「連他是五個。」

白衣尼道：「你們膽子倒眞不小，上得少林寺去，將人家五位少林寺僧人的手足打脫了髖。」雙目如電，向她全身打量。阿珂嚇得臉孔更加白了。白衣尼見到她頸中一條紅痕，問道：「這一條刀傷，是寺中高手傷的？」

阿珂道：「不，不是。他……他……」抬頭向韋小寶白了一眼，突然雙頰暈紅，眼中含淚道：「他……他好生羞辱我，弟子自己……自己揮刀勒了脖子，卻……卻沒有死。」

白衣尼先前聽到兩名弟子上少林寺胡鬧，甚是惱怒，但見她頸中刀痕甚長，登生憐惜之心，問道：「他怎地羞辱你？」阿珂哇的一聲，哭了出來。

韋小寶道：「的的確確，是我大大的不該，我說話沒上沒下，沒有分寸，姑娘只不過抓住了我，嚇我一跳，說要挖出我的眼珠，又不是眞挖，偏偏我膽小沒用，嚇得魂飛天外，雙手反過來亂打亂抓，不小心碰到了姑娘的身子，雖然不是有意，總也難怪姑娘生氣。」

阿珂一張俏臉羞得通紅，眼光中卻滿是惱怒氣苦。

白衣尼問了幾句當時動手的招數，已明就理，說道：「這是無心之過，卻也不必太當眞了。」輕輕拍了拍阿珂的肩頭，柔聲道：「他是個小小孩童，又是……又是個太監，沒甚麼要緊，你既已用『乳燕歸巢』那一招折斷了他雙臂，已罰過他了。」

阿珂眼中淚水不住滾動，心道：「他那裏是個小孩童了？他曾到妓院去做壞事。」但這句話卻也不敢出口，生怕師父追問，查知自己跟着師姊去妓院打人，心中一急，又哭了出來。

韋小寶跪倒在地，連連磕頭，說道：「姑娘，你心中不痛快，再踢我幾脚出氣罷。」阿珂頓足哭道：「我偏偏不踢。」韋小寶提起手掌，劈劈拍拍，在自己臉上連打了幾個耳光，說道：「是我該死，是我該死。」

白衣尼微皺雙眉，說道：「這事也不算是你的錯。阿珂，咱們也不能太欺侮人了。」阿珂抽抽噎噎的道：「是他欺侮我，把我捉了去，關在廟裏不放。」白衣尼一驚，道：「有這等事？」韋小寶道：「是，是。是我知道自己不對，想討好姑娘，因此請了她進寺。我心裏想，這件事總是因姑娘想進少林寺逛逛而起，寺裏和尙不讓她進寺，難怪她生氣，因此……這就大了膽子，請了姑娘去般若堂玩玩，叫一個老和尙陪着姑娘說話解悶。」

白衣尼道：「胡鬧，胡鬧，兩個孩子都胡鬧。甚麼老和尙？」

韋小寶道：「是般若堂的首座澄觀大師，就是師太在清涼寺中跟他對過一掌的。」

白衣尼點點頭道：「這位大師武功很是了得。」又拍了拍阿珂的肩頭，道：「好啊，這位大師武功既高，年紀又老，小寶請他陪你，也不算委曲了你。這件事就不用多說了。」

阿珂心想：「這小惡人實在壞得不得了，只是有許多事，卻又不便說，否則師父追究起來，師姊和我都落得有許多不是。」說道：「師父，你不知道，他……他……」

白衣尼不再理她，瞧着崇禎的墳墓呆呆出神。

韋小寶向阿珂伸伸舌頭，扮個鬼臉。阿珂大怒，向他狠狠白了一眼。韋小寶只覺她就算生氣之時，也是美不可言，心中大樂，坐在一旁，目不轉睛的欣賞她的神態，但見她從頭至脚，頭髮眉毛，連一根小指頭兒也是美麗到了極處。

阿珂斜眼向他瞥了一眼，見他呆呆的瞧着自己，臉上一紅，扯了扯白衣尼的衣袖，道：「師父，他……他在看我。」

白衣尼嗯了一聲，心中正自想着當年在宮中的情景，這句話全沒聽進耳裏。

這一坐直到太陽偏西，白衣尼還是不捨得離開父親的墳墓。韋小寶盼她就這樣十天半月的一直坐下去，只要眼中望着阿珂，就算不吃飯也不打緊。阿珂卻給他瞧得周身好生不自在，雖然不去轉頭望他，卻知他一雙眼總是盯在自己身上，心裏一陣害羞，一陣焦躁，又是一陣恚怒，心想：「這小惡人花言巧語，不知說了些甚麼謊話，騙得師父老是護着他。一等師父不在，我非殺了他不可，拚着給師父狠狠責罰一場，也不能容得他如此羞辱於我。」

又過了一個多時辰，天色漸黑，白衣尼歎了口長氣，站起身來道：「咱們走罷。」

當晚三人在一家農家借宿。韋小寶知道白衣尼好潔，吃飯時先將她二人的碗筷用熱水洗過，將她二人所坐的板櫈、吃飯的桌子抹得纖塵不染，又去抹床掃地，將她二人所住的一間房打掃得乾乾淨淨。他向來懶惰，如此勤力做事，實是生平從所未有。

白衣尼暗暗點頭，心想：「這孩子倒也勤快，出外行走，帶了他倒是方便得多。」她十五歲前長於深宮，自幼給宮女太監服侍慣了，身遭國變之後流落江湖，日常起居飲食自是大不相同。韋小寶做慣太監，又是盡心竭力的討好，竟令她重享舊日做公主之樂。白衣尼出家修行，於昔時豪華，自早不放在心上，但每個人幼時如何過日子，一生深印腦中，再也磨滅不掉，她不求再做公主，韋小寶卻服侍得她猶如公主一般，自感愉悅。

晚飯過後，白衣尼問起阿琪的下落。阿珂道：「那日在少林寺外失散之後，就沒再見到師姊，只怕……只怕已給他害死了。」說着眼睛向韋小寶一橫。韋小寶忙道：「那有此事？我見到阿琪姑娘跟蒙古的葛爾丹王子在一起，還有幾個喇嘛，吳三桂手下的一個總兵。」

白衣尼一聽到吳三桂的名字，登時神色憤怒之極，怒道：「阿琪她幹甚麼跟這些不相干的人混在一起？」韋小寶道：「那些人到少林寺來，大概剛好跟阿琪姑娘撞到。師太，你要找她，我陪着你，那就很容易找到了。」白衣尼道：「爲甚麼？」韋小寶道：「那些蒙古人、喇嘛，還有雲南的軍官，我都記得他們的相貌，只須遇上一個，就好辦了。」

白衣尼道：「好，那你就跟着我一起去找。」韋小寶大喜，忙道：「多謝師太。」白衣尼奇道：「你幫我去辦事，該當我謝你才是，你又謝我甚麼了？」韋小寶道：「我每日跟着師太，再也快活不過，最好是永遠陪在師太身邊。就算不能，那也是多陪一天好一天。」白衣尼道：「是嗎？」她雖收了阿琪、阿珂兩人爲徒，但平素對這兩個弟子一直都冷冰冰地。二女對她甚爲敬畏，從來不敢吐露甚麼心事，那有如韋小寶這般花言巧語、甜嘴蜜舌？她雖性情嚴冷，這些話聽在耳中，畢竟甚是受用，不由得嘴角邊露出微笑。

阿珂道：「師父，他……他不是的……」她深知韋小寶熱心幫同去尋師姊，其實是爲了要陪着自己，甚麼「我每日跟着師太，再也快活不過，最好是永遠陪在師太身邊」云云，其實他內心的眞意，該當把「師太」兩字，換上了「阿珂」才是。

白衣尼向她瞪了眼，道：「爲甚麼不是？你又怎知道人家的心事？我以前常跟你說，江湖上人心險詐，言語不可盡信。但這孩子跟隨我多日，並無虛假，那是可以信得過的。他小小孩童，豈能與江湖上的漢子一概而論？」

阿珂不敢再說，只得低頭應了聲：「是。」

韋小寶大喜，暗道：「阿珂好老婆，你老公自然與衆不同，豈能與江湖上的漢子一概而論？你聽師父的話，包你不吃虧。最多不過嫁了給我。難道我還捨得不要你嗎？放你一百二十個心。」

註：「帝子」是皇帝的女兒，通常指公主。「楚辭・九歌・湘夫人」：「帝子降兮北渚。」帝子是堯的女兒。馬懷素「送金城公主適西番詩」：「帝子今何在？重姻適異方。」

韋小寶摘下帽子，說道：「我頭髮越練越短，頭頂神功已經練成，等到練得頭髮一根都沒有了，你就砍在我胸口也不怕了。」那喇嘛見了，更信了幾分。

第二十六回　草木連天人骨白　關山滿眼夕陽紅

次日三人向南進發，沿路尋訪阿琪的下落。一路之上，韋小寶服侍二人十分周到，心中雖愛煞了阿珂，卻不敢絲毫露出輕狂之態，心想倘若給白衣尼察覺，那就糟糕之極了。阿珂從來沒對他有一句好言好語，往往乘白衣尼不見，便打他一拳、踢他一脚出氣。韋小寶只要能陪伴着她，那就滿心喜樂不禁，偶爾挨上幾下，那也是拳來身受，脚來臀受，晚間睡在床上細細回味她踢打的情狀，但覺樂也無盡。

這一日將到滄州，三人在一家小客店中歇宿。次日清晨，韋小寶到街上去買新鮮蔬菜，交給店伴給白衣尼做早飯。他興匆匆的提了兩斤白菜，半斤腐皮、二兩口蘑從街上回來，見阿珂站在客店門口閒眺，當即笑吟吟的迎上去，從懷裏掏出一包玫瑰松子糖，說道：「我在街上給你買了一包糖，想不到在這小鎭上，也有這樣好的糖果。」

阿珂不接，向他白了一眼，說道：「你買的糖是臭的，我不愛吃。」韋小寶道：「你吃一粒試試，滋味可眞不差。」他冷眼旁觀，早知阿珂愛吃零食，只是白衣尼沒甚麼錢給她零花，偶爾買一小包糖豆，也吃得津津有味，因此買了一包糖討她歡喜。

阿珂接了過來，說道：「師父在房裏打坐。我氣悶得緊。這裏有甚麼風景優雅、僻靜無人的所在，你陪我去玩玩。」韋小寶幾乎不相信自己的耳朵，登時全身熱血沸騰，一張臉脹得通紅，道：「你……你這不是寃我？」阿珂道：「我寃你甚麼？你不肯陪我，我自己一個兒去好了。」說着向東邊一條小路走去。韋小寶道：「去，去，爲甚麼不去？姑娘就是叫我赴湯蹈火，我也不會皺一皺眉頭。」忙跟在她身後。

兩人出得小鎭，阿珂指着東南方數里外的一座小山，道：「到那邊去玩玩倒也不錯。」韋小寶心花怒放，忙道：「是，是。」兩人沿着山道，來到了山上。

那小山上生滿了密密的松樹，確實僻靜無人，風景卻一無足觀。

但縱是天地間最醜最惡的山水，此刻在韋小寶眼中，也是勝景無極，何況景色好惡，他本來也不大分辨得出，當即大讚：「這裏的風景眞是美妙無比。」阿珂道：「有甚麼美？許多亂石樹木擠在一起，難看死啦。」韋小寶道：「是，是。風景本是沒甚麼好看。」阿珂道：「那你怎麼說『這裏的風景眞是美妙無比』？」韋小寶笑道：「原來的風景是不好看的，不過你的容貌一映上去，就美妙無比了。這山上沒花兒，你的相貌，卻比一萬朶鮮花還要美麗。山上沒有鳥雀，你的聲音，可比一千頭黃鶯一齊唱歌還好聽得多。」

阿珂哼了一聲，說道：「我叫你到這裏，不是來聽你胡言亂語，是叫你立刻給我走開，走得遠遠地，從今而後，再也不許見我的面。倘若再給我見到，定然挖出了你的眼珠子。」韋小寶一顆心登時沉了下去，哭喪着臉道：「姑娘，以後我再也不敢得罪你啦。請你饒了我罷。」阿珂道：「我確是饒了你啦，今日不取你性命，便是饒你。」說着刷的一聲，從腰間拔出柳葉刀來，又道：「你跟着我，心中老是存着壞念頭，難道我不知道了？你如此羞辱於我，我……我寧可給師父責打一千次一萬次，也非殺了你不可。」

韋小寶見到刀光閃閃，想起她剛烈的性情，知道不是虛言，說道：「師太命我幫同找尋阿琪姑娘，找到之後，我就不再跟着你便是。」阿珂搖頭道：「不成！沒有你幫，我們也找得到。就算找不到，我師姊又不是三歲小孩，難道自己不會回來？」提刀在空中虛劈，呼呼生風，厲聲道：「你再不走，可休怪我無情！」

韋小寶笑道：「你本來對我就很無情，那也沒甚麼。」阿珂大怒，喝道：「到了此刻，你還膽敢向我風言風語？」縱身而前，舉刀向韋小寶頭頂砍落。

韋小寶大駭，急忙躍開閃避。阿珂喝道：「你走不走？」韋小寶道：「你就算將我碎屍萬段，我變成了鬼，也是跟定了你。」阿珂怒極，提刀呼呼呼三刀。幸好這些招數，在少林寺般若堂中都已施展過，澄觀和尚一一想出了拆解之法。韋小寶受過指點，當下逐一避過。阿珂砍他不中，更是氣惱，柳葉刀使得越加急了。再過數招，韋小寶已感難以躲閃，只得拔出匕首，噹的一聲，將她柳葉刀削為兩截。

阿珂驚怒交集，舞起半截斷刀，向他沒頭沒腦的剁去。韋小寶見她刀短，不敢再用匕首招架，自己武藝平庸，一個拿揑不準，如此鋒利的匕首只消在她身上輕輕一帶，便送了她性命，避了幾下，只得發足奔逃下山。

阿珂持着斷刀追下，叫道：「你給我滾得遠遠地，便不殺你。」卻見他向鎮上奔去，心下大急：「這小壞人去向師父哭訴，那可不妥。」忙提氣疾追，想將他迎頭截住。但白衣尼只傳了她一些武功招式，內功心法卻從未傳過，她的內功修爲和韋小寶只是半斤八兩，始終追他不上，眼見他奔進了客店，急得險些要哭，心想：「倘若師父責怪，只好將他從前調戲我的言語都說了出來。」收起斷刀，慢慢起進客店。

一步踏進店房，突覺一股力道奇大的勁風，從房門中激撲出來，將她一撞，登時立足不定，騰騰騰倒退三步，一交坐倒。

阿珂只覺身下軟綿綿地，卻是坐在一人身上，忙想支撐着站起，右手反過去一撐，正按在那人臉上，狼狽之下，也不及細想，挺身站起，回過身來一看，見地下那人正是韋小寶。她吃了一驚，喝道：「你幹甚……」一言未畢，突覺雙膝一軟，再也站立不定，一交撲倒，向韋小寶摔將下來。這一次卻是俯身而撲，驚叫：「不，不……」已摔在他的懷裏，四隻眼睛相對，相距不及數寸。

阿珂大急，生怕這小惡人乘機來吻自己，拚命想快快站起，不知如何，竟然全身沒了絲毫力氣，只得轉過了頭，急道：「快扶我起來。」

韋小寶道：「我也沒了力氣，這可如何是好。」身上伏着這個千嬌百媚的美女，心中眞快活得便欲瘋了，暗道：「別說我沒力氣，這當兒就有一萬斤力氣，也不會扶你起來。是你自己撲在我身上的，又怎怪得我？」

阿珂急道：「師父正在受敵人圍攻，快想法子幫她。」原來剛才她一進門，只見白衣尼盤膝坐在地下，右手出掌，左手揮動衣袖，正在與敵人相抗。對方是些甚麼人，卻沒看清，只知非止一人，待要細看，已被房中的內力勁風逼了出來。

韋小寶比她先到了幾步，遭遇卻是一模一樣，也是一脚剛踏進門，立被勁風撞出，摔在地下，阿珂跟着趕到，便跌在他身上。雖然韋小寶既摔得屁股奇痛，阿珂從空中跌下，壓得他胸口肚腹又是一陣疼痛，心裏卻欣喜無比，只盼這個小美人永遠伏在自己懷中，再也不能站起來，至於白衣尼跟甚麼人相鬥，可全不放在心上，料想她功力通神，再厲害的敵人也奈何她不得。

阿珂右手撐在韋小寶胸口，慢慢挺身，深深吸了口氣，終於站起，嗔道：「你幹麼躺在這裡，絆了我一交？」她明知韋小寶和自己遭際相同，身不由己，但剛才的情景實在太過羞人，忍不住要發作幾句。韋小寶道：「是，是。早知你要摔在這地方，我該當向旁爬開三尺才是。不，三尺也還不夠，若只爬開三尺，和你並頭而臥，卻也不大雅相。」

阿珂啐了一口，掛念着師父，張目往房中望去。

只見白衣尼坐在地下，發掌揮袖，迎擊敵人。圍攻她的敵人一眼見到共有五人，都是身穿紅衣的喇嘛，每人迅速之極的出掌拍擊，但被白衣尼的掌力所逼，均是背脊緊緊貼着房中的板壁，難以欺近。阿珂走上一步，想看除了這五人外是否另有敵人，但只跨出一步，便覺勁風壓體，氣也喘不過來，只得倒退了兩步。踢了韋小寶一脚，道：「喂，還不站起來？你看敵人是甚麼來路？」

韋小寶手扶身後牆壁，站起身來，見到房中情景，說道：「六個喇嘛都是壞人。」他站在阿珂之側，多見到了一名喇嘛。阿珂道：「廢話！自然是壞人，還用你說？」韋小寶笑道：

「是不是壞人，也不一定的。好比我是好人，你偏偏說我是壞人。這六個喇嘛，膽敢向師太動手，可比我壞得多啦。」阿珂橫了他一眼，道：「哼。我瞧你們是一夥。這六個喇嘛，是你引來的，想要來害師父。」韋小寶道：「我敬重師太，好比敬重菩薩一樣；敬重姑娘，好比敬重仙女一樣，那有加害之理？」阿珂凝神瞧着房中情景，突然一聲驚呼。

韋小寶向房內望去，只見六個喇嘛均已手持戒刀，欲待上前砍殺，只是給白衣尼的袖力掌風逼住了，欺不近身。但白衣尼頭頂已冒出絲絲白氣，看來已是出盡了全力。她只一條臂膀，獨力拚鬥六個手執兵刃的喇嘛，再支持下去恐怕難以抵敵，韋小寶想上前相助，但自知武藝低微，連房門也走不進去，就算在地下爬了進去，白衣尼不免要分心照顧，反而是幫她倒忙，焦急之下，忽見牆角落裏倚着一柄掃帚，當即過去拿起，身子縮在門邊，伸出掃帚，向近門的一名喇嘛臉上亂撥，只盼他心神一亂，內力不純，就可給白衣尼的掌力震死。

掃帚剛伸出，便聽得一聲大喝，手中一輕，掃帚頭已被那喇嘛一刀斬斷，隨着房中鼓盪的勁風直飛出來，擦過他臉畔，劃出了幾條血絲，好不疼痛。

阿珂急道：「你這般胡鬧，那……那不成的。」

韋小寶身靠房門的板壁，只覺不住的震動，似乎店房四周的板壁都要被刀風掌力震坍一般，心念一動，看清了六名喇嘛所站的方位，走到那削斷他掃帚的喇嘛身後，拔出匕首，隔着板壁刺了進去。

匕首鋒利無比，板壁不過一寸來厚，匕首刺去，如入豆腐，跟着揷入了那喇嘛後心。那喇嘛大叫一聲，身子軟垂，靠着板壁慢慢坐倒。韋小寶聽得叫聲，知已得手，走到第二名喇嘛後，又是一匕首刺出。轉眼之間，如此連殺了四人。匕首刃短，刺入後心之後並不從前胸穿出，每名喇嘛中劍坐倒，房中餘人均不知他們如何身死。

其餘兩名喇嘛大駭，奪門欲逃。白衣尼躍身發掌，擊在一名喇嘛後心，登時震得他狂噴鮮血而死，左手衣袖一拂，阻住了另一名喇嘛去路，右手出指如風，點了他身上五處穴道。那喇嘛軟癱在地，動彈不得。

白衣尼踢轉四名喇嘛屍身，見到背上各有刀傷，又看到板壁上的洞孔，才明其理，向那喇嘛喝道：「你……你是何……」突然身子一幌坐倒，口中鮮血汩汩湧出。六名喇嘛都是好手，她以一敵六，內力幾已耗竭，最後這一擊一拂，更是全力施爲，再也支持不住。

阿珂和韋小寶大驚，搶上扶住，阿珂連叫：「師父，師父！」白衣尼呼吸細微，閉目不語。韋小寶和阿珂兩人將她抬到炕上，她又吐出許多血來。阿珂慌了手脚，只是流淚。

客店中掌櫃與店小二等見有人鬥毆，早就躲得遠遠地，這時聽得聲音漸息，過來探頭探腦，見到滿地鮮血，死屍狼藉，嚇得都大叫起來。韋小寶雙手各提一柄戒刀，喝道：「叫甚麼？快給我閉上了鳥嘴，否則一刀一個，都將你們殺了。」衆人見到明晃晃的戒刀，嚇得諾諾連聲。韋小寶取出三錠銀子，每錠都是五兩，交給店伙，喝道：「快去僱兩輛大車來。五兩銀子賞你的。」那店伙又驚又喜，飛奔而出，片刻間將大車僱到。

韋小寶又取出四十兩銀子，交給掌櫃，大聲道：「這六個惡喇嘛自己打架，你殺我，我殺你，你們都親眼瞧見了，是不是？」那掌櫃如何敢說不是，只有點頭。韋小寶道：「這四十兩銀子，算是房飯錢。」和阿珂合力抬起白衣尼放入大車，取過炕上棉被，蓋在她身上，再命店夥將那被點了穴道的喇嘛抬入另一輛大車。

韋小寶向阿珂道：「你陪師父，我陪他。」兩人上了大車。韋小寶吩咐沿大路向南，心想：「師太身受重傷，再有喇嘛來攻，那可糟糕。得找個偏僻的地方，讓師太養傷才好。」生怕那喇嘛解開了穴道，可不是他對手，取過一條繩子，將他手足牢牢縛住。

行得十餘里，阿珂忽然叫停，從車中躍出，奔到韋小寶車前，滿臉惶急，說道：「師父的氣息越來越弱，只怕……只怕……」韋小寶一驚，忙下車去看，見白衣尼已氣若游絲。阿珂哭道：「有甚麼靈效傷藥，那就好了。咱們快找大夫去。只是這地方……」

韋小寶忽然想起，太后曾給自己三十顆丸藥，叫甚麼「雪參玉蟾丸」，是高麗國國王進貢來的，說道服後強身健體，解毒療傷，靈驗非凡，其中廿二顆請自己轉呈洪教主和夫人，當即從懷中取出那玉瓶，說道：「靈效傷藥，我這裏倒有。」倒了兩顆出來，餵在白衣尼口中。阿珂取過水壺，餵着師父喝了兩口。韋小寶乘機坐在白衣尼車中，與阿珂相對，說道：「師太服藥之後，不知如何，我得時時刻刻守着她。」命兩輛大車又行。

過了一盞茶時分，白衣尼忽然長長吸了口氣，緩緩睜眼。阿珂大喜，叫道：「師父，你好些了？」白衣尼點了點頭。韋小寶忙又取出兩顆丸藥，道：「師太，丸藥有效，你再服兩顆。」白衣尼微微搖頭，低聲道：「今天……夠了……我得運氣化這藥力……停……停下車子。」韋小寶道：「是，是。」吩咐停車。白衣尼命阿珂扶起身子，盤膝而坐，閉目運功。

阿珂目不轉睛的望着師父，韋小寶卻目不轉睛的瞧着阿珂。

但見阿珂初時臉上深有憂色，漸漸的秀眉轉舒，眼中露出光采，又過一會，小嘴邊露出了一絲笑意，韋小寶不用去看白衣尼，也知她運功療傷，大有進境。再過一會，見阿珂喜色更濃，韋小寶心想：「倘若車中沒有這位師太，就只我和小美人兒兩個，而她臉色也是這般歡喜，那可眞開心死我了。」

突然間阿珂抬起頭來，見到他呆呆的瞧着自己，登時雙頰紅暈，便欲叱責，生怕驚擾了師父行功，一句話到得口邊，又即忍住，狠狠的白了他一眼。韋小寶向她一笑，順着她眼光看白衣尼時，呼吸也已調勻。

白衣尼呼了口氣，睜開眼來，低聲道：「可以走了。」韋小寶道：「再歇一會，也不打緊。」白衣尼道：「不用了。」韋小寶又取出五兩銀子分賞車夫，命他們趕車啓程。當時僱一輛大車，一日只須一錢半銀子，兩名車夫見他出手豪闊，大喜過望，連聲稱謝。

白衣尼緩緩的道：「小寶，你給我服的，是甚麼藥？」韋小寶道：「那叫做『雪參玉蟾丸』，是朝鮮國國王進貢給小皇帝的。」白衣尼臉上閃過一絲喜色，說道：「雪參和玉蟾二物，都是療傷大補的聖藥，幾有起死回生之功，想不到竟教我碰上了，那也是命不該絕。」她重傷之餘，這時說話竟然聲調平穩，已無中氣不足之象。

阿珂喜道：「師父，你老人家好了？」白衣尼道：「死不了啦。」韋小寶道：「我這裏還有二十八粒，請師太收用。」說着將玉瓶遞過，白衣尼不接，道：「最多再服兩三顆，也就夠了，用不着這許多。」

韋小寶本性慷慨，心想：「三十顆丸藥就都給你吃了，又打甚麼緊？老婊子那裏一定還有。」說道：「師太，你身子要緊，這丸藥旣然有用，下次我見到小皇帝，再向他討些就是了。」將玉瓶放在她手裏。白衣尼點了點頭，但仍將玉瓶還了給他。

又行一程，白衣尼道：「有甚麼僻靜所在，停下車來，問問那個喇嘛。」韋小寶應道：「是。」命大車駛入一處山坳，叫車夫將那喇嘛抬在地下，然後牽騾子到山後吃草，說道：「不聽我叫喚，不可過來。」兩名車夫答應了，牽了騾子走開。白衣尼道：「你問他。」

韋小寶拔出匕首，嗤的一聲，割下一條樹枝，隨手批削，頃刻間將樹枝削成一條木棍，問道：「老兄，你想不想變成一條人棍？」

那喇嘛見那匕首如此鋒利，早已心寒，顫聲道：「請問小爺，甚麼叫做人棍？」韋小寶道：「把你兩條臂膀削去，耳朶、鼻子也都削了，全身凸出來的東西，通統削平，那就是一條人棍。很好玩的，你要不要試試？」說着將匕首在他鼻子上擦了幾擦。那喇嘛道：「不，不，小僧不要做人棍。」韋小寶道：「我不騙你，很好玩的，做一次也不妨。」那喇嘛道：「恐怕不好玩。」韋小寶道：「你又沒做過，怎知不好玩？咱們試試再說。」說着將匕首在他肩頭比了比。那喇嘛哀求道：「小爺饒命，小的大膽冒犯了師太，實是不該。」

韋小寶道：「好，我問一句，你答一句，只消有半句虛言，就叫你做一條人棍。我將你種在這裏，加些肥料，淋上些水，過得十天半月，說不定你又會長出兩條臂膀和耳朶、鼻子來。」那喇嘛道：「不會的，不會的。小僧老實回答就是。」韋小寶道：「你叫甚麼名字？爲甚麼來冒犯師太？」

那喇嘛道：「小僧名叫呼巴音，是西藏的喇嘛，奉了大師兄桑結之命，想要生……生擒這位師太。」韋小寶心想桑結之名，在五台山上倒也聽說過，問道：「這位師太好端端地，又沒得罪了你那個臭師兄，你們爲甚麼這等大膽妄爲？」呼巴音道：「大師兄說，我們活佛有八部寶經，給這位師太偷……不，不，不是偷，是借了去，要請師太賜還。」韋小寶道：「甚麼寶經？」呼巴音道：「是差奄古吐烏經。」韋小寶道：「胡說八道，甚麼嘰哩咕嚕烏經？」呼巴音道：「是，是。這是我們西藏話，漢語就是四十二章經。」韋小寶道：「你的臭師兄，又怎知道師太取了四十二章經？」呼巴音道：「這個我就不知道了。」

韋小寶道：「你不知道，留着舌頭何用？把舌頭伸出來。」說着把匕首一揚。呼巴音那裏肯伸，求道：「小僧眞的不知道。」韋小寶道：「你臭師兄在西藏，那有這麼快便派了你們出來？」呼巴音道：「大師兄和我們幾個，本來都是在北京，一路從北京追出來的。」韋小寶點點頭，已明其理：「那自然是老婊子通了消息。」問道：「你們這一夥臭喇嘛，武功比你高的，跟你差不多的，還有幾個？」

呼巴音道：「我們同門師兄弟，一共是一十三人，給師太打死了五個，還有八個。」韋小寶暗暗心驚，喝道：「甚麼八個？你還算是人麼？你早晚是一條人棍。」呼巴音道：「小爺答應過，不讓小僧變人棍的。」韋小寶道：「餘下那七條人棍，現今到了那裏？」呼巴音道：「我們大師兄本領高強得很，不會變人棍的。」韋小寶在他腰眼裏重重踢了一脚，罵道：「你這臭賊，死到臨頭，還在胡吹大氣。你那臭師兄本事再大，我也削成一條人棍給你瞧瞧。」呼巴音道：「是，是。」可是臉上神色，顯是頗不以爲然。

韋小寶反來覆去的又盤問良久，再也問不出甚麼，於是鑽進大車，放下了車帷，低聲將呼巴音的話說了，又道：「師太，還有七個喇嘛，如果一齊趕到，那可不容易對付。若在平日，師太自也不放在心上，此刻你身子不大舒服……」

白衣尼搖搖頭：「就算我安然無恙，以一敵六，也是難以取勝，何況再加上一個武功遠遠高出儕輩的大師兄。聽說那桑結是西藏密宗的第一高手，大手印神功已練到登峯造極的境界。」

韋小寶道：「我倒有一個計較，只是……只是太墮了師太的威風。」白衣尼歎道：「出家人有甚麼威風可言？你有甚麼計策？」韋小寶道：「我們去到偏僻的所在，找家農家躲了起來。請師太換上鄉下女子的裝束，睡在床上養傷。阿珂姑娘和我換上鄉下姑娘和小子的衣衫，算是師太……師太的兒子女兒。」白衣尼搖了搖頭。阿珂道：「你這人壞，想出來的計策也就壞。師父是當世高人，這麼躲了起來，豈不是怕了人家？」白衣尼道：「計策可以行得。你兩個算是我的姪兒姪女。」韋小寶喜道：「是，是。」心道：「最好算是你的姪兒跟姪兒媳婦。」阿珂白了他一眼，聽得師父接納他的計策，頗不樂意。

韋小寶道：「留下這喇嘛的活口，只怕他洩露了風聲，咱們將他活埋了就是，不露絲毫痕迹。」白衣尼道：「先前與人動手，是不得已，難以容情。這喇嘛已無抗拒之力，再要殺他，未免太過狠毒。只是……只是放了他卻也不行，咱們暫且帶着，再作打算。」

韋小寶應了，叫過車夫，將呼巴音抬入車中，命車夫趕了大車又走。一路上卻不見有甚麼農家，生怕桑結趕上，只待一見小路，便轉道而行，只是沿途所見的岔道都太過窄小，行不得大車。

正行之間，忽聽得身後馬蹄聲響，有數十騎馬急馳追來。韋小寶暗暗叫苦：「糟了，糟了！臭喇嘛竟有數十名之多。」催大車快奔。兩名車夫口催鞭打，急趕騾子。但追騎越奔越近，不多時已到大車之後。

韋小寶從車廂板壁縫中一張，當即放心，透了口大氣，原來這數十騎都是身穿青衣的漢子，並非喇嘛。頃刻之間，數十乘馬都從車旁掠過，搶到了車前。

阿珂突然叫道：「鄭……鄭公子！」

馬上一名乘客立時勒住了馬，向旁一讓，待大車趕上時與車子並肩而馳，叫道：「是陳姑娘？」阿珂道：「是啊，是我。」聲音中充滿喜悅之意。馬上乘客大聲道：「想不到又再相見，你跟王姑娘在一起嗎？」阿珂道：「不是，師姊不在這裏。」那乘客道：「你也去河間府？咱們正好一路同行。」阿珂道：「不，我們不去河間府。」那乘客道：「河間府很熱鬧的，你也去罷。」他二人說話之時，車馬仍繼續前馳。

韋小寶見阿珂雙頰暈紅，眼中滿是光采，又是高興，便如遇上了世上最親近之人一般，霎時之間，他胸口便如給大搥子重重搥了一下，心想：「難道是她的意中人到了？」低聲道：「咱們避難要緊，別跟不相干的人說話。」

阿珂全沒聽見他的說話，問道：「河間府有甚麼熱鬧事？」

那人道：「你不知道麼？」車帷一掀，一張臉探了進來。

那人面目俊美，約莫二十三四歲年紀，滿臉歡容，說道：「河間府要開『殺龜大會』，天下英雄好漢都去參與，好玩得很呢。」阿珂問道：「甚麼『殺龜大會』，殺大烏龜麼？那有甚麼好玩？」那人笑道：「是殺大烏龜，不過不是眞的烏龜，是個大壞人。他名字中有個『龜』字的。」阿珂笑道：「那有人名字中有個『龜』字的？你騙人。」那人笑道：「不是烏龜的龜，聲音相同罷了，是桂花的『桂』，你倒猜猜看，是甚麼人？」

韋小寶嚇了一跳，心道：「名字中有個桂花的『桂』，那不是要殺我小桂子麼？」

卻聽阿珂拍手笑道：「我知道啦，是大漢奸吳三桂。」那人笑道：「正是，你眞聰明，一猜就着。」阿珂道：「你們把吳三桂捉到了麼？」那人道：「這可沒有，大夥兒商量怎麼去殺了這大漢奸。」

韋小寶舒了口氣，心道：「這就是了。想我小桂子是個小小孩童，他們不會要殺我的，就算要殺，也用不着開甚麼『殺龜大會』。他媽的，老子假冒姓名，也算倒霉，冒得名字中有個『桂』字。」

只見那人笑吟吟的瞧着阿珂，蹄聲車聲一直不斷。這人騎在馬上，彎過身來瞧着車裏，騎術極精。

阿珂轉頭向白衣尼低聲道：「師父，咱們要不要去？」

白衣尼武功雖高，卻殊乏應變之才，武林豪傑共商誅殺吳三桂之策，自己亟願與聞，但桑結等衆喇嘛不久就會追趕前來，情勢甚急，沉吟片刻，問韋小寶道：「你說呢？」

韋小寶見到阿珂對待那青年神態語氣，心中說不出的厭憎，決不願讓阿珂跟他在一起，忙道：「惡喇嘛一來，咱們對付不了，還是儘快躲避的爲是。」

那青年道：「甚麼惡喇嘛？」阿珂道：「鄭公子，這位是我師父。我們途中遇到一羣惡喇嘛，要害我師父。她老人家身受重傷，後面還有七名喇嘛追來。」

那青年道：「是！」轉頭出去，幾聲呼嘯，馬隊都停了下來，兩輛大車也即停住。

那青年躍下馬背，捲起車帷，躬身說道：「晚輩鄭克塽拜見前輩。」白衣尼點了點頭。鄭克塽道：「諒七八名喇嘛，也不用掛心，晚輩代勞，打發了便是。」阿珂又驚又喜，又有些擔心，說道：「那些惡喇嘛很厲害的。」鄭克塽道：「我帶的那些伴當，武藝都很了得，諒可料理得了。咱們就算不以多勝少，一個對一個，也不怕他七八個喇嘛。」

阿珂轉頭瞧向師父，眼光中露出詢問之意，其實祈求之意更多於詢問。

韋小寶道：「不行，師太這等高深的武功，還受了傷，你二十幾個人，又有甚麼用？」阿珂怒道：「又不是問你，要你多囉唆甚麼？」韋小寶道：「我是關心師太的平安。」阿珂怒道：「你自己怕死，卻說關心師父。你這小惡人，就只會做壞事，還安着好心了？」韋小寶道：「這姓鄭的本事很大麼？比師太還強麼？」阿珂道：「他帶着二十幾人，個個武藝高強。難道二十幾個人還怕了七個喇嘛？」韋小寶道：「你怎知道二十幾人個個武藝高強？我看個個武藝低微。」阿珂道：「我自然知道，我見過他們出手，每個都抵得你一百個。」

白衣尼沉吟不語，韋小寶要她扮作農婦，躲避喇嘛，事非得已，卻實大違所願，若只兩個小孩子知道，那也罷了，要她當着二三十個江湖豪客之前去喬裝避禍，那是寧死不爲，緩緩的道：「這些喇嘛是衝着我一人而來，鄭公子，多謝你的好意，你們請上路罷。」

鄭克塽道：「師太說那裏話來？路見不平，尚且要拔刀相助，何況……何況師太是陳姑娘的師父，晚輩稍効微勞，那是義不容辭。」阿珂臉上一紅，低下頭去，卻顯得十分得意。

白衣尼點了點頭，道：「好，那麼咱們一起去河間府瞧瞧，不過你不必對旁人說起。我生性疏懶，不願跟旁人相見。」鄭克塽喜道：「是，是！自當謹遵前輩吩咐。」白衣尼道：「鄭公子屬何門派？尊師是那一位？」問他門派師承，那是在考查他的武功了。

鄭克塽道：「晚輩承三位師父傳過武藝。啓蒙的業師姓施，是武夷派高手。第二位師父姓劉，是福建莆田少林寺的俗家高手。」白衣尼道：「嗯，這位劉師傅尊姓大名？」鄭克塽道：「他叫劉國軒。」

白衣尼聽得他直呼師父的名字，並無恭敬之意，微覺奇怪，隨即想起一人，道：「那不是跟台灣的劉大將軍同名麼？」鄭克塽道：「那就是台灣延平郡王麾下中提督劉國軒劉大將軍。」白衣尼道：「鄭公子是延平郡王一家人？」鄭克塽道：「晚輩是延平郡王次子。」白衣尼點了點頭，道：「原來是忠良後代。」

鄭成功從荷蘭人手中奪得台灣。桂王封鄭爲延平郡王，招討大將軍。永曆十六年（即康熙元年）五月，鄭成功逝世，其時世子鄭經鎮守金門、廈門，鄭成功之弟鄭襲在台灣接位。鄭經率領大將周全斌、陳近南等回師台灣，攻破擁戴鄭襲的部隊，而接延平郡王之位。鄭經長子克壍，次子克塽，自鄭成功的父親鄭芝龍算起，鄭克塽已是鄭家的第四代了。

其時延平郡王以一軍力抗滿清不屈，孤懸海外而奉大明正朔，天下仁人義士無不敬仰。鄭克塽說出自己身分，只道這尼姑定當肅然起敬，那知白衣尼只點點頭，說了一句「原來是忠良後代」，更無其他表示。他不知白衣尼是崇禎皇帝的公主。他師父劉國軒是父親部屬，他對之便不如何恭敬，在白衣尼眼中，鄭經也不過是一個忠良的臣子而已。

韋小寶肚裏已在罵個不休：「他媽的，好希罕麼？延平郡王有甚麼了不起？」其實他知道延平郡王是了不起的，他師父陳近南就是延平郡王的部下，心下越來越覺不妙。眼看鄭克塽的神情，對阿珂大爲有意，他是坐擁雄兵、據地開府的郡王的堂堂公子，比之流落江湖的沐王府，又不可同日而語，何況這人相貌比自己俊雅十倍，談吐高出百倍，年紀又比自己大得多。武功如何雖不知道，看來就算高不上十倍，七八倍總是有的。阿珂對他十分傾心，就是瞎子也瞧得出來。倘若師父知道自己跟鄭公子爭奪阿珂，不用鄭公子下令，只怕先一掌將自己打死了。師太又在讚他是忠良後代，自己是甚麼後代了？只不過是婊子的後代而已。

白衣尼眼望鄭克塽，緩緩的道：「那麼你第一個師父，就是投降滿清韃子的施琅麼？」鄭克塽道：「是。這人無恥忘義，晚輩早已不認他是師父，他日疆埸相見，必當親手殺了他。」言下甚是慷慨激昂。韋小寶尋思：「原來你的師父投降了朝廷。這個施琅，下次見了面倒要留心。」鄭克塽又道：「晚輩近十年來，一直跟馮師父學藝，他是崑崙派的第一高手，外號叫作『一劍無血』，師太想必知道他的名字。」白衣尼道：「嗯，那是馮錫範馮師傅，只是不知他這外號的來歷。」鄭克塽道：「馮師父劍法固然極高，氣功尤其出神入化。他用利劍的劍尖點人死穴，被殺之人皮膚不傷，決不見血。」

白衣尼「哦」的一聲，道：「氣功練到這般由利返鈍的境界，當世也沒幾人。馮師傅他有多大年紀了？」鄭克塽十分得意，道：「今年冬天，晚輩就要給師父辦五十壽筵。」白衣尼點了點頭，道：「還不過五十歲，內力已如此精純，很難得了。」頓了一頓，又道：「你帶的那些隨從，武功都還過得去罷？」鄭克塽道：「師太放心，那都是晚輩王府中精選的高手衛士。」

韋小寶忽道：「師太，天下的高手怎地這麼多啊？這位鄭公子的第一個師父是武夷派高手，第二個師父是福建少林派高手，第三個師父是崑崙派高手，所帶的隨從又個個是高手，想來他自己也必是高手了。」

鄭克塽聽他出言尖刻，登時大怒，只是不知這孩童的來歷，但見他和白衣尼、阿珂同坐一車，想必跟她們極有淵源，當下強自忍耐。

阿珂道：「常言道，明師必出高徒，鄭公子由三位明師調教出來，武功自然了得。」韋小寶道：「姑娘說得甚是。我沒見識過鄭公子的武功，因此隨口問問。姑娘和鄭公子相比，不知那一位的武功強些？」阿珂向鄭克塽瞧了一眼，道：「自然是他比我強得多。」鄭克塽一笑，說道：「姑娘太謙了。」韋小寶點頭道：「原來如此。你說明師必出高徒，原來你武功不高，只因為你師父是低手，是暗師，遠遠不及鄭公子的三位高手明師。」

說到言辭便給，阿珂如何是他的對手，只一句便給他捉住了把柄。阿珂一張小臉脹得通紅，忙道：「我……我幾時說過師父是低手、是暗師了？你自己在這裏胡說八道。」

白衣尼微微一笑，道：「阿珂，你跟小寶鬥嘴，是鬥不過的。咱們走罷。」

大車放下帷幕。一行車馬折向西行。鄭克塽騎馬隨在大車之側。

白衣尼低聲問阿珂道：「這個鄭公子，你怎麼相識的？」阿珂臉一紅，道：「我和師姊在河南開封府見到他的。那時候我們……我們穿了男裝，他以為我們是男人，在酒樓上過來請我們喝酒。」白衣尼道：「你們膽子可不小哇，兩個大姑娘家，到酒樓上去喝酒。」阿珂低下頭去，道：「也不是眞的喝酒，裝模作樣，好玩兒的。」

韋小寶道：「阿珂姑娘，你相貌這樣美，就算穿了男裝，人人一看都知道你是個美貌姑娘。這鄭公子哪，我瞧是不懷好意。」阿珂怒道：「你才不懷好意！我們扮了男人，他一點都認不出來。後來師姊跟他說了，他還連聲道歉呢。人家是彬彬有禮的君子，那像你……」

一行人中午時分到了豐爾莊，那是冀西的一個大鎭。衆人到一家飯店中打尖。

韋小寶下得車來，但見那鄭克塽長身玉立，氣宇軒昂，至少要高出自己一個半頭，不由得更興自慚形穢之感，又見他衣飾華貴，腰間所懸佩劍的劍鞘上鑲了珠玉寶石，燦然生光。他手下二十餘名隨從，有的身材魁梧，有的精悍挺拔，身負刀劍，看來個個神氣十足。

來到飯店，阿珂扶着白衣尼在桌邊坐下，她和鄭克塽便打橫相陪。韋小寶正要在白衣尼對面坐下，阿珂向他白了一眼，道：「那邊座位很多，你別坐在這裏行不行？我見到了你吃不下飯。」韋小寶大怒，一張臉登時脹得通紅，心道：「這位鄭公子陪着你，你就多吃幾碗飯，他媽的，脹死了你這小娘皮。」白衣尼道：「阿珂，你怎地對小寶如此無禮？」阿珂道：「他是個無惡不作的壞人。師父吩咐不許殺他，否則……」說着向韋小寶狠狠橫了一眼。

韋小寶心中氣苦，自行走到廳角的一張桌旁坐了，心想：「你是一心一意，要嫁這他媽的臭賊鄭公子做老婆了，我韋小寶豈肯輕易罷休？你想殺我，可沒那麼容易。待老子用個計策，先殺了你心目中的老公，教你還沒嫁成，先做了寡婦，終究還是非嫁老子不可。老子不算你是寡婦改嫁，便宜了你這小娘皮！」

飯店中伙計送上飯菜，鄭家衆伴當即狼吞虎嚥的吃了起來。韋小寶拿了七八個饅頭，去給縛在大車中的呼巴音吃了，只覺這呼巴音比之鄭家那些人倒還更可親些。他回入座位，隔着幾張桌子瞧去，只見阿珂容光煥發，和鄭克塽言笑晏晏，神情甚是親密，韋小寶氣得幾乎難以下咽，尋思：「要害死這鄭公子，倒不容易，可不能讓人瞧出半點痕迹，否則阿珂如知是我害的，定要謀殺親夫，為奸夫報仇。」

忽聽得一陣馬蹄聲響，幾個人乘馬衝進鎮來，下馬入店，卻是七個喇嘛。韋小寶心中怦怦亂跳，但又有些幸災樂禍，心想：「這鄭公子剛才胡吹大氣，甚麼跟三個高手師父學了武功。且讓你們打場大架，老子袖手旁觀，倒是妙極！」

那七名喇嘛一見白衣尼，登時臉色大變，咭嚕咭嚕說起話來。其中一名身材高瘦的喇嘛吩咐了幾句，七人在門口一張桌邊坐下，叫了飯菜。各人目不轉睛的瞧着白衣尼，神色甚是憤怒。白衣尼只作不見，自管自的緩緩吃飯，過了一會，一名喇嘛站起身來，走到白衣尼桌前，大聲道：「兀那尼姑，我們的幾個同伴，都是你害死的麼？」

鄭克塽站起身來，朗聲道：「你們幹甚麼的？在這裏大呼小叫，如此無禮？」

那喇嘛怒道：「你是甚麼東西？我們自跟這尼姑說話，關你甚麼事？滾開！」

只聽得呼呼幾聲，鄭克塽手下四名伴當躍了過來，齊向那喇嘛抓去。那喇嘛右手一格，擋開了兩人，飛出一腿，將一名伴當踢得向飯店外摔了出去，跟着迎面一拳，正中另一名伴當的鼻樑，將他打得暈倒在地。

其餘衆伴當大叫：「併肩子上啊！」抽出兵刃，向那喇嘛殺去。那邊五名喇嘛也各抽戒刀，殺將過來，只那高瘦喇嘛坐着不動。頃刻之間，飯堂中乒乒乓乓，打得十分熱鬧。店伴和吃飯的閒人見有人打大架，紛向店外逃出。鄭克塽和阿珂都拔出長劍，守在白衣尼身前，店堂中碗盞紛飛，桌椅亂擲，每一名喇嘛都抵擋四五名鄭府伴當。

忽聽得呼的一聲響，一柄單刀向上飛去，砍在屋樑之上，韋小寶抬頭看去，白光閃動，又有兩把刀飛了上來，砍在樑上。跟着又有三四柄長劍飛上，幾名鄭府伴當連聲驚呼，空手躍開，呼呼聲接連不斷，一柄柄兵刃向上飛去，都是釘在橫樑或是椽子之上，再不落下。有些鋼鞭、鐵鐧等沉重兵器，卻是穿破了屋頂，掉上瓦面。

不到半炷香時分，鄭府二十餘名伴當手中都沒了兵刃。韋小寶又驚又喜，喜歡卻比驚訝更多了幾分。

幾名喇嘛紛紛喝道：「快跪下投降，遲得一步，把你們腦袋瓜兒一個個都砍了下來。」鄭府衆伴當兵刃雖失，並無怯意，或空手使拳，或提起長櫈，又向六喇嘛撲來。

六名喇嘛一聲吆喝，揮刀擲出，撲的一聲響，六柄戒刀都插在那高瘦喇嘛所坐的桌上，整整齊齊的圍成了一個圓圈，跟着六人躍入人羣，但聽得哎唷、啊喲、呼聲此起彼落，混雜着喀喇、喀喇之聲不絕，片刻之間，二十餘名伴當個個都被折斷了大腿骨，在店堂中摔滿了一地。

韋小寶這時心中驚駭已遠遠勝過歡喜之情，只是叫苦，心道：「他們就要去爲難師太和我的小美人兒了，那可如何是好？」

六名喇嘛雙手合十，嘰哩咕嚕的似乎唸了一會經，坐回桌旁，拔下桌上的戒刀，掛在身旁。那高瘦喇嘛叫道：「拿酒來，拿飯菜來！」喝了幾聲，店伴遠遠瞧着，那敢過來？一名喇嘛罵道：「他媽的，不拿酒飯來，咱們放火燒了這家黑店。」掌櫃的一聽要燒店，忙道：「是，是！這就拿酒飯來，快快，快拿酒飯給衆位佛爺。」

韋小寶眼望白衣尼，瞧她有何對策，但見她右手拿着茶杯緩緩啜茶，衣袖紋絲不動，臉上神色漠然。阿珂卻臉色慘白，眼光中滿是懼意。鄭克塽臉上青一陣、白一陣，手按劍柄，手臂不住顫動，一時拿不定主意，不知是否該當上前廝殺。

那高瘦喇嘛一聲冷笑，起身走到鄭克塽面前。鄭克塽向旁躍開，劍尖指着那喇嘛，喝道：「你……你……你待怎地？」聲音又是嘶啞，又是發顫。那喇嘛道：「我們只找這尼姑有事，跟旁人不相干。你是她的弟子？」鄭克塽道：「不是。」那喇嘛道：「好！識相的，快快滾罷。」鄭克塽道：「尊駕……尊駕是誰，請留下萬兒來，日後……日後也好……」

那喇嘛仰頭長笑，韋小寶耳中嗡嗡作響，登時頭暈腦脹。阿珂站立不定，坐倒在櫈，伏在桌上。那喇嘛笑道：「我法名桑結，是西藏達賴喇嘛活佛座下的大護法。你日後怎麼樣？想來找我報仇是不是？」鄭克塽硬起了頭皮，顫聲道：「正……正是！」

桑結哈哈一笑，左手衣袖往他臉上拂去。鄭克塽擧劍擋架。桑結右手中指彈出，錚的一聲響，長劍飛起，揷到屋頂樑上，跟着左手一探，已抓住了他後領，將他提了起來，重重往板櫈一放，笑道：「坐下罷！」

鄭克塽給他抓住了後頸「大椎穴」，那是手足三陽督脈之會，登時全身動彈不得。桑結嘿嘿冷笑，回去自己桌旁坐下。

韋小寶心想：「他們在等甚麼？怎地不向師太動手？難道還有幫手來麼？」四下一望，飯堂四邊都是磚牆，已不能故技重施，用匕首隔着板壁刺敵，忽地想起大車中那個呼巴音，暗道：「糟糕，他們將呼巴音一救出，立時便知我跟師太是一夥，說不定還會知道那四個喇嘛是我殺的。那時候韋小寶不去陰世跟四個大喇嘛聚聚，只怕也難得很了。最怕他們先將我削成一根人棍，這可是我的法子。」想到即以其人之匕首，還削其人爲人棍，不禁全身寒毛直豎，轉頭向桑結瞧去，只見他神情肅然，臉上竟微有惴惴不安之意，登時明白：「是了，他不知師太已負重傷，忌憚師太武功了得，正自拿不定主意，不知如何出手才好。」

這時店伙送上酒菜，一壺酒在每個喇嘛面前斟得半碗，便即空了。一個喇嘛拍桌罵道：「這一點兒酒，給佛爺獨個兒喝也還不夠。」店伴早就全身發抖，更加怕得厲害，轉身又去取酒。

韋小寶靈機一動，跟進廚房。他是個小小孩童，誰也沒加留意。只見那店伙拿了酒提，從罎中提了酒倒入壺中，雙手發顫，只濺得地下、桌上、罎邊、壺旁到處都是酒水。韋小寶取出一錠小銀子，交給了他，說道：「不用怕。這是我的飯錢，多下的是賞錢。我來幫你倒酒。」說着接過了酒提。那店伙大喜過望，想不到世上竟有這樣的好人。韋小寶道：「這些喇嘛兇得很，你去瞧瞧，他們在幹甚麼？」店伙應了，到廚房門口向店堂張望。

韋小寶從懷中取出蒙汗藥，打開紙包，盡數抖入酒壺，又倒了幾提酒，用力幌動。那店伙轉身道：「他們在喝酒，沒……沒幹甚麼！」韋小寶將酒壺交給他，說道：「快拿去，他們發起脾氣來，別眞的把店燒了。」那店伙謝不絕口，雙手捧了酒壺出去，口中兀自喃喃的說：

「多謝，多謝，唉，眞是好人，菩薩保祐。」

衆喇嘛搶過酒壺，各人斟了半碗，喝道：「不夠，再去打酒。」

韋小寶見七名喇嘛毫不疑心，將碗中藥酒喝得精光，心中大喜，暗道：「臭喇嘛枉自武功高強，連這一點粗淺之極的江湖上道兒，也不提防，當眞可笑。」

殊不知桑結等一干人眼見五個同門死於非命，其中一人更是被掌力震得全身前後肋骨齊斷，敵人武功之高，世所罕見，桑結自忖若和此人動手，只怕還是輸面居多。在飯店中見白衣尼始終神色自若，的是大高手的風範，七人全神貫注，盡在注視她的動靜，又怎會提防一位武功已臻登峯造極之境的大高手，竟會去使用蒙汗藥這等下三濫的勾當？他們口中喝酒，其實全然飮而不知其味，想到五名師兄弟慘死的情狀，心中一直在慄慄自懼。倘若飯店中並無白衣尼安坐座頭，那麼這一壺下了大量蒙汗藥的藥酒飮入口中，未必就察覺不出。

一名胖胖的喇嘛是個好色之徒，見到阿珂容色艷麗，早就想上前摸手摸脚，只是忌憚白衣尼了得，不敢無禮，待得半碗酒一下肚，已自按捺不住，過得片刻，藥性發作，腦中昏昏沉沉，登時甚麼都不在乎了，站起身來，笑嘻嘻的道：「小姑娘，有了婆家沒有？」伸出大手，在阿珂臉蛋上摸了一把。

阿珂嚇得全身發抖，道：「你……你……」揮刀砍去。那喇嘛伸手抓住她手腕，一扭之下，阿珂手中鋼刀落地。那喇嘛哈哈大笑，將她抱在懷中。阿珂高聲尖叫，拚命掙扎，但那喇嘛一雙粗大的手臂猶如一個大鐵圈相似，緊緊箍住，卻那裏掙扎得脫？

白衣尼本來鎭靜自若，這一來卻也臉上變色，心想：「這些惡喇嘛倘若出手殺了我，倒不打緊，如此當衆無禮，我便立時死了，也不閉眼。」

鄭克塽雙手撐桌，站起身來，叫道：「你……你……」那胖大喇嘛左手一拳直挺，砰的一聲，將他打得在地上連翻了兩個滾。

韋小寶見心上人受辱，十分焦急：「怎地蒙汗藥還不發作，難道臭喇嘛另有古怪功夫，不怕迷藥？」眼見那喇嘛伸嘴去阿珂臉上亂吻亂嗅，再也顧不得凶險，袖中暗藏匕首，笑嘻嘻的走過去，笑道：「大和尚，你在幹甚麼啊？」右手碰到他左邊背心，手腕一翻，匕首從衣袖中戳了出來，插入那喇嘛心臟，笑道：「大和尚，你在玩甚麼把戲？」急速向左一閃，防他反擊。

匕首鋒銳無匹，入肉無聲，刺入時又是對準了心臟，這喇嘛心跳立停，就此僵立不動，但雙手仍抱住了阿珂不放。阿珂不知他已死，嚇得只是尖聲大叫。

韋小寶走上前去，扳開那喇嘛的手臂，在他胸口一撞，低聲道：「阿珂，快跟我走。」一手拉着她手，一手扶了白衣尼，向店堂外走出。

那胖大喇嘛一離阿珂的身子，慢慢軟倒。餘下幾名喇嘛大驚，紛紛搶上。韋小寶叫道：「站住！我師父神功奇妙，這喇嘛無禮，已把他治死了。誰要踏上一步，一個個叫他立刻便死。」衆喇嘛一呆之際，砰砰兩聲，兩人摔倒在地，過得一會，又有兩人摔倒。桑結內力深湛，蒙汗藥一時迷他不倒，卻也覺頭腦暈眩，身子搖搖幌幌，脚下飄浮，只道白衣尼眞有古怪法術，心慌意亂，神智迷糊，那想得到是中了蒙汗藥。

阿珂叫道：「鄭公子，快跟我們走。」鄭克塽道：「是。」爬起身來，搶先出外。韋小寶扶了白衣尼出店。桑結追得兩步，身子一幌，摔在一張桌上，喀喇一聲響，登時將桌子壓垮。韋小寶見車夫已不知逃到了何處，不及等待，扶着白衣尼上車，見車中那呼巴音赫然在內，生怕桑結等喇嘛追出，見阿珂和鄭克塽都上了車，跳上車夫座位，揚鞭趕車。

一口氣奔出十餘里，騾子脚程已疲，這才放慢了行走，便在此時，只聽得馬蹄聲隱隱響起，數乘馬追將上來。

鄭克塽道：「唉，可惜沒騎馬，否則我們的駿馬奔跑迅速，惡喇嘛定然追趕不上。」韋小寶道：「師太怎麼能騎馬？我又沒請你上車。」說着口中吆喝，揮鞭趕騾。鄭克塽自知失言，他是王府公子，向來給人奉承慣了的，給搶白了兩句，登時滿臉怒色。

但聽得馬蹄聲越來越近，韋小寶道：「師太，我們下車躲一躲。」一眼望出去，並無房屋，只右首田中有幾個大麥草堆，說道：「好，我們去躲在麥草堆裏。」說着勒定騾子。

鄭克塽怒道：「藏身草堆之中，倘若給人知道了，豈不墮了我延平王府的威風。」韋小寶道：「對！我們三個去躲在草堆裏，請公子繼續趕車急奔，好將追兵引開。」當下扶着白衣尼下車。阿珂一時拿不定主意。白衣尼道：「阿珂，你來！」阿珂向鄭克塽招了招手，道：「你也躲起來罷。」鄭克塽見三人鑽入了麥草堆，略一遲疑，跟着鑽進草堆。

韋小寶忽然想起一事，忙從草堆中鑽出，走進大車，拔出匕首將呼巴音一刀戳死，心念一動，將他右手齊腕割下，又在騾子臀上刺了一刀。騾子吃痛，拉着大車狂奔而去。只聽得追騎漸近，忙又鑽入草堆。

他將匕首插入靴筒，右手拿了那隻死人手掌，想去嚇阿珂一嚇，左手摸出去，碰到的是一條辮子，知是鄭克塽，又伸手過去摸索，這次摸到一條纖細柔軟的腰支，那自是阿珂了，心中大喜，用力揑了幾把，叫道：「鄭公子，你幹甚麼摸我屁股？」

鄭克塽道：「我沒有。」韋小寶道：「哼，你以爲我是阿珂姑娘，是不是？動手動脚，好生無禮。」鄭克塽罵道：「胡說。」韋小寶左手在阿珂胸口用力一揑，立即縮手，大叫：「喂，鄭公子，你還在多手！」跟着將呼巴音的手掌放在阿珂臉上，來回撫摸，跟着向下去摸她胸脯。

先前他摸阿珂的腰支和胸口，口中大呼小叫，阿珂還道眞是鄭克塽在草堆中乘機無禮，不禁又羞又急，接着又是一隻冷冰冰的大手摸到自己臉上，心想韋小寶的手掌決沒這麼大，自然是鄭克塽無疑，待要叫嚷，又覺給師父和韋小寶聽到了不雅，忙轉頭相避，那隻大手又摸到了自己胸口，心想：「這鄭公子如此無賴。」不由得暗暗惱怒，身子向右一讓。

韋小寶反過左手，拍的一聲，重重打了鄭克塽一個耳光，叫道：「阿珂姑娘，打得好，這鄭公子是個好色之徒，啊喲，鄭公子，你又來摸我，摸錯人了。」鄭克塽只道這一記耳光是阿珂打的，怒道：「是你去摸人，卻害我……害我……」阿珂心想：「這明明是隻大手，決不會是小惡人。」韋小寶持着呼巴音的手掌，又去摸阿珂的後頸。

便在此時，馬蹄聲奔到了近處。原來桑結見白衣尼等出店，待欲追趕，卻是全身無力。他內功深湛，飲了蒙汗藥酒，竟不昏倒，提了兩口氣，內息暢通無阻，只是頭暈眼花，登時明白，叫道：「取冷水來，快取冷水來！」店伙取了一碗冷水過來，桑結叫道：「倒在我頭上。」那店伙如何敢倒，遲疑不動。桑結還道這迷藥是這家飯店所下，雙手抬不起來，深深吸了口氣，將腦袋往那碗冷水撞去，一碗水都潑在他頭上，頭腦略覺清醒，叫道：「冷水，越多越好，快，快。」店伙又去倒了兩碗水，桑結倒在自己頭上，命店伙提了一大桶水來，救醒了眾喇嘛，那胖大喇嘛卻說甚麼也不醒。待見他背心有血，檢視傷口，才知已死。六名喇嘛來不及放火燒店，騎上馬匹，大呼追來。

阿珂覺到那大手又摸到頸中，再也忍耐不住，叫道：「不要！」韋小寶反手一掌。鄭克塽身在草堆之中，眼不見物，難以閃避，又吃了一記耳光，叫道：「不是我！」

這兩聲一叫，蹤迹立被發覺，桑結叫道：「在這裏了！」一名喇嘛躍下馬來，奔到草堆旁，見到鄭克塽一隻脚露在外面，抓住他足踝，將他拉出草堆，怕他反擊，隨手一甩，將他摔出數丈之外。

那喇嘛又伸手入草堆掏摸。韋小寶蜷縮成一團，這時草堆已被那喇嘛掀開，但見一隻大手伸進來亂抓，情急之下，將呼巴音的手掌塞入他手裏。那喇嘛摸到一隻手掌，當即使力向外一拉，只待將這人拉出草堆，跟着也是隨手一甩，那料到這一拉竟拉了個空。

他使勁極大，只拉到一隻斷手，登時一交坐倒。待看得清楚是一隻死人手掌時，只覺胸口氣血翻湧，說不出的難受。他所使的這一股力道，本擬從草堆中拉出一個人來，用力甩了出去。鄭克塽有一百二三十斤，那喇嘛預擬第二個人重量相若，這一拉之力少說也有二百餘斤。何況這一次拉到的不是足踝，而是手掌，生怕使力不夠，反被對方拉入草堆，是以使勁更是剛猛。那知這一股大力竟用來拉一隻只有幾兩重的手掌，自是盡數回到了自身，直和受了二百餘斤的掌力重重一擊無異。

韋小寶見他坐倒，大喜之下，將一大綑麥草抛到他臉上。那喇嘛伸手掠開，突然間胸口一痛，身子扭曲了幾下，便即不動了，卻是韋小寶乘着他目光爲麥草所遮，急躍上前，挺匕首刺入了他心口。

他剛拔出匕首，只聽得身周有幾人以西藏話大聲呼喝，不禁暗暗叫苦，料想無路可逃，只得將匕首藏入衣袖，慢慢站起身來，一抬頭，便見桑結和餘下四名喇嘛站在麥田之中，離開草堆卻有三丈之遙。

那喇嘛屍首上堆滿了麥桿，如何死法，桑結等並不知道，料想又是白衣尼施展神功，將他擊死，當下都離得遠遠地，不敢過來。桑結叫道：「小尼姑，你連殺我八名師弟，我跟你仇深似海。躲在草堆之中不敢出來，算是甚麼英雄？」

韋小寶心道：「怎麼已殺了他八名師弟？」一算果然是八個，其中只有一名是白衣尼殺的，眼見桑結說出了這句話後，又向後退了兩步，顯是頗有懼意，忍不住大聲道：「我師父武功出神入化，天下更沒第二個比得上，不過她老人家慈悲爲懷，有好生之德，不想再殺人了。你們五個喇嘛，她老人家說饒了性命，快快給我去罷。」

桑結道：「那有這麼容易？小尼姑，你把那部四十二章經乖乖的交出來，佛爺放你們走路。否則便逃到天涯海角，佛爺也決不罷休。」韋小寶道：「你們要四十二章經？這經書到處寺廟裏都有，有甚麼希罕？」桑結道：「我們便是要小尼姑身上的那一部。」

韋小寶一指鄭克塽，道：「這一部經書，我師父早就送了給他，你們問他要便是。」這時鄭克塽剛從地下爬起，還沒站穩，一名喇嘛撲過抓住他雙臂，另一名喇嘛便扯他衣衫，嗤嗤聲響，外衫內衣立時撕破，衣袋中的金銀珠寶掉了一地，卻那裏有甚麼經書？韋小寶叫道：「鄭公子，你這部經書藏到那裏去啦？跟他們說了罷，那又不是甚麼貴重東西。」

鄭克塽怒極，大聲道：「我沒有！」一名喇嘛拍的一掌，打得他險些暈去，喝道：「你說不說？」跟着又是一掌。韋小寶見他兩邊臉頰登時腫起，心中說不出的痛快，叫道：「鄭公子，你帶這幾位佛爺去拿經書罷。我見你在那邊客店中地下挖洞，是不是埋藏經書？」

桑結喜道：「是了，小孩子說的，必是眞話，押他回店去取。」那喇嘛應道：「是！」又打了鄭克塽一個耳光。

阿珂再也忍不住，從草堆中鑽了出來，叫道：「這小孩子專門說謊，你們別信他的。這位鄭公子從沒見過甚麼經書。」

韋小寶回頭低聲道：「我是要救師太和你，讓鄭公子引開他們。」阿珂道：「我不要你救。你冤枉鄭公子，要害得他送了性命。」韋小寶道：「師太和你的性命，比鄭公子要緊萬倍。」

桑結向抓住鄭克塽的喇嘛叫道：「別打死了他。」轉頭道：「小尼姑，你出來，還有兩個娃娃，跟我們一起去取經書。」

阿珂怒道：「你自己怕死，卻說救師父。你有種，就去跟這些喇嘛打上一架。」韋小寶心頭熱血上湧，心想：「你這樣瞧不起我，我就給這些惡喇嘛打死了，又算得了甚麼？」說道：「打就打。我死了也沒甚麼，只是救不了你和師太。倘若我贏了呢？」阿珂道：「哼，你轉世投胎，也贏不了。你打得贏一個喇嘛，我永遠服了你。」

韋小寶道：「甚麼打得贏一個？我不是已殺了七個喇嘛？」阿珂道：「你使鬼計殺的，那不算。」韋小寶道：「我打贏一個喇嘛，你就嫁給我做老婆。」阿珂怒道：「胡說！你是小和尚，又是小太監，怎麼……怎麼……」韋小寶道：「小和尚可以還俗，小太監可以不做太監，總而言之，我非娶你做老婆不可。」阿珂急道：「師父，你聽，在這當口，他還在不乾不淨的瞎說。」

白衣尼歎了口氣，心想當眞形勢危急，只好自絕經脈而死，免得受喇嘛的凌辱，低聲道：「小寶，你伸手到草堆中來。」

韋小寶道：「是。」左手反手伸入草堆，只覺手掌中多了一個小紙包，聽得白衣尼低聲道：「這是經書中所藏的地圖，你不必管我，自行逃命。將來如能得到另外七部經書，我大漢山河說不定便有光復之望。那可比我一人的生命要緊得多了。」

韋小寶見她對自己如此看重，這件要物不交給徒兒，反而交給自己，登時精神一振，突然間心中有了主意，當下不及細想，便大聲道：「我師父是當世高人，不願跟你們動手。你們派一個人出來，先跟我比劃比劃，倘若打得贏我，我師姊才會出手。哼，哼！料你們也不敢，識相的，還是快快挾了尾巴逃走罷。」說着將那紙包揣入懷中。

五名喇嘛縱聲大笑。他們對白衣尼雖然頗爲忌憚，這小孩子卻那裏放在心上？一名喇嘛笑道：「我只須一掌，便打得你翻出十七八個觔斗，比劃個屁！」

韋小寶踏上一步，朗聲道：「好，就是你跟我來比。」回頭向阿珂道：「我打贏之後，你就是我老婆了，可不能抵賴。」阿珂道：「你打不贏的，說甚麼也不會贏。」韋小寶道：「一夫拚命，萬夫莫當。為了要娶你做老婆，只好拚命了。」

那喇嘛走上幾步，笑道：「你真的要跟我比？」

韋小寶道：「那還有假的？咱二人一對一的比，你放心，我師父決不出手。你那四個師兄弟，會不會幫你？」

桑結哈哈大笑，說道：「我們自然不幫。」韋小寶道：「倘若我一拳打死了他，你們是否一擁而上，想倚多為勝？咱們話說在前頭，倘若你們一起來，我可敵不過，我師父也只好出手了。」桑結也真怕白衣尼出手，心想幾名師弟都死得不明不白，不知這尼姑使的是甚麼武功，讓一名師弟先和這小孩單打獨鬥，看明白這尼姑的武功家數，實是大大有利，便道：「你們二人單打獨鬥便是，雙方誰也不許相幫。」韋小寶道：「有人幫了，便是烏龜兒子王八蛋。」桑結道：「不錯，有人相幫，便是烏龜女兒王八蛋。」

桑結武功既高，又十分機靈，眼見白衣尼和阿珂都是女子，是以將「烏龜兒子王八蛋」說成了「烏龜女兒王八蛋」，以免對方反正做不成烏龜兒子，就此出手相助。韋小寶笑道：「很好，你大喇嘛非常精明，在下佩服之至。」桑結道：「你再走上幾步。」他見韋小寶距草堆仍近，生怕白衣尼貼住他背心，暗傳功力，師弟便抵敵不住。

韋小寶道：「我們漢人光明正大，贏要贏得光彩，輸要輸得漂亮，豈有作弊之理？」白衣尼低聲道：「小寶，你贏不了的，假意比武，快搶了馬逃走罷。」韋小寶道：「是。」走上三步，距草堆已有丈許。桑結見白衣尼再也無法暗中相助，便點了點頭。

那喇嘛也走上數步，和他相對而立，笑問：「怎樣比法？」韋小寶道：「文比也可以，武比也可以。」那喇嘛笑道：「文比是怎樣？武比又是怎樣？」韋小寶道：「文比是我打你一拳，你又打我一拳。我再打你一拳，你又打我一拳。打上七八十拳，直到有人跌倒爲止。你打我的時候，我不能躲閃退讓，也不能出手招架，只能直挺挺的站着，運起內功，硬受你一拳。我打你的時候，你也一樣。如是武比，那麼比兵刃也罷，比拳脚也罷，自然可以閃避招架，奔跑跳躍。」

桑結心想：「這頑童身子靈便，倘若跳來跳去，只怕師弟一時打他不到。他有恃無恐，必有鬼計，多半他會跳到草堆之旁，引得師弟追過去，那尼姑便在草堆中突施暗算。如是文比，他這小小拳頭，就在師弟身上打上七八十拳，也只當是搔癢。」用藏語叫道：「跟他文比，可別打傷了他。跟他打得越久越好，以便看明他的武功家數。」

韋小寶道：「你師兄害怕了，怕你打我不過，教你投降，是不是？」

那喇嘛笑道：「小鬼頭胡說八道。師哥見你可憐，叫我別一拳便打死了你。諒你小小年紀，兵刃拳脚的功夫有限，我也不佔這個便宜，咱們便文比罷。」

韋小寶道：「好！」挺起胸膛，雙手負在背後，道：「你先打我一拳。我如躲閃招架，不算英雄好漢。」那喇嘛笑道：「你是小孩，自然是你先打。」說着學他的樣，也是雙手負在背後，挺出了胸膛。他比韋小寶足足高了一個頭有餘，臉上笑嘻嘻地，全不以這小頑童爲意。韋小寶左手拳頭伸出，剛好及到他的小腹，比了一比。

五名喇嘛見了他的小拳頭，都哈哈大笑起來。

韋小寶道：「好！我打了！」那喇嘛倒也不敢太過大意，生怕他得異人傳授，內力有獨到之處，當下將一股內力，都運上了小腹。韋小寶右手衣袖突然拂出，拳頭藏在袖中，無聲無息的在他左邊胸口打了一拳。桑結等見這一拳如此無力，又都大笑。

笑聲未歇，卻見那喇嘛身子幌了一幌，韋小寶道：「現下你打我了。」那喇嘛突然一交撲倒，伏在地下，就此不動。桑結等人大驚，一齊奔出。韋小寶退向草堆，叫道：「站住，誰過來就是烏龜喇嘛王八蛋。」四名喇嘛登時停步，只見那喇嘛仍是不動，不是閉氣重傷，便已死去。四人張大了嘴，驚駭無已，都說不出話來。

韋小寶雙手拳頭高舉過頂，說道：「我師父教我的這門功夫，叫做『隔山打牛神拳』，大牯牛也一拳打死了，何況一個小小喇嘛？那一個不服，再來嘗嘗滋味！」低聲道：「阿珂老婆，你賴不了罷？」

阿珂見他這等輕描淡寫的一拳，居然便將這武功高強、身材魁梧的喇嘛打得伏地不起，不知死活，也是訝異之極，聽了他的話，竟然忘了斥責。韋小寶笑道：「哈哈，你答應了，乖老婆。」阿珂怒道：「沒有。」韋小寶道：「你又要賴，不是英雄好漢。」阿珂道：「不是就不是，又怎樣了？」

白衣尼卻看到韋小寶在那喇嘛心中打了一拳之後，那喇嘛胸前便滲出鮮血，搖幌幾下，便即伏倒，一凝思間，已知韋小寶袖中暗藏匕首，其實並不是打了一拳，而是對準了對方心臟戳了一劍。這匕首鋒利絕倫，別說戳在人身，便是鋼鐵，也戳了進去。韋小寶先用左手拳頭比一比，讓人瞧見他使用拳頭，使了匕首後立即藏起，雙拳高舉，旁人更是絕無懷疑。

桑結叫了那喇嘛幾聲，不聞回音，一時驚疑難決。一名身材瘦削的喇嘛拔出戒刀，叫道：「小鬼頭，就算你拳法高明，卻又怎地？佛爺來跟你比比刀法。」心想這小孩得到高明傳授，內功拳勁果然是非同小可，但跟他用兵刃相鬥，他的拳勁便無用處。

韋小寶道：「比刀法也可以，過來罷！」那喇嘛不敢走近，喝道：「有種的便過來。」韋小寶道：「你有種，你過來！」那喇嘛道：「一、二、三！大家走上三步。」韋小寶道：「好！一、二、三！」走上了三步。那喇嘛也走上了三步，戒刀舞成一團白光，護住上盤，只怕他忽然使出「隔山打牛神拳」。韋小寶笑道：「你不用害怕，我不使神拳打你便是。」那喇嘛那裏肯信，仍是將戒刀舞得呼呼風響，叫道：「快拔刀！」

韋小寶笑道：「我已練成了『金頂門』的護頭神功，你在我頭頂砍一刀試試，包管你這柄大刀反彈轉來，砍下了你自己的光頭。我先跟你說明白了，免得你上當。」那喇嘛將信將疑，眼見他隨手一拳便打死了師兄，武功果然深不可測，一時不敢貿然上前，更不敢舉刀往他頭上砍去。韋小寶道：「你武功太低，我決不還手就是。不過你只能砍我的頭，可不能斬我胸口。我年紀小，胸口的護體神功還沒練成，你一刀斬在我胸口，非殺了我不可。」

那喇嘛斜眼看他，問道：「你腦袋當眞不怕刀砍？」韋小寶摘下帽子，道：「你瞧，我的辮子已經練斷了，頭髮越練越短，頭頂和頭頸中的神功已經練成。等到頭髮練得一根都沒有了，你就是砍在我胸口也不怕了。」他在少林寺、清涼寺出家，頭髮剃得精光，這時長起還不過一寸多長。當時除了和尙和天生禿頭之外，男子人人都留辮子，似他這般頭上只長一寸頭髮，確是世間所無。至於頭髮越練越短云云，是他記起了當日在康親王府中，見到吳應熊那些「金頂門」隨從的情景。

那喇嘛看了，更信了幾分，又知武林中確有個「金頂門」，鐵頭功夫十分厲害，說道：「我不信你腦袋經得起我刀砍。」韋小寶道：「我勸你還是別試的好，這一刀反彈過來，你的吃飯傢伙就不保了。」那喇嘛道：「我不信！站着別動，我要砍你！」說着舉起了戒刀。

韋小寶見到刀光閃閃，實是說不出的害怕，心想倘若他當眞一刀砍在自己頭上，別說腦袋一分爲二，連身子也非給剖成兩爿不可。只是一來不能眞的跟這喇嘛動手，除了使詐，別無脫身之法；二來他好賭成性，賭這喇嘛聽了自己一番恐嚇之後，不敢砍自己腦袋和項頸，這場賭，賭注是自己性命。

這時自己的生死，只在這喇嘛一念之間，然而是輸是贏，也不過和擲骰子一般無異，何況這一場大賭是非賭不可的，倘若不賭，這喇嘛提刀亂砍，自己和白衣尼、阿珂三人終究還是會給他砍死，更何況阿珂這小美人正在目不轉睛的瞧着自己，想到這裏，忍不住向躺在地下的鄭克塽瞧了一眼，心道：「你是王府公子，跟我這婊子兒子相比，又是誰英雄些？他媽的，你敢不敢站在這裏，讓人家在腦袋上砍一刀？」

桑結用藏語叫道：「這小鬼甚是邪門，別砍他腦袋頸項。」

韋小寶道：「他說甚麼？他叫你不可砍我的頭，是不是？你們陰險狡猾，說過了話不算數，那可不行。」那喇嘛道：「不是，不是！大師兄叫我別信你吹牛，一刀把你的腦袋砍成兩爿。」這「爿」字一出口，一刀從半空中砍將下來。

韋小寶只嚇得魂飛天外，滿腔英雄氣概，霎時間不知去向，急忙縮頭，暗叫：「我命休矣！」不料這一刀砍到離他頭頂三尺之處，已然變招，戒刀轉了半個圈子，化成一招「懷中抱月」，迴刀自外向內，撲的一聲，砍在他背上。

這一刀勁力極大，韋小寶背上劇痛，立足不定，跌入那喇嘛懷中，右手匕首立即在他胸口連戳三下，低頭在他胯下爬了出來，叫道：「啊喲，啊喲，你說話不算數！」

那喇嘛口中荷荷而叫，戒刀反將過來，正好砍在自己臉上，蜷縮成一團，扭了幾下，便不動了。

韋小寶本盼他這一刀砍在自己胸口，自己有寶衣護身，不會喪命，便可將四名喇嘛嚇得逃走，那知他不砍胸而砍背，將自己推入他懷中，正好乘機用匕首戳他幾劍，只是在對方胯下爬出，未免太過狼狽，臨危逃命，也顧不得英雄還是狗熊了。他大叫大嚷：「師父，我背上的神功也練成啦，你瞧，咳，咳……這一刀反彈過去，殺死了他，妙極，妙極！」

其實戒刀反彈，那喇嘛臉上受傷甚輕，匕首所戳的三下才是致命之傷。但桑結等三人那知其中關竅，只道眞是戒刀反彈殺人，只嚇得縱出數丈之外，高聲叫喚那喇嘛的名字。

韋小寶穿有護身寶衣，白衣尼是知道的，阿珂曾兩次砍他不傷，這一次倒也不以爲奇，但他竟敢用腦袋試刀，不禁都佩服他的膽氣。只是韋小寶剛才這一下只嚇得尿水長流，褲襠中淋淋漓漓，除他自己之外，卻是誰也不知道了。那喇嘛這一刀勁力甚重，撞得他背上肋骨幾乎斷折，靠在草堆之上，忍不住呻吟。

白衣尼道：「快給他服『雪參玉蟾丸』。」阿珂向韋小寶道：「藥丸呢？」韋小寶道：「在我懷裏，我可活不了啦。」阿珂從他懷中取出玉瓶，拔開塞子，取出一顆丸藥，塞上塞子，將玉瓶放回他懷中，說道：「快吃了罷！」韋小寶伸手去接，卻假裝提不起手來。阿珂無奈，只得送入他嘴裏。韋小寶見到她雪白粉嫩的小手，藥丸一入口，立即伸嘴去吻。阿珂急忙縮手，卻已給他手背上吻了一下，「啊」的一聲叫了出來。

韋小寶大聲道：「師父，這些喇嘛說話如同放狗屁。講好砍我的頭，卻砍我背心。現下還賸下三個，弟子就用『隔山打牛神拳』，將他們都打死了罷！」

桑結等聽了，又退了幾步。三名喇嘛商議了幾句，取出火摺，點燃幾束麥桿，向草堆擲將過來。起初三束草落在空處，桑結又點了一束，奔前數丈，使勁擲出，雙掌虛拍護身，以防韋小寶使「神拳」襲擊，隨即飛身退回。

草堆一遇着火，立即便燒了起來。韋小寶拉白衣尼從草堆中爬出，四下一望，見西首山石間似有一洞，當下不及細看，道：「阿珂，你快扶師父到那邊山洞去躲避，我擋住這些喇嘛。」向桑結走上兩步，叫道：「你們好大膽子，居然不怕小爺的『隔山打牛神拳』、『護頭金頂神功』。桑結，你是頭腦，快上來吃小爺兩拳。」

桑結甚是持重，一時倒也真的不敢過來，但想到經書要緊，而十名師弟俱都喪命，倘若就此罷手，一世英名，更有何賸？眼見白衣尼步履緩慢，要那小姑娘扶着行走，若非受傷，便是患病，那正是良機，難道連眼前這一個小孩子也鬥不過？只是他武功怪異，中人立斃，一時遲疑不決。

韋小寶一轉頭，見白衣尼和阿珂已走近山洞，回過頭來，叫道：「你不敢跟我比武，老子要過來殺人了，你們還不逃走？」這句話可露了馬脚，桑結心想：「你眞有本事殺我，何不就此衝過來？叫我逃走，便是心中怕了我。」一陣獰笑，雙手伸出，全身骨骼格格作響，走上兩步。

韋小寶暗叫：「糟糕。這一次卻用甚麼詭計殺他？」這時身後草堆已燒得極旺，即將燒到身上，尋思：「老子先躲到山洞之中，慢慢再想法子。」想到躲入山洞，心中便是一喜，山洞中倘若暗不見物，又好向阿珂動手動脚了。一彎腰，從死喇嘛手中將呼巴音的那隻手掌拿了過來，放入懷中，見桑結又走上了幾步，便大聲叫道：「這裏太熱，老子神功使不出，你有種的，就到那邊去比比。」說着轉身奔向山洞，鑽了進去。

只見白衣尼和阿珂已坐在地下，這山洞其實只是山壁上凹進去的一塊，並無可資躲避之處，洞中也不黑暗，阿珂靠着白衣尼而坐，要想摸手摸脚，絕無可能，不由得微感失望。

桑結和兩名喇嘛慢慢走到洞前，隔着三丈站定。桑結叫道：「你們已走上了絕路，無路可逃，拿火把來。」兩名喇嘛檢起一束束麥桿，交在他手中。

韋小寶道：「很好，你快將火把丟過來，且看燒不燒死我們。那部四十二章經，燒起來倒只怕快得很。」

桑結高舉火束，正要投擲入洞，聽他這麼說，覺得此話不錯，要燒死三人，那部經書卻也毀了。便擲下火把，叫道：「快把經書交出來，佛爺慈悲爲懷，放你們一條生路。」

韋小寶道：「你向我師父磕十八個響頭，我師父慈悲爲懷，放你們一條生路。」

桑結大怒，拾起火束，投到洞前。一陣濃烟隨風捲入洞中，韋小寶和阿珂都給薰得雙目流淚，大咳起來。白衣尼呼吸細微緩慢，卻不受嗆。另外兩名喇嘛紛紛投擲火束。

韋小寶道：「師太，那部經書已沒有用了，便給了他們，先來緩……緩將之計。」阿珂道：「緩兵之計。」韋小寶道：「他們又不是兵。」阿珂連聲咳嗽，無法跟他爭辯。白衣尼道：「也好。」將經書交了給他。

韋小寶大聲道：「經書這裏倒有一部，我拋出來了。拋在火裏燒了，可不關我事。」

桑結聽他答應交出經書，心中大喜，生怕經書落在火中燒了，當即拾起幾塊大石，拋在火束上。他勁力既大，投擲又準，火束登時便給大石壓熄。

韋小寶見他投擲大石的勁力，不由得吃驚，心想：「倘若他將大石向山洞中投來，我們三人都給他砸死了，經書卻砸不壞。這主意可不能讓他想到。」

桑結叫道：「快將經書拋出來。」

韋小寶道：「很好，很好！我師父說，你們想讀經書，是佛門的好弟子，吩咐我不可傷害你們……」一面說，一面抽出匕首，將呼巴音的手掌切成數塊，放在經書上，從懷中取出那瓶「化屍粉」，在斷掌的血肉中撒下一些粉末。他身子遮住了白衣尼和阿珂的眼光，不讓她們見到，大聲道：「我師父說，這部四十二章經，是從北京皇宮裏取出來的，十分寶貴。聽說其中藏有重大秘密，參詳出來之後，便可昌盛佛教，使得普天下人人都信菩薩，男的都做和尚，女的都做尼姑，小孩子便做小和尚、小尼姑，老頭兒……」他說話之時，斷掌漸漸化爲黃水，滲入經書。

桑結聽得這部經書果然是從皇宮得來，其中又藏有重大秘密，登時心花怒放，知道「昌盛佛法」云云，顯非實情，生怕他不肯交出經書，口中便胡亂敷衍，說道：「昌盛佛法，光大本教，那好得很啊。」

韋小寶道：「我師父讀了以後，想不出其中秘密，現下把這經書給你，請你好好想想。倘若發見了其中秘密，你務必要遍告普天下和尙廟、尼姑庵，可不許自私，只興旺你們的喇嘛教。你答允不答允？」桑結笑道：「自然答允，請你師父放心好啦。」韋小寶道：「你如想不出，就交到少林寺去。少林寺的和尙想不出，請他們交到五台山清涼寺。清涼寺的和尙想不出，就交到揚州的禪智寺去。一個交一個，總之要找到經書中的秘密爲止。」

桑結道：「好啦，我必定辦到。」心道：「這尼姑只道經書中的秘密和佛法有關，幸虧她不明眞相，否則怎肯輕易交出？哼，得了經書之後，再慢慢想法子治死你們。」

韋小寶又道：「我師父說，你唸完這部四十二章經後，如果心慕佛法，還想再唸，你可以再來找她老人家，我們還有金剛經、法華經、心經、大般若經、小般若經、長阿含經、短阿含經、不長不短中阿含經、老阿含經、少阿含經……」一連串說了十幾部佛經的名字，都是他在少林寺清涼寺出家時聽來的，其中自不免說錯了不少。

桑結不耐煩起來，卻又不敢逕自過去強搶，既怕白衣尼的神拳，又怕他們將經書毀了，只得隨口敷衍，說道：「是了，我唸完這部經後，再向你師父借就是了。」

韋小寶見斷掌血肉已然化盡，所化的黃水浸濕了經書內外，當即除下鞋子套在手上，拿起經書拋了出去，叫道：「四十二章經來了。」

桑結大喜，縱身而前，伸手欲取，忽然心想：「這經書十分寶貴，那有如此輕易便得到了，莫非其中有詐？只怕他乘我去拿經書，便即發射暗器。」一遲疑間，兩名喇嘛已將經書拾起，說道：「師兄，是不是這部經書？」桑結道：「到那邊細看，別要上當，弄到一部假經。」兩名喇嘛道：「是。師兄想得周到，可別讓他們蒙騙過去。」

三人退出數丈，忙不迭的打開書函，翻閱起來。桑結道：「經書濕了，慢慢的翻，別弄破了紙頁。瞧樣子倒不像是假，跟那人所說果然是一模一樣。」一名喇嘛叫道：「是了，大師兄，正是這部經書。」

韋小寶聽到他們大聲說話，雖然不懂藏語，但語氣中欣喜異常的心情，卻也聽得出來，叫道：「喂喂，你們臉上怎麼有蜈蚣？」

兩名喇嘛一驚，伸手在臉上摸了幾下，沒甚麼蜈蚣昆蟲，罵道：「小頑童就愛胡說。」桑結修為甚深，頗有定力，聽得韋小寶叫嚷時不覺臉上有蟲豸爬動，便不上他當，只是凝神翻閱經書。

韋小寶又叫：「啊喲，啊喲，十幾隻蝎子鑽進他們衣領去了。」這一次兩名喇嘛再不上當。一人道：「這頑童見我們得到經書，心有不甘，說些怪話來騙人。這小賊殺了咱們兩個師弟，可不能就此饒他性命。」另一人卻似頸中有些麻癢，伸手去搔了幾把，只搔得幾下，突覺十根手指都癢不可當，當下在手臂上擦了幾擦。

這時桑結和另一名喇嘛也覺手指發癢，一時也不在意，過得半晌，竟然癢得難以忍耐，提起一看，只見十根指尖都滲出黃水。三人齊聲叫道：「奇怪，那是甚麼東西？」兩名喇嘛只覺臉上也大癢起來，當即伸指用力搔爬，越搔越癢，又過片刻，臉上也滲出黃水來。

桑結突然省悟，叫道：「啊喲，不好，經書上有毒！」使力將經書拋在地下，只見自己手指上一粒粒黃水，猶如汗珠般滲將出來，大驚之下，忙在地下泥土擦了幾擦，但見兩名師弟使勁在臉上搔抓，一條條都是血痕。

韋小寶從海大富處得來的這瓶化屍粉最是厲害不過，倘若沾在完好肌膚之上，那是絕無害處，但只須碰到一滴血液，血液便化成黃水，腐蝕性極強，化爛血肉，又成爲黃色毒水，越化越多，便似火石上爆出的一星火花，可以將一個大草料場燒成飛灰一般。這化屍粉遇血而成毒，可說是天下第一毒藥，最初傳自西域，據傳爲宋代武林怪傑西毒歐陽鋒所創，係以十餘種毒蛇、毒蟲的毒液合成。母毒既成，此後便不必再製，只須將血肉化成的黃色毒水晒乾，便成化屍毒粉了。

兩名喇嘛搔臉見血，頃刻間臉上黃水淋漓，登時大聲號叫，又痛又癢，摔倒在地，不住打滾。桑結僥倖沒在臉上搔那一搔，但十根手指也是奇癢入骨，當即脫下外衣，裹起經書，挾在脅下，飛奔而去，急欲找水來洗去指上毒藥。兩名喇嘛癢得神智迷糊，舉頭在巖石上亂撞，撞得幾下，便雙雙暈去。

白衣尼和阿珂見了這等神情，都是驚訝無已。韋小寶只見過化屍粉能化去屍體，不知用在活人身上是否生效，危急之際，只好一試，居然一舉成功，也幸好有了呼巴音那隻斷掌作爲引子，倘若將化屍粉撒在經書之上，卻一無用處了。他本來只想拿斷掌再去撫摸阿珂，豈知竟成此大功。

他見桑結遠去，兩名喇嘛暈倒，忙從山洞中奔出，拔出匕首，想在每人身上戳上兩劍。奔到臨近，只見兩名喇嘛臉上已然腐爛見骨，不用自己動手，不多時便會化成兩灘黃水。當下走到鄭克塽身邊，笑道：「鄭公子，我這門妖法倒很靈驗，你要不要嘗嘗滋味？」

鄭克塽見到兩名喇嘛的可怖情狀，聽韋小寶這麼說，大吃一驚，向後急縱，握拳護身，叫道：「你……你別過來！」

阿珂從山洞中出來，對韋小寶怒喝：「你……你想幹甚麼？」韋小寶笑道：「我嚇嚇他的，要你擔甚麼心？」阿珂怒道：「不許你嚇人！」韋小寶道：「你怕嚇壞了他麼？」阿珂道：「好端端的幹甚麼嚇人？」韋小寶招招手道：「你過來看。」

阿珂道：「我不看。」嘴裏這樣說，還是好奇心起，慢慢走近，低眼一看，不由得嚇了一跳，尖聲叫了出來，只見兩名喇嘛臉上肌肉、鼻子、嘴唇都已爛去，只賸下滿臉白骨，四個窟窿，但頭髮、耳朵和項頸以下的肌肉卻尚未爛去。

世上自有生人以來，只怕從未有過如此兩張可怖的臉孔。阿珂一陣暈眩，向後便倒。韋小寶忙伸手扶住，叫道：「別怕，別怕！」阿珂又是一聲尖叫，逃回了山洞，喘氣道：「師父，師父，他……他把兩個喇嘛弄成了……弄成了妖怪。」

白衣尼緩緩站起，阿珂扶着她走到那兩名喇嘛身旁，自己卻閉住了眼不敢再看。白衣尼見到這兩個白骨骷髏，不禁打一個突，再見到遠處又有三名喇嘛的屍體，不禁長歎，抬起頭來。此刻太陽西沉，映得半邊天色血也似紅，心想這夕陽所照之處，千關萬山，盡屬胡虜，若要復國，不知又將殺傷多少人命，堆下多少白骨，到底該是不該？

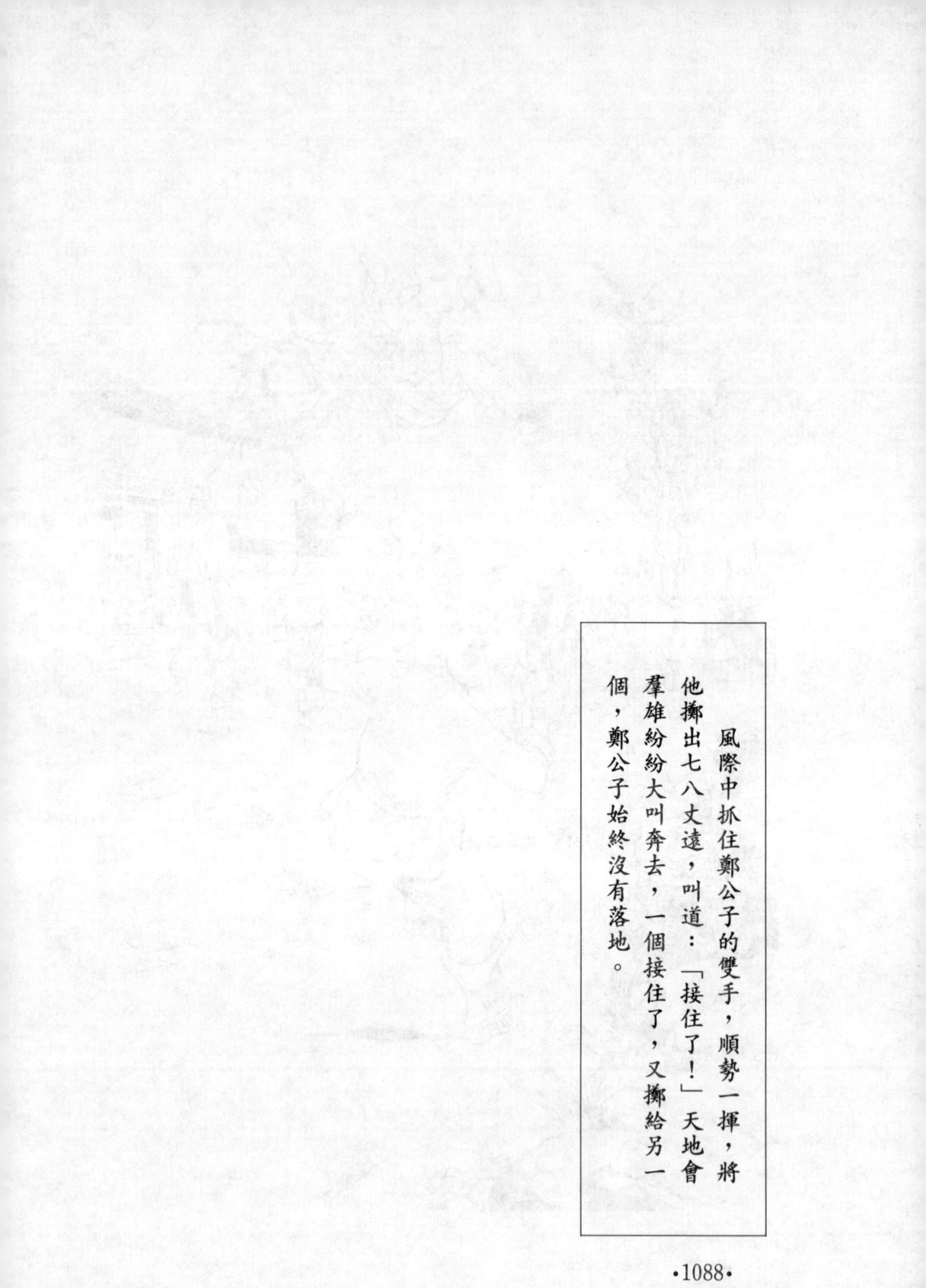

風際中抓住鄭公子的雙手，順勢一揮，將他擲出七八丈遠，叫道：「接住了！」天地會羣雄紛紛大叫奔去，一個接住了，又擲給另一個，鄭公子始終沒有落地。

第二十七回　滇海有人聞鬼哭　棘門此外盡兒嬉

白衣尼出神半晌，見韋小寶笑嘻嘻的走近，知他在經書上下了劇毒，歎道：「若不是你聰明機警，今日我難免命喪敵手，那也罷了，只恐尚須受辱。只是殺人情非得已，不用這般開心。」韋小寶收起笑臉，應了聲：「是。」白衣尼又道：「這等陰毒狠辣法子，非名門正派弟子所當為，危急之際用以對付奸人，事出無奈，今後可不得胡亂使用。」韋小寶又答應了，說道：「這些法子，我今日都是第一次使。實在我武功也太差勁，不能跟他們光明正大的打一架，否則男子漢大丈夫，贏要贏得漂亮，豈能使這等胡鬧手段？」

白衣尼向他凝視半晌，問道：「你在少林寺、清涼寺這許多時候，難道寺中高僧師父，沒傳你武功麼？」韋小寶道：「功夫是學了一些的，可惜晚輩學而不得其法，只學了些招式皮毛，卻沒練內功。」白衣尼向阿珂瞧了一眼，問道：「那為甚麼？」韋小寶道：「來不及練。」白衣尼道：「甚麼來不及？」韋小寶道：「阿珂姑娘因為弟子犯冒了她，要殺我，時候緊迫，只好胡亂學幾招防身保命。」

白衣尼點點頭，道：「剛才你跟那些喇嘛說話，不住口的叫我師父，那是甚麼意思？」

韋小寶臉上一紅。阿珂搶着道：「師父，他心中存着壞主意，想拜你爲師。」白衣尼微微一笑，道：「想拜我爲師，也不算甚麼壞主意啊。」阿珂急道：「不是的。」她知道韋小寶想拜白衣尼爲師，眞意只不過想整日纏着自己而已，但這話卻說不出口。

白衣尼向韋小寶道：「你叫我師父，也不能讓你白叫了。」韋小寶大喜，當即跪下，恭恭敬敬的磕了八個響頭，大聲叫道：「師父。」白衣尼微微一笑，道：「你入我門後，可得守規矩，不能胡鬧。」韋小寶道：「是。弟子只對壞人胡鬧，對好人是一向規規矩矩的。」

阿珂向他扮個鬼臉，伸了伸舌頭，心中說不出的氣惱：「這小惡人拜了師父爲師，從此再也不能殺他，老是纏在我身旁，趕不開，踢不走，當眞頭痛之極了。」

白衣尼先前受六名喇嘛圍攻，若非韋小寶相救，已然無倖，此後桑結等七喇嘛追到，自己只有束手待擒的份兒，情勢更是凶險。她雖年逾四旬，相貌仍是極美，落入這些惡喇嘛手中，勢必遭受極大侮辱，天幸這小孩兒詭計多端，將敵人一一除去，保全了自己淸白之軀，心中的感激實是無可言喻，眼見韋小寶拜師之心切，當即便答允了他，心想小孩兒家頑皮胡鬧，不足爲患，受了自己薰陶調教，日後必可在江湖上立身揚名。

按照武林中規矩，韋小寶既已入了陳近南門下，若不得師父允可，絕不能另行拜師，但他於這些門規一概不知，就算知道，這時候也必置之不理。白衣尼既肯收他入門，就能時時和阿珂見面，就算康熙跟他調個皇帝來做，那也是不幹的了。他學武之心甚懶，想到跟白衣尼學武，多半要下苦功，不免頭痛，然而只要能伴着阿珂，再苦的事也能甘之如飴，這八個頭磕過，不由得心花怒放，當眞如天上掉下了寶貝來一般。

白衣尼見他歡喜，還道他是爲了得遇明師，從此能練成一身上乘武功，倘若知道了他的用心，只怕一脚踢他八個觔斗，剛剛收入門下，立即開革。

阿珂小嘴一扁，道：「師父，你瞧他高興成這個樣子，眞是壞得到了家。」韋小寶道：「一位武功當世第一的高人收我爲徒，我自然高興得不得了。」白衣尼微笑道：「我並非武功當世第一，不可胡說。你既入我門，爲師的法名自須知曉。我法名九難，我們這門派叫做鐵劍門。你師祖是位道人，道號上木下桑，已經逝世。我雖是尼姑，武功卻是屬於道流。」韋小寶道：「是，弟子記住了。」

白衣尼九難又道：「阿珂，你跟他年紀誰大些？」阿珂道：「自然是我大。」韋小寶道：「我大。」九難道：「好了，兩人別爭，先進師門爲大，以後兩個別『阿珂姑娘』、『小惡人』的亂叫，一個是陳師姊，一個是韋師弟。」韋小寶大聲叫道：「陳師姊。」阿珂哼了一聲，碍着師父，不敢斥罵，卻狠狠白了他一眼。

九難道：「阿珂，過去的一些小事，不可老是放在心上。這次小寶相救你我二人有功，就算他曾得罪過你，那也是抵償有餘了。」說到這裏，輕輕歎了口氣，心想：「這孩子聰明伶俐，只可惜幼遭不幸，是個太監。」又道：「小寶從前受人欺凌，被迫做了太監，你做師姊的當憐他孤苦，多照看着他些。這樣也好，彼此沒男女之分，以後在一起不須顧忌，方便得多。不過這件事可跟誰也不許說。」

阿珂答應了，想到這小惡人是個太監，過去對自己無禮，也不大要緊，心中氣惱稍平，轉頭叫道：「鄭公子，你受了傷麼？」

鄭克塽一跛一拐的走近，說道：「還好，只腿上扭了筋。」想到先前把話說得滿了，自稱對付幾名喇嘛綽綽有餘，事到臨頭，竟一敗塗地，全仗這小孩退敵，不由得滿臉羞慚。

阿珂道：「師父，咱們怎麼辦？還去河間府嗎？」九難沉吟道：「去河間府瞧瞧也好，只是須防那桑結喇嘛去而復來，眼下我又行動不便。」韋小寶道：「師父，你們且在這裏休息，我去找大車。」

韋小寶大車沒找到，卻向農家買來一輛牛車，請九難等三人坐上，趕着牛車緩緩而行，幸喜桑結沒再出現。到得前面一個小市集，棄了牛車，改僱兩輛大車。

路上韋小寶定要師父再多服幾粒「雪參玉蟾丸」。九難內力深厚，兼之得靈藥助力，內傷痊愈甚快。兩日之後的正午時分，到了河間府。

投店後，鄭克塽便出去打探消息，過了一個多時辰，垂頭喪氣的回來，說道在城中到處探問「殺龜大會」之事，竟沒一人得知。

九難道：「『殺龜大會』原來的訊息，公子從何處得來？」鄭克塽道：「兩河大俠馮不破、馮不摧兄弟請天地會送信去台灣，請我父王派人主持『殺龜大會』，說道大會定本月十五在河間府舉行，今兒是十一，算來只差四天了。」九難點點頭，緩緩的道：「馮氏兄弟？那是華山派的。」抬頭望着窗外，想起了昔年之事。

鄭克塽道：「父王命我前來主持大會，料想馮氏兄弟必定派人在此恭候迎迓，那知……

哼……」神色甚是氣惱。九難道：「說不定韃子得到了訊息，有甚異動，以致馮氏兄弟改了日子地方。」鄭克塽悻悻的道：「就算如此，也該通知我啊。」

正說話間，店小二來到門外，說道：「鄭客官，外面有人求見。」鄭克塽大喜，急忙出去，過了好一會，興匆匆的進來，說道：「馮氏兄弟親自來過了，着實向我道歉。他們說知道我帶了二十幾人來，這幾天一直在城外等候迎接，那知道我們神不知、鬼不覺的來到了城裏。現下已擺設了大宴，爲我們洗塵接風，請大家一起去罷。」九難搖頭道：「鄭公子一個兒去便是，也別提到我在這裏。」鄭克塽有些掃興，道：「師太既不喜煩擾，那麼請陳姑娘和韋兄弟同去。」九難道：「他們也不用去了，到大會正日，大家齊去赴會便是。」

這晚鄭克塽喝得醉醺醺的回來。到了半夜，他的二十多名伴當也尋到了客店，只是每個人手足上都綁了木板繃帶，看來大是不雅。

次日一早，鄭克塽向九難、阿珂、韋小寶三人大講筵席中的情形，說道馮氏兄弟對他好生相敬，請他坐了首席，不住頌揚鄭氏在台灣獨豎義旗，抗拒滿清。

九難問起有那些人前來赴會。鄭克塽道：「來的人已經很多，這幾天陸續還有得來，定了十五半夜，在城西十八里的槐樹坪集會。半夜集會，是防清廷的耳目。其實馮氏兄弟過於把細，有這許多英雄好漢在此，就是有大隊清兵來到，也殺他們個落花流水。」九難細問與會英豪的姓名，鄭克塽卻說不上來，只道：「一起吃酒的有好幾百人，爲頭的幾十人一個個來向我爲父王敬酒，他們自己報了門派姓名，一時之間，可也記不起那許多。」九難就不言語了，心想：「這位鄭公子徒然外表生得好看，卻沒甚麼才幹。」

在客店中又休養得幾日，九難傷勢已愈。她約束阿珂和韋小寶不得出外亂走，以免遇上武林人物，多生事端。鄭克塽卻一早外出，直到半夜始歸，每日均有江湖豪俠設宴相請。

到得十五傍晚，九難穿起韋小寶買來的衣衫，扮成個中年婦人，頭上蒙以黑帕，臉上塗了黃粉，雙眉畫得斜斜下垂，再也認她不出本來面目。韋小寶和阿珂則是尋常少年少女的打扮。鄭克塽卻是一身錦袍，取去了假辮子，竟然穿了明朝王公的冠戴，神采奕奕。九難久已不見故國衣冠，見了他的服色，又是歡喜，又是感慨。阿珂瞧着他丰神如玉的模樣，更是心魂俱醉。只有韋小寶自慚形穢，肚裏暗暗罵了十七八聲「綉花枕頭王八蛋」。

一更時分，延平王府侍從趕了大車，載着四人來到槐樹坪赴會。那槐樹坪羣山環繞，中間好大一片平地，原是鄉人趕集、賽會、做社戲的所在。平地上已黑壓壓的坐滿了人。

鄭克塽一到，四下裏歡聲雷動，數十人迎將上來，將他擁入中間。九難自和阿珂、韋小寶遠遠坐在一株大槐樹下。這時東西南北陸續有人到來，草坪上聚集的人越來越多。韋小寶心想：「吳三桂這奸賊結下的怨家也眞多。我們天地會和沐王府打賭，看是誰先殺了他。這王八蛋仇家千千萬萬，如有人先下了手，天地會和沐王府都不免輸了。」

眼見一輪明月漸漸移到頭頂，草坪中一個身材魁梧、白鬚飄動的老者站起身來，抱拳說道：「各位英雄好漢，在下馮難敵有禮。」羣雄站起還禮，齊聲道：「馮老英雄好。」

九難低聲道：「他是馮氏兄弟的父親。」想起在華山之巔，曾和他有一面之緣，那時她以「阿九」之名和江湖豪俠相會，還是個十幾歲的少女。其時馮難敵方當盛年，今日卻已垂垂老矣。他師祖穆人清、師父銅筆算盤黃眞想來均已不在人世，至於他師叔袁承志呢？這人她當年對之刻骨相思，可是二十幾年來，從沒得過他一點訊息。她這些年來心如古井不波，今晚乍見故人，不由得千思萬緒，驀地裏都湧上心來。

韋小寶見她眼眶中淚水瑩然，心想：「師父見了這個馮老頭，爲甚麼忽然想哭，難道這老頭是她的舊情人麼？我不妨從中撮合，讓她和老情人破甚麼重圓。不過師父年紀這樣輕，不會愛上這老頭兒罷。」

只聽得馮難敵聲音洪亮，朗朗說道：「衆位朋友，咱們今日在此相聚，大夥兒都知道是爲了一件大事。我大明江山爲韃子所佔，罪魁禍首，乃是那十惡不赦、罪該萬死的……」

四下羣豪一齊叫道：「吳三桂！」衆人齊聲大叫，當眞便如雷轟一般，聲震羣山。跟着有的大叫：「大漢奸！」有的大叫：「龜兒子！」有的大叫：「王八蛋！」有的大叫：「我操他十八代祖宗！」

衆人罵了一陣，聲音漸漸歇了下來，突然有個孩子聲音大聲叫道：「我操他十九代祖宗的奶奶！」羣雄本來十分憤恨，突然聽到這句罵聲，忍不位都哈哈大笑。

這一聲叫罵，正是韋小寶所發。阿珂嗔道：「怎麼說這般難聽的話？」韋小寶道：「大家都罵，我爲甚麼罵不得？」阿珂道：「人家那有罵得這麼難聽的？」韋小寶微微一笑，便不言語了，心想：「再難聽十倍的話，也還多得很呢。」

馮難敵道：「大漢奸罪大惡極，人人切齒痛恨。那位小兄弟年紀雖幼，也知恨不得生食其肉，死寢其皮。今晚大夥兒聚集在此，便是要商議一條良策，如何去誅殺這奸賊。」

當下羣衆紛紛獻計。有的說大夥兒一起去到雲南，攻入平西王府，殺得吳三桂全家鷄犬不留；有的說吳賊手下兵馬衆多，明攻難期必成，不如暗殺；有的說假如一刀殺了，未免太過便宜了他，不如剜了他眼睛，斷他雙手，令他痛苦難當；有的說還是用些厲害毒藥，毒得他全身腐爛。

有個中年黑衣女子說道：最好將吳三桂全家老幼都殺了，只剩下他一人，讓他深受寂寞凄涼之苦。另一個中年男子道：他投降清朝，是爲了愛妾陳圓圓爲李闖所奪，不如去將陳圓圓擄了來，讓他心痛欲死。又有人道：吳賊雖然好色，但最愛的畢竟是權位富貴，最好是讓他功名富貴、妻子兒女都一無所有，淪落世上，卻偏偏不死。數百名豪傑大聲喝采，齊說：「如此懲罰，才算罰得到了家。」一條漢子說道：「滿清韃子對他十分寵幸，這賊子官封平西王，權勢薰天，殺他妻子兒女已然不易，要除去他的功名富貴，更是難如登天。」

有個雲南人站起身來，述說吳三桂如何在雲南欺壓百姓、殺人如麻的種種慘事，只聽得羣雄更是義憤塡膺，熱血如沸。好幾人都道，讓吳三桂在雲南多掌一天權，便多害死幾個無辜百姓。但如何鋤奸除害，卻是誰也沒眞正的好主意。

這時馮難敵父子所預備下的牛肉、麵餅、酒水，流水價送將上來，羣豪歡聲大作，大吃大喝起來。這些豪士酒一入肚，說話更是肆無忌憚，異想天開。

有人說道：將陳圓圓擄來之後，要開一家妓院，讓吳三桂眞正做一隻大烏龜。

韋小寶一聽，大爲贊成，叫道：「這家妓院，須得開在揚州。」一名豪士笑道：「小兄弟，這主意要得。那時候你去不去逛逛啊？」韋小寶正待要說「自然要去」，一瞥眼見到阿珂滿臉怒色，這句話便不敢出口了。九難道：「小寶，別說這些市井下流言語。」韋小寶應道：「是。」心中卻想：「要開妓院，只怕這裏幾千人，沒一個及得老子在行。」

眾人吃喝了一會，馮難敵又站起來說道：「咱們都是粗魯武人，一刀一槍的殺敵拚命，那是義不容辭，於天下大事卻見識淺陋，現下請顧亭林先生指教。顧先生是當世大儒，國破之後，他老人家奔波各地，聯絡賢豪，一心一意籌劃規復，大夥兒都是十分仰慕的。」羣豪中有不少識得顧亭林，他的名頭更是十有八九都知，登時四下裏掌聲雷動。

人羣中站起一個形貌清癯的老者，正是顧亭林。他拱手說：「馮大俠如此稱讚，兄弟實在愧不敢當，剛才聽了各位的說話，個個心懷忠義，決意誅此大奸，兄弟甚是佩服。古人道：『眾志成城』，又有言道：『精誠所至，金石為開』。大夥兒齊心合力，決意對付這罪魁禍首，任他有天大的本事，咱們也終能成功。」

羣雄鬨聲大叫：「對，對！一定能成功。」

顧亭林道：「眾位所提的計謀，每一條均有高見，只是要對付這奸賊，須得隨機應變，難以預擬確定的方策。依兄弟愚見，大夥兒分頭並進，相機行事。第一，當然是不可洩露風聲，令這奸賊加緊防範；第二是不可魯莽，事事要謀定而後動，免得枉自送了性命；第三，大家都是好兄弟，不要為了爭功搶先，自相爭鬥，傷了義氣。」

羣豪都道：「是，是，顧先生說得不錯。」

顧亭林道：「今日各門派、各幫會英雄好漢聚會。此後如果各幹各的，力量太過分散，結成一個大幫呢，人數實在太多，極易為韃子和吳賊知覺，不知各位有何良策？」

羣豪沉默了一會。一人說道：「不知顧先生高見如何？」

顧亭林道：「以兄弟之見，這裏天下十八省的英雄都有，咱們一省結成一盟，一共是一十八個殺龜同盟。唔，『殺龜盟』聽來不雅，不如稱爲『鋤奸盟』如何？」

羣豪紛紛鼓掌叫好，說道：「讀書人說出來的話，畢竟和我們粗人大不相同。」

顧亭林來參與河間府「殺龜大會」之前，便已深思熟慮，覺得羣豪齊心要誅殺吳三桂，大家一鼓作氣，勇往直前，要殺了他也不爲難。但眞正大事還不在殺這漢奸，而是要驅除滿虜，光復漢家江山。如爲了誅殺一人而致傷亡重大，大損元氣，反而於光復大業有害。學武之人門戶派別之見極深，要這數千英豪統屬於一人之下，勢難辦到。大家爲了爭奪「盟主」之位，不免明爭暗鬥，多生嫌隙。失敗之人倘若心胸狹隘，說不定還會去向清廷或吳三桂告密。但如分成一十八省，各舉盟主，既不會亂成一團，無所統轄，而每省推舉一位盟主也容易得多。這十八省的「鋤奸盟」將來可逐步擴充，成爲起義反清的骨幹。他一倡此議，聽得羣豪立表贊成，甚爲欣慰。

馮難敵道：「顧先生此意極是高明。衆位既無異議，咱們便分成一十八省，各組『鋤奸盟』，每省推舉一位盟主。咱們分省之法，不依各人本身籍貫，而是瞧那門派幫會的根本之地在甚麼省。例如少林寺的僧俗弟子，不論是遼東人也好，雲南人也好，都屬河南省。華山派弟子都屬陝西省。衆位意下如何？」

羣豪均道：「自該如此。否則每一門派、幫會之中，各省之人都有，分屬各省，那是一團糟了。」

有一人站起來說道：「像我們天地會，在好幾省中都有分堂，總舵的所在卻遷移無定。請問該當如何歸屬？」韋小寶見說話之人乃是錢老本，心想：「原來他也來了。不知我青木堂的兄弟們來了幾人。」

馮難敵朗聲道：「顧先生說：天地會廣東分堂的衆位英雄屬廣東，直隸分堂的屬直隸。咱們只是結盟共圖大事，並不是拆散了原來的門派幫會。『鋤奸盟』的盟主的職責，只是聯絡本省英豪，以求羣策羣力。至於各門各派、各幫各會的事務，自然一仍其舊，盟主無權干預。各省盟主，也不是高過了各門派的掌門人、各幫會的幫主。」

羣豪之中本來有人心有顧慮，生怕推舉了各省盟主出來，不免壓低了自己，聽得馮難敵如此分剖明白，更無疑憂。當下一省省的分別聚集，自行推舉。

韋小寶道：「師父，咱們又算那一省？」九難道：「那一省都不算。我獨來獨往，不必加盟。」韋小寶道：「以您老人家的身分武功，原該做天下總盟主才是。」九難「嘿」的一聲，說道：「這些話以後不可再說，給人聽見了，沒的惹人恥笑。」

在她心中，與會羣雄之中，原無一人位望比她更尊。這大明江山，本來便是她朱家的。說到武學修爲，她除了學得木桑道人所傳的鐵劍門武功之外，十餘年前更得奇遇，百尺竿頭又進一步，與當年木桑道人相比，也已遠遠的青出於藍，環顧當世，除了那個不知所蹤的袁承志之外，只怕再無抗手了。

草坪上羣雄分成一十八堆聚集。此外疏疏落落的站着七八十人。那都是和九難相類的奇人逸士，既不願做盟主，也不願奉人號令。顧亭林和馮難敵明白這些武林高人的脾性習性，也不勉強，心想他們既來赴會，遇上了事，自會暗中伸手相助。

過不多時，好幾省的盟主先行推舉了出來。河南省是少林寺方丈晦聰禪師，湖北省是武當派掌門人雲雁道人，陝西省是華山派掌門人「八面威風」馮難敵，雲南省是沐王府的沐劍聲沐公子，福建省是延平郡王的次公子鄭克塽，都是衆望所歸，一下子就毫無異議的推出。其他各省有些爭執了一會，有些爭持不決，請顧亭林過去秉公調解，終於也一一推了出來。其中三省由天地會的分堂香主擔任盟主，天地會可算得極有面子。

當下各省盟主聚齊在一起，但一點人數，卻只一十三位，原來晦聰禪師、雲雁道人等都沒有赴會，由其門人弟子代師參預。馮難敵朗聲說道：「現下一十八省盟主已經推出，兄弟不當衆宣布各位盟主的尊姓大名，以免洩漏機密。」衆盟主商議了一會，馮難敵又道：「咱們恭請顧亭林先生與天地會陳總舵主兩位，爲一十八省『鋤奸盟』的總軍師。」

羣雄歡聲雷動。韋小寶聽師父如此得羣豪推重，做了「鋤奸盟」的總軍師，甚是得意。

當下各省豪傑分別商議如何誅殺吳三桂，東一堆、西一簇，談得甚是起勁。

九難帶了韋小寶、阿珂回到客店，次日清晨便僱車東行。九難知道羣雄散歸各地，一路上定會遇上熟人，是以並不除去喬裝。

韋小寶見鄭克塽不再跟隨，心下大喜，不住口的談論昨晚「殺龜大會」之事。阿珂聽他說了一會，白了他一眼，道：「我知道你爲甚麼這樣高興。」韋小寶道：「你眞聰明，猜得很對。有這許多人要去殺吳三桂，那有不成功之理？我自然開心得很了。」阿珂道：「哼，你才不爲這個高興呢。你的心有這麼好？」韋小寶道：「這倒奇了，那我爲甚麼高興？」阿珂道：「只因爲鄭公子……鄭公子……」

韋小寶見她神色懊惱，故意激她一激，說道：「啊，是了。鄭公子確是好人，剛才我出去僱車，見到他帶着四個美貌的姑娘，有說有笑，見到我後，要我問候師父和你。」阿珂心中怦的一跳，道：「你……你怎麼不早說？他又說甚麼？」韋小寶道：「他說，這幾位俠女要到台灣去玩玩，他就帶她們同去，說要盡甚麼地主之……之甚麼的。」阿珂咬牙道：「地主之誼。」韋小寶道：「對了，對了！原來師姊剛才跟在我後面，都聽見了。」阿珂怒道：「我才沒聽見呢。」說到這裏，聲音有些哽咽。

行出十餘里，身後馬蹄聲響，數十乘馬追了上來，阿珂臉上登現喜色。但這數十騎掠過大車，毫不停留的向東疾馳，阿珂臉色又暗了下來。韋小寶道：「可惜，可惜，不是！」阿珂道：「可惜甚麼？」韋小寶道：「可惜不是鄭公子追上來。」阿珂道：「他……他追上來幹甚麼？」韋小寶道：「或許他也請你去台灣玩玩呢。」阿珂「哇」的一聲哭了出來。

九難知道女徒的心事，斥道：「小寶，別老是使壞，激你師姊。」韋小寶心裏大喜，口中答應：「是，是。」又道：「天下的王孫公子，三妻四妾，八妻九妾，最是沒良心。那四位美貌女俠，一到台灣，我看很難回得出來。這位鄭公子到了浙江、福建，只怕還得再帶幾個美女……」九難喝道：「小寶！」韋小寶道：「是，是。」

三人行到中午，在道旁一家小麵店中打尖，忽聽馬蹄聲響，又有數十騎自西而來。一行人來到麵店門外，下馬來到店中，有人叫道：「殺鷄，切牛肉，做麵，快，快！」

紛紛坐下。韋小寶一看，原來都是熟人，徐天川、錢老本、關安基、李力世、風際中、高彥超、玄貞道人、樊綱一干天地會青木堂的好手全在其內。他想：「昨晚我在會中雖說了幾句話，罵了幾句人，但這麼許多人，亂嘈嘈的，他們離得我又遠，黑夜之中一定沒認出，否則當時怎麼不過來招呼？此刻我如上前相認，各種各樣的事說個不休，又見我另拜了師父，多半要不開心，不如裝作不見的為妙。」當下側身向內，眼光不和他們相對。

過了一會，徐天川等所要的酒菜陸續送了上來。衆人提起筷子，正要吃喝，忽然馬蹄聲響，又有一夥人來到店中。有人叫道：「殺鷄，切牛肉，做麵，快，快！」

阿珂喜極而呼：「啊，鄭……鄭公子來了。」原來這一夥人是鄭克塽和他伴當。

他聽得阿珂呼叫，轉頭見到了她，心中大喜，急忙走近，道：「陳姑娘，師太，你們在這裏，我到處找尋你們不見。」

那麵店甚是窄小，天地會羣雄分坐六桌，再加上阿珂等三人坐了一桌，已無空桌。鄭府一名伴當向徐天川道：「喂，老頭兒，你們幾個擠一擠，讓幾張桌子出來。」

昨晚「殺龜大會」之中，鄭克塽身穿明朝服色，人人注目，徐天川等都認得他，天地會是延平郡王的部屬，原有讓座之意，只是這伴當言語甚是無禮，衆人一聽，都心頭有氣。玄貞道人罵道：「他媽的，甚麼東西？」李力世使個眼色，低聲道：「大家自己人，別跟他一般見識，讓個座位無妨。」當下徐天川、關安基、高彥超、樊綱四人站起身來，坐到風際中一桌上去，讓了一張桌子出來。

這時鄭克塽已在九難的桌旁坐下。阿珂向韋小寶瞪了一眼，說道：「當面撒謊！又說鄭公子帶了四個甚麼女俠……」

韋小寶道：「鄭公子一到，你就不喜歡我坐在一起，又要見到我便吃不下麵，那也不相干。」走到徐天川身旁坐下，低聲道：「大家別認我。」徐天川等一見，都是又驚又喜。這些人個個都是老江湖，機警萬分，一聽他這麼說，立時會意，誰都不動聲色。韋小寶又低聲道：「咱們只當從未見過面，徐三哥，你去跟大家說說。」徐天川站起身來，走到李力世一席上，低聲道：「本堂韋香主駕到，要大夥兒裝作素不相識。」李力世等頭也不回，自顧喝酒吃菜，心下均自欣喜，片刻之間，每一桌都通知到了。

那邊桌上鄭克塽興高采烈，大聲道：「師太，昨晚會中，衆家英雄推舉我做福建省的盟主。大家商議大事，直談到天亮。我到客店中一找，你們已經走了，一路追來，幸喜在這裏遇上。」九難道：「恭喜鄭公子。不過這等機密大事，別在大庭廣衆之間提起。」鄭克塽道：「是。好在這裏也沒旁人，那些鄉下粗人，聽了也不懂的。」原來天地會羣雄都作了鄉農打扮，一個個赤了雙足，有的還提着鋤頭釘耙。昨晚會中人多，鄭克塽卻不認得。

韋小寶低頭吃麵，低聲說道：「這傢伙囂張得很，這幾天在河間府到處吹牛，說咱們天地會是他台灣延平王府的下屬，說總舵主見了他，恭恭敬敬的連大氣也不敢喘上一口。又說咱們甚麼堂的香主蔡老哥，從前是他爺爺的馬夫，甚麼堂的香主李老哥，又是給他爺爺倒便壺的……」關安基怒道：「那有這等事！蔡香主、李香主雖曾在國姓爺部下，都是上陣打仗的軍官……」徐天川低聲道：「關夫子，小聲些。」關安基點點頭。韋小寶又道：「他還說了好多陰損咱們青木堂尹香主的壞話。旁人說道尹香主早已歸天了。這小子說：『是啊，這姓尹的武藝低微，人頭兒又次，我早知道是個短命鬼……』」關安基怒極，舉掌往桌上重重拍落，徐天川手快，一把抓住他手腕。

韋小寶知道羣雄不肯得罪了延平王府的人，何況這小子是王爺的兒子，若非大肆挑撥，難以激得他們動手，眼見衆人惱怒，心下暗暗喜歡，臉上卻深有憂色，說道：「這小子胡說八道，本來也不打緊。只是他一路上招搖，說了咱們會中的許多機密大事，逢人便說切口，甚麼『地振高岡，一派溪山千古秀』，自稱是坐在紅花亭頂上的，總舵主燒六柱香，他自己便燒七柱香。聽的人不懂，他就詳細解說……」

羣雄一齊搖頭，會中這等機密如此洩露出去，要是落入朝廷鷹爪耳中，天地會兄弟人人有性命之憂，眼見鄭克塽神色輕浮，所帶的伴當飛揚跋扈，這那裏還有假的？何況剛才便聽到他在對一個婦人大談昨晚「殺龜大會」中之事，得意洋洋的自稱當了福建省盟主。

韋小寶道：「我看咱們非得殺殺他的氣勢不可，否則大事不妙。」羣雄都緩緩點頭，韋小寶道：「請風大哥去揍他一頓，卻也別打得太厲害了，只是教訓教訓他。待會我出來抱打不平，請風大哥假意輸了給我。」風際中微微點頭。韋小寶又道：「錢老闆，昨晚你在會中說過話，只怕這小子認得你。」錢老本低聲道：「是，我先避開了。」

鄭府衆伴當中兀自多人沒座位，一人見天地會羣雄的桌上尚有空位，在徐天川背上輕輕一推，道：「喂，那邊還有空位，你們再讓張桌子出來。」

徐天川跳起身來，罵道：「讓了一張桌子還不夠？老子最看不慣有錢人家的公子兒子，仗勢欺人。」一聲咳嗽，一口濃痰呼的噴出，向鄭克塽吐去。

鄭克塽正和阿珂說話，全沒提防，待得覺着風聲，濃痰已到頰邊，急忙一閃，還是落在頭頸之中，滑膩膩的，甚爲噁心。他忙掏出手帕擦去，大怒罵道：「幾個鄉下泥腿子這等無法無天，給我打！」一名伴當隨即徐天川便是一拳。

徐天川叫聲「啊喲」，不等拳頭打到面門，身子已向後摔了出去，假意跌得狼狽不堪，叫嚷：「打死人哪！打死人哪！」鄭克塽和阿珂哈哈大笑。

風際中站起身來，指着鄭克塽喝道：「有甚麼好笑？」鄭克塽怒道：「我偏要笑，你管得着麼？」風際中一伸手，拍的一聲，重重打了他一個耳光。鄭克塽又驚又怒，撲上去連擊兩拳。風際中左躲右閃，轉身逃出門外。

鄭克塽追了出去，向風際中迎面一拳，風際中斜身避開。風際中明白韋小寶的用意，要儘量讓這鄭公子出醜，壓低他的氣燄，只東一拳、西一脚的跟他遊鬥。

徐天川叫道：「咱們河南伏牛山好漢的威風，可不能折在這小傢伙手裏。」羣雄跟着吆喝，大家知道戲弄一下這少年雖然不妨，卻不能讓他認出衆人來歷，喝罵叫嚷的話也甚有分寸，沒半句辱及他家門。李力世喝道：「咱們伏牛山這次出來做案，還沒發市，正好撞上這穿金戴銀的小子，把他抓了去，叫他老子拿一百萬兩銀子來贖票。」

鄭府衆伴當見公子一時戰不下這鄉下人，聽得衆人呼喝，原來是伏牛山的盜匪，當即取出兵刃，殺將過去。徐天川、樊綱、玄貞道人、高彥超、關安基、李力世等一齊出手，登時乒乒乓乓的打得十分熱鬧。鄭府那些伴當雖然都是延平王府精選的衛士，又怎及得上天地會羣雄，兼之數日前被衆喇嘛折斷了手足，個個身上負傷，不數合間便被一一制服。天地會羣雄手下留情，只是奪去他兵刃，將之圍成一圈，執刀監視，並不損傷他們身子。

那邊鄭克塽鬥得十餘合，眼見風際中手脚笨拙，跌跌撞撞，似乎下盤極為不穩，當下抖擻精神，將生平絕技盡數施展出來。他有心要在阿珂之前炫耀，以博美人青睞，揮拳生風，踢腿有聲，着着進逼。風際中似乎只有招架之功，往往在千鈞一髮之際避過。

阿珂瞧得心焦，不住低叫：「啊喲，可惜，又差了一點兒。」韋小寶走近前去，說道：「師父，你老人家身子未曾痊愈，這些大盜兇悍得緊，待會鄭公子如果落敗，你老人家別出手罷。」阿珂怒道：「你瞧他全然佔了上風，怎會打輸？眞是瞎三話四。」

九難微笑道：「這些人似乎對鄭公子並無惡意，只是跟他開開玩笑。這一位對手，武功可比鄭公子強得太多了。」阿珂不信，問道：「師父，你說那強盜的武功高過鄭公子？」九難微笑道：「那還用說？這人武功着實了得，只怕也未必是甚麼伏牛山的強盜。倘若他們眞是強盜，嘴裏就不會亂叫亂嚷，說甚麼要綁票做案。」

韋小寶心想：「畢竟師父眼光高明。」說道：「那麼弟子去勸他們別打了罷？」阿珂白了他一眼，道：「你有甚麼面子，甚麼本事？能勸得他們動？」韋小寶道：「這強盜武功雖高，拳脚中卻有老大破綻。鄭公子鬥他不下，我在十招之內，定可打得他落荒而逃。」

九難知他武功低微，但說不定又有甚麼奇奇古怪的法子，足以制勝，說道：「這夥人看來不是壞人，不可傷了他們性命。」頓了一頓，又道：「那些下三濫的下蒙汗藥、放毒之類手段，若不是面臨生死關頭，決不可使。你已是我鐵劍門的門下，可不能壞了本派名頭。」

韋小寶道：「是，是。我聽師父的話，決不損傷他們便是。」

九難輕輕歎了口氣，忽然想起當年華山之巔，鐵劍門掌門人玉眞子來向木桑道人尋釁之事。玉眞子奸淫擄掠，無惡不作。說到鐵劍門的名頭，一來門下人丁寥落，名聲不響，二來由於玉眞子之故，實在也沒甚麼光采。這小弟子輕浮跳脫，如不走上正途，只怕將來成了玉眞子的嫡系傳人，那可大大不妥了。

韋小寶見她忽有憂色，自然不明白其中的道理，只道她瞧出天地會羣雄武功不弱，她武功未復，深感難以應付，便道：「師父你儘管放心，我有法子救鄭公子的性命。」

阿珂啐道：「又來胡說了。鄭公子轉眼便贏，要你救甚麼性命？」

剛說到這裏，只聽得嗤的一聲響，鄭克塽的長袍已被拉下了一片。鄭克塽大怒，出手更加快了，卻聽得嗤嗤嗤之聲不絕，風際中十根手指便如鷹爪一般，將他長袍、內衣、褲子一片片的撕將下來，但用勁恰到好處，絲毫不傷到他肌肉。鄭克塽眼見再撕得幾下，身子便會全裸，驚惶之下，轉身欲逃。風際中雙臂一曲，兩手手肘已抵到他胸前。

鄭克塽急忙後退，雙拳擊出，只覺手腕一緊，風際中左手已握住他右手，右手握住他左手，順勢一揮，將他身子擲出，叫道：「接住了！」這一擲竟有七八丈遠。

玄貞道人展開輕功追去，抬頭叫道：「高兄弟，你來接班！」高彥超立即躍出。樊綱、徐天川、關安基等覺得有趣，紛紛大呼奔去。玄貞道人接住了鄭克塽，便又擲出，落下時剛好高彥超趕到，接住後再擲給數丈外的徐天川。

這些人的膂力有強弱，輕功有高低，擲人時或遠或近，奔躍時或快或慢，但鄭克塽在半空中飛出數十丈以外，始終沒有落地。天地會羣雄各展所長，這時方顯出眞功夫來。關安基膂力奇大，先將鄭克塽向天擲上四五丈，待他落下時，雙掌在他背心一推，兩股力道併在一起，鄭克塽猶似騰雲駕霧一般，這一下飛得更遠。

韋小寶看得高興之極，拍手大笑，突然後腦禿的一聲響，給阿珂用手指節重重打了個爆栗。他一驚回頭。阿珂驚怒交集，急道：「他們綁了他去啦，你……你快去救人。」韋小寶道：「他們跟鄭公子又沒寃仇，師父說不過是開開玩笑，你何必着急？」阿珂道：「不，不是的，他們綁了他去，要勒索一百萬兩銀子。」韋小寶道：「鄭公子家裏銀子多得很，三百萬、四百萬也出得起，一百萬兩銀子打甚麼緊？」

阿珂右足在地下重重一頓，說道：「唉，你不生眼睛麼？他……他給這些強盜整得死去活來。」韋小寶在她耳邊輕聲道：「你要我救他，這也不難，你得答應做我老婆。」阿珂怒道：「胡說。」遠遠望去，見鄭克塽給人接住後不再拋擲，聽得有人叫道：「喂，你們快回去拿銀子，到伏牛山來贖人。我們不會傷害這小子性命，每天只打他三百大板。銀子早到一天，他就少挨三百下，遲到十天，多吃三千板。」阿珂拉住韋小寶的手，急道：「你聽，你聽，他們每天要打他三百板，這裏去台灣路途遙遠，一個月也不能來回。」

韋小寶道：「每天三百板，就算兩個月罷，兩個月六十天，三六一十八，也不過一千八百板……」阿珂道：「唉，不是的，是一萬八千板，你這人眞是……」韋小寶笑道：「我算數不行。這一萬八千板打下來，他的『屁股功』可練得登峯造極了。」阿珂怒極，將他手掌一摔，道：「我再也不睬你了。」又氣又急，哭了出來。

韋小寶道：「好，好，別哭，我來想法子。不過我剛才提的條款，你可不能賴。」阿珂道：「你快救了他再說。」韋小寶知道她只是隨口敷衍，眞要她答應嫁給自己，那是無論如何不肯的，說道：「我爲你赴湯蹈火，在所不辭，以後你可不得再欺侮我。」

阿珂道：「是，是！快去，快去！」說這話時，眼光沒向他帶上一眼，只是瞧着遠處的鄭克塽，但見他雙手已被反綁，給人抱上了馬背，轉眼便給帶走了，情急之下，伸手在韋小寶背上推了推。韋小寶心中罵道：「他奶奶的，老子遇到的美貌妞兒，總是求我去救她的心上人。老子這冤大頭可做得熟手之極，只怕『冤大頭功』也練得登峯造極了。」

他快步奔出，叫道：「喂，喂，伏牛山的大王，在下有話說。」

羣雄早就在等他挺身而出，當下都轉過身來。高彥超道：「小兄弟，你有甚麼話說？」韋小寶道：「你們幹麼要抓他？」高彥超道：「我們山寨裏兄弟衆多，缺了糧食，今日將他暫行扣押，要向他爹爹借一百萬兩銀子。」韋小寶道：「一百萬兩銀子，那是小事一件，我借給你們便是。」

高彥超哈哈大笑，說道：「小兄弟尊姓大名？憑甚麼說這等大話？」韋小寶道：「我名叫韋小寶。」高彥超「啊喲」一聲，抱拳行禮，躬身說道：「原來是小白龍韋英雄，你殺死滿州第一勇士鰲拜，天下揚名，我們好生仰慕，今日拜見尊範，實是三生有幸。」樊綱等一齊恭謹行禮。韋小寶抱拳還禮，道：「不敢當。」高彥超道：「衝着韋英雄大大的面子，這小子我們放了。那一百萬兩銀子，也不敢要了。」徐天川從身邊取出兩隻大元寶來，雙手恭恭敬敬的呈上，說道：「韋英雄，你路上倘若使費不足，這裏一百兩銀子，請先收用。」

韋小寶道：「多謝！」收下元寶，轉身交給阿珂。阿珂萬萬想不到這個小惡人名頭竟如此響亮，這些兇神惡煞的大強盜一聽他自報姓名，竟如下屬見到了頂頭上司一般。她那知這個「小惡人」，其實正是這些「大強盜」的頂頭上司，這些「大強盜」爲了湊趣，故意的加倍巴結，演出一齣好戲。她又驚又喜，心想鄭公子終於脫卻了危難。

卻見風際中踏上一步，說道：「且慢。韋英雄，你殺死鰲拜，我們是萬分佩服的。只不過大家素不相識，怎知你是眞的韋英雄，還是冒充他老人家的大名，出來招搖撞騙？」韋小寶道：「這話倒也有理，閣下要怎樣才能相信？」風際中道：「在下斗膽，想請韋英雄指點三招。滿州第一勇士都死在你手下，尊駕武功自然非同小可，是眞是假，一試就知。」

韋小寶道：「好，咱們只試招式，點到即止。」風際中道：「正是，還請韋英雄手下留情，以免打得在下身受重傷。」韋小寶暗暗好笑，心想：「風大哥向來不愛說話，那知做起戲來，竟然似模似樣。」便道：「老兄不必客氣，說不定我不是你對手。」左手一指，右手輕飄飄拍了出去，只拍出半尺，手掌轉了一圈，斜拍反撩，正是澄觀試演過的「般若掌」中的一招「無色無相」。

風際中見聞甚博，叫道：「妙極，這『般若掌』的高招，叫做『無色……』甚麼的。」伸手一接，向後一仰，險些摔倒。

韋小寶掌上原無半分內功，笑道：「閣下說得是，這是一招『無色無相』。」跟着左手斜舉，自右上角揮向左下角，突然五指成抓，幌了幾下。風際中大叫：「了不起，又是『般若掌』神功，這是『靈鷲聽經』。」擺起馬步，雙掌緩緩前推，掌心和韋小寶手指尖微微一觸，立刻「啊」的一聲大叫，向後急翻三個觔斗。他翻觔斗之時，潛運內力，待得站定，滿臉已漲得血紅，便如喝了十七八碗烈酒一般，身子幌了幾幌，一交坐倒，搖手道：「不……不成……不比了，佩服之至！韋英雄，多謝你饒我性命。」

韋小寶拱手道：「老兄承讓。」說話之時，連連向他霎眼。風際中卻做得甚像，臉上神色又是沮喪，又是感激，還帶着幾分衷心欽佩之意。

徐天川邁步而前，說道：「韋英雄武功驚人，果然名不虛傳，在下來領教幾招。」韋小寶道：「好！」欺身而上，雙手交叉，一手扭他左胸，一手拿他右脅，乃是少林派上乘武功「拈花擒拿手」中的一招。徐天川見他這一招擒拿手十分高明，不禁暗暗佩服：「韋香主聰明之極，一學武功便進步神速。」他卻不知韋小寶出手招式似模似樣，其實沒絲毫內力，縱然給他拿住了，也是一無所損。徐天川身材矮小，最擅長的武功是巧打擒拿，當即施展看家本領，與韋小寶拆將起來。

數招之後，兩人雙手扭住，徐天川「啊」的一聲，右手軟軟下垂，假裝被扭脫了關節，說道：「佩服之至！」退開兩步，左手托住了自己右手，一送一挺，裝上了關節。這一項自上關節的手法，原是擒拿手中的上乘武功，他照做之時，一絲不苟，上得乾淨利落。

跟着樊綱、玄貞道人、李力世三人一一上前討戰。韋小寶所使的盡是澄觀所授的上乘招式，樊綱等三人都是或三四招、或七八招便敗了下去。高彥超朗聲道：「今日得見韋英雄高招，當眞令人大開眼界，小人等佩服之至！他日韋英雄路過伏牛山，還請不棄，上山來盤桓數日。」韋小寶道：「那自然是要叨擾的。」

羣雄躬身行禮，牽馬行開，一直走到鎭尾，這才上馬而去。他們竟然不敢在韋小寶面前上馬，實是恭敬之極。

阿珂終於服了：「這小惡人原來武功高強，每次假裝打我不過，都是故意讓我的。」

到此地步，鄭克塽只得過來向韋小寶道謝。韋小寶笑道：「鄭公子不必客氣，我不過運氣好，誤打誤撞，勝了他們，講到眞實武功，那是遠遠不及閣下了。」他這幾句話其實倒是眞話，但鄭克塽聽來，卻覺得是極辛辣的譏刺，不由得滿臉通紅。

當晚一行人南到獻縣，投了客店。九難遣開阿珂，問韋小寶道：「白天跟你做戲的那些人，都是你的朋友，是不是？」九難眼光何等厲害，風際中、徐天川那些人的做作，瞞得過鄭克塽和阿珂，卻怎瞞得過這位武學高人？韋小寶知道西洋鏡已經拆穿，笑道：「也不算是甚麼朋友。」九難道：「這些人武功個個頗爲了得，怎肯陪着你如此鬧着玩？」韋小寶笑道：「他們多半看不慣鄭公子的驕傲模樣，想是借着弟子，挫折一下他的驕氣。」九難心想此言倒也有理，說道：「你那幾招般若掌、拈花擒拿手法，使得可也不錯啊。」韋小寶笑道：「那是裝腔作勢唬人的，管不了用。」

說話之間，只聽得人喧馬嘶，有一大幫人來投店。一人大聲道：「一間上房，定要最好的，其餘的將就些也就罷了。」韋小寶一聽，心中一喜，認得是沐王府搖頭獅子吳立身。

韋小寶問：「師父，咱們是不是去殺吳三桂？」九難道：「我這次所受內傷着實不輕，雖然傷勢好了，內力未復，須得找個淸靜所在將養些時日，再定行止。否則倘再遇上敵人，我不能出手，老是由你去胡混瞎搞，咱們鐵劍門太不成話。」說着也不由得好笑。

韋小寶道：「是，是。師父身子要緊。」從行囊中取出極品旗槍龍井茶葉，泡了一蓋碗茶，說道：「弟子日後學會了師父的武功，遇上敵人，就可正大光明的動手了。師父，我去街上瞧瞧，看看有甚麼新鮮的蔬菜。」走出房來，只見阿珂與鄭克塽正並肩走向店外，神情十分親熱，登時心底一股醋意直湧上來，便跟在二人身後。

阿珂回頭道：「跟着我幹麼？」韋小寶道：「我又不是跟着你。我去給師父買菜。」阿珂道：「好！鄭公子，咱們向這邊走。」伸手向着城西的一座小山一指。韋小寶妒火更熾，說道：「小心些，別碰上了山大王，我可不能來救你們。」阿珂白了他一眼，道：「誰要你救了？」鄭克塽知他是重提自己醜事，甚是惱怒，哼了一聲，快步而行。

韋小寶眼見二人漸漸走遠，忽聽得阿珂格格一聲笑，激怒之下伸手拔出匕首，便欲追上去將鄭克塽殺了，跨出兩步，心想：「當眞要打，我可不是他二人對手。」

當下強忍怒氣，到街上去買了些口蘑、冬菇、木耳、粉絲，提着回到店中，見阿珂和鄭克塽尚未回來，想像他二人在僻靜之處談情說愛，只氣得不住大罵。

突然有人在他肩頭輕輕一拍，一把抱住，笑道：「韋兄弟，你在這裏？」韋小寶轉頭一看，原來是御前侍衞總管多隆，不由得大喜，笑道：「你怎麼來了？」只見他身後跟着十餘人，都是御前侍衞，穿的卻是尋常小兵裝束。衆侍衞見了他，個個眉花眼笑，卻不上前參見招呼。多隆低聲道：「這裏人雜，到我房裏說話。」原來他們一干人便也住在這客房裏。

到得房中，衆侍衞才一一上前參見，韋小寶笑道：「罷了，罷了！」取出一千兩銀票，笑道：「衆位兄弟們去喝酒花用罷。」衆侍衞早知這位副總管出手豪闊，只要遇上了他，必有好處，當下歡然道謝。

多隆低聲道：「韋兄弟，自從你在五台山遇險之後，皇上日常記掛在心，派我們出來尋找你的下落。」

韋小寶心下感激，站起身來，說道：「多謝皇上恩德。卻怎敢勞動多大哥的大駕？」多隆笑道：「皇上本來也沒派我，只派了十五名侍衞兄弟，是我自告奮勇。一來做哥哥的也眞牽記着你，二來也好乘機出京來玩玩，這是託了你兄弟的洪福。」衆人都笑了起來。多隆道：「這一下，我們幾個算是立了大功，回京之後，皇上得知韋兄弟脫險，定是十分歡喜。我們一路上打聽，韋兄弟的訊息沒聽到，卻查到有一夥叛賊密謀造反，在河間府大擧議事，我們就過來瞧瞧。」韋小寶道：「我也正爲此事而來，聽說這次他們聚會，叫作甚麼『殺龜大會』。」多隆大拇指一翹，說道：「厲害，厲害，甚麼事都逃不過韋兄弟的眼去。」韋小寶道：「你們探到了甚麼消息？」多隆道：「這裏兩個兄弟混入了大會之中，得知他們是要對付吳三桂，各省都推擧了盟主。好幾個盟主的名字也都查到了。」

韋小寶心念一動，問道：「是那幾個？」多隆道：「雲南是沐劍聲，福建是台逆鄭經的次子，叫做鄭克塽。」跟着又說了好幾個盟主的名字。韋小寶道：「那沐劍聲、鄭克塽等人的相貌，可認得出麼？」多隆道：「黑夜之中，這兩個兄弟看不清楚，也不敢走近細看。」

韋小寶道：「多大哥，你回京之後，請你稟告皇上，便說奴才韋小寶也在查訪這件事，一等有了眉目，就回京面奏。」多隆道：「是，是。韋兄弟如此忠心辦事，這次立了大功，皇上必定又有封賞。」韋小寶道：「如有功勞，還不是咱們御前侍衞大夥兒的面子？眼前有一件事，要請各位辛苦一趟。」衆侍衛都道：「韋副總管差遣，自當効勞。」

韋小寶道：「這件事說起來可氣人得緊。我有個相好的姑娘，此刻正在跟一個浮滑小子勾勾搭搭……」

他剛說到這裏，衆侍衛已是氣憤塡膺，個個破口大罵：「他奶奶的，那一個小子如此大膽，敢來動韋副總管的人？咱們立刻去把這小子殺了。」

韋小寶道：「殺倒不必。你們只須去打他一頓，給我出這一口惡氣，不過這小子是我朋友，卻也不可打得太過重了，尤其不可碰那位姑娘。」衆侍衛笑道：「這個自然理會得，韋副總管的相好姑娘，誰敢得罪了？」韋小寶道：「這二人向西去了。你們一動手，我假裝上來相救，將你們打跑。各位可得大大相讓，使得兄弟在心上人面前出出風頭。」

衆侍衛齊聲大笑，都道：「韋副總管分派的這椿差事，最有趣不過。」

多隆笑道：「大夥兒這就去幹，喂，個個須得小心在意，要是露出了馬脚，韋副總管可不拿你們當好兄弟啦。」衆侍衛都笑道：「韋副總管的大事，大夥兒赴湯蹈火，豈敢退後？」一名侍衛道：「他媽的，這小子調戲韋副總管的相好，好比調戲我的親娘，老子還不跟他拚命？」衆人一齊大笑。韋小寶笑道：「輕聲些，別讓旁人聽到了。」衆侍衛磨拳擦掌，嘻嘻哈哈的一擁而出。

韋小寶提了蔬菜，交給厨房，賞了他五錢銀子，吩咐整治精緻素菜，這才慢慢的向西城行去。走出一里多地，只聽叱喝叫罵之聲大作，遠遠望見數十人手執兵刃，打得甚是熱鬧，心想：「這小子倒也了得，居然以寡敵衆，抵擋得住。」

緩緩走近，不禁吃了一驚，只見衆侍衞圍住了七八人狠鬥。對方背靠城牆，負隅而戰，却是沐劍聲、吳立身一干人。沐劍聲身旁有個年輕姑娘，手握雙刀，已打得頭髮散亂，城頭上却有人攜手觀戰，正是阿珂和鄭克塽。韋小寶又是好氣，又是好笑，心道：「他媽的，打錯了人。定是他們先看到了沐公子，見他帶着個姑娘，不分青紅皀白，便即上前動手。」見多隆手握一柄鬼頭刀，站在後面督戰，當即走到他身邊，低聲道：「打錯了，是城頭上那兩個。」說了這話，立即走開。

多隆喝道：「不對，喂，相好的，原來欠債的不是你們。好，大夥兒都退下，放他們走罷！」衆侍衞一聽，紛紛退開。

沐劍聲、吳立身等人少，本已不敵，先前只道自己露了形迹，這些淸兵是來捉拿的，幸虧他們退開，正是求之不得。吳立身一眼瞥見韋小寶，暗叫：「慚愧，原來這次又是蒙韋恩公相救。否則殺了我不打緊，小公爺落入韃子手中，那可是萬死莫贖了。」其時不便和韋小寶相認，與沐劍聲等奔出城門，向北疾奔而去。

韋小寶走上城頭，問阿珂道：「師姊，他們爲甚麼打架？都是些甚麼人？」阿珂小嘴一撇，說道：「誰知道呢？這些官兵是討債來的。」韋小寶道：「咱們回店去罷，別讓師父又記掛。」阿珂道：「你先回去，我隨後就來。」

剛說到這裏，衆侍衞已奔上城頭，一名侍衞指着鄭克塽，叫道：「是他，欠我銀子的是這小子。」韋小寶低聲道：「鄭公子，師姊，咱們快走。韃子官兵胡作非爲，惹上了很是麻煩。」阿珂也有些害怕，道：「好，回去罷。」一名侍衛搶上前來，指着鄭克塽道：「前晚在河間府妓院裏玩花姑娘，你欠下我一萬兩銀子，快快還來。」

鄭克塽怒道：「胡說八道，誰到妓院裏去啦，怎會欠了你銀子？」一名侍衛道：「還說不是呢？前天晚上，你膝頭上坐了兩個粉頭，叫作甚麼名字哪？」另一名侍衛道：「年紀大的那個叫阿翠，小的那個叫紅寶。你左邊親一個嘴，喝一口酒，右邊摸一摸人家臉蛋，又喝一口酒，好不風流快活，還想賴麼？」又一名侍衛道：「你摟着兩個粉頭，跟我們擲骰子，輸了二千兩銀子，要翻本，向我借了三千，向這位老兄借了二千，後來又向他借了一千五，向那一位借了二千兩……」另一人道：「再向我借了一千五百兩，一共是一萬兩白花花的銀子。」五人一齊伸手，道：「殺人償命，欠債還錢！快快還來！」

阿珂想起當日在妓院中見到韋小寶跟衆妓胡鬧的情景，又想起前幾日在草堆之中，鄭公子在自己身上亂摸亂揑，看來這事多半不假，再一算日子，前晚正是「殺龜大會」的前夕，鄭公子深夜不歸，次日清晨卻見他滿臉酒意，說是甚麼英雄豪傑邀他去喝酒，喝酒不假，請他的卻不是英雄豪傑，而是妓院中的下賤女子，想到此處，不由得珠淚盈盈欲滴。

衆侍衛截住鄭克塽的後路，將他團團圍住，後面一人一伸手，抓住了他後領。鄭克塽大怒，手肘後挺，重重撞在他胸口。那侍衛大叫一聲，痛得蹲下身去。餘人一擁而上，拳脚紛施，這些人單打獨鬥，都不是鄭克塽的對手，但七八人一齊動手，將他掀在地下。

阿珂急叫：「有話好說，不可胡亂打人。」搶上前去相救。

多隆道：「喂，大姑娘，這事跟你不相干，可別趕這淌混水。」阿珂急道：「讓開！」

伸手向他肩頭推去。多隆是大內高手，武功了得，左手輕輕一揮，震得她向後跌開數步。那邊衆侍衛向鄭克塽拳打脚踢，劈劈拍拍的不住打他耳光。阿珂急攻數招，卻被多隆笑吟吟的逼得離鄭克塽越來越遠。多隆笑道：「大姑娘，這個花花公子吃喝嫖賭，樣樣俱全，今天早晨還在向我借五千兩銀子，說要娶那兩個粉頭回家去做小老婆，你何必迴護於他？」阿珂退開幾步，急叫：「你們別打，有話……有話慢慢的說。」

一名侍衛笑道：「你叫他還了我們銀子，自然不會打他。」說着又在鄭克塽面門砰的一拳，他鼻孔中登時鮮血長流。一名侍衛拔出刀來，叫道：「割下他兩隻耳朶再說。」說着將單刀在空中虛劈兩刀。

阿珂拉住韋小寶的手，急得要哭了出來，道：「怎麼辦？怎麼辦？」韋小寶道：「一萬兩銀子我倒有，只是送給他還賭帳嫖帳，可不大願意。」阿珂道：「他們要割他耳朶了，你就……就借給我罷。」韋小寶道：「師姊要借，別說一萬兩，就十萬兩也借了，不過日後你是我妻子，這筆帳不能算。你叫鄭公子向我借。」阿珂頓足道：「唉，你這人眞是。」叫道：「喂，你們別打，還你們錢就是。」

衆侍衛也打得夠了，便即住手，但仍是按住鄭克塽不放。

阿珂叫道：「鄭公子，我師弟有銀子，你向他借來還債罷。」

鄭克塽氣得幾欲暈去，但見鋼刀在臉前幌來幌去，怕他們眞的割了自己耳朶，心下也眞害怕，眼望韋小寶，露出祈求之色。

阿珂拉拉韋小寶的袖子，低聲道：「就借給他罷。」

一名侍衛冷笑道：「一萬兩銀子不是小數目，沒中沒保，怎能輕易借了給人？這小子最愛賴債，大夥兒可不是上了他當嗎？」另一人道：「除非這位姑娘做中保，這小子倘若賴帳不還，就着落在這位姑娘身上償還。」那高舉鋼刀的侍衛大聲道：「人家大姑娘跟這臭小子沒親沒故，幹麼要給他作保？如果一萬兩銀子還不出，除了拿身子償還，嫁給這位小財主之外，還有甚麼法子？」衆侍衛鬨笑道：「對了，這主意十分高明。」

韋小寶低聲道：「師姊，不成，你聽他們的話，那不是太委屈你了麼？」

拍的一聲響，一名侍衛又重重打了鄭克塽一個耳光。他手脚全被拉住，絕無抗拒之力。一名侍衛喝道：「狠狠的打，打死了他，這一萬兩銀子，就算掉在水裏。這叫做眼不見，心不煩。」劈劈拍拍，又打了起來。

鄭克塽叫道：「別打！別打！韋兄弟，你手邊如有銀子，就請借給我一萬兩，我……我保證一定歸還。」

韋小寶斜眼瞧着阿珂，道：「師姊，你說借不借？」

阿珂淚水在眼眶中滾來滾去，哽咽道：「借……借好了！」一名侍衛在旁湊趣，大聲道：「大姑娘作的中保，日後大姑娘嫁小財主，這臭小子倒是媒人。」韋小寶從懷中摸出一叠銀票來，檢了一萬兩，便要去交換鄭克塽，一轉念間，交給了阿珂。阿珂接了，說道：「銀子有了，你們放開他啊。」

衆侍衛均想，先前韋副總管說好是由他出手救人，現下變成了使銀子救人，不知是否合他心意，當下仍然抓住鄭克塽不放。

韋小寶道：「這一萬兩銀子，你們拿去分了罷，他媽的，總算是大夥兒辛苦了一場。你們這些混帳王八蛋，快快給我放人！」衆侍衛一聽大喜，韋小寶言中意思，顯然是將這一萬兩銀子賞給他們了，當下放開了鄭克塽。阿珂伸手將他扶起，將銀票交給他。鄭克塽怒極，隨手接過，看也不看，便交給身旁一名侍衛。

韋小寶罵道：「你們這批王八蛋，韃子官兵，將我朋友打成這個樣子，老子不和你們干休。」阿珂生怕多起糾紛，忙道：「別罵了，咱們回去。」韋小寶道：「這件事想想也教人生氣，欠債還錢，那已經還了。鄭公子這一頓打，可不是白挨的嗎？」

多隆哈哈大笑，說道：「這小子窮星剛脫，色心又起，他媽的，你老是挨着人家大姑娘幹麼？」一伸手，抓住鄭克塽的後領，提起他身子，在空中轉了兩個圈子，喝道：「我把你抛下城牆去，瞧你是死是活！」鄭克塽和阿珂齊聲大叫。

多隆將鄭克塽重重在地下一頓，喝道：「以後你給我離得這位姑娘遠遠的，人家好好的姑娘，跟你這狂嫖濫賭、偷鷄摸狗的小子在一起，沒的壞了名頭。我跟你說，以後我再見到你纏在這位姑娘身旁，老子非扭斷你的狗頭不可。」說着左手握住他辮根，右手將他辮子在手掌繞了兩轉，深深吸了一口氣，胸口登時鼓了起來，手臂手背上肌肉凸起，一聲猛喝，雙臂用力向外一分，拍的一聲響，辮子從中斷絕。

衆侍衛見到他如此神力，登時采聲雷動。多隆膂力本強，又練了一身外家硬功。雙膀實有千斤之力。幸好他左手握住了辮根，否則鄭克塽這根辮子是假的，輕輕一拉，便揭露了他不遵朝令、有不臣之心的大罪。

多隆抛下半截辮子，五根鼓槌兒般的大手指扠在鄭克塽頸中，跟着左手扠住他的後頸，雙手漸漸收緊，鄭克塽的臉漸漸脹紅，到後來連舌頭也伸了出來，眼見便要窒息而死。十餘名侍衞各抽兵刃，團團圍在二人身周，不讓阿珂過來相救。

韋小寶叫道：「錢也還了，還想殺人嗎？」一衝而前，砰的一拳，打在一名侍衞小腹之上。那侍衞「啊喲」一聲，一個觔斗摔出，大叫大嚷，手足亂伸，說甚麼也爬不起身來，韋小寶雙拳一招「雙龍搶珠」，向多隆打去。多隆兩隻手正扠在鄭克塽頸中，難以招架，登時中拳。這招「雙龍搶珠」本是打向敵人太陽穴，但多隆身材高大，韋小寶卻生得矮小，兩個拳頭都打在他脅下。多隆假裝大怒，罵道：「死小鬼，老子扠死了你！」放開鄭克塽，和韋小寶鬥了起來。

韋小寶使開從海大富與澄觀處學來的武功，身法靈活，一招一式，倒也巧妙美觀。多隆出拳有風，儘往他身旁數寸之處打去，突然鬥得興發，飛腿猛踢，喀喇一聲，將韋小寶身旁的一株棗樹踢斷了。衆侍衞大聲喝采。

阿珂見多隆如此神威，生恐韋小寶給他打死了，叫道：「師弟，莫打了，咱們回去。」韋小寶大喜：「她關心起我來了，小娘皮倒也不是全沒良心。」

多隆又是一脚，將地下一塊斗大石頭踢得飛了起來，掉下城頭。韋小寶出招越來越快，拍的一掌，正中對方肚皮，多隆「啊啊」大叫，雙腿一彎，坐倒在地，叫道：「老子不服，再來打過！」一躍而起，雙臂直上直下的急打過來。韋小寶側身閃避，多隆一拳打上城牆，登時打下三塊大青磚來。塵土飛揚之中，韋小寶飛起右脚，脚尖還沒碰到他身子，多隆大叫一聲，從城牆上溜了下去，掉在城牆脚下，動也不動了。

韋小寶大吃一驚，生怕眞的摔死了他，俯首下望。多隆抬頭一笑，霎了霎眼，搖手示意不妨，隨即伏倒。韋小寶這才放心。衆侍衛都驚惶不已，紛紛奔下城頭。

韋小寶一拉阿珂，低聲道：「快走，快走！」三人一溜烟的奔回客店。

回到客店之中，九難見阿珂神色有異，氣喘不已，問道：「遇上了甚麼事？」阿珂道：「有十多個韃子官兵跟鄭公子爲難，幸虧……幸虧師弟打倒了官兵的頭腦。」九難道：「給我在客店裏安安靜靜的耽着，別到處亂走，惹事生非。」阿珂低頭答應，過了一會，總是記掛着鄭克塽的傷勢，到他房中去看望，只見衆伴當已給他敷上傷藥，已睡着了。

韋小寶見她從鄭克塽房裏出來，又是有氣，又有些懊惱：「剛才怎不叫他們當眞割了這小子的兩隻耳朶？」又想：「這妞兒一心一意，總是記掛着這臭小子。我就算把小子耳朶割了、眼睛戳瞎了，看來她還是把他當作心肝寶貝。」饒是他機警多智，遇上了這等男女情愛之事，卻也是一籌莫展了。

註：回目中「棘門此外盡兒戲」一句，原爲漢文帝稱讚周亞夫語，指其軍令森嚴，其他將軍所不及，原詩詠吳三桂殘暴虐民而治軍有方。「棘門」即「戟門」，亦可指宮門，本書借用以喻衆御前侍衛出宮胡鬧。

不多時沐王府十餘人全被打倒，反綁了起來。吳立身暗暗叫苦，只得奮力揮刀狠鬥。那蠻子首領武藝精熟，跳上跳下，大叫蠻話。

第二十八回　未免情多絲宛轉　爲誰辛苦竅玲瓏

韋小寶當晚睡到半夜，忽聽得窗上有聲輕敲，迷迷糊糊的坐起身來，只聽窗外有人低聲道：「韋恩公，是我。」

他一凝神，辨明是吳立身的聲音，忙走近窗邊，低聲道：「是吳二叔麼？」吳立身道：「不敢，是我。」韋小寶輕輕打開窗子，吳立身躍入房內，抱住了他，甚是歡喜，低聲道：「恩公，我日日思念你，想不到能在這裏相會。」轉身關上窗子，拉韋小寶並肩坐在坑上，說道：「在河間府大會裏，我向貴會裏的朋友打聽你的消息，他們卻不肯說。」

韋小寶笑道：「他們倒不是見外，有意不肯說，實在我來參加『殺龜大會』，是喬裝改扮了的，會中衆兄弟也都不知。」

吳立身這才釋然，道：「原來如此，今日撞到韃子官兵，又蒙恩公解圍，否則的話，只怕我們小公爺要遭不測，小公爺要我多多拜上恩公，實是深感大德。」

韋小寶道：「大家是好朋友，何必客氣。吳二叔，你這麼恩公長的恩公短的，聽來着實別扭，倘若你當我是朋友，這稱呼今後還是免了。」

吳立身道：「好，我不叫你恩公，你也別叫我二叔。咱倆今後兄弟稱呼。我大着幾歲，就叫你一聲兄弟罷。」韋小寶笑道：「妙極，你那個劉一舟師姪，豈不是要叫我師叔了？」吳立身微覺尷尬，說道：「這傢伙沒出息，咱們別理他，兄弟，你要上那裏去？」

韋小寶道：「這事說來話長。二哥，做兄弟的已對了一頭親事。」

吳立身道：「恭喜，恭喜，却不知是誰家姑娘？」隨即想到：「莫非就是方怡？他找到方姑娘和小郡主了？」滿臉都是喜色。

韋小寶道：「我這老婆姓陳，不過有一件事，好生慚愧。」吳立身問道：「怎麼？」韋小寶道：「我這老婆却另有個相好，姓鄭，這小子人品極不規矩。想勾搭我的老婆，倒還是小事，他卻向韃子官兵告密。今日那些官兵來跟小公爺爲難，就是他出的主意。」

吳立身大怒，道：「這小子活得不耐煩了，卻又不知爲了甚麼？」

韋小寶道：「你道這小子是誰？他便是台灣延平郡王的第二兒子。他說延平郡王統領大軍，你們沐王府卻已敗落，無權無勢，甚麼何足道哉？」吳立身怒道：「我們沐王爺是大明開國功臣，世鎭雲南，怎是他台灣鄭家新進之可比？」韋小寶道：「可不是嗎？這小子說道：是誰殺了吳三桂，在天下英雄之前大大露臉；你們在雲南是地頭蛇，要殺吳三桂，比他們台灣鄭家要方便百倍。他跟我來商量，說要把沐家的人先除去了。我說我們天地會跟沐王府早有賭賽，瞧誰先幹掉吳三桂。英雄好漢，贏要贏得光采，輸要輸得漂亮，那有暗中算計對方之理？這小子不服氣，便另生詭計。幸虧韃子官兵不認得小公爺，我騙他們說認錯人了，你們才得脫身。」吳立身連叫：「原來如此，原來如此！他媽的，這小子不是人。」

韋小寶道：「二哥，這小子非教訓他一頓不可。瞧在延平郡王的面上，我們也不能殺了他。最好你去打他一頓，兄弟便挺身出來相勸，跟你動手。你故意讓我幾招，假裝敗退，不知肯不肯？」吳立身道：「兄弟是爲我們出氣，那有不肯之理？如此最好，也免得跟台灣鄭家破面，多惹糾紛。」韋小寶道：「那個頭臉有傷，跟兄弟在一起的小子，便是他了。」吳立身道：「是。他鄭家又怎麼了？沐王府今天雖然落難，卻也不是好欺侮的。」

韋小寶道：「可不是嗎？」隨即問起那天在莊家大屋「見鬼」之事。他日間雖見到徐天川，但當時不便問，一直記掛着這件事。

吳立身臉有慚色，不住搖頭，說道：「兄弟，你今日叫我一聲二哥，我這做哥哥的實在好生慚愧。那日我們被那批裝神弄鬼的傢伙使邪法制住了，豈知這批傢伙給人引出屋去，拿了起來，幾個女子剛過來放了我們，卻又有一批鬼傢伙攻進屋來，把章老三他們救了去。」

韋小寶點點頭，心道：「那是神龍教的，莊三少奶她們抵敵不住。」

吳立身搖頭道：「那時我和徐老爺子穴道剛解開，手脚還不大靈便，黑暗之中胡裏胡塗的亂鬥一場，大夥兒都失散了。到第二天早上才聚在一起，可是兄弟你、小郡主、方姑娘三個，卻說甚麼也找不到，我們又去那間鬼屋找尋。屋裏只有一個老太婆，也不知是眞聾還是假聾，纏了半天，問不出半點所以然來。徐老爺子和我都不死心，明探暗訪，直搞了大半個月，唉，半點頭緒也沒有。好兄弟，今天見到你，眞是開心。小郡主和方姑娘去了那裏？你可有點訊息嗎？我們小王爺記掛着妹子，老是不開心。」

韋小寶含糊以應：「我也挺記掛着她兩個。方姑娘聰明伶俐，小郡主卻是個老實頭，早些跟他哥哥見面就好啦。」心想：「原來你們沒給神龍教捉去，沒給逼服了毒藥來做奸細，那好得很。」他知吳立身性子爽直，不會說謊，倘若這番話是劉一舟說的，就未必可信。

吳立身道：「兄弟，你好好保重，做哥哥的去了。」說着站起，頗為依依不捨，拉着他手，又道：「兄弟，天下好姑娘有的是，你那夫人倘若對你不住，你也不必太放在心上。」韋小寶長歎一聲，黯然無語。這聲歎息倒是貨眞價實。吳立身推開窗子，跳了出去。

次日韋小寶隨着九難和阿珂出城向北，鄭克塽帶了伴當，仍是同行。九難問他：「鄭公子，你要去那裏？」鄭克塽道：「我要回台灣，送師太一程，這就分手了。」

行出二十餘里，忽聽得馬蹄聲急，一行人從後趕了上來。奔到近處，只見來人是一羣鄉農，手中拿了鋤頭、鐵扒之屬，當先一人叫道：「是這小子，就是他了。」韋小寶一看，這人正是吳立身。

一夥人繞過大車，攔在當路。吳立身指着鄭克塽罵道：「賊小子，昨晚你在張家莊幹的好事！貓兒偷了食，就想溜之大吉嗎？」鄭克塽怒道：「甚麼張家莊、李家莊？你有沒生眼睛，胡說八道。」吳立身叫道：「好啊，李家莊的姑娘原來也給你騙的，你自己認招了。他媽的，賊小子！一晚上接連誘騙了兩個閨女，當眞大膽無恥。」

鄭府伴當齊聲喝道：「這位是我們公子爺，莫認錯了人，胡言亂語。」

吳立身拉過一個鄉下姑娘，指着鄭克塽道：「是不是他？你認淸楚些。」韋小寶見這鄉下姑娘濃眉大眼，顴骨高聳，牙齒凸出，身上倒穿得花花綠綠，頭上包着塊花布，料想是吳立身花錢去僱了來的。心下暗暗好笑。

那鄉下姑娘粗聲粗氣的道：「是他，是他，一點兒不錯。他昨天晚上到了我屋子裏，一把抱住了我，嗚嗚，這……。可醜死人啦，啊唷，嗚嗚，啊，媽呀……」說着號啕大哭。

另一個鄉農大聲喝道：「你欺侮我妹子，叫老子做你的便宜大舅子。他媽的，老子跟你拚命。」正是吳立身的弟子敖彪。韋小寶細看沐王府人衆，有五六人曾經會過，劉一舟卻不在其內，料來吳立身曾先行挑過，並無跟自己心有嫌隙之人在內，以免敗露了機關。

阿珂見那鄉下姑娘如此醜陋，不信鄭克塽會跟她有何苟且之事，只是她力證其事，這些鄉下人又跟他無寃無仇，想來也不會故意誣賴，不由得將信將疑。韋小寶皺眉道：「鄭公子也未免太風流了，去妓院中玩耍那也罷了，怎地去……去……去……唉，這鄉下姑娘這樣難看，師姊，我想他們一定認錯了人。」阿珂道：「對，準是認錯了。」

吳立身對那鄉姑道：「快說，快說，怕甚麼醜？他……這小賊給了你甚麼東西？」

那鄉姑從懷裏取出一隻一百兩的大銀元寶，說道：「他給我這個，叫我聽他的話。他說他是台灣來的，他爹爹是甚麼王爺，家裏有金山銀山，還有……還有……」

阿珂「啊」的一聲尖叫，心想這鄉下姑娘無知無識，怎會揑造，自然是鄭克塽眞的說過了，不由得心下一陣氣苦。鄭府衆伴當也都信以爲眞，均想憑這鄉下姑娘，身邊也不會有這大元寶，紛紛喝道：「讓開，讓開！你拿了元寶還吵些甚麼？別攔了大爺們的道路。」

敖彪叫道：「不成，我妹子給你強姦了，叫她以後如何嫁人？你非娶了她不可。你快快跟我回去，和她拜堂成親，帶她回台灣，拜見你爹娘。我妹子是好人家女兒，又不是低三下四的賤人，難道是要了你銀子賣身嗎？他說這一百兩銀子是幹甚麼的？」最後這句話是對着那鄉姑而問。那鄉姑道：「他說……他說這是甚麼聘禮，又說要叫人來做媒，娶我做老婆，帶我去王府做甚麼一品夫人。」敖彪道：「這就是了。妹夫啊，我跟你說，你不跟我妹子成親，想要這樣一走了之，可沒那麼容易，快跟你大舅子回去。」

鄭克塽怒極，心想這次來到中原，盡遇到不順遂之事，連這些鄉下人也莫名其妙的找上我來，提起馬鞭，拍的一聲，便向敖彪頭上擊落。敖彪大叫：「啊喲！」雙手抱頭，倒撞下馬，蜷縮成一團，抽搐了幾下，便不動了。衆鄉人大叫：「打死人啦，打死人啦！」

那鄉姑跳下馬來，抱住敖彪身子，放聲大哭，哭聲既粗且啞，直似殺豬。

鄭克塽一驚，眼下身在異鄉，自己又是清廷欲得之而甘心的人物，鬧出了人命案子，那可大大的不便，當即喝道：「大夥兒衝！」一提馬韁，便欲縱馬奔逃。

突然一個鄉下人縱身而起，從半空中向他撲將下來。鄭克塽左手反手一拳，向他胸膛打去。那人抓住他的手腕一扭，喀的一聲，手肘脫臼。那人落在他身後馬鞍上，右手伸到他脅下，扳住了他頭頸，正是擒拿手法中一招「斜批逆鱗」，那人手法乾淨利落，嘴裏大呼大叫：「阿三，阿狗，快來幫忙，我……我……我給他打得好痛，啊唷喂，這小子打死我啦！打死我啦！」鄭克塽全身酸麻，已然動彈不得。

鄭府衆伴當拔出兵刃，搶攻上來。沐王府這次出來人數雖然不多，卻個個身手不弱，舉起鋤頭鐵扒，一陣亂打，將本已受傷的衆伴當趕開。

那鄉下人抱住鄭克塽，滾下馬來，大叫大嚷：「阿花哪，快來捉住你老公，別讓他逃走了。」那鄉下姑娘叫道：「他逃不了。」縱身而上，將鄭克塽牢牢抱住。韋小寶這時才看出來，這鄉下姑娘原來是男扮女裝，無怪如此醜陋不堪，那自然是沐王府中的人物，「她」一把抱住鄭克塽，使的也是擒拿手法。

阿珂急叫：「師父，師父，他們捉住鄭公子啦，那怎麼辦？」九難搖頭道：「這鄭公子行止不端，受些教訓，於他也非無益。這些鄉下人也不會傷他性命。」她躺在大車之中靜養，只聽到車外嘈鬧，卻沒見沐王府衆人動手的情形，否則以她的眼光，一見到這些人的身手，自然便看破了。阿珂道：「這批鄉下人好像是會武功的。」韋小寶道：「武功是沒有，蠻力倒着實不小。」

敖彪從地下爬了起來，叫道：「他媽的，險些打死了你老子。」一名鄉下人笑道：「是大舅子，怎麼會是老子？」敖彪道：「好，抓住了這小子，大舅子既沒有死，也不用他抵命了。我的阿花妹子終身有託，抓他去拜堂成親罷。」衆鄉人歡呼大叫：「喝喜酒去，喝喜酒去！」將鄭府伴當的馬匹一齊牽了，擁着鄭克塽，上馬向來路而去。

鄭府伴當大叫急追，眼見一夥人絕塵而去，徒步卻那裏追趕得上？

韋小寶笑道：「鄭公子在這裏招親，那妙得很啊，原來這裏的地名叫做高老莊。」阿珂驚怒交集，早就沒了主意，順口問道：「這裏叫高老莊？」韋小寶道：「是啊。西遊記中，不是有一回書叫『豬八戒高老莊招親』麼？」阿珂怒道：「你才是豬八戒！」倚在路旁一株樹上，哭了起來。韋小寶道：「師姊，鄭公子娶媳婦，那是做喜事哪，怎麼你反而哭了？」

阿珂又想罵他，轉念一想，這小鬼頭神通廣大，只有求他相助，才能救得鄭公子回來，哭道：「師弟，你怎生想個法兒，去救了他脫險。」

韋小寶睜大眼睛，裝作十分驚異，道：「你說救他脫險？他又沒打死人，不會要他抵命的。」阿珂道：「你沒聽見？那些人要逼他跟那鄉下姑娘拜堂成親。」韋小寶笑道：「拜堂成親，那好得很啊。」壓低了嗓子，悄聲道：「我就是想跟你拜堂成親，只可惜你不肯。」阿珂白了他一眼，道：「人家都急死了，你還在說這些無聊話，瞧我以後睬不睬你？」韋小寶道：「師父說道，鄭公子品行不好，讓他吃些苦頭，大有益處。何況拜堂成親又不是吃苦頭，鄭公子多半還開心得很呢。否則的話，昨天晚上他又怎會去找這姑娘，跟她瞎七搭八，不三不四。」阿珂右足在地下一頓，怒道：「你才瞎七搭八，不三不四。」

這一日阿珂一路上故意找事躭擱，打尖之時，在騾子後蹄上砍了一刀，騾子就此一跛一拐，行得極慢，只走了十多里路，便在一個市鎮上歇了。

韋小寶知她夜裏定會趕去救鄭克塽，吃過晚飯，等客店中衆人入睡，便走到馬廐之中，在草堆上睡倒。果然不到初更時分，便聽得脚步之聲細碎，一個黑影走過馬廐來牽馬。韋小寶低聲叫道：「有人偷馬！」

那人正是阿珂，一驚之下，轉身欲逃，隨即辨明是韋小寶的聲音，問道：「小寶，是你嗎？」韋小寶笑道：「自然是我。」阿珂道：「你在這裏幹甚麼？」韋小寶道：「山人神機妙算，料到有人今夜要做偷馬賊，因此守在這裏拿賊。」阿珂啐了一口，央求道：「小寶，你陪我一起去……去救他回來。」

韋小寶聽得她軟語相求，不由得骨頭都酥了，笑道：「倘若救出了他，有甚麼獎賞？」阿珂道：「你要甚麼都……」本來想說你要甚麼都依你，立即想到：「這小鬼頭定是要我嫁他，那如何依得。」一句話沒說完，便改口道：「你……你總是想法子來欺侮我，從來不肯眞心幫我。」說到這裏，嗚嗚咽咽的哭了起來。她哭泣倒是不假，只不過心中想到的，卻是鄭克塽的輕薄無行，以及他陷身險境，不知拜了堂、成了親沒有。

韋小寶給她這麼一哭，心腸登時軟了，歎道：「好啦，好啦！我陪你去便是。」阿珂大喜，抽抽噎噎的道：「謝……謝謝你。」韋小寶道：「謝是不用謝，就是不知道高老莊在那裏。」阿珂一怔，隨即明白，他說「高老莊」，還是繞了彎在罵鄭克塽，低聲道：「咱們一路尋過去就是了。」

兩人悄悄開了客店後門，牽馬出店，並騎而行，從來路馳回。韋小寶道：「鄭公子到底有甚麼好，你這樣喜歡他？」阿珂道：「誰說喜歡他了？不過……不過大家相識一場，他遭到危難，自然要去相救。」韋小寶道：「倘若有人捉了我去拜堂成親，你救我不救？」阿珂噗哧一笑，道：「你好美嗎？誰會捉你去拜堂成親了？」韋小寶歎道：「你瞧我不順眼，說不定有那一個姑娘，瞧着我挺俊、挺帥呢？」阿珂笑道：「那可謝天謝地了，省得你老是陰魂不散的纏着我。」

韋小寶道：「好，你這樣沒良心，倘若有人捉了你去拜堂成親，我可也不救你。」

阿珂微微一驚，心想若眞遇上這等事，那是非要他相救不可，幽幽的道：「你一定會來救我的。」韋小寶道：「為甚麼？」阿珂道：「人家欺侮我，你決不會袖手旁觀，誰教你是我師弟呢？」這句話韋小寶聽在耳裏，心中甜甜的甚是受用。

說話之間，已馳近日間和沐王府羣雄相遇之處，只見路邊十餘人坐在地下，手中提着燈籠，正是鄭府的伴當。阿珂勒馬即問：「鄭公子呢？」衆伴當站了起來，一人哭喪着臉說道：「在那邊祠堂裏。」說着向西北角一指。阿珂問道：「祠堂，幹甚麼？」那伴當道：「這些鄉下人請了公子去，硬要他拜堂成親，公子不肯，他們就拳打足踢，兇狠得緊。」

阿珂怒道：「你們……哼……你們都是高手，怎地連幾個鄉下人也打不過？」衆伴當甚是慚愧，都低下頭來。一人道：「這些鄉下人都是有武功的。」阿珂怒道：「人家有武功，你們就連主子也不顧了？我們要去救人，你們帶路。」

一名年老伴當道：「那些鄉下佬說，我們如再去囉唕，要把我們一個個都宰了。」阿珂道：「宰就宰了，怕甚麼？郡王要你們保護公子，卻這等貪生怕死！」那伴當道：「是，是。最好……最好請姑娘別騎馬，以防他們驚覺。」阿珂哼了一聲，和韋小寶一齊跳下馬來，將馬繫在路邊樹上。衆伴當放下燈籠，帶領二人向西北走去。

行出里許，穿過一座樹林，一片墳地，來到七八間大屋外，屋中傳來鑼鼓喧鬧之聲。阿珂心中焦急：「他眞的在拜堂了？」一拉韋小寶的衣袖，快步奔去，繞到屋側，見一扇門開着一半，望進去黑沉沉的無人。兩人閃將過去，循着鑼鼓聲來到大廳，蹲下身來，從窗縫中向內張去。

一見廳中情景，阿珂登時大急，韋小寶卻開心之極。

只見鄭克塽頭上插了幾朵紅花，和一個頭披紅巾的女子相對而立。廳上明晃晃的點了許多蠟燭，幾名鄉下人敲鑼打鼓，不住起鬨。吳立身叫道：「再拜，再拜！」鄭克塽道：「天地也拜過了，還拜甚麼？」阿珂一聽，氣得險些暈去。

吳立身搖頭道：「咱們這裏的規矩，新郎要向新娘連拜一百次。你只拜了三十次，還得拜七十次。」敖彪提起脚來，在鄭克塽屁股上踢一脚，鄭克塽站立不定，跪了下去。敖彪按住他頭，喝道：「你今日做新郎，再磕幾個頭，又打甚麼緊？」

韋小寶知道他們是在拖延時刻，等候自己到來，這種好戲生平難得幾回見，不妨多瞧一會兒，倒也不忙進去救人。阿珂卻已忍不住，砰的一聲，踢開長窗，手持單刀跳了進去，喝道：「快放開他！否則姑娘一個個的把你們都殺了！」

吳立身笑道：「姑娘，你是來喝喜酒的嗎？怎麼動刀動槍？」阿珂踏上一步，揮刀向敖彪砍去，她憤急之下，出刀勢道甚是凌厲。敖彪急忙躍開，提起身後長櫈抵敵。阿珂雖無內力，武功招數卻頗精奇，敖彪的長櫈不趁手，竟被她逼得連連倒退。吳立身笑道：「嘿，倒還了得。」伸手接了過來，他武功比之敖彪可高得多了，單憑一對肉掌，在她刀刃之間穿來插去。鄭克塽躍起身來待要相助，背心上被人砰砰兩拳，打倒在地。

阿珂拆得七八招，眼見抵敵不住，叫道：「師弟，師弟，快來。」卻聽得韋小寶在窗外大叫：「好厲害，老子跟你們拚了。」又聽得窗上拳打足踢，顯然是韋小寶正在與人惡鬥。

吳立身聽得韋小寶到來，忙使個眼色，喝道：「甚麼人！」他兩名弟子搶了上來，使開兵刃，接過了阿珂的柳葉刀。吳立身縱到廳外，但見韋小寶獨自一人，正在將長窗踢得砰砰作聲，那裏有人在和他動手？吳立身險些笑了出來，叫道：「大家住手！你這小孩子在這裏幹甚麼？」韋小寶叫道：「我師姊叫我來救人，你們快快放人！啊喲，不好，你這鄉下佬武功了得。」嘴裏大呼小叫，向門外奔去。吳立身笑着追了出去。

來到祠堂之外，韋小寶停步笑道：「二哥，多謝你了，這件事辦得十分有趣。」吳立身笑道：「那姑娘就是兄弟的心上人嗎？果然武功既好，人品也……也是……嘿嘿，不錯。」他生性粗豪，阿珂容貌極美，並不以爲有甚麼了不起，但對她招數精妙，倒頗佩服。

韋小寶歎了口氣，道：「可惜她一心一意只想嫁給那臭小子，不肯嫁給我。你們能逼得那臭小子跟鄉下姑娘拜堂成親，如能逼得她跟我……」靈機一動，說道：「二哥，請你幫忙幫到底。我假裝給你擒住，你再去擒那姑娘，逼迫我拜堂成親，你瞧好是不好？」

吳立身哈哈大笑，不由得搖了搖頭，忙道：「很好，很好，兄弟，你別介意，我搖頭是習慣成自然，不過……不過……」說到這裏，頗爲躊躇。韋小寶問道：「不過怎樣？」吳立身道：「咱們是俠義道，開開玩笑是可以的，兄弟你別多心，做哥哥的說話老實，那貪花好色的淫戒，卻萬萬犯不得。」

韋小寶道：「這個自然。她是我師姊，跟我拜堂成親之後，就是我明媒正娶的妻子。二哥，你是媒人，拜天地就是正娶，是不是？又不是採花嫖堂子，有甚麼貪花好色了？」吳立身道：「是，是。兄弟你答應我，對這位姑娘，可不能做甚麼不合俠義道的……的壞事。」韋小寶道：「你放一百二十個心。大丈夫一言既出，甚麼馬難追。」

吳立身大喜，笑道：「我原知你是響噹噹的英雄好漢。這姑娘嫁了給你，那眞是她的造化。」韋小寶微笑道：「你是媒人，這杯喜酒，總是要請你喝的。」吳立身笑道：「妙極！兄弟，我可要動手了。」韋小寶雙手反到背後，笑道：「不用客氣。」

吳立身左手抓住了他雙手手腕，大聲道：「瞧你還逃到那裏去！」將他推進大廳之中。只見阿珂手中單刀已被擊落，三件兵刃指住她前心背後。敖彪等雖將她制住，但知她是韋小寶的心上人，不敢有絲毫無禮。

吳立身解下腰帶，將韋小寶雙手反綁了，推他坐在椅中，又過去將阿珂也綁住了。韋小寶不住口的大罵。吳立身喝道：「小鬼，再罵一句，我挖了你的眼珠子。」韋小寶道：「我偏偏要罵，臭賊！」阿珂低聲道：「師弟，別罵了，免得吃眼前虧。」韋小寶這才住嘴。

吳立身道：「這姑娘倒也明白道理，人品也還不錯，很好，很好。我有個兄弟，還沒娶妻，今天就娶了她做我的弟婦罷。」阿珂大驚，忙道：「不成，不成！」吳立身怒道：「為甚麼不成？大姑娘家，總是要嫁人的。我這兄弟是個英雄豪傑，又不會辱沒了你。為甚麼不肯？當眞不識抬擧！奏樂。」敖彪等拿起鑼鼓打了起來，咚咚嘡嘡，甚是熱鬧。

阿珂生平所受的驚嚇，莫無過於此刻，心想這鄉下人如此粗陋骯髒，他弟弟也決計好不了，倘若失身於這等鄉間鄙夫，就算即刻自盡，也已來不及了。她牙齒緊緊咬着嘴唇，嚇得話也說不出來了。吳立身笑道：「很好，你答應了。」右手一揮，衆人停了敲擊鑼鼓。

阿珂叫道：「沒有，我不答應。你們快殺了我！」吳立身道：「好，我這就殺了你，連你師弟也一起殺了。」說着從敖彪手中接過鋼刀，高高擧起。阿珂哭道：「你快殺，不殺的不是好漢。你……你快殺我師弟，先……先殺他好了。」

吳立身向韋小寶瞧了一眼，心道：「這姑娘對你如此無情無義，你又何必娶她？」韋小寶心中也在怒罵：「臭小娘，爲甚麼先殺我？」吳立身怒道：「我偏偏不殺你師弟。阿狗，把這臭小子拖出去砍了！」說着向鄭克塽一指。敖彪應道：「是。」便去拉鄭克塽。

阿珂驚呼：「不，不要害他……他是殺不得的。他爹爹……他爹爹……」

吳立身道：「也罷！那麼你做不做我的弟媳？」阿珂哭道：「不，不，你……你殺死我好了。」吳立身拋下鋼刀，提起一條馬鞭，喝道：「我不殺你，先抽你一百鞭子。」心中怒氣勃發，一時難以遏止，舉起鞭子向空中吧的一聲，虛擊一鞭，便要往她身上抽去。

韋小寶叫道：「且慢！」吳立身馬鞭停在半空不即擊下，問道：「怎麼？」韋小寶道：「咱們英雄好漢，講究義氣。我跟師姊猶如同胞手足，這一百鞭子，你打我好了。」

阿珂見吳立身狠霸霸的舉起鞭子，早嚇得慌了，聽韋小寶這麼說，心中一喜，道：「師弟，你眞是好人。」

韋小寶向吳立身道：「喂，老兄，甚麼事情都由我一力擔當。這叫做大丈夫不怕危難，挺身而出。你不可逼她嫁你兄弟，你如有甚麼姊姊妹妹嫁不出去的，由我來跟她拜堂成親好了。這鄭公子已娶了一個，我再娶一個，連銷兩個，總差不多了罷？就算還有，一起都嫁給我，老子破銅爛鐵，一古腦兒都收了……」

他說到這裏，吳立身等無不哈哈大笑。阿珂忍不住也覺好笑，但只笑得一下，想起自身遭受如此委屈，又流下淚來。吳立身笑道：「你這小孩做人漂亮，倒是條漢子。我本想就放了你們，只是給你幾句空話就嚇倒了，老子太也膿包。拜堂成親之事是一定要辦的，到底是你拜堂，還是她？」

阿珂急於脫身，忙道：「是他，是他！」吳立身瞪眼凝視着她，大聲道：「你說要他拜堂成親？」阿珂微感慚愧，低頭道：「是。」吳立身道：「好！」指着韋小寶大聲道：「今日非要你跟人拜堂成親不可。」

韋小寶望着阿珂道：「我……我……」阿珂低聲道：「師弟，你今日救我脫卻大難，我永不忘記，你就答應了罷！」韋小寶愁眉苦臉，說道：「你要我拜堂成親？唉，你知道，這件事十分爲難。」阿珂低聲道：「我知道，你今日如不幫我這個大忙，我只好一頭撞死了。我……無可奈何，只好求你。他們……他們惡得很。」

韋小寶大聲道：「師姊，今日是你開口求我，我韋小寶只好勉爲其難，答應了你。是你求我拜堂成親，可不是我自己願意的，是不是？」阿珂道：「是，是我求你的。你是英雄好漢，大丈夫挺身而出，濟人之急，又……又最聽我話的。」

韋小寶長歎一聲，道：「師姊，我對你一番心意，你現在總明白了。不論你叫我做甚麼事，我都一口答應，不會皺一皺眉頭。你既要我拜堂成親，我自然答應。」阿珂道：「我知道你待我很好，以後……以後我也會待你好的。」

吳立身道：「就是這麼辦。小兄弟，我沒妹子嫁給你，女兒還只三歲。也不成。喂，你們那一個有姊姊妹妹的，快去叫來，跟這位小英雄拜堂成親。」敖彪笑道：「我沒有。」另一人道：「這位小英雄義薄雲天，倘若我跟他結了親家，倒是大大的運氣，只可惜我只有兄弟，沒有姊妹。」又一人道：「我姊姊早嫁了人，已生了八個小孩。小英雄，你倘若等得，待我姊夫死了，我叫姊姊改嫁給你。」吳立身道：「等不得。那一個有現成的？」衆人都搖頭道：「沒有。」個個顯得錯過良機，可惜之至。

韋小寶喜道：「各位朋友，不是我不肯，只不過你們沒有姊妹，那就放了我們罷。」

吳立身搖頭道：「不可。大丈夫一言既出，駟馬難追。今日非拜堂不可，否則的話，衝撞了煞神太歲，這裏一個個都要死於非命，這玩笑也開得的？好，你就和她拜堂成親。」說着向阿珂一指。

阿珂和韋小寶同聲叫道：「不，不好！」

吳立身怒道：「有甚麼不好？小姑娘，你願意跟我兄弟拜堂呢，還是跟這位小英雄拜堂？你自己挑一個好了。」阿珂脹紅了一張俏臉，搖頭道：「都不要！」吳立身怒道：「到這時候還要推三阻四。時辰到了，錯過了這好時辰，凶煞降臨，這裏沒一個活得成。喂，阿三，阿狗，這兩個小傢伙不肯拜堂成親，把他們兩個的鼻子都割了下來罷。」

敖彪和一名師弟齊聲答應，提起鋼刀，將刀身在阿珂鼻子上擦了幾擦。

阿珂死倒不怕，但想到割去了鼻子，那可是難看之極，只驚得臉上全無血色。

韋小寶道：「別割我師姊的鼻子，割我的好了。」

吳立身道：「要割兩個鼻子祭煞神，你只有一個。喂，姓鄭的，割了你的鼻子代這姑娘的，好不好？」阿珂眼望鄭克塽，眼光中露出乞憐之意。鄭克塽轉開頭不敢望她，卻搖了搖頭。吳立身道：「這小子不肯，你師弟倒肯。嘿，你師弟待你好得多了。這種人不嫁，又去嫁誰？拜堂，奏樂！」

鑼鼓聲中，敖彪過去取下假新娘頭上的頭巾，罩在阿珂頭上，解開了她的綁縛。阿珂出手便是一拳，拍的一聲，正中他胸口，幸好無內力，雖然打中，卻不甚痛，敖彪橫過鋼刀架在她後頸。

吳立身贊禮道：「新郎新娘拜天！」阿珂只覺後頸肌膚上一涼，微覺疼痛，無可奈何，只得和韋小寶並肩向外跪拜。吳立身又喝道：「新郎新娘拜地。」敖彪推轉她身子，向內跪拜，在「夫妻交拜」聲中，兩人對面的跪了下去，拜了幾拜。

吳立身哈哈大笑，叫道：「新夫婦謝媒。」阿珂怒極，突然飛起一脚，踢中他小腹。這一脚可着實不輕，吳立身「呵」的一聲大叫，退了幾步，不住咳嗽，笑道：「新娘子好兇，連媒人都踢！」

便在此時，忽聽祠堂外連聲唿哨，東南西北都有脚步聲，少說也有四五十人。吳立身笑容立斂，低喝：「吹熄燭火。」祠堂中立時一團漆黑。

韋小寶搶到阿珂身邊，拉住了她手，低聲道：「外面來了敵人。」阿珂甚是氣苦，嗚咽道：「我……我跟你拜了天地。」韋小寶低聲道：「我這是求之不得，只不過拜天地拜得太馬虎了些。」阿珂怒道：「不算數的。你道是眞的麼？」韋小寶道：「那還有假？這叫做生米煮成熟飯，木已成狗。」阿珂嗚咽道：「甚麼木已成狗？木已成舟。」韋小寶道：「是，是，木已成舟。娘子學問好，以後多教教我相公。」阿珂聽他居然老了臉皮，稱起「娘子、相公」來，心中一急，哭了出來。

卻聽得祠堂外呼聲大震，數十人齊聲吶喊，若獸吼，若牛鳴，嘰哩咕嚕，渾不知叫些甚麼。阿珂心中害怕，不自禁向韋小寶靠去。韋小寶伸臂摟住她，低聲道：「別怕，好像是大批西藏喇嘛來攻。」阿珂道：「那怎麼辦？」韋小寶拉着她手臂，悄悄走到神龕之後。

突然間火光耀眼，數十人擁進祠堂來，手中都執着火把兵刃，韋小寶和阿珂一見之下，都是大吃一驚。這羣人臉上塗得花花綠綠，頭上插了鳥羽，上身赤裸，腰間圍着獸皮，胸口臂上都繪了花紋，原來是一羣生番。阿珂見這羣蠻子人不像人，鬼不像鬼，個個面目猙獰，更加怕得厲害，縮在韋小寶懷裏只是發抖。

衆蠻子哇哇狂叫，當先一人喝道：「漢人，不好，都殺了！蠻子，好人，要殺人！咕花吐魯，阿巴斯里！」衆蠻子縱聲大叫，說的都是蠻話。

吳立身是雲南人，懂得夷語，但這些蠻子的話卻半句不懂，用夷語說道：「我們漢人是好人，大家不殺。」那蠻子首領仍道：「漢人，不好，都殺了。咕花吐魯，阿巴斯里。」衆蠻子齊叫：「咕花吐魯，阿巴斯里。」舉起大刀鋼叉殺來。衆人無奈，只得舉兵刃迎敵。

數合一過，吳立身等個個大爲驚異。原來衆蠻子武藝精熟，兵刃上招數中規中矩，一攻一守，俱合尺度，全非亂砍亂殺。再拆得數招，韋小寶和阿珂也看了出來。吳立身邊打邊叫：「大家小心，這些蠻子學過我們漢人武功，不可輕忽。」

爲首蠻子叫道：「漢人殺法，蠻子都會，不怕漢人。咕花吐魯，阿巴斯里。」

蠻子人多，武功又甚了得。沐王府人衆個個以一敵三，或是以一敵四，頃刻間便迭遇凶險。吳立身揮刀和那首領狠鬥，竟佔不到絲毫便宜，越鬥越驚，忽聽得「啊啊」兩聲叫，兩名弟子受傷倒地。又過片刻，敖彪腿上被獵叉戳中，一交摔倒，三名蠻人撲上擒住。不多時之間，沐王府十餘人全被打倒。鄭克塽早就遍體是傷，稍一抵抗就被按倒。衆蠻子身上帶有牛筋，將衆人綁縛起來，那蠻子首領跳上跳下，大說蠻話。

吳立身暗暗叫苦，待要脫身而逃，卻掛念着韋小寶和衆弟子，當下奮力狠鬥，只盼能制服這首領，逼他們罷手放人。突然那首領迎頭揮刀砍下，吳立身舉刀擋格，噹的一聲，手臂隱隱發麻，突覺背後一棍着地掃來，急忙躍起閃避。那首領單刀一翻，已架在他頸中，叫道：「漢人，輸了。蠻人，不輸了。」

韋小寶心道：「這蠻子好笨，不會說『贏了』，只會說『不輸了』！」

吳立身搖頭長歎，擲刀就縛。

衆蠻子舉起火把到處搜尋。韋小寶眼見藏身不住，拉了阿珂向外便奔，叫道：「蠻子，好人，我們兩個，都是蠻子。咕花吐魯，阿巴斯里。」那首領一伸手，抓住阿珂後領。另外三名蠻子撲將上來，抱住了韋小寶。韋小寶只叫得半句「咕花……」便住了口。

蠻子首領一見到他，忽然臉色有異，伸臂將他抱住，叫道：「希呼阿布，奇里溫登。」抱住他了走出祠堂。韋小寶大驚，轉頭向阿珂叫道：「娘子，這蠻子要殺我，你可得給我守寡，不能改嫁這……」話未說完，已給抱出大門。那蠻子首領奔出十餘丈外，將韋小寶放了下來，說道：「桂公公，怎麼你在這裏？」認調中顯得又是驚奇，又是歡喜。

韋小寶驚喜交集，道：「你……你這蠻子識得我？」那人笑道：「小人是楊溢之，平西王府的楊溢之。桂公公認不出罷，哈哈。」韋小寶哈哈大笑，正要說話，楊溢之拉住他手，說道：「咱們再走遠些說話，別讓人聽見了。」兩人又走出了二十餘丈，這才停住。楊溢之道：「在這裏竟會遇到桂公公，眞教人歡喜得緊。」

韋小寶問道：「楊大哥怎麼到了這裏，又扮成了咕花吐魯，阿巴斯里？」楊溢之笑道：「有一大批傢伙在河間府聚會，想要不利於我們王爺，王爺得到了訊息，派小人來查探。」

韋小寶暗暗心驚，腦中飛快的轉着主意，說道：「上次沐王府那批傢伙入宮行刺，陷害平西王……」楊溢之忙道：「多承公公雲天高義，向皇上奏明，洗刷了平西王的寃屈。我們王爺感激不已，時常提起，只盼能向公公親口道謝。」韋小寶道：「道謝是不敢當。蒙王爺這樣瞧得起，我在皇上身邊，有甚麼事能幫王爺一個小忙，那總是要辦的。這次皇上得知，有一羣反賊要在河間府聚會，又想害平西王，我就自告奮勇，過來瞧瞧。」

楊溢之大喜，說道：「原來皇上已先得知，反賊們的奸計就不得逞了。那當眞好極了。小人奉王爺之命，混進了那他媽的狗頭大會之中。聽到他們推舉各省盟主，想加害我王爺。不瞞桂公公說，我們心中實是老大擔憂。明槍易躲，暗箭難防，反賊們倘若膽敢到雲南來動手，不是小人誇口，來一千，捉一千，來一萬，殺一萬；怕的卻是他們像上次沐家衆狗賊那樣，胡作非爲，嫁禍於我們王爺，那可是無窮的後患。」

韋小寶一拍胸膛，昂然道：「請楊大哥去稟告王爺，一點不用擔心。我一回到京裏，就將那狗頭大會裏的事，一五一十，十五二十，詳詳細細的奏知皇上。他們跟平西王作對，就是跟皇上作對。他們越是恨平西王，越顯得王爺對皇上忠心耿耿。皇上一喜歡，別說平西王爺，連你楊大哥也是重重有賞，升官發財，不在話下。」

楊溢之喜道：「全仗桂公公大力周旋。小人自己倒不想升官發財。王爺於先父有大恩，曾救了小人全家性命。先父臨死之時曾有遺命，吩咐小人誓死保護王爺周全。公公，你到這裏，是來探聽沐家衆狗賊的陰謀麼？」

韋小寶一拍大腿，說道：「楊大哥，你不但武功了得，而且料事如神，佩服，佩服。我和師姊喬裝改扮了，來探聽他們搗些甚麼鬼，卻給他們發覺了。我胡說八道一番，他們居然信以爲眞，反逼我和師姊當場拜堂成親，哈哈，這叫做因禍得福了。」

楊溢之心想：「你是太監，成甚麼親？啊，是了，你和那小姑娘假裝是一對情侶，騙了他們。」說道：「這搖頭獅子武功不錯，卻是有勇無謀。」韋小寶道：「你們假扮蠻子，爲的是捉拿他們？」楊溢之道：「沐家跟我們王府仇深似海，上次吃了他們這大虧，一直還沒翻本。這次在狗頭大會之中又見了他們。小人心下盤算，倘若在直隸鬧出事來，皇上知道了，只怕要怪罪我們王爺，說平西王府的人在京師附近不遵守王法，殺人生事。」

韋小寶大拇指一翹，讚道：「楊大哥這計策高明得緊，你們扮成蠻子生番，咕花吐魯，阿巴斯里，就算把沐家一伙人盡數殺了，旁人也只道是蠻子造反，誰也不會疑心到平西王身上。」楊溢之笑道：「正是。只不過我們扮成這般希奇古怪的模樣，倒教公公見笑了。」韋小寶道：「甚麼見笑？我心裏可羨慕得緊呢。我眞想脫了衣服，臉上畫得花花綠綠，跟你們大叫大跳一番。」楊溢之笑道：「公公要是有興，咱們這就裝扮起來。」韋小寶歎了口氣，說道：「這一次是不行了，我老婆見到我這等怪模怪樣，定要大發脾氣。」

楊溢之道：「公公當眞娶了夫人？不是給那些狗賊逼着假裝的麼？」這卻不易三言兩語

就說得明白，韋小寶便改換話題，說道：「楊大哥，我跟你投緣得很，你如瞧得起，咱們兩個便結拜成了金蘭兄弟，不用公公、小人的，聽着可多別扭。」

楊溢之大喜，一來平西王正有求於他，今後許多大事，都要使他在皇上面前維持；二來這小公公爲人慷慨豪爽，很夠朋友，當日在康親王府中，就對自己十分客氣，便道：「那是求之不得，就怕高攀不上。」韋小寶道：「甚麼高攀低攀？咱們比比高矮，是你高呢還是我高？」楊溢之哈哈大笑。兩人當即跪了下來，撮土爲香，拜了八拜，改口以兄弟相稱。

楊溢之道：「兄弟，咱倆今後情同骨肉，非比尋常，只不過在別人之前，做哥哥的還是叫你公公，以免惹人疑心。」韋小寶道：「這個自然。大哥，沐家那些人，你要拿他們怎麼樣？」楊溢之道：「我抓他們去雲南，慢慢拷打，拿到了陷害我們王爺的口供之後，解到京裏，好讓皇上明白平西王赤膽忠心，也顯得兄弟先前力保平西王，半分也沒保錯。」

韋小寶點頭道：「很好，很好！大哥，你想那搖頭老虎肯招麼？」楊溢之道：「是搖頭獅子吳立身。這人在江湖上也頗有名望，聽說爲人十分硬氣，他是不肯招的。我敬他是條漢子，也不會如何難爲他。可是其餘那些人，總有幾個熬不住刑，會招了出來。」韋小寶道：「不錯，計策不錯。」楊溢之聽他語氣似在隨口敷衍，便道：「兄弟，我你已不是外人，你如以爲不妥，還請直言相告。」

韋小寶道：「不妥甚麼的倒是沒有，聽說沐家有個反賊叫沐劍聲的，還有個硬背烏龍柳甚麼的人。」楊溢之道：「鐵背蒼龍柳大洪。他是沐劍聲的師父。」韋小寶道：「是了，大哥你記性眞好。皇上吩咐，要查明這兩個人的蹤迹。你也捉住了他們麼？」楊溢之道：「沐劍聲也到河間府去了，我們一路撮着下來，一到獻縣，卻給他溜了，不知躱到了那裏。」

韋小寶道：「這就有些爲難了。我剛才胡說八道，已騙得那搖頭獅子變成了點頭獅子，說要帶我去見他們小公爺。我本想查明他們怎生陰謀陷害平西王，回去奏知皇上。大哥既有把握，可以將他們的陰謀拷打出來，那也一樣，倒不用兄弟冒險了。」

楊溢之尋思：「我拷打幾個無足輕重之人，他們未必知道眞正內情，就算知道，沐家那些狗賊骨頭很硬，也未必背說。再說，由王爺自己辯白，萬萬不如皇上親自派下來的人查明回奏，來得有力。倘若我們裝作不知，由桂兄弟去自行奏告皇上，那可好得太多了。」當即拉着韋小寶的手，說道：「兄弟，你的法子高明得多，一切聽你的。咱們怎生去放了沐家那些狗賊，教他們不起疑心？」韋小寶道：「那要你來想法子。」

楊溢之沉吟片刻，道：「這樣罷。你逃進祠堂去，假意奮勇救你師姊，我追了進來，兩人亂七八糟大講蠻話。講了一陣，我給你說服了，恭敬行禮而去，那就不露半點痕迹。」韋小寶笑道：「妙極，我桂公公精通蠻話。那是有齣戲文的，唐明皇手下有個李甚麼的有學問先生，喝醉了酒，一篇文章做了出來，只嚇得衆蠻子屁滾尿流。」楊溢之笑道：「這是李太白醉草嚇蠻書。」

韋小寶拍手道：「對，對！桂公公醒講嚇蠻話，一樣的了不起。大哥，咱們可須裝得似模似樣，你向我假意拳打足踢，我毫不受傷。啊，是了，我上身穿有護身寶衣背心，刀槍不入。你不妨向我砍上幾刀，只消不使內力，不震傷五腑六臟，那就半點沒事。」楊溢之道：「兄弟有此寶衣，那太好了。」韋小寶吹牛：「皇上派我出來探查反賊的逆謀，怕給他們知覺殺了我，特地從身上脫下這件西洋紅毛國進貢來的寶衣，賜了給我。大哥，你不用怕傷了我，先砍上幾刀試試。」

楊溢之拔出刀來，在他左肩輕輕一劃，果然刀鋒只劃破外衣，遇到內衣時便劃不進去，手上略略加勁，又在他左肩輕輕斬了一刀，仍是絲毫不損，讚道：「好寶衣，好寶衣！」

韋小寶道：「大哥，裏面有個姓鄭的小子，就是那個穿着華麗的繡花枕頭公子爺，這傢伙老是向我師姊勾勾搭搭，兄弟見了生氣得很，最好你們捉了他去。」楊溢之道：「我將他一掌斃了便是。」韋小寶道：「殺不得，殺不得。這人是皇上要的，將來要着落在他身上，辦一件大事。請你捉了他去，好好看守起來，不可難為他，也不要盤問他甚麼事。過得二三十年，我來向你要，你就差人送到北京來罷。」

楊溢之道：「是，我給你辦得妥妥當當的。」突然間提高聲音，大叫：「胡魯希都，愛里巴拉！噓老噓老！」低聲笑道：「咱兩說了這會子話，只怕他們要疑心了。」韋小寶也尖聲大叫，說了一連串「蠻話」。楊溢之笑道：「兄弟的『蠻話』，比起做哥哥的來，可流利得多了。」韋小寶笑道：「這個自然，兄弟當年流落番邦，番邦公主要想招我為駙馬，那蠻話是說慣了的。」楊溢之哈哈大笑。

韋小寶又道：「大哥，我有一件事好生為難，你得幫我想個法子。」

楊溢之一拍胸膛，慨然道：「兄弟有甚麼事，做哥哥的把這條性命交了給你也成，只要你吩咐，無有不遵。」韋小寶歎道：「多謝了，這件事說難不難，說易卻也是十分不易。」楊溢之道：「兄弟說出來，我幫你琢磨琢磨。倘若做哥哥的辦不了，我去求我們王爺。幾萬兵馬，幾百萬兩銀子，也調動得出來。」韋小寶微微一笑，說道：「千軍萬馬，金山銀山，只怕都是無用。那是我師姊，她給逼着跟我拜堂成親，心中可老大不願意。最好你有甚麼妙法，幫我生米煮成熟飯，弄他一個木已成舟。」

楊溢之忍不住好笑，心想：「原來如此，我還道是甚麼大事，卻原來只不過要對付一個小姑娘。但你是太監，怎能娶妻？是了，聽說明朝太監常有娶幾個老婆的事，兄弟想是也要來搞這一套玩意兒，過過乾癮。」想到他自幼被淨了身，心下不禁難過，携着韋小寶的手，說道：「兄弟，人生在世，不能事事順遂。古往今來大英雄、大豪傑，身有缺陷之人極多，那也不必在意，我們進去罷。」

韋小寶道：「好！」口中大叫「蠻話」，拔足向祠堂內奔了進去。楊溢之伏刀趕來，也是大呼「蠻話」，一進大廳，便將韋小寶一把抓住。兩人你一句「希里呼嚕」，我一句「阿依巴拉」，說個不休，一面指指吳立身，又指着阿珂。

吳立身和阿珂等又驚又喜，心下都存了指望，均想：「幸虧他懂得蠻子話，最好能說得衆蠻子收兵而去。」

楊溢之提起刀來，對準阿珂的頭頂，說道：「女人，不好，殺了。」韋小寶忙道：「老婆，我的，不殺！」楊溢之道：「老婆，你的，不殺？」韋小寶連連點頭，說道：「老婆，我的，不殺！」楊溢之大怒，喝道：「老婆，你的，不殺，殺你！」

韋小寶道：「很好，老婆，我的，不殺。殺我！」

楊溢之呼的一刀，砍向韋小寶胸口。這一刀劈下去時刀風呼呼，勁力極大，但刀鋒一碰到韋小寶身上，立即收勁，手腕一抖，那刀反彈了回來。他假裝大吃一驚，跳起身來，連砍三刀，在韋小寶衣襟上劃了三條長縫，大聲叫道：「你，菩薩，殺不死？」韋小寶點頭道：「我，菩薩，殺不死。」

楊溢之大拇指一翹，說道：「你，菩薩，不是的。大英雄，是的。」指指吳立身等人，問道：「漢人，殺了？」韋小寶搖手道：「朋友，我的，不殺。」楊溢之點點頭，問阿珂道：「你，老婆，大英雄的？」

阿珂見他手中明晃晃的鋼刀，想要否認，卻又不敢。楊溢之一刀疾劈，將一張供桌削為兩爿，喝道：「老公，你的？」指着韋小寶。阿珂無奈，只得低聲道：「老公，我的。」

楊溢之哈哈大笑，提起阿珂，送到韋小寶身前，說道：「老婆，你的，抱抱。」

韋小寶張開雙臂，將阿珂緊緊抱住，說道：「老婆，我的，抱抱。」

楊溢之指着鄭克塽，問道：「兒子，你的？」韋小寶搖頭道：「兒子，我的，不是！」楊溢之大叫幾句「蠻話」，抓住鄭克塽，奔了出去，口中連聲呼嘯。他手下從人一擁而出。只聽得馬蹄聲響，竟自去了。

阿珂驚魂略定，只覺韋小寶雙臂仍是抱住自己的腰不放，說道：「放開手。」韋小寶道：「老婆，我的，抱抱。」阿珂又羞又怒，用手一掙，掙脫了他的手臂。

韋小寶拾起地上一柄鋼刀，將吳立身等的綁縛都割斷了。吳立身道：「這些蠻子武功好生了得，虧得新郎官會說蠻話，又練了金鐘罩鐵布衫功夫，刀槍不入，大夥兒得你相救。」

韋小寶道：「這些蠻子武功雖高，頭腦卻笨得很。我胡說一通，他們便都信了。」

阿珂道：「鄭公子給他們捉去了，怎生相救才是。」

那假新娘突然大叫：「我老公給蠻子捉了去，定要煮熟來吃了。」放聲大哭。

吳立身向韋小寶拱手道：「請教英雄高姓大名。」韋小寶道：「不敢，在下姓韋。」吳立身道：「韋相公和韋家娘子今日成親，一點小小賀儀，不成敬意。」說着伸手入懷，摸出兩隻小小的金元寶。韋小寶道：「多謝了。」伸手接過。

阿珂脹紅了臉，頓足道：「不是的，不算數的。」吳立身笑道：「你們天地也拜過了，你剛才對那蠻子說過『老公，我的』，怎麼還能賴？新娘新郎洞房花燭，我們不打擾了。」一揮手，和敖彪等人大踏步出了祠堂。

霎時之間，偌大一座祠堂中靜悄悄地更無人聲。

阿珂又是害怕，又是羞憤，向韋小寶偷眼瞧了一眼，想到自己已說過「老公，我的」這話，突然伏在桌上，哭了出來，頓足道：「都是你不好，都是你不好！」

韋小寶柔聲道：「是，是，都是我不好。幾時我再想個法兒，救了鄭公子出來，你就說我好了。」阿珂抬起頭來，說道：「你……你能救他出來麼？」

紅燭搖幌之下，她一張嬌艷無倫的臉上帶着亮晶晶的幾滴淚珠，眞是白玉鑲珠不足比其容色、玫瑰初露不能方其清麗，韋小寶不由得看得呆了，竟忘了回答。

阿珂拉拉他衣襟，道：「我問你啊，怎麼去救鄭公子出來？」

韋小寶這才驚覺，歎了口氣，說道：「那蠻子頭腦說，他們出來一趟，不能空手而回，定要捉一人回去山洞，煮來大夥兒吃了……」阿珂罵叫一聲，道：「煮來大夥兒吃了？」想起那「新娘」的驚叫，更是心驚。韋小寶道：「是啊，他們本來說你細皮白肉，滋味最好，要捉你去吃的……」阿珂不自禁的打了個寒戰，抬頭向門外一張，生怕那些蠻子去而復回。韋小寶續道：「……我說你是我老婆，他們就放過了你。」阿珂急道：「鄭公子給他們捉了去，豈不是被他們煮……煮……」

韋小寶道：「是啊，除非我自告奮勇，去讓他們吃了，將鄭公子換了出來。」

阿珂道：「那你就去換他出來！」這句話一出口，就知說錯了，俏臉一紅，低下頭來。

韋小寶大怒，暗道：「臭小娘，你瞧得你老公不值半文錢，寧可讓蠻子將我煮來吃了，好救你的奸夫出來。」冷冷的道：「就算換了他出來，那也沒用了？」阿珂急道：「怎……怎麼沒用了？」韋小寶道：「鄭公子已和那鄉下姑娘拜堂成親，你親眼見到了的。他已有了明媒正娶的老婆，木已成舟，你也嫁他不成了。」阿珂頓足道：「那是假的。」韋小寶氣忿忿的道：「好，你要我去換，我就去換。就不知蠻子的山洞在那裏。哼，咱們走罷。」

阿珂默默跟着他走出祠堂，生怕一句話說錯，他又不肯去換鄭公子了。來到大路，只見鄭府衆伴當提着燈籠，圍着在大聲說話。兩人走近身去，鄭府衆伴當道：「陳姑娘來啦，我家公子呢？我家公子呢？」快步迎上。

人叢中一個身材瘦削的人影突然一幌而前，身法極快，韋小寶眼睛一花，便見這人到了身前，聽得一個尖銳的聲音問道：「我家公子在那裏？」這人背着燈光，韋小寶瞧不見他的臉，心中一驚，退了兩步，豈知他退了兩步，那人跟着上前兩步，仍是和他面對面的站立，相距不到一尺，又問：「我家公子在那裏？」

阿珂道：「他……他給蠻子捉去啦，要……要煮了他來吃了。」那人道：「中原之地，那來的蠻子？」阿珂道：「是眞的蠻子，快……快想法子救他。」那人道：「去了多久？」阿珂道：「沒多久。」

那人身子斗然拔起，向後倒躍，落下時剛好騎在一匹馬的鞍上，雙腿一挾，那馬奔馳而去，片刻間沒入了黑暗之中。

韋小寶和阿珂面面相覷。一個吃驚，一個歡喜，眼見這人武功之高，身法之快，生平殊所罕見，心下大爲欽佩。阿珂道：「不知這位高人是誰？」那年老伴當道：「他是公子的師父馮錫範，外號『一劍無血』。馮師傅天下無敵，去救公子，定然馬到成功。」韋小寶和阿珂都道：「原來是他。」阿珂又道：「既是馮師傅到了，你們怎麼不請他立即到那邊祠堂去救公子？」一名伴當道：「馮師傅剛到。他接到我們飛鴿傳書，連夜從河間府趕來。」

韋小寶道：「馮師傅在河間府，怎麼我們沒遇見？」衆伴當你望望我，我望望你，都不答話。那伴當自知失言，低下了頭。韋小寶心想：「原來台灣鄭家在『殺龜大會』中暗伏高手，一直沒露面。這臭小子給人捉了去，這才趕來相救。」揑揑自己的面頰，說道：「肉啊肉，有人去救鄭公子，你們就不用去掉換這心肝寶貝，給衆蠻子吃了。」阿珂臉上一紅，待要說句話解釋，轉念又想：「也不知道馮師傅單槍匹馬，打不打得過這許多蠻子。」

韋小寶見她欲言又止，猜到了她心思，說道：「你放心，馮師傅救他不出，仍舊拿我的臭肉去掉你心肝就是，大丈夫一言旣出，甚麼馬難追。」阿珂道：「馮師傅能救他回來就好了。」韋小寶大怒，便即走開，但一瞥眼見到她俏臉，心中一軟，轉身回來，坐在路旁。

阿珂見他拔足欲行，不由得着急，心想如果馮師傅救不出鄭公子，他又走了，誰去掉鄭公子回來？見他回來坐倒，這才放心。這時不敢得罪了他，將身子挨近他坐下。韋小寶心想：「此時你有求於我，不乘機佔些便宜，更待何時？」伸過左手，摟住了她腰，右手握住了她右手。阿珂微微一掙，就不動了。韋小寶大樂，心想道：「最好這姓馮的給楊大哥他們殺了，永遠不回來，我就這樣坐一輩子等着。」他明知阿珂對自己毫無半分情意，早已胸無大志，只盼這樣摟着她坐一輩子，也已心滿意足，更無他求了。

可是事與願違，只摟不到片刻，便聽得大馬路馬蹄聲隱隱傳來。阿珂一躍而起，叫道：「鄭公子回來了。」蹄聲越來越近，已聽得出是兩匹馬的奔馳之聲。韋小寶道：「好啊，我拾回了一條性命，不用去送給蠻子們吃了。」語氣中充滿了苦澀之意。這時他便再說得氣惱十倍，阿珂也那裏還來理會？急步向大路上迎去。

兩匹馬先後馳到。衆伴當提起燈籠照映，歡呼起來，當先一匹馬上乘的正是鄭克塽。他見到阿珂飛奔過來，一躍下馬，兩人摟抱在一起，歡喜無限。阿珂將頭藏在他懷裏，哭了出來，道：「我怕……怕這些蠻子將你……將你……」

韋小寶本已站起，見到這情景，胸口如中重擊，一交坐倒，頭暈眼花了一陣，心下立誓：「你奶奶的，我今生今世娶不到你臭小娘爲妻，我是你鄭克塽的十七八代灰子孫。我韋小寶是王九蛋，王八蛋再加一蛋。」常人身歷此境，若不是萬念俱灰，心傷淚落，便決意斬斷情絲，另覓良配，韋小寶卻天生一股光棍潑皮的狠勁韌勁，臉皮旣老，心腸又硬：「總而言之，老子一輩子跟你泡上了，耗上了，陰魂不散，死纏到底。就算你嫁了十八嫁，第十九嫁還得嫁給老子。」他在妓院之中長大，見慣了衆妓女迎新送舊，也不以爲一個女子心有別戀是甚麼了不起的大事，甚麼從一而終，堅貞不二，他聽也沒聽見過。只難過得片刻，便笑嘻嘻的走上前去，說道：「鄭公子，你回來了，身上沒給蠻子咬下甚麼罷？」

鄭克塽一怔，道：「咬下甚麼？」阿珂也是一驚，向他上下打量，見他五官手指無缺，這才放心。

馮錫範騎在馬上，問道：「這小孩兒是誰？」鄭克塽道：「是陳姑娘的師弟。」馮錫範點了點頭。韋小寶抬頭看他，見他容貌瘦削，黃中發黑，留着兩撇燕尾鬚，一雙眼睛成了兩條縫，倒似個癆病鬼模樣，心中掛念着楊溢之，說道：「馮師傅，你眞好本領，一下子就將鄭公子救了轉來。那蠻子的頭腦可殺了嗎？」

馮錫範道：「甚麼蠻子？假扮的。」韋小寶心中一驚，道：「假扮？怎麼他們會說蠻子話？」馮錫範道：「假的！」不屑跟這孩子多說，向鄭克塽道：「公子，你累了，到那邊祠堂去休息一忽兒罷。」

阿珂記掛着師父，說道：「就怕師父醒來不見了我着急。」韋小寶道：「我們趕快回去罷。」阿珂瞧着鄭克塽，只盼他同去。鄭克塽道：「師父，大夥兒去客店吃些東西，再好好睡上一覺。」

路上韋小寶向鄭克塽詢問脫險經過。鄭克塽大吹師父如何了得，數招之間就將衆蠻子殺散。韋小寶問明「蠻子頭腦」並未喪命，這才放心。

衆人到得客店，天色已明，九難早已起身。她料到阿珂會拉着韋小寶去救鄭克塽，不見了二人，也不以爲奇。待得鄭克塽等到來，替馮錫範向她引見了，九難見他一副沒精打采的模樣，但偶然一雙眼睛睜大了，卻是神光炯炯，心想：「此人號稱『一劍無血』，看來名不虛傳，武功着實了得。」

用過早飯後，九難說道：「鄭公子，我師徒有些事情要辦，咱們可得分手了。」鄭克塽一怔，好生失望，道：「難得有緣拜見師太，正想多多請教。不知師太要去何處，晚輩反正左右無事，就結伴同行好了。」

九難搖頭道：「出家人多有不便。」帶着阿珂和韋小寶，逕行上車。鄭克塽茫然失措，做聲不得。阿珂登時紅了雙眼，差點沒哭出聲來。韋小寶努力板起了臉，暗暗禱祝：「師父長命百歲，多福多壽，阿彌佛陀，菩薩保祐。」問道：「師父，咱們上那裏去？」

九難道：「上北京去。」過了半晌，冷冷的道：「那姓鄭的要是跟來，誰也不許理他。那一個不聽話，我就把那姓鄭的殺了！」

阿珂驚問：「師父，爲甚麼？」九難道：「不爲甚麼。我愛清靜，不喜歡旁人囉嗦。」阿珂不敢再問，過了一會，忽然想到一事，問道：「要是師弟跟他說話呢？」九難道：「我一樣把鄭公子殺了。」韋小寶再也忍耐不住，咯的一聲，笑了起來。阿珂道：「師父，這不公平。師弟會故意去跟人家說話的。」九難瞪了他一眼，道：「這姓鄭的如不跟來，小寶怎能和他說話？他向我糾纏不清，便是死有餘辜。」

韋小寶心花怒放，眞覺世上之好人，更無逾於師父者，突然拉過九難的手來，在她掌心中親了一吻。九難將手甩開，喝道：「胡鬧！」但二十多年來從未有人跟她如此親熱過，這弟子雖然放肆，卻顯示出眞情，口中呼叱，嘴角邊卻帶着微笑。

阿珂見師父偏心，又不知何日再得和鄭公子重聚，越想越傷心，淚珠簌簌而下。

數日後三人又回北京，在東城一處僻靜的小客店中住下。九難走到韋小寶房中，閂上了門，低聲道：「小寶，你猜我們又來北京，爲了何事？」

韋小寶道：「我想不是爲了陶姑姑，就是爲了那餘下的幾部經書。」

九難點頭道：「不錯，是爲了那幾部經書。」頓了一頓，緩緩道：「我這次身受重傷，很有感觸。一個人不論武功練到甚麼境界，力量總有時而窮，天下大事，終須羣策羣力，衆志方能成城。羣雄在河間府開『殺龜大會』，我仔細想想，就算殺了吳三桂奸賊一人，江山還是在韃子手中，大家不過洩得一時之憤，又濟得甚事？倘若取齊了經書，斷了韃子龍脈，號召普天下仁人志士共擧義旗，那時還我大明江山，才有指望。」韋小寶道：「是，是，師父說得不錯。」九難道：「我再靜養半月，內力就可全復，那時再到宮中探聽確訊，總要設法找到餘下的七部經書，才是第一等大事。」

韋小寶道：「待弟子先行混進宮去，豎起了耳朵用心探聽，說不定老天保祐，會聽到些甚麼綫索。」

九難點頭道：「你聰明機靈，或能辦成這件大事。這一樁大功勞……」說到這裏，歎了口長氣，眼光中盡是激勵之意。

韋小寶一陣衝動，登時便想吐露眞情：「另外五部經書，都在弟子手中。」但隨即轉念：「小玄子跟我是過命的交情，我如幫着師父，毀了他的江山，教他做不成皇帝，那不是太也沒義氣嗎？」

九難見他有遲疑之色，只道他擔心不能成功，說道：「這件事本來難期必成。大家盡心竭力，也就是了。這叫做謀事在人，成事在天。唉，也不知朱家是氣數已盡呢，還是興復有望？這數十年來，我早已萬念俱灰，塵心已斷，想不到遇見了你和紅英之後，我本不想理會國家大事，國家大事卻理到我頭上來。」

韋小寶道：「師父，你是大明公主，這江山本來是你家的，給人強佔了去，非得搶它回來不可。」

九難歎道：「那也不單是我一家之事。我家裏的人，差不多都死光了。」伸手撫摸他的頭，說道：「小寶，這些事情，可千萬不能在師姊面前洩露半句。」

韋小寶點頭答應，心想：「師姊這等美麗可愛，師父卻不大喜歡她，不知是甚麼緣故？想來因爲她不會拍師父的馬屁。」

次日清晨，他進宮去叩見皇帝。

康熙大喜，拉住了他手，笑道：「他媽的，怎麼今天才回來？我日日在等你。我先前一直擔心，怕你給那惡尼姑捉了去，小命兒不保。前天聽到多隆回奏，說見到了你，我這才放心。你怎麼脫險的？」

韋小寶道：「多謝皇上記掛，又派了御前侍衛來找尋奴才。那惡尼姑起初十分生氣，向我拳打脚踢，後來我說皇上是鳥生魚湯，是大大的好皇帝，殺不得的。她卻說了很多大逆不道的話。我讚你一句，她就打我一記耳光。後來我不肯吃眼前虧，只好悶聲大發財了。」

康熙點頭道：「你給她打死了也是白饒，這惡尼姑到底是甚麼來歷？她來行刺，是受了何人指使？」

韋小寶道：「她受誰指使，奴才不知道。那時候她捉住了我，用繩子綁住了我雙手，好像耍猴兒般拉着走。皇上，我嘴裏不敢罵，心裏卻將她十七八代祖宗罵了個夠。」康熙笑道：「這個自然，那還有不罵的？」韋小寶道：「她拉着我走了幾天，幾次想殺我，幸好在道上遇到了一個人。這人跟奴才大有交情，幫我說了好多好話，這尼姑才不打我。」康熙奇道：「那是誰？」韋小寶道：「這人姓楊，是平西王世子手下的衞士頭腦。」

康熙大感興味，問道：「是吳三桂那廝的手下，怎麼會幫你說好話？」韋小寶道：「其實那還是出於皇上的恩典。那次雲南沐家的人進宮來搗亂，想誣攀吳三桂，大家都信了，但皇上英明無比，識破了陰謀。皇上派我向吳三桂的兒子傳諭，那個姓楊的，就是那一次上識得奴才的。」康熙點頭道：「原來如此。」

韋小寶進宮之時，早已想好了一肚子謊話，又道：「那姓楊的名叫楊溢之，跟那尼姑說起沐家這會事，說道皇上年紀雖輕，見識可勝得過鳥生魚湯，聰明智慧，簡直就是神仙菩薩下凡。尼姑將信將疑，對我就看得不怎麼緊了。一天晚上，楊溢之和尼姑在房裏說話，我假裝睡着偷聽，原來這尼姑來行刺皇上，果然是有人主使。」

康熙道：「是吳三桂這廝。」韋小寶滿臉驚異之色，道：「原來皇上早知道了。是多隆奏知的麼？」康熙道：「不是。吳三桂的衞士頭目識得這尼姑，跟她鬼鬼祟祟的商議，還能有甚麼好事了？」韋小寶又驚又喜，跪下磕頭，說道：「皇上，我跟着您辦事，眞是痛快。有甚麼事情您一猜就中，用不着我說。咱們這一輩子可萬事大吉，永遠不會輸了給人家。」

康熙笑道：「起來，起來！上次在五台山清涼寺也夠凶險的了。若不是你捨命在我身前這麼一擋……」說到這裏，臉色轉爲鄭重，續道：「這奸賊的陰謀已然得逞了。」想到當日白衣尼那猶似雷轟電閃般的一擊，兀自不寒而慄。韋小寶道：「其實這尼姑一劍刺來，你身手敏捷，自然會使一招『孤雲出岫』避了開去，你跟着反手一招『仙鶴梳翎』，打在那惡尼姑肩頭，她非大叫『投降』不可。不過我生怕傷了你，一時胡塗了，只想到要擋在你身前，代你受這一劍。皇上一身武功沒機會施展，在少林和尙面前出出風頭，實在可惜。」

康熙哈哈大笑，他自知當日若非韋小寶這麼一擋，定然給白衣尼刺死了，這小傢伙如此忠心，卻又不居功，當眞難得，笑道：「你小小年紀，官兒已做得夠大了。等你大得幾歲，再升你的官。」韋小寶搖頭道：「我也不想做大官，只盼常常給皇上辦事，不惹你生氣，那就心滿意足了。」

康熙拍拍他肩頭，道：「很好，很好。你好好替我辦事，我很是喜歡，怎會生氣？那姓楊的跟那尼姑還說些甚麼？」

韋小寶道：「楊溢之不斷勸那尼姑，說了皇上的許許多多好處。他說吳三桂對他父親有恩，他父親臨死之時，囑咐他要保護吳三桂，但吳三桂一心一意想做皇帝，大逆不道，那是萬萬不可。將來事情敗露，大家都要滿門抄斬。那尼姑卻說，她全家都給韃……韃……都給咱們滿州人殺了，吳三桂又對她這樣客氣。她來行刺，一來是衝着吳三桂的面子，二來的爲自己爹娘報仇。她家裏人早死光了，也不怕甚麼滿門抄斬。」

康熙點了點頭。韋小寶又道：「楊溢之說，皇上待百姓好，如果……如果害了你，吳三桂做了皇帝，他自己雖可做大官，做大將軍，但天下百姓可要吃大苦了。那尼姑心腸很軟，講究甚麼慈悲，想了很久，說他的話很對，這件事她決定不幹了。二人商商量量，說道吳三桂如再派人來行刺，他兩個暗中就把刺客殺了。」

康熙喜道：「這兩人倒深明大義哪。」

韋小寶道：「不過楊溢之說另外有一件事不易辦。」康熙問：「又有甚麼古怪？」韋小寶道：「他二人低聲說了好多話，我可不大懂，只聽到老是說甚麼延平郡王，台灣鄭家甚麼的，好像吳三桂說要跟一個姓鄭的平分天下。」

康熙站起身來，大聲道：「原來這廝跟台灣的反賊暗中也有勾結。」韋小寶問道：「台灣鄭家是他媽的甚麼王八蛋？」康熙道：「那姓鄭的反賊盤踞台灣，不服王化，只因遠在海外，一時不易平定。」

韋小寶一臉孔的恍然大悟，說道：「原來如此，這時奴才越聽越氣，心想這江山是皇上的，他姓吳姓鄭的是甚麼東西，膽敢想來平分皇上的天下？楊溢之說，台灣姓鄭的派了他的第二個兒子，叫作鄭克……鄭克……」康熙道：「鄭克塽。」韋小寶喜道：「是，是。皇上甚麼都知道。」

康熙微笑不語。他近年來一直在籌劃將台灣收歸版圖，鄭家父子兄弟、以及台灣的軍政大事、兵將海船等情形，早已打聽得清清楚楚。

韋小寶道：「這鄭克塽最近到了雲南，跟吳三桂去商議了大半個月。」

康熙勃然變色，道：「有這等事？」台灣和雲南兩地，原是他心中最大的隱憂，沒想到鄭吳二人竟會勾結密謀，鄭克塽到雲南之事，直到此刻方知。

韋小寶道：「台灣有個武功很高的傢伙，一路上保護鄭克塽。這傢伙姓馮，叫甚麼一劍出血……」康熙道：「一劍無血馮錫範。他和劉國軒、陳永華三人，號稱『台灣三虎』。」

韋小寶聽得皇帝提到師父的名字，心中一凜，說道：「是，是。正是一劍無血馮錫範。楊溢之說，台灣這三隻老虎之中，陳永華是好人，馮錫範和另外那人是壞的。陳永華不肯做反叛皇上的事情，不過他一隻老虎，敵不過另外兩隻老虎。」他在康熙面前大說九難、楊溢之、陳近南三人的好話，以防將來三人萬一被清廷所擒，有了伏筆，易於相救。

康熙搖頭道：「那也未必，陳永華比另外兩隻老虎更厲害得多。」

韋小寶道：「楊溢之跟那尼姑又說，江湖上有許多吳三桂的對頭，要在河間府聚會，開一個『殺龜大會』，商量怎樣殺了吳三桂。那鄭克塽和馮錫範要混到會裏打探消息，然後去通知吳三桂。他們越說越低聲，我聽了半天聽不眞，好在他們不是想加害皇上，也就不去理會，後來我眞的睡着了。皇上，奴才這件事有點貪懶了，不過那時實在倦得要命。半夜裏楊溢之悄悄來叫醒了我，解開我的穴道，說那尼姑在打坐練功，叫我溜之大吉。」

康熙點頭道：「這姓楊的倒還有良心。」韋小寶道：「可不是麼？將來皇上誅殺吳三桂，這楊溢之還請皇上開恩饒了他性命。」康熙道：「倘若他能立功，我不但饒他性命，還有封賞。在『殺龜大會』中，還聽到了些甚麼？」韋小寶道：「他們每一省推舉一個盟主，那鄭克塽做了福建省的盟主，好像將福建、廣東、浙江、陝西甚麼，都劃歸他鄭家的。」

康熙微微一笑，心想：「小桂子弄錯了，定是江西，不是陝西。」雙手負在背後，在書房中踱來踱去，來來回回走了十幾趟，突然說道：「小桂子，你敢不敢去雲南？」

韋小寶一驚，這一着大出意料之外，問道：「皇上派我到吳三桂那裏去打探消息？」

康熙點了點頭，道：「這件事着實有些危險，不過你年紀小，吳三桂不會怎麼提防。那楊溢之又是你朋友，定會照顧你。」

韋小寶道：「是。皇上，我不是怕去雲南，只是剛回宮來，沒見到你幾天，又要離開你身邊，實在捨不得。」康熙點頭道：「是，我也是一般的心思。只可惜我做了皇帝，不能隨便走動，否則咱倆同去雲南，我揪住吳三桂的鬍子，你抓住他雙手，同時問他：『他媽的吳三桂，投不投降？』豈不有趣？」韋小寶笑道：「這可妙極了。皇上，你不能去雲南，待我去將吳三桂騙到宮來，咱們再揪他鬍子，好不好？」

康熙哈哈大笑，道：「好就極好，就怕這廝老奸巨猾，不肯上當。啊，小桂子，我想到個法子，令他不會起疑。」韋小寶道：「皇上神機妙算，一定高明之極。」康熙道：「我們把建寧公主嫁給他兒子，結成親家，他就一點也不會防備了。」

韋小寶一怔，道：「嫁給吳應熊這小子？這……這豈不太便宜了他？」

康熙道：「這是那老賤人的女兒，咱們把她嫁到雲南去，讓她先吃點兒苦頭。將來吳三桂滿門抄斬，連她一起殺了。」說着恨恨不已。他本來很喜歡這個妹子，但自從知道太后害死自己親生母親、氣得父皇出家之後，連這妹子也恨上了，又道：「那時候我就可說老賤人教女無方，逼她自盡。」

韋小寶道：「皇上，奴才打聽到一個天大的好消息，皇上聽了一定十分歡喜。」康熙道：「甚麼好消息？」韋小寶將嘴湊到他耳邊，低聲道：「老賤人是假太后，眞的太后還好端端地在慈寧宮中。」在康熙面前，他終究不敢口出「老婊子」三字。

康熙大吃一驚，顫聲道：「甚麼？甚麼假太后？」

韋小寶於是將假太后囚禁太后、她自己冒充太后，爲非作惡之事，一一說了。

康熙只聽得目瞪口呆，半晌說不出話來，隔了好一會，才道：「有這等事？有這等事？……你怎麼知道？」韋小寶道：「奴才知道老賤人心地惡毒，只怕她加害皇上，因此買通了慈寧宮裏的宮女，暗中監視，只要一覺情形不對，就來奏知皇上，咱們好先下手爲強。奴才今日一進宮，那宮女就將這件大事跟我說了。」

康熙額頭汗水涔涔而下，顫聲道：「那宮女呢？」韋小寶道：「我想這件事情太大，倘若她洩漏出去，那可不得了。因此奴才太膽，將她推入了一口井裏，倒也沒旁人瞧見。唉，實在對她不住。」康熙點了點頭，臉上閃過一絲寬慰之色，道：「辦得好，明兒你撈起她屍身，妥爲安葬，查明她家屬，厚加撫卹。」韋小寶道：「是，是，遵皇上吩咐辦理。」

康熙道：「事不宜遲，咱們即刻去慈寧宮。」說着站起身來，摘下牆上兩口寶劍，將一口交給了韋小寶，低聲道：「這事就咱兩人去幹，可不能讓宮女太監們知道了。」

韋小寶點頭道：「皇上，老賤人武功厲害，我一進房就抱住她，皇上一劍先斬斷她一條手臂，然後再問詳情。」康熙點頭道：「好！」韋小寶道：「皇上還是多帶侍衞，候在慈寧宮外，當眞情形不對，只好叫人進來。否則倘若奴才抱假太后不牢，這賤人行兇，衝撞了皇上萬金之體，那……那可不妥了。」

康熙點了點頭，打定了主意：「倘若非要侍衞相助不可，事成之後，將這些侍衞處死滅口便是。」

康熙出得書房，傳八名侍衞護駕，來到慈寧宮外，命侍衞在花園中遠遠守候，與韋小寶兩人走向太后寢殿。慈寧宮的宮女太監紛紛跪下迎接。康熙道：「你們都到花園去，誰也不許過來。」衆人凜遵退開。

韋小寶知道當日假太后向他師父九難拍了七掌「化骨綿掌」，陰毒掌力，盡數逼還給自身，他師父雖教了化解之法，但自此之後，只要一使內力，全身骨骼立即寸斷。屈指算來，此時體內掌力尙未化盡，就算已經化去，諒她也不敢動武，再加自己有五龍令在手，一切有恃無恐，心下泰然。康熙卻知這假太后武功甚是厲害，自己所學的武功全是她所授，即使加上個韋小寶，兩人仍然和她相差甚遠，只有兩人以雙劍攻她空手，打她個措手不及，就如當年暗算鰲拜一般，才能取勝，是以一踏進寢殿，手掌心中就滲出汗水。

韋小寶心想：「今日是立大功的良機，我向老婊子撲將過去，皇上只道我奮不顧身，其實只不過是打一隻動彈不得的死狗。打死狗嗎，老子最拿手不過。」低聲道：「這賤人武功了得，皇上千萬不可涉險。由奴才先上！」康熙點點頭，右手緊緊抓住了劍柄。

走進寢殿，卻見殿中無人，床上錦帳低垂。

太后的聲音從帳中傳了出來：「皇帝，你多日不到慈寧宮來了，身子可安好嗎？」

康熙先前每日來慈寧宮向太后請安，自從得悉內情之後，心中說不出的憎恨，便來得甚疏。兩人沒料到她白天也睡在床上，先前商量好的法子便不管用了。康熙道：「聽說太后身子不適，兒子瞧太后來着。」向韋小寶使個眼色，吩咐：「掛起了帳子！」韋小寶應道：「喳！」走向床前。太后道：「我怕風，別掛帳子。」

康熙心想：「如不理她的話，逕去揭開帳子，只怕她有了提防。」說道：「是，不知太后是甚麼不舒服，服過藥了麼？」太后道：「服過了。太醫說受了小小風寒，不打緊的。」康熙道：「兒子想瞧瞧太后面色怎樣？有沒發燒？」太后歎了口氣，道：「我面色很好，不用瞧了。皇帝回去休息罷。」康熙心下起疑：「不知她在搗甚麼鬼？」

韋小寶見寢殿中黑沉沉地，當下轉過身子，向着康熙大打手勢，示意讓自己去抱住了她雙脚，皇帝便一劍斬落。

突然之間，康熙心念一動：「倘若小桂子所說的言語都是假的，那便如何？雖然那男人假扮宮女，確爲實情，但說不定太后只是穢亂宮禁，並無別情。我這一劍砍了下去，如果她竟是眞太后，並非假冒，我豈不是既胡塗，又不孝？寧可讓假太后有了提防，不得不召進侍衞來擒拿，可不能魯莽從事，由我親手斬傷了眞太后。」當即搖搖頭，揮手命韋小寶退開，說道：「太后，兒子放心不下。」快步走到床前，伸手揭開帳子。

錦帳兩下一分，只見太后急速轉身，面向裏床，但就這麼一瞥之間，康熙已見到太后臉頰瘦削，容貌大不相同，說道：「太后，你老人家近來忽然瘦了很多。」語音已是發顫。

太后歎了口氣，道：「自從五台山回來後，胃口一直不好，每天吃不上半碗飯，照照鏡子，幾乎自己也不認得了。」

康熙心想：「小桂子的話果然不假。這老賤人沒料到我突然會來，她睡在床上，沒人瞧見，今日沒喬裝改扮，是以說甚麼也不肯讓我瞧她容貌。我已親眼目覩，難道還會弄錯？」怒火中燒，大聲道：「啊喲，太后，一隻大老鼠鑽到了掛氈後面。來人哪，快捲起掛氈來捉了老鼠！」說着急退兩步，生怕假太后一見事情敗露，便即暴起發難。

只聽太后顫聲道：「掛氈後面有甚麼老鼠？」韋小寶上前拉動羊毛索子，捲起掛氈，露出櫃門。康熙道：「咦！原來這裏有隻大櫃子，老鼠鑽進櫃裏去啦！」心想：「這時候事情已揭開了大半，她已然有備，再也不能偷襲了。」退到門口，向韋小寶招招手，道：「傳侍衞進來。櫃子裏有古怪聲音，別要躲藏着刺客，驚嚇了太后。」

韋小寶道：「是。」向着門外大聲叫道：「傳侍衞。」

八名侍衞走到寢殿門口，躬身聽旨。

太后怒道：「皇帝，你在玩甚麼花樣？」康熙笑道：「啊，是了，建寧公主躲在櫃子裏玩捉迷藏。太后，我到處找她不到，定是在櫃子裏。」右手揮了揮。韋小寶過去開櫃，但櫃門上了鎖，打不開。康熙笑道：「太后，櫃子的鑰匙在那裏？」

太后怒道：「我身子不舒服，你們兩個小孩子卻到我屋裏來玩，快快給我出去。」

眾侍衛知道皇帝常和建寧公主比武鬧玩，聽太后這麼說，都露出笑容。

康熙說道：「把櫃門撬開來。太后身子欠安，咱們別打擾她老人家。」

韋小寶應道：「是。」從靴桶中拔出匕首，揷入了櫃門，輕輕一劃，鎖扣已斷，一拉之下，櫃門應手而開，只見櫃內堆着一條錦被，似乎便是那晚在櫃中所見，卻那裏有甚麼人？

韋小寶一驚，尋思：「那天晚上明明見到眞太后給藏在櫃裏，怎麼忽然不見了？莫非老婊子怕我師父洩漏出去，將眞太后殺了？」翻開櫃中錦被，依稀見到被底有一部書，似乎便是「四十二章經」，急忙放下錦被蓋住，回過頭來，見康熙一臉驚疑之色，再向床上瞧去，只見那被窩高高隆起，似乎另行藏得有人，喜道：「公主藏在太后被窩裏。」

康熙急道：「快拉她出來。」只怕假太后見事情敗露，立即殺了眞太后。

韋小寶搶到床邊，從太后足邊被底伸手進去，要把眞太后拉出來，觸手之處，卻是一條毛茸茸的大腿，不由得大吃一驚。便在此時，一隻大脚突然撐出，踹中他胸膛。韋小寶「啊喲」一聲大叫，跌了出去。

被窩一掀，一個赤條條的肉團躍了出來，連被抱着太后，向門口衝去。

八名侍衛大驚，急忙攔阻，給那肉團一撞，三名侍衛飛摔出去，那肉團抱了太后直衝而出。康熙奔到門口，但見那肉團奔躍如飛，幾個起伏，已到了御花園牆邊，一躍上了牆頭，隨即翻身出外。康熙叫道：「快追！」三名侍衛給那團肉團一撞，倒在地下爬不起來。餘下五名侍衛繞出圍牆，再也瞧不見那肉團的影子。

韋小寶腦海中一片混亂，胸口劇痛，掙扎着爬起，奔到櫃邊，伸手入被，抓起那部經書藏入懷中，只聽得康熙在花園中大叫：「回來，回來！」韋小寶又是一交摔倒。聽得脚步聲響，衆侍衞奔回，康熙在寢宮外吩咐衆侍衞：「大家站好，別出聲。」

康熙回進寢殿，關上房門，低聲問道：「怎麼一回事？」

韋小寶扶桌站起，說道：「妖……妖怪！」驚得臉上已無半分血色。康熙搖頭道：「不是妖怪！是老賤人的奸夫。」韋小寶兀自不明所以，問道：「甚麼奸夫？」康熙道：「那是個男人。你沒有看清楚麼？一個又矮又胖的男子。」韋小寶又是吃驚，又是好笑，道：「老賤人被窩裏，藏着一個不穿衣服的……矮胖子男人！」

康熙神色嚴重，道：「眞太后呢？」韋小寶道：「最好別……別給老賤人害死了……」忽然想到一事，掀開太后床上褥子，說道：「床底下有暗格。」只見暗格中放着一柄出鞘的白金娥眉鋼刺，此外更無別物，沉吟道：「咱們掀開床板瞧瞧。」

康熙搶上前去，幫着韋小寶掀開床板，只見一個女子橫臥在地下一張墊子上，身上蓋着薄被。當床板放上之時，看來距她頭臉不過半尺光景。

寢殿中黑沉沉地瞧不清楚，康熙叫道：「快點了蠟燭。」韋小寶點起燭火，拿着燭台湊近一照，見那女子容色蒼白，鵝蛋臉兒，果然便是那晚藏在櫃中的眞太后。

康熙以前見到眞太后時，年紀尙甚幼小，相隔多年，本已分不出眞假，但見這女子和平日所見的太后相貌極似，忙扶她起來，問道：「是……是太后？」

那女子見燭火照在臉前，一時睜不開眼來，道：「你……你……」韋小寶道：「這位是當今皇上，親自來救聖駕。」那女子眼睜一綫，向康熙凝視片刻，顫聲道：「你……你當眞是皇上？」突然哇的一聲，哭了出來，伸臂摟着康熙，緊緊抱住。

韋小寶拿着燭台退開幾步，四下照着，不見再有甚麼奸夫、刺客、假宮女之類，心想：「皇上和眞太后相會，必有許多話說。我多聽一句，腦袋兒不穩一分。」將燭台放在桌上，悄悄退出，反手帶上了殿門。

只見門外院子中八名侍衛和宮女太監直挺挺的站着，個個神色惶恐，他招手將衆人召到花園之中，說道：「剛才皇上跟建寧公主鬧着玩捉迷藏。公主穿了一套古怪衣衫，扮成好像一個大肉球一般，跳了出去，大夥兒可瞧見沒有？」

一名侍衛十分乖覺，忙道：「是，是。建寧公主身手好快，扮的模樣也眞好玩。」

韋小寶微微一笑，說道：「這些孩子們的玩意兒，皇上不想讓人家知道，有那一個嘴巴發癢，脖子上的腦袋瓜兒坐得不穩，想多嘴多舌，胡說八道？」

衆侍衛、宮女、太監齊聲道：「我們不敢。」

韋小寶點點頭，向着三名給撞傷受傷的侍衛道：「你們怎麼搞的，好端端的受了傷？」一名侍衛道：「回副總管：小人三個兒今日上午練武藝，大家出手重了些，互相打傷了。」韋小寶罵道：「你奶奶的，自己兄弟，練武藝也出手這般重，又不是拚命！」三名侍衛齊道：「是，是，下次一定小心。」韋小寶道：「受了傷的，每個人去支二十兩銀子湯藥費。」三名侍衛忙躬身道謝。韋小寶道：「你奶奶的，爹娘養到你們這麼大，這條性命可不太便宜啊。大夥兒倘若還想留着腦袋瓜兒吃飯的，這幾張狗嘴，就都給我小心些。如果怕自己睡着說夢話，乾脆把舌頭自己割掉了的好。你們一個個給老子報上名來。」

衆侍衞、宮女、太監都報了自己姓名。韋小寶道：「好，今日捉迷藏的事，今後老子只要聽到半點風聲，不管是誰多口，總之三十五人一起都砍了。你們服不服了？」衆人心中明白，大家見到剛才的怪事之後，不免性命難保，皇上多半要殺人滅口，桂公公這麼說，實是救了自己的性命，感激之下，一齊跪下磕頭，說道：「謝公公救命大恩。」韋小寶揮手道：「謝我幹甚麼？是皇上的恩典。」

他回到寢殿門口，坐在階石上靜靜等候，直過了大半個時辰，才聽得康熙叫道：「小桂子進來。」他走進寢殿，只見太后和康熙並肩坐在床上，手拉着手，兩人臉上均有淚痕。

他跪下磕頭，說道：「太后大喜，皇上大喜。外面一共是三十五名奴才，今日皇上跟建寧公主捉迷藏之事，要是有那一個膽敢洩漏半句，奴才把這三十五人盡數處死，一個不留。他們都已嚇破了膽子，料想也沒那一個敢胡說八道。」康熙點了點頭，韋小寶道：「倘若要現下就殺了，以免後患，奴才這就去辦。」

康熙微一遲疑。太后道：「今日你我母子相見，實是天大的喜事，不可多傷人命。」康熙道：「是。咱們須得大做佛事，感謝上天和菩薩保祐。」太后凝視韋小寶，道：「你小小年紀，立下這許多功勞，實在難得。」韋小寶道：「那都是太后和皇上的洪福。只恨做奴才的沒盡忠辦事，不能及早揭破奸謀，累得太后受了這許多年的辛苦。」

太后心中一酸，流下淚來，向康熙道：「須得好好封賞這孩子才是。」康熙道：「是，是。小桂子，你官已做得不小了，今日再封你一個爵位。我大淸有公侯伯子男五等爵位，太后的恩典，封你一等子爵。」

韋小寶磕頭謝恩，道：「謝太后恩典，謝皇上恩典。」心想：「這子爵有甚麼用？值得多少銀子？」見康熙揮了揮手，便退了出去。

韋小寶回到下處，從懷中取出書來，果然便是見慣了的「四十二章經」，這部是藍綢書面，鑲了紅邊，尋思：「這是鑲藍旗的經書，嗯，是了，陶姑姑說，她太師父在鑲藍旗旗主府中盜經書，經書沒盜到，卻給神龍教的高手打得重傷而死，這部經書多半便落入了那神龍教高手的手裏。怎地事隔多年，仍不將經書交給洪教主？也說不定當時沒得到，最近才拿到的。」料想中間曲折甚多，難以推測，只覺胸口兀自痛得厲害，又想：「這矮胖子肉團武功了得，啊喲，莫非他就是盜得這部經書的神龍教高手？他到宮裏跟老婊子相會，老婊子倒待他挺好，把眞太后搬到床底下，將大櫃子讓了出來給他睡。我和小皇帝剛才去慈寧宮，事也眞巧，恰好是捉奸在床。這肉團可別來報仇，又想到慈寧宮去取回經書。」

於是去告知多隆，說道得知訊息，日內或有奸人入宮行刺，要他多派侍衞，嚴密保衞皇上和太后，心想：「老婊子倘若回去神龍島，向洪教主稟報，可不大妙。老子先下手爲強，把經書中的地圖取了出來，然後將一兩部空經書送去神龍島，洪教主要我再找餘下的經書，非給解藥不可。他在空經書中找不到地圖，那是他的事，跟老子可不相干。誰教他福份太小呢？反正他壽與天齊，不用心急，慢慢的找，找上這麼十萬八千年，終會找到罷！」

錢老本和馬彥超突然搖幌幾下，都倒了下來。韋小寶只覺眼前金星亂冒，一碗酸梅湯只喝得一口，已盡數潑在身上。

第二十九回　捲幔微風香忽到　瞰床新月雨初收

韋小寶出宮去和李力世、關安基、玄貞道人、錢老本等人相見。天地會羣雄盡皆歡然。李力世道：「屬下剛得到訊息，總舵主已到天津，日內就上京來。韋香主也正回京，那眞太好了。」韋小寶道：「是，是。那眞太好了！」想到再見師父，心下不免惴惴。羣雄當即打酒殺鷄，爲他接風。

傍晚時分，韋小寶將馬彥超拉在一旁，說道：「馬大哥，請你給我預備一把斧頭，還要一柄鐵鎚，一把鑿子。」馬彥超答應了，去取來給他。韋小寶命他帶到停放那口棺木的園中土屋，說道：「我要打開棺材，放些東西進去。」馬彥超應道：「是！」甚覺奇怪。但香主不說，也不便多問。韋小寶道：「前天夜裏，這個死了的朋友託夢給我，說要這件東西。瞧在朋友一場，非給他不可。」馬彥超更奇怪了，唯唯稱是。韋小寶道：「你給我守在門外，誰也不許進來。」當下推門而入，關上了門，上了門閂。

見那口棺木上灰塵厚積，顯是無人動過，用鑿子斧頭逐一撬開棺材釘，推開棺蓋，取出包着五部經書的油布包，正要推上棺蓋，忽聽得馬彥超在門外呼喝：「甚麼人？」接着有人喝問：「陳近南在那裏？」韋小寶吃了一驚：「誰問我師父？」聽口音依稀有些熟悉。

馬彥超道：「你是誰？」又有一人冷冷的道：「不論他躲到了那裏，總能揪他出來。」這人的聲音韋小寶入耳即知，卻是鄭克塽。他更加驚奇：「怎麼這臭小子到了這裏？」隨即想起，先前說話之人乃是「一劍無血」馮錫範。只聽得錚的一聲，兵刃相交，跟着馬彥超悶哼一聲，砰的一聲倒地。

韋小寶一驚更甚，當下不及細想，縱身鑽入棺材，只聽得鄭克塽道：「這叛賊定是躲在裏面。」韋小寶驚惶之下，托起棺蓋便即蓋上，緊跟着喀喇一聲，土屋的木門已被踢破，鄭克塽和馮錫範走了進來。韋小寶從棺材內望出去，見到一綫亮光，知道慌忙之中，棺材蓋並未密合，暗暗叫苦：「糟糕，糟糕！他們要找我師父，卻找到了他的徒弟。」

忽聽得門外有人說道：「公子要找我嗎？不知有甚麼事？」正是師父陳近南的聲音。韋小寶大喜：「師父來了！」

突然之間，陳近南「啊」的一聲大叫，似乎受了傷。跟着錚錚兩聲，兵刃相交。陳近南怒喝：「馮錫範，你忽施暗算，幹甚麼了？」馮錫範冷冷的道：「我奉命拿你！」

只聽鄭克塽道：「陳永華，你還把我放在眼裏麼？」語氣中充滿怒意。陳近南道：「二公子何出此言？屬下前天才得知二公子駕臨北京，連夜從天津趕來。不料二公子已先到了。屬下未克迎迓，還請恕罪。」

韋小寶聽師父說得恭謹，暗罵：「狗屁二公子，神氣甚麼？」

只聽鄭克塽道：「父王命我到中原來公幹，你總知道罷？」陳近南道：「是。」鄭克塽道：「你既得知，怎地不早來隨侍保護？」陳近南道：「屬下有幾件緊急大事要辦，未能分身，請二公子原諒。屬下又知馮大哥隨侍在側，馮大哥神功無敵，羣小懾伏，自能衞護二公子平安周全。」鄭克塽哼了一聲，怒道：「怎麼我來到天地會中，你手下這些蝦兵蟹將，狐羣狗黨，對我又如此無禮？」陳近南道：「想是他們不識得二公子。在這京師之地，咱們天地會幹的又是反叛韃子之事，大家特別小心謹愼，以致失了禮數。屬下這裏謝過。」

韋小寶越聽越怒，心道：「師父對這臭小子何必這樣客氣？」

鄭克塽道：「你推得一乾二淨，那麼反倒是我錯了？」陳近南道：「不敢！」隨即聽到紙張翻動之聲，鄭克塽道：「這是父王的諭示，你讀來聽聽。」陳近南道：「是。王爺諭示說：『大明延平郡王令曰：派鄭克塽前赴中原公幹，凡事利於國家者，一切便宜行事。』」

鄭克塽道：「甚麼叫做『便宜行事』？」韋小寶心想：「便宜就是不吃虧，那有甚麼難解的？你老子叫你有便宜就佔，不必客氣。」那知陳近南卻道：「王爺吩咐二公子，只要是有利於國家之事，可以不必回稟王爺，自行處斷。」鄭克塽道：「你奉不奉父王諭示？」陳近南道：「王爺諭示，屬下自當遵從。」鄭克塽道：「好，你把自己的右臂砍去了罷。」

陳近南驚道：「卻是爲何？」鄭克塽冷冷的道：「你目無主上，不敬重我，就是不敬重父王。我瞧你所作所爲，大有不臣之心，哼，你在中原拚命培植自己勢力，擴充天地會，那裏還把台灣鄭家放在心上。你想自立爲王，是不是？」陳近南顫聲道：「屬下決無此意。」鄭克塽道：「哼！決無此意？這次河間府大會，他們推我爲福建省盟主，你知道麼？」陳近南道：「是。這是普天下英雄共敬王爺忠心為國之意。」鄭克塽道：「你們天地會卻得了幾省盟主？」陳近南默然。

韋小寶心道：「他媽的，你這小子大發脾氣，原來是喝天地會的醋。」又想：「我老婆的奸夫是我師父的上司，本來這件事很有點麻煩。現下他三人大起衝突，那是妙之極矣。只不過師父中了暗算，身上受傷，可別給他們害死才好。」

只聽鄭克塽大聲道：「你天地會得了三省盟主，我卻只有福建一省。跟你天地會相比，我鄭家算是老幾？我只不過是小小福建省的盟主，你卻是『鋤奸盟』總軍師，你這可不是爬到我頭上去了啦？你心裏還有父王沒有？」陳近南道：「二公子明鑒：天地會是屬下秉承先國姓爺將令所創，旨在驅除韃子。天地會和王爺本是一體，不分彼此。天地會的一切大事，屬下都稟明王爺而行。」鄭克塽冷笑道：「你天地會只知有陳近南，那裏還知道台灣鄭家？就算天地會當眞成了大事，驅逐了韃子，這天下之主也是你陳近南，不是我們姓鄭的。」陳近南道：「二公子這話不對了。驅除韃子之後，咱們同奉大明皇室後裔姓朱的為主。」

鄭克塽道：「你話倒說得漂亮。此刻你已不把姓鄭的放在眼裏，將來又怎會將姓朱的放在眼裏？我要你自斷一臂，你就不奉號令。這一次我從河間府回來，路上遇到不少危難，卻不見有你天地會的一兵一卒來保護我，若不是馮師父奮力相救，我這時候，也不知是不是還留得性命。你巴不得我命喪小人之手，如此用心，便已死有餘辜。哼，你就只會拍我哥哥馬屁，平時全沒將我瞧在眼裏。」陳近南道：「大公子、二公子是親兄弟，屬下一般的侍奉，豈敢有所偏頗。」鄭克塽道：「我哥哥日後是要做王爺的，在你眼中，我兄弟倆怎會相同？」

韋小寶聽到這裏，已明白了一大半，心道：「這小子想跟他哥哥爭位，怪我師父擁他哥哥，受了馮錫範的挑撥，便想乘機除了我師父。」

只聽鄭克塽又道：「反正你在中原勢大，不如就殺了我罷。」

陳近南道：「二公子如此相逼，屬下難以分說，這就回去台灣，面見王爺，聽由王爺吩咐便是。王爺若要殺我，豈敢違抗？」

鄭克塽哼了一聲，似乎感到難以回答，又似怕在父親面前跟他對質。

馮錫範冷冷的道：「只怕陳先生一離此間，不是去投降韃子，出賣了二公子，便獨樹一幟，自立爲王，再也不回台灣去的了。」陳近南怒道：「你適才偷襲傷我，是奉了王爺之命嗎？王爺的諭示在那裏？」馮錫範道：「王爺將令，二公子在中原便宜行事。不奉二公子號令，便是反叛，人人得而誅之。」陳近南道：「二公子好端端地，都是你在從中挑撥離間。國姓爺創業維艱，這大好基業，只怕要敗壞在你這等奸詐小人手裏。你姓馮的就算武功天下無敵，我又何懼於你？」馮錫範厲聲道：「如此說來，你是公然反叛延平王府了？」陳近南朗聲道：「我陳永華對王爺赤膽忠心，『反叛』二字，再也誣加不到我頭上。」

鄭克塽喝道：「陳永華作反，給我拿下。」馮錫範道：「是。」只聽得錚錚聲響，兵刃相撞，三人交起手來。

陳近南叫道：「二公子，請你讓在一旁，屬下不能跟你動手。」鄭克塽道：「你不跟我動手？你不跟我動手？」連問了兩句，兵刃響了兩下，似是他問一聲，向陳近南砍一刀。

韋小寶大急，輕輕將棺材蓋推高寸許，望眼出去，只見鄭克塽和馮錫範分自左右夾攻陳近南。陳近南左手執劍，右臂下垂，鮮血不斷下滴，自是給馮錫範偷襲所傷。馮錫範劍招極快，陳近南奮力抵禦。鄭克塽一刀刀橫砍直劈，陳近南不敢招架，只是閃避，變成了只挨打不還手的局面，加之左手使劍不便，右臂受傷又顯然不輕。韋小寶心下焦急：「風際中、關夫子、錢老本他們怎麼一個也不進來幫忙？這樣打下去，師父非給他們殺了不可。」但外面靜悄悄地，土屋中乒乒乓乓的惡鬥，外間竟似充耳不聞。

只見馮錫範挺劍疾刺，勢道極勁，陳近南舉劍擋格，雙劍立時相黏。鄭克塽揮刀斜砍，陳近南側身避開。鄭克塽單刀橫拖，嗤的一聲輕響，在陳近南左腿上劃了一道口子。陳近南「啊」的一聲，長劍一彈而起，馮錫範就勢挺劍，正中他右肩。

陳近南浴血苦戰，難以支持，一步步向門口移動，意欲奪門而出。馮錫範知他心意，搶到門口堵住，冷笑道：「反賊，今日還想脫身麼？」

韋小寶只盼馮錫範走到棺材之旁，就可從棺材中挺匕首刺出，便以客店中殺喇嘛的手法殺了他。這一招「隔板刺人」原是他的生平絕招，遠勝拳術高手的「隔山打牛」。可是馮錫範越鬥越遠，卻如何刺得着他？鄭克塽喝道：「反賊，還不棄劍就縛？」韋小寶眼見情勢危急，心想今日捨了性命也要相救師父，逼緊了喉嚨，突然吱吱的叫了兩聲。

註：鄭成功生子鄭經等十人。鄭經於康熙元年繼位爲明延平郡王，生子克𡒉、克塽等八人。克𡒉年最長，庶出，是陳永華之婿，後爲監國世子。次子克塽爲馮錫範之婿。鄭克塽繼位時年僅十二歲，本書因故事情節所需，加大了年紀，與史實有出入。

馮錫範等三人一聽，都吃了一驚。鄭克塽問道：「甚麼？」馮錫範搖了搖頭，手上絲毫不緩。韋小寶又吱吱吱的叫了三下。鄭克塽怕鬼，嚇得打了個寒戰。

突見棺材蓋一開，一團白色粉末飛了出來，三人登時眼睛刺痛，嗆個不住。原來屍體入殮，棺材中必放大量石灰，當日馬彥超曾購置了裝入，此刻韋小寶抓起一大把，撒了出來。

馮錫範情知決非鬼魅，急躍而前，閉住了眼睛，俯身向棺材中挺劍刺落。禿的一聲，劍尖刺入棺材蓋，正待拔劍再刺，突覺右邊胸口一痛，知是中了暗算，急忙縱身躍起，後心重重撞在牆上。他武功了得，左手按住胸前傷口，右手將一柄劍使得風雨不透，護住身前。

韋小寶在棺材中「隔板刺人」，一刺得手，握着匕首跳了出來，只見馮錫範、鄭克塽和陳近南三人都緊閉雙目，將刀劍亂揮亂舞，見馮錫範雖然胸口中劍，卻非致命之傷，要待欺近前去再加上一劍，但馮鄭二人刀劍舞得甚緊，實不敢貿然上前。此刻時機緊迫，待得他二人抹去了眼中石灰，睜眼見物，那就糟了，一時徬徨無策，只得左手抓起石灰，一見馮錫範或鄭克塽伸手去抹眼睛，便一把石灰撒將過去。撒石灰原是他另一項拿手絕招。

只擲得幾下，馮錫範覺到石灰擲來的方位，一招「渴馬奔泉」，挺劍直刺過來。韋小寶大駭，急忙坐倒，噗的一聲，那劍揷入了棺材之中。韋小寶連爬帶滾，逃出門外。馮錫範提劍在棺中連連劈刺，還道敵人仍然在內。以他武功修爲，韋小寶狼狽萬狀的逃出，本可立時察覺，只是陡然間眼不見物，胸口受傷，一時心神大亂，又知陳近南武功卓絕，不在自己之下，強敵在側，實是凶險無比，惶急間全沒想到陳近南也已眼不見物，只盼殺了暗算之人，立即逃出。他在棺材中刺得數下，都刺了個空，隨即一招「千巖競秀」，劍花點點，護住身周，聽得左邊並無兵刃劈風之聲，當下向左躍去，肩頭在牆上一撞，靠牆而立。

這麼一陣全力施爲，胸前傷口中更是鮮血迸流。他微一睜眼，石灰粉末立時入眼，劇痛難當，生怕眼睛就此瞎了，不敢再睜，背靠牆壁，一步步移動，心想只須挨牆移步，便能找到門戶所在，一出門外，地勢空曠，就易於脫險了。

韋小寶站在門口，見他移動身子，已猜知他心意，只待他摸到門口時刺他一劍，但想此人武功太高，就算刺中，他臨死時回手一劍，自己小命不免危危乎哉，於是將匕首輕輕插入門框約莫兩寸，見馮錫範離門已不過兩尺，突然尖聲叫道：「我在這……」一個「裏」字還沒出口，馮錫範出招快極，一劍斬落，噹的一聲響，長劍碰到匕首，斷爲兩截，半截斷劍跳將上來，在他額頭上一斬，這才跌落。

韋小寶早已躲到了土屋之側，心中怦怦亂跳。只聽得馮錫範大聲吼叫，疾衝而出。

韋小寶回到門口，但見陳近南和鄭克塽仍在揮舞刀劍。強敵既去，他對這鄭家二公子可絲毫不放在心上，叫道：「師父，那『一劍無血』已給我斬得全身是血，逃之夭夭了。你請出來罷。」陳近南一怔，問道：「誰？」韋小寶道：「是弟子小寶。」陳近南大喜，橫劍當胸，不再舞動。

韋小寶叫道：「張大哥、李二哥、王三哥，你們都來了，很好，很好。這姓鄭的臭小子還不放下兵器投降，你們一齊上去，把他亂刀分屍了罷！」

鄭克塽大吃一驚，那知他是虛張聲勢，叫道：「師父，師父！」不聽馮錫範回答，微一遲疑，便即抛下了手中單刀。韋小寶喝道：「跪下！」鄭克塽雙膝一曲，跪倒在地。

韋小寶哈哈大笑，拾起單刀，將刀尖輕輕抵住鄭克塽咽喉，喝道：「站起來，向右，上前三步，爬上去，鑽進去！」

韋小寶叫一句，鄭克塽便戰戰兢兢的遵命而行，爬入了棺材。韋小寶哈哈大笑，搶上前去，推上了棺材蓋，拿起那包經書負在背上，說道：「師父，咱們快洗眼去。」拉着陳近南的手，走出土屋。

走得七八步，只見馬彥超倒在花壇之旁，韋小寶吃了一驚，上前相扶。馬彥超道：「救總舵主要緊，屬下只是給封了穴道，沒甚干係。」陳近南俯下身來，在他背心和腰裏推拿了幾下，穴道登時解了。馬彥超道：「總舵主眼睛怎樣？」陳近南皺眉道：「石灰。」馬彥超道：「得用菜油來洗去，不能用水。」挽住他手臂快步而行。

韋小寶道：「我馬上就來。」回進土屋，提起斧頭，將七八枚棺材釘都釘入棺材蓋中，說道：「鄭公子，你躺着休息幾天。算你運氣，欠我的一萬兩銀子，一筆勾銷，也就不用還了。」大笑一陣，走回大廳。

只見馬彥超已用菜油替陳近南洗去眼中石灰，又縛好了他身上傷口。廳上風際中、錢老本、玄貞道人等躺滿了一地，陳近南正在給各人解穴。

原來馮錫範陡然來襲，他武功既高，又攻了衆人個措手不及。風際中等並非聚在一起，聞聲出來應戰，給他逐一點倒。衆人都是惱怒已極，只是在總舵主面前，不便破口大罵。馬彥超說了韋小寶使詭計重創馮錫範的情形，衆人登時興高采烈，都說這廝如此奸惡，只盼石灰便此弄瞎了他雙眼。

陳近南雙目紅腫，淚水仍不斷滲出，臉色鄭重，說道：「錢兄弟、馬兄弟，你們去洗了鄭二公子眼中石灰，請他到這裏來。」錢馬二人答應了。

韋小寶突然「啊」的一聲，假裝暈倒，雙目緊閉。陳近南左手一伸，拉住了他手臂，問道：「怎樣？」韋小寶道：「我……我剛才……嚇……嚇得厲害，生怕他們害死了師父……這會兒……這會兒手脚都沒了力氣……」陳近南抱着他放在椅上，道：「你休息一會。」

原來韋小寶自知用石灰撒人眼睛，實是下三濫的行逕，當年茅十八曾爲此打了他一頓，雖然羣雄大讚他機智，但想他們是我屬下，自然要拍馬屁，師父是大英雄、大豪傑，比之茅十八又高出十倍，定要重責，索性暈在前頭，叫他下不了手，當眞要打，落手也好輕些。

錢馬二人匆匆奔回大廳，說道：「總舵主，沒見到鄭二公子，想是他已經走了。」陳近南皺眉道：「走了？不在棺材裏麼？」錢馬二人面面相覷，土屋中棺材倒是有一口，但鄭二公子怎麼會在其中？

陳近南道：「咱們去瞧瞧。」領着衆人起向土屋。韋小寶大急，只得跟在後面，雙手揉擦屁股，心道：「屁股啊屁股，師父聽到我將那臭小子趕入了棺材，你老兄難免要多挨幾板了，眞正對不住之至。」

來到土屋之中，只見滿地都是石灰和鮮血，果然不見鄭克塽的人影。陳近南明明聽得韋小寶逼着鄭克塽爬入棺材，這時棺材蓋卻釘上了，疑心大起，問道：「小寶，你將二公子釘入了棺材裏麼？」韋小寶見師父面色不善，賴道：「我沒有。說不定他怕師父殺他，自己釘上了。」陳近南喝道：「胡說！快打開來，別悶死了他。快，快！」

錢老本和馬彥超拿起斧頭鑿子，忙將棺材釘子起下，掀開棺材蓋，裏面果眞躺着一人。

陳近南叫道：「二公子！」將那人扶着坐起。

衆人一見，都是「啊」的一聲驚呼。陳近南手一鬆，退了兩步，那人又倒入棺材。

衆人齊聲叫道：「是關夫子！」在這一剎那間，衆人已看淸棺材中那人乃是關安基。

陳近南搶上又再扶起，只見關安基雙目圓睜，已然斃命，但身子尙自溫暖，卻是死去未久。衆人又驚又悲，風際中、玄貞道人等躍出牆外察看，已找不到敵人蹤迹。

陳近南解開關安基衣衫，只見他胸口上印着一個血紅的手印，失聲叫道：「馮錫範！」

玄貞道人怒道：「確是馮錫範！這紅砂掌是他崑崙派的獨門武功。這惡賊重傷之餘，片刻間便去而復回，當眞……他媽的，他要救鄭二公子那也罷了，怎地卻害死了關二哥？」衆人紛紛怒罵。關安基的舅子賈老六更是呼天搶地的大哭。陳近南黯然不語。

衆人回到大廳。錢老本道：「總舵主，二公子與大公子爭位，那是衆所周知的。咱們天地會向來秉公行事，大公子居長，自然擁大公子。二公子早就把你當作了眼中釘，這次更受了馮錫範的挑撥，想乘機除了你。今日大夥兒更得罪了二公子，這麼一來，只怕王爺也要信他們的讒言了。總舵主此後不能再回台灣去了。」

陳近南歎了口氣，說道：「國姓爺待我恩義深重，我粉身碎骨，難以報答。王爺向來英明，又對我禮敬有加，王爺決不是戕害忠良之人。」玄貞道人道：「常言道：疏不間親。二公子咬定我們天地會不服台灣號令，在中原已是如此，到得台灣，更有甚麼分辯的餘地？他鄭家共有八位公子，大家爭權奪位，咱們天地會用不着牽涉在內。總舵主，咱們秦檜固然不做，卻也不做岳飛。」錢老本道：「總舵主忠心耿耿，一生為鄭家効力，卻險些兒給二公子害死，這口氣無論如何嚥不下。」陳近南又歎了口氣，說道：「大丈夫行事無愧於天地，旁人要說短長，也只好由他。只是萬萬料想不到，竟會有此變故。剛才若不是小寶機智，大夥兒都已死於非命了……唉，可惜關二哥……」

韋小寶聽師父並不追究撒石灰、釘棺材之事，登時寬心，生怕他只是一時想不起，須得立即岔開話頭，說道：「咱們這麼一鬧，只怕左鄰右舍都知道了，要是報知官府，只怕……只怕……須得趕快搬家。」陳近南道：「正是。我心神不定，竟沒想到此節。」

當下衆人匆匆在花園中掘地埋葬了關安基的屍身，洒淚跪拜，携了隨身物件，便即分批離去。天地會羣雄在京中時時搬遷，換個住所乃是家常便飯。韋小寶生怕師父考問武功，乘機辭別，回去皇宮。

他來到自己住處，閂上房門，將六部經書逐一拆開，果見每部經書封皮的夾縫中，都有許多羊皮碎片。他取出碎片，將書函縫起還原，縫不到半部，便覺厭煩，心想：「雙兒如在這裏就好了，她此刻多半還在少林寺外等我。我給九難師父捉了去，這好丫頭一定擔心得要命，得派人去叫她來。」又縫了幾針，眼睛已不大睜得開，藏好經書便睡。

次日一早去上書房侍候聽旨。康熙說道：「明日便有朝旨，派你送建寧公主去雲南，賜婚給那姓吳的小王八蛋。」韋小寶道：「是。只可惜沒服侍得皇上幾天，又要遠離。」

康熙低聲道：「太后跟我說了一件大事，這次你去雲南，就可乘機辦一辦。」韋小寶應了。康熙道：「太后說道，那惡婢假冒太后，原來有個重大陰謀，她想查知我們滿洲龍脈的所在，要設法破了。」

韋小寶衝口而出：「這老婊子罪大惡極！」急忙伸手按住嘴巴，自知在皇帝面前罵這等粗話，未免太過不敬。豈知康熙絲毫不以爲意，跟着道：「對！這老婊子當眞不是東西。太后忍辱忍苦，寧死不說，才令老婊子奸計不逞。上天保佑，太后所以得保平安至今，卻也全仗了不肯吐露這個大秘密。」

韋小寶早已知道，卻道：「皇上，這個天大的秘密，你最好別跟我說。多一人知道，多一分洩漏的危險。」康熙讚道：「你越來越長進啦，懂得諸事須當謹愼。不過你跟我辦事以來，從來沒洩漏過甚麼。倘若連你都信不過，我是沒人可以信得過的了。」韋小寶周身數百根骨頭，每根骨頭登時都輕了幾兩幾錢，跪下磕頭，說道：「皇上如此信得過，奴才就是把自己舌頭割了，也不敢洩漏半句皇上交代的話。」

康熙點點頭，說道：「我大清龍脈的秘密，原來藏在八部四十二章經之中。」

韋小寶假作驚異，連聲道：「咦，奇怪，有這等事？這可萬萬想不到！」

康熙續道：「當年攝政王爺進關之後，將八部經書分賜八旗旗主。八旗之中，正黃、正白、鑲黃上三旗的兵馬是天子自將，但田地財物，仍分屬三旗旗主管領。正黃旗的經書，父皇一直放在身邊，帶了去五台山，後來命你拿回來賜給我。鑲白旗旗主因事獲罪，鑲白旗的經書沒入宮中，父皇賜了給端敬皇后。」韋小寶心道：「老皇爺寵愛端敬皇后，最好的東西自然要賜給她。要是換作我，八部經書一古腦兒沒入宮中，全都賜了給她。」

康熙續道：「老婊子害死端敬皇后，自然也就佔了她的經書。鰲拜是鑲黃旗旗主。那日派你去抄鰲拜的家，老婊子要你找兩部經書，一部便是鑲黃旗的，另一部是正白旗的。」韋小寶道：「是。早知老婊子這樣壞，奴才便回稟老婊子說找不到，將經書悄悄獻給皇上。」康熙笑道：「那時咱們既不知老婊子是假太后，又不知這四十二章經中有這等重大干係，你如這樣胡鬧，我非……非打你屁股不可。」韋小寶道：「是，是。」心道：「打打屁股就算了嗎？那你也忒客氣啦！」問道：「另外那部正白旗的，不知鰲拜是那裏來的？」

康熙道：「他害死了正白旗旗主蘇克薩哈，將家產、財物，連經書一起佔了去。哼，這逆賊死有餘辜。」韋小寶道：「是。這樣一來，老婊子手裏有了三部經書啦。」

康熙道：「豈止三部？她又派御前侍衛副總管瑞棟，去跟鑲紅旗旗主和察博為難。當時我不知甚麼緣故，和察博這傢伙一向跟鰲拜勾結，我也不去理會。現下想來，自然是去取他的賜經。瑞棟又莫名其妙的失了蹤，定是給老婊子殺了滅口。」

韋小寶忙道：「是，是。皇上料事如神。」心道：「你認定瑞棟是給老婊子殺的，我又讚過你料事如神，那就已敲釘轉脚。日後你就算知道瑞棟是我殺的，也已不能轉口，再來向我查問了。否則的話，你就承認自己不是料事如神。身為皇上，豈可料事不如神而如鬼？」

康熙道：「如果我所料不錯……」韋小寶忙道：「決計不錯。」康熙道：「……老婊子手中已有了四部經書。可是有一件事奇怪得很，父皇賜我的那部正黃旗經書，我一直放在上書房桌上，卻忽然不見了。你想又有誰這麼大膽，竟敢到上書房來偷盜物事？」韋小寶道：

「能出入上書房，又膽敢擅自拿書的，只有……只有……」康熙道：「建寧公主！」韋小寶不敢接口，心道：「這次你是眞的料事如神。」

康熙道：「老婊子派女兒來偷了我這部經書，這一來，她手裏已有五部了。」

韋小寶道：「咱們快去慈寧宮搜查。老婊子光着身子逃出宮去，甚麼也沒帶。」心中怦怦而跳：「此刻皇上如到我屋中一查，小桂子便有一百個腦袋，也都砍了。」

康熙搖頭道：「我早細細搜過了，甚麼也查不到。只查到一套僧袍，老婊子那個相好，原來是個和尙。哈哈，哈哈！」韋小寶跟着大笑，笑得兩聲，覺得甚爲無禮，忙忍住了笑。康熙仍放聲大笑，說道：「不過那矮冬瓜抱着老婊子逃走之時，我瞧到他留着一頭長髮，這倒奇了。多半他也是假扮宮女，頭髮是假的。這傢伙又矮又胖，老婊子甚麼漢子不好偷，卻去找這樣個矮冬瓜。」韋小寶笑道：「這矮冬瓜武功很高。相貌英俊的，未必有本事偷進宮來。上次那個假宮女，也就醜得很。」

康熙笑道：「那也說得是。」頓了一頓，續道：「另外三部經書，分別在正紅旗、正藍旗、鑲藍旗三旗手中。正紅旗的旗主目下是康親王，我已命他將經書獻上來。」

韋小寶心想：「康親王那部經書，那天晚上已給人偷了去，此刻在我手中。康親王怎麼還獻得出？這一下老康可要大糟而特糟了。」

康熙又道：「正藍旗旗主富登年歲尙輕，我剛才問過他。他說上一任的旗主嘉坤在攻打雲南時陣亡，一切後事都是吳三桂給料理的。吳三桂交到他手裏的，只是一顆印信、幾面軍旗，還有幾萬兩銀子，此外甚麼都沒有了。」韋小寶道：「這部經書定是吳三桂吞沒了。」

康熙道：「是啊。因此你到了吳三桂府中，仔細打聽這件事，想法子把經書取了來，吳三桂這廝老奸巨滑，千萬不能讓他得知內情。」

韋小寶道：「是，奴才隨機應變，設法騙他出來。」

康熙皺起眉頭，在書房中踱來踱去，說道：「鑲藍旗旗主鄂碩克哈是個大胡塗蛋，我要他呈繳經書，他竟說好幾年前就不見了。我派了侍衛到他家搜查，一無蹤迹，我已將他下在天牢，叫人好好拷問，到底是當眞給人盜去了，還是他隱匿不肯上繳。」

韋小寶道：「就怕也是老婊子派人去弄了來，也不知是明搶還是暗偷。」心想：「這可不是寃枉老婊子，明搶暗偷之人，多半便是那矮冬瓜。」又道：「倘若也是老婊子得了去，這六部經書卻又到了何處？」隨即微感懊悔：「我這句話可說錯了，自己太也吃虧。我說老婊子得了六部經書，得了六部經書的其實是韋小寶。這麼一來，我豈不成了老婊子？」

康熙道：「老婊子到底是甚麼來歷，此刻毫無綫索可尋。她幹此大事，必有同謀之人。她得到經書之後，必已陸續偷運出宮，要將這六部經書盡數追回，那就難得很了。好在太后言道，要尋找大清龍脈的所在，必須八部經書一齊到手，就算得了七部，只要少了一部，也是無用。咱們只須把康親王和吳三桂手中的兩部經書拿來毀了，那就太平無事。咱們又不是去尋龍脈，只消不讓人得知，那就行了。不過失了父皇所賜的經書，倘若從此尋不回來，我實是不孝。哼，建寧公主這小……小……」

康熙這一聲罵不出口，韋小寶肚裏給他補足：「小婊子！」

這時康熙心中所想到的，是順治在五台山金閣寺僧房中囑咐他的話：

「兒啊，你精明能幹，愛護百姓，做皇帝是比我強得多了。那八部『四十二章經』中所藏地圖，是一個極大藏寶庫的所在。當年我八旗兵進關，在中原各地擄掠所得的金銀財寶，都藏在這寶庫之中。寶庫是八旗公有，因此地圖要分爲八份，分付八旗，以免爲一旗獨吞。關內漢人比咱們滿洲人多過百倍，倘若一齊起來造反，咱們萬萬壓制不住，那時就當退回關外，開了寶庫，八旗平分，今後數百年也就不愁溫飽。」

康熙當時便想起了父皇要韋小寶帶回來的話：「天下事須當順其自然，不可強求，能給中原蒼生造福，那是最好。倘若天下百姓都要咱們走，那麼咱們從那裏來，就回那裏去。」聽得順治又說：「我滿清唾手而得天下，實是天意，這中間當眞十分僥倖。咱們不可存着久居中原之心，可別弄得滿洲人盡數覆滅於關內，匹馬不得出關。」

康熙口中唯唯稱是，心中卻大不以爲然：「我大淸在中原的大業越來越穩，今後須當開疆拓土，建萬世不拔之基，又何必留甚麼退步？一留退步，只有糟糕。父親出了家，心情恬退，與世無爭，才這樣想。」果然聽得父親接下去道：「不過當年攝政王吩咐各旗旗主：關外存有大寶藏之事，萬萬不能洩漏，否則滿洲王公兵將心知尙有退步，遇上漢人造反，大家不肯拚死相鬥，那就大事去矣。因此八旗旗主傳交經書給後人之時，只能說經中所藏秘密，關及滿淸的龍脈，龍脈一被人掘斷，滿洲人那就人人死無葬身之地。一來使得八旗後人不敢忽起貪心，偷偷去掘寶藏；二來如知有人前去掘寶，八旗便羣起而攻，竭力阻止。只有一國之主，纔能得知這眞正秘密。」

康熙回思當日的言語，心中又一次想到：「攝政王雄才大畧，所見極是。」向韋小寶瞧了一眼，心道：「小桂子雖然忠心，卻也只能跟他說龍脈，不能說寶庫。這小子日後年紀大了，怎保得定他不起貪心。太后昨天對我說，父皇當年決意出家之時，將這大秘密告知了太后，要她等我年長之後轉告，太后所以忍辱偷生，正是爲了這件大事。她可不知我已到五台山去見到了父皇，也幸而如此，太后沒給老婊子害死。」

韋小寶見康熙來回踱步思索，突然心念一動，說道：「皇上，倘若老婊子是吳三桂派進宮來的，他……他手裏就有七部經書。」

康熙一驚，心想此事倒是大有可能，叫道：「傳尙衣監！」

過了一會，一名老太監走進書房磕頭，乃是尙衣監的總管太監。康熙問道：「查明白了嗎？」那太監道：「回皇上：奴才已仔細查過，這件僧袍的衣料，是北京城裏織造的。」康熙嗯了一聲。韋小寶這才明白：「原來皇上要查那矮冬瓜的來歷。衣料是京裏織造，就查不到甚麼了。」那太監又道：「不過那套男子內衣內褲，是遼東的繭綢，出於錦州一帶。」康熙臉上現出喜色，點點頭道：「下去罷。」那太監磕頭退出。

康熙道：「只怕你料得對了，這矮冬瓜說不定跟吳三桂有些瓜葛。」韋小寶道：「奴才可不明白了。」康熙道：「吳三桂以前鎭守山海關，錦州是他的轄地。這矮冬瓜或許是他的舊部。」韋小寶喜道：「正是，皇上英明，所料定然不錯。」康熙沉吟道：「倘若老婊子逃回雲南，你此行可多一分危險。你多帶侍衞，再領三千驍騎營軍士去。」韋小寶道：「是，皇上放心。最好奴才能將老婊子和矮冬瓜都抓了來，千刀萬剮，好給太后出這口氣。」

康熙拍拍韋小寶的肩膀，微笑道：「你如能再立此大功，給太后出了這口氣，嘿嘿，你年紀太小，官兒太大，我倒有些爲難了。不過咱們小皇帝、小大臣，一塊兒幹些大事出來，讓那批老官兒們嚇得目瞪口呆，倒也有趣得緊。」

韋小寶道：「皇上年紀雖小，英明遠見，早已叫那批老東西打從心眼兒裏佩服出來。待您再料理了吳三桂，那更是前無來者，後無古人。」

康熙哈哈大笑，說道：「他媽的，前無古人，後無來者。你這傢伙聰明伶俐，就是不學無術，不肯讀書。」韋小寶笑道：「是，是。奴才幾時有空，得好好讀他幾天書。」

其實韋小寶粗鄙無文，康熙反而歡喜，他身邊文學侍從的臣子要多少有多少，整日價詩云子曰聽得多了，和韋小寶說些市井俗語，頗感暢快。

韋小寶辭了出來，剛出書房，便有一名侍衞迎上來，請了個安，低聲道：「韋副總管，康親王想見您，不知韋副總管有沒有空？」韋小寶問道：「王爺在那裏？」那侍衞道：「王爺在侍衞房等候回音。」韋小寶道：「他親自來了？」那侍衞道：「是，是。他說想請韋副總管去喝酒聽戲，就是擔心皇上有要緊大事差韋副總管去辦，您老人家分不了身。」韋小寶笑道：「他媽的，我是甚麼老人家了？」

來到侍衞房中，只見康親王一手拿着茶碗，坐着呆呆出神，眉頭皺起，深有憂色。他一見韋小寶進來，忙放下茶碗，搶上來拉住他手，說道：「兄弟，多日不見，可想殺我了。」

韋小寶明知他爲了失卻經書之事有求於己，但見他如此親熱，也自歡喜，說道：「王爺有事，派人吩咐一聲就行了，賞酒賞飯，卑職還不巴巴的趕來麼？你這樣給面子，卻自己來找我。」康親王道：「我家裏已預備了戲班子，就怕兄弟沒空。這會兒能過去坐坐嗎？」韋小寶笑道：「好啊，王爺賞飯，只要不是皇上吩咐我去辦甚麼急事，就是我親生老子死了，卑職也要先擾了王爺這頓飯再說。」

兩人携手出宮，乘馬來到王府。康親王隆重欵待，極盡禮數，這一次卻無外客。飯罷，康親王邀他到書房之中，說些閒話，讚他代皇上在少林寺出家，積下無數功德善果，又讚他年紀輕輕，竟已做到御前侍衛副總管、驍騎營都統，前程實是不可限量。韋小寶謙遜一番，說以後全仗王爺提携栽培。

康親王歎了一口氣，說道：「兄弟，你我是自己人，甚麼都不用瞞你，做老哥的眼前大禍臨頭，只怕身家性命都難保了。」韋小寶假裝大爲驚奇，說道：「王爺是代善大貝勒的嫡派子孫，鐵帽子王，皇上正在信任重用，有甚麼大禍臨頭了？」

康親王道：「兄弟，你有所不知。當年咱們滿淸進關之後，每一旗旗主，先帝都賜了一部佛經。我是正紅旗旗主，也蒙恩賜一部。今日皇上召見，要我將先帝賜經呈繳。可是……可是我這部經書，卻不知如何，竟……竟給人盜去了。」

韋小寶滿臉訝異，說道：「眞是希奇！金子銀子不妨偷偷，書有甚麼好偷？這書是金子打的麼？還是鑲滿了翡翠珠寶，值錢得很？」

康親王道：「那倒不是，也不過是尋常的經書。可是我沒能好好保管先帝的賜物，委實是大不敬。皇上忽然要我呈繳，只怕是已經知道我失去賜經，要追究此事。兄弟，你可得救我一救。」說着站起身來，請下安去。

韋小寶急忙還禮，說道：「王爺這等客氣，可不折殺了小人？」康親王愁眉苦臉的道：「兄弟，你如不給我想個法子，我……我只好自盡了。」韋小寶道：「王爺也未免把事情看得太重了。我明日將這件事奏知皇上，最多也不過罰王爺幾個月俸銀，或者交宗人府申斥一番，那有性命交關之理？」康親王搖頭道：「只要保得性命，就眞把我這親王的王爵革去，貶作庶人，我也已謝天謝地，心滿意足了。鑲藍旗旗主鄂碩克哈就因爲丟了賜經，昨兒給打入了天牢，聽說很受了拷打，皇上派人嚴審，那部經書到底弄到那裏去了。」說着臉上肌肉抖動，顯是想到了身入天牢、備受苦刑的慘酷。

韋小寶皺眉道：「這部經書當眞如此要緊？啊，是了，那日抄鰲拜的家，太后命我到他家裏去找兩部甚麼三十二章經、四十三章經甚麼的。王爺不見了的，就是這個東西麼？」康親王臉上憂色更深，說道：「正是，是四十二章經。一抄鰲拜的家，太后甚麼都不要，單要經書，可見這東西非同小可。兄弟可找到了沒有？」韋小寶道：「找是找到了。鰲拜那廝把經書放在他臥房的地板洞裏，找得我出了一身大汗。這經書有甚麼希奇？我給你到和尚廟裏去要他十部八部來，繳給皇上就是。」康親王道：「先皇欽賜的經書，跟和尙廟裏的尋常佛經大不相同，可混冒不來。」

韋小寶神色鄭重，說道：「這樣倒眞有點兒痳煩了。不知王爺要我辦甚麼事？」

康親王搖搖頭，說道：「這件事我實在說不出口，怎……怎能要兄弟去做欺君之事？」

韋小寶一拍胸膛，道：「王爺但說不妨。你當韋小寶是朋友，我爲你送了這條小命，也是一場義氣。好，你去奏知皇上，就說這部經書我韋小寶借去瞧瞧，卻不小心弄丟了。皇上這幾天很喜歡我，最多打我一頓板子，未必就會砍了我的頭。」康親王道：「多謝兄弟的好意，但這條路子恐怕行不通。皇上不會相信兄弟借經書去看。」韋小寶點頭道：「我雖然做過和尚，但西瓜大的字識不了一擔，借經書去看，皇上恐怕不大相信。咱們得另想法子。」

康親王道：「我是想請兄弟……想請兄弟……想請兄弟……」連說三句「想請兄弟」，卻不接下去，只是眼望韋小寶，瞧着他臉上的神氣。

韋小寶道：「王爺，你不必爲難。做兄弟的一條小性命……」左手抓住自己辮子，右手在自己頭頸裏一斬，做個雙手捧着腦袋送上的姿勢，說道：「已經交了給你，只要不是危害皇上之事，甚麼事都聽你吩咐。」

康親王大喜，道：「兄弟如此義氣深重，唉，做哥哥的別的話也不多說了。我是想請兄弟到太后或是皇上身邊，去偷一部經書出來。我已叫定了幾十名高手匠人，等在這裏，咱們連夜開工，仿造一部，好渡過這個難關。」

韋小寶問道：「能造得一模一樣？」

康親王忙道：「能，能，定能造得一模一樣，包管沒有破綻。做了樣子之後，兄弟就把原來的經書放回，決不敢有絲毫損傷。」其實他明知倉卒之間仿造一部經書，要造得毫無破綻，殊所難能，他是想將眞假經書掉一個包，將假經書讓韋小寶放回原處，眞的經書呈繳皇帝。料想韋小寶不識之無，難以分辨眞僞，將來能不發覺，那是上上大吉，就算發覺，也已連累不到自己頭上。只是這番用意，此刻自是不能直言。

韋小寶道：「好，事不宜遲，我這就想法子去偷，王爺在府上靜候好音便了。」

康親王千恩萬謝，親自送他到門外，又不住叮囑他務須小心。

韋小寶回到屋中，將幾十片羊皮碎片在燈下拚湊，心想八部已得其七，就算空下一些，也能拚個大概出來。那知足足花了大半個時辰，連地圖的一隻角也湊不起來。他本無耐心，厭煩起來，便不再拚，當下將千百片碎片用油紙包了，外面再包了層油布，貼身藏好。心想：「老康是正紅旗旗主，他這部經書自然是紅封皮的，明兒我另拿一部給他便是。」

次日淸晨，將鑲白旗經書的羊皮面縫好，黏上封皮，揣在懷中，逕去康親王府。

康親王一聽他到來，三脚兩步的迎了出來，握住他雙手，連問：「怎樣？怎樣？」韋小寶愁眉苦臉，搖了搖頭。康親王一顆心登時沉了下去，說道：「這件事本來爲難，今日未能成功……」韋小寶低聲道：「東西拿到了，就怕你十天半月之內，假冒不成。」

康親王大喜，一躍而起，將他一把抱住，抱入書房。

衆親隨、侍衞見王爺這等模樣，不由得都暗暗好笑。

韋小寶將經書取出，雙手送將過去，問道：「是這東西嗎？」康親王緊緊抓住，全身發抖，打開書函一看，道：「正是，正是，這是鑲白旗的賜經，因此是白封皮鑲紅邊兒的。咱們立刻開工雕版。兄弟，你得再教我一個法兒，怎生推搪得幾天。嗯，我假裝從馬上跌了下來，摔得頭破血流，昏迷不醒。待得冒牌經書造好，再去叩見皇上，你說可好？」

韋小寶搖頭道：「皇上英明之極，你掉這槍花，他心中犯了疑，你將西貝貨兒呈上去，皇上細細一看，只怕西洋鏡當場就得拆穿。這部書跟你失去的那部，除了封皮顏色之外，還有甚麼不同？」康親王道：「就只封皮顏色不同，另外都是一樣。」韋小寶道：「這個容易，你將這部書換個封皮，今日就拿去呈給皇上。」

康親王又驚又喜，顫聲道：「這……這……宮裏失了經書，查究起來，只怕要牽累到兄弟。」韋小寶道：「我昨晚悄悄在上書房裏偷了出來，沒人瞧見的。就算有人瞧見，哼哼，諒這狗崽子也不敢說。我跟你擔了這個干係便是。」康親王心下感激，不由得眼眶也濕了，握住他雙手，再也說不出話來。

韋小寶回到宮中，另行拿了兩部經書，去尋胖頭陀和陸高軒。他想正黃旗的經書上浸滿了毒水，給桑結喇嘛搶去了；鑲白旗的給了康親王；贜下五部之中，鑲黃、正白兩部從鰲拜家中抄來，鑲藍從老婊子的櫃中取得，這三部書老婊子都見過的，這時老婊子如在洪教主身邊，呈上去可大不妙。正紅旗是從康親王府中順手牽來，鑲紅旗是從瑞棟身上取得，老婊子雖知來歷，卻也不妨。於是交給胖陸二人的是一部正紅，一部鑲紅。胖陸二人早已等得望眼欲穿，見他突然到來，又得到了教主所要的兩部經書，當眞喜從天降。

韋小寶道：「陸先生，你將經書呈給教主和夫人，說道我打聽到，吳三桂知道另外六部經書的下落。我白龍使爲教主和夫人辦事，忠字當頭，千萬死百萬死不辭，因此要到雲南去赴湯蹈火，找尋經書。胖尊者，你護送我去再爲教主立功。」胖陸二人欣然答應。

胖頭陀道：「陸兄，白龍使立此大功，咱二人也跟着有了好處。教主賜下豹胎易筋丸的解藥，你務必儘快差妥人送到雲南來。」

陸高軒連聲稱是，心想：「白龍使小小年紀，已如此了得。教主這大位，日後非傳給他不可。我此刻不乘機討好於他，更待何時？」說道：「這解藥非同小可，屬下決不放心交給旁人，定當親自送來。白龍使，屬下對你忠心耿耿，定要服侍你服了解藥之後，屬下和胖兄再服。否則就算豹胎易筋丸藥性發作，屬下有解藥在手，寧死也決不先服。」

韋小寶笑道：「很好，很好，你對我如此忠心，我總忘不了你的好處。」陸高軒大喜，躬身道：「屬下恭祝白龍使永享清福，壽比南山。」韋小寶心想：「我只比教主低了一級，永享清福，壽比南山，倒也不錯了。」

他回宮不久，便有太監宣下朝旨，封韋小寶為一等子爵，賜婚使，護送建寧公主前赴雲南，賜婚平西王世子吳應熊。吳應熊封三等精奇尼哈番，加少保，兼太子太保。

韋小寶取錢賞了太監，心想：「倒便宜了吳應熊這小子，娶了個美貌公主，又封了個大官。說書先生說精忠岳傳，岳飛岳爺爺官封少保，你吳應熊臭小子如何能跟岳爺爺相比？」轉念又想：「皇上封他做個大官，只不過叫吳三桂不起疑心，遲早會砍他的腦袋。鰲拜可也不是官封少保嗎？對，對，岳飛岳少保也給皇帝殺了。可見官封少保，便是要殺他的頭。下次皇上如果封我做少保，可得死命推辭。」

當下去見皇帝謝恩，說道：「皇上，奴才這次去雲南跟你辦事，你有甚麼錦囊妙計，那就跟我說了罷。」康熙哈哈大笑，說道：「小桂子沒學問。錦囊妙計，是封在錦囊之中的，天機不可洩漏，怎能先跟你說？」韋小寶道：「原來如此。可惜我不識字，皇上若有錦囊妙計，須得畫成圖畫。皇上，上次你吩咐我去清涼寺做主持，這道聖旨，畫得可挺美哪。」

康熙笑道：「自古以來，聖旨不用文字而用圖畫，只怕以咱們君臣二人開始了。」韋小寶道：「這叫做前無古人，後無來者。」康熙笑道：「很好。你記心好，教了你的成語，便記住了。」韋小寶道：「皇上教的，我總記得，別人教的，可記來記去總記不住，也不知是甚麼道理。好比一言既出，甚麼馬難追，這匹甚麼馬，總是記不住。」

說到這裏，太監稟報建寧公主前來辭行。康熙向韋小寶望了一眼，吩咐進見。

建寧公主一進書房，便撲在康熙懷裏，放聲大哭，說道：「皇帝哥哥，我……我……我不願嫁到雲南，求你收回聖旨罷。」

康熙本來自幼便喜歡這個妹子，但自從得知假太后的惡行之後，連帶的對妹子也生了厭憎之心，將她嫁給吳應熊，實是有心陷害，這時見她哭得可憐，倒有些不忍，但事已至此，已難收回成命，拍拍她肩膀，溫言道：「女孩子長大了，總是要嫁人的。我給你揀的丈夫可很不錯哪。小桂子，你跟公主說，那吳應熊相貌挺英俊的，是不是？」

韋小寶道：「正是。公主，你那位額駙，是雲南省有名的美男子，上次他來北京，前門外有十幾個姑娘打架，打出了三條人命。」建寧公主一怔，問道：「那為甚麼？」韋小寶道：「平西王世子生得漂亮，天下有名。他進京那天，北京城裏成千成萬的姑娘太太們，都擠着去瞧。有十幾個姑娘你擠我，我擠你，便打起來啦。」建寧公主破涕為笑，啐道：「呸！你騙人，那有這等事？」

韋小寶道：「公主，你猜皇上為甚麼派我護送你去雲南？又吩咐我多帶侍衞兵勇，妥為保護？」公主道：「那是皇帝哥哥愛惜我。」韋小寶道：「是啊，這是皇上的英明遠見，深謀遠慮。你想，額駙這樣英俊瀟洒，不知有多少姑娘想嫁給他做夫人，現今給你一下子佔了去，天下不知道打翻了多少醋缸子、醋罎子、醋罐子、醋瓶子。有些會武藝的姑娘一怒，說不定要來跟你爲難。雖然公主自己武功高強，終究寡不敵衆，是不是？因此奴才這一次護送公主南下，肩頭的擔子可眞不輕，要對付這一隊糖醋娘子軍，你想想，可有多難？」

建寧公主笑道：「甚麼糖醋娘子軍，你眞會胡說八道。」她這時笑靨如花，臉頰上卻兀自掛着幾滴亮晶晶的淚珠，向康熙道：「皇帝哥哥，小桂子送我到了雲南之後，就讓他陪着我說話兒解悶，否則我可不去。」康熙笑道：「好，好，讓他多陪你些時候，等你一切慣了再說。」建寧公主道：「我要他永遠陪着我，不讓他回來。」

韋小寶一伸舌頭，道：「那不成，你的駙馬爺倘若見我惹厭，生起氣來一刀將我砍了，沒了腦袋的小桂子，可不能陪公主說話解悶了。」建寧公主小嘴一扁，道：「哼，他敢？」

康熙道：「小桂子，你去雲南之前，有件事先給我查查。上書房裏不見了一部佛經，這事可有點奇怪，連這裏的東西，竟也有人敢偷！」說到最後一句話時，語氣已頗爲嚴峻。韋小寶應道：「是，是。」建寧公主插口道：「皇帝哥哥，你這部佛經是我拿的。嘻嘻。」

康熙道：「你拿去幹甚麼？怎麼沒先問過我？」公主笑道：「是太后吩咐我拿的。太后說，皇帝每天要辦千百件軍國大事，問你要部佛經這等小事，便不用來煩瘷你啦。」康熙哼了一聲，便不言語了。建寧公主伸伸舌頭，央求道：「皇帝哥哥，你別爲這件事生我的氣。以後我去了雲南，便想再來這裏拿你的書，可也來不了啦。」

康熙聽她說得可憐，心腸登時軟了下來，溫言道：「你去了雲南，要甚麼東西，儘管向我要好了。」頓了一頓，說道：「平西王府裏，又有甚麼東西沒有？」

韋小寶從上書房出來，衆侍衞、太監紛紛前來道賀。每個侍衞都盼能得他帶去雲南，吳三桂富可敵國，這一趟美差，發一筆財是十拿九穩之事。

到得午夜，康親王又進宮來相見，喜氣洋洋的道：「兄弟，經書已呈繳給了皇上。皇上很是高興，着實誇奬了我幾句。」韋小寶道：「那好得很啊。」

康親王道：「你不日就去雲南，今日哥哥作個小東，一來慶賀你封了子爵，二來給你餞行。」攜着他手出得宮來，這次卻不是去康親王府，來到東城一所精緻的宅第。這屋子雖沒康親王府宏偉，但雕樑畫棟，花木山石，陳設得甚是奢華。

康親王道：「兄弟，你瞧這間房子怎樣？」韋小寶笑道：「好極，漂亮之極！王爺眞會享福。這是小福晉的住所麼？」康親王微笑不答，邀他走進大廳。

廳上已等着許多貴官，索額圖、多隆等都出來相迎，「恭喜」之聲，不絕於耳。

康親王笑道：「咱們今日慶賀韋大人高升，按理他該坐首席才是。不過他是本宅主人，只好坐主位了。」韋小寶奇道：「甚麼本宅主人？」康親王笑道：「這所宅子，是韋大人的子爵府。做哥哥的跟你預備的。車夫、廚子、僕役、婢女，全都有了。匆匆忙忙的，只怕很不周全，兄弟見缺了甚麼，只管吩咐，命人到我家裏來搬便是。」

韋小寶驚喜交集，自已幫了康親王這個大忙，不費分文本錢，不擔絲毫風險，雖然明知他定有酬謝，卻萬想不到竟會送這樣一件重禮，一時說不出話來，只道：「這……這個……

那怎麼可以？」

康親王捏了捏他手，說道：「咱哥兒倆是過命的交情，那還分甚麼彼此？來來來，大夥兒喝酒。那一位不喝醉的，今日不能放他回去。」

這一席酒喝得盡歡而散。韋小寶貴爲子爵，大家又早知他那太監是奉旨假扮的，便不能再回宮住宿了。這一晚睡在富麗華貴的臥室之中，放眼不是金器銀器，就是綾羅綢緞，忽想：「他奶奶的，我如在這子爵府開座妓院，十間麗春院也比下去了。」

次日一早去見九難，告知皇帝派他去雲南送婚。九難道：「很好，我陪你一起去。」韋小寶大喜，轉頭向阿珂瞧去。九難道：「阿珂也去。」韋小寶更是喜從天降，這個喜訊，便是皇帝連封他一百個子爵也比不上。從九難處告辭出來，便去天地會新搬的下處。

陳近南沉吟道：「韃子皇帝對吳三桂如此寵幸，一時是扳他不倒的了。不過這實是大好機會。小寶，吳三桂這奸賊不造反，咱們要激得他造反，激不成功，就冤枉他造反。我本該和你同去，只是二公子和馮錫範回到台灣之後，必定會向王爺進讒，料想王爺會派人來查詢天地會之事。我得留在這裏，據實稟告。這裏的衆兄弟，你都帶了去雲南罷。」

韋小寶道：「就怕馮錫範這傢伙又來加害師父，這裏衆位兄弟還是留着相助師父罷，否則弟子放心不下。」陳近南拍拍他肩膀，溫言道：「難得你如此孝心。馮錫範武功雖強，你師父也不見得就弱於他了。這次他只不過攻了咱們個出其不意，一上來躲在門後偷襲，先傷了我右臂。下次相遇，他未必能再佔到便宜。誅殺吳三桂是當前第一大事，咱們須得傾全力以赴。只盼這裏的事情了結得快，我也能趕來雲南。咱們可不能讓沐家着了先鞭。」韋小寶點頭道：「倘若給沐王府先得了手，今後天地會要奉他們號令，可差勁得很了。」

陳近南伸手搭他脈搏，又命他伸出舌頭瞧瞧，皺眉道：「你中的毒怎麼又轉了性？幸好一時也不會發作。我傳你的內功暫且不可再練，以防毒性侵入經脈。」

韋小寶大喜，心道：「你叫我不練功夫，這是你自己說的，以後可不能怪我。」又想：「這豹胎易筋丸當眞厲害，連師父也不知是甚麼東西，但盼陸先生快些送來解藥才好。」

數日後諸事齊備，韋小寶率領御前侍衛、驍騎營、天地會羣雄、神龍教的胖頭陀等人，辭別了康熙和太后，護送建寧公主前赴雲南。九難和阿珂扮作宮女，混入人羣之中。天地會羣雄和胖頭陀也都喬裝改扮，算是韋小寶的親隨，穿了驍騎營軍士的服色。韋小寶胯下康親王所增的玉驄馬，前呼後擁，得意洋洋的往南進發，他已派人前往河南，通知雙兒南來，盼能和她在途中會合，此時唯一美中不足的，便是身邊少了這個溫柔體貼的俏丫頭。

一路之上，官府盡力鋪張供應，對這位賜婚使大人巴結奉承，馬屁拍到了十足十。韋小寶心花怒放，自從奉旨出差以來，從未有如這次那麼舒服神氣，心想：「老婊子不爭氣，只生了一個女兒，倘若一口氣生他媽的十七八個，老子專做賜婚大臣，送了一個又一個。這一輩子吃喝玩樂，金銀珠寶花差花差，可比幹甚麼都強了。」

這一日到了鄭州，知府迎接一行人在當地大富紳家的花園中歇宿。盛宴散後，建寧公主又把韋小寶召去閒談。自從出京以來，日日都是如此。韋小寶生怕公主拳打脚踢，每次均要錢老本和馬彥超隨伴在側，不論公主求懇也好，發怒也好，決不遣開兩人單獨和她相對。

這日晚飯過後，公主召見韋小寶。三人來到公主臥室外的小廳。公主要韋小寶坐了，錢馬二人站立其後。其時正當盛暑，公主穿着薄羅衫子，兩名宮女手執團扇，在她身後撥扇。公主臉上紅撲撲地，嘴唇上滲出一滴滴細微汗珠，容色甚是嬌艷，韋小寶心想：「公主雖不及我老婆美貌，也算是一等一的人才了。吳應熊這小子娶得了她，當眞艷福不淺。」

公主側頭微笑，問道：「小桂子，你熱不熱？」韋小寶道：「還好。」公主道：「你不熱，爲甚麼額頭這許多汗？」韋小寶笑着伸袖子抹了抹汗。

一名宮女捧進一隻五彩大瓦缸來，說道：「啓稟公主，這是孟知府供奉的冰鎭酸梅湯，請公主消暑消渴。」公主喜道：「好，裝一碗給我嘗嘗。」

一名宮女取過一隻碎瓷青花碗，斟了酸梅湯，捧到公主面前。公主取匙羹喝了幾口，吁了口氣，說道：「難爲他小小鄭州府，也藏得有冰。」酸梅湯中清甜的桂花香氣瀰漫室中，小小冰塊和匙羹撞擊有聲，韋小寶和錢馬二人不禁垂涎欲滴。公主道：「大家熱得很了，每人斟一大碗給他們。」韋小寶和錢馬二人謝了，冰冷的酸梅湯喝入口中，涼氣直透胸臆，說不出的暢快。片刻之間，三人都喝得乾乾淨淨。

公主道：「這樣大熱天趕路，也眞夠受的。打從明兒起，咱們每天只行四十里，一早動身，太陽出來了便停下休息。」韋小寶道：「公主體貼下人，大家都感恩德，就只怕時日躭擱久了。」公主笑道：「怕甚麼？我不急，你倒着急？讓吳應熊這小子等着好了。」

韋小寶微笑，正待答話，忽覺腦中一暈，身子幌了幌。公主問道：「怎樣？熱得中了暑麼？」韋小寶道：「怕……怕是剛才酒喝多了。公主殿下，奴才要告辭了。」公主道：「酒喝多了?那麼每人再喝一碗酸梅湯醒酒。」韋小寶道:「多……多謝。」

宮女又斟了三碗酸梅湯來。錢馬二人也感頭腦暈眩,當即大口喝完,突然間兩人搖幌幾下,都倒了下來。韋小寶一驚,只覺眼前金星亂冒,一碗酸梅湯只喝得一口,已盡數潑在身上,轉眼間便人事不知了。

也不知過了多少時候,昏昏沉沉中似乎大雨淋頭,待欲睜眼,又是一場大雨淋了下來,過得片刻,腦子稍覺清醒,只覺身上冰涼,忽聽得格的一笑,睜開眼睛,只見公主笑嘻嘻的望着自己。韋小寶「啊」的一聲,發覺自己在躺在地下,忙想支撐起身,那知手足都已被綁住,大吃一驚,掙扎幾下,竟絲毫動彈不得。

但見自己已移身在公主臥房之中,全身濕淋淋的都是水,突然之間,發覺身上衣服已被脫得精光,赤條條一絲不掛,這一下更是嚇得昏天黑地,叫道:「怎……怎麼啦?」燭光下見房中只公主一人,衆宮女和錢馬二人都已不知去向,驚道:「我……我……」

公主道:「你……你……你怎麼啦?竟敢對我如此無禮?」韋小寶道:「他們呢?」公主俏臉一沉,道:「你兩個從人,我瞧着惹厭,早已砍了他們腦袋。」韋小寶不知這話是眞是假,但想這公主行事不可以常理測度,錢馬二人眞的給她殺了,也不希奇。一轉念間,已猜到酸梅湯中給她作了手脚,問道:「酸梅湯中有蒙汗藥?」

公主嘻嘻一笑,道:「你眞聰明,就可惜聰明得遲了些。」韋小寶道:「這蒙汗藥……你向侍衞們要來的?」自己釋放吳立身等人之時,曾向侍衞要蒙汗藥。後來這包蒙汗藥在迷倒桑結等喇嘛時用完了，這次回京，立即又要張康年再找了一大包來，放在行囊之中，「匕首、寶衣、蒙汗藥」，乃小白龍韋小寶攻守兼備的三大法寶。建寧公主平時向衆侍衛討教武功，和他們談論江湖上的奇事軼聞，向他們要些蒙汗藥來玩玩，自是半點不奇。

公主笑道：「你甚麼都知道，就不知道酸梅湯中有蒙汗藥。」韋小寶道：「公主比奴才聰明百倍，公主要擺布我，奴才縛手縛脚，毫無辦法。」口頭敷衍，心下籌思脫身之策。公主冷笑道：「你賊眼骨溜溜的亂轉，打甚麼鬼主意啊？」提起他那把匕首揚了揚，道：「你只消叫一聲，我就在你肚上戳十八個窟窿。你說那時候你是死太監呢，還是活太監？」

韋小寶眼見匕首刃上寒光一閃一閃，心想：「這死丫頭、瘟丫頭，行事無法無天，這把匕首隨便在我身上甚麼地方輕輕一劃，老子非歸位不可，只有先嚇得她不敢殺我，再行想法脫身。」說道：「那時候哪，我既不是死太監，也不是活太監，變成了吸血鬼，毒僵屍。」公主提起脚來，在他肚子上重重一踹，罵道：「死小鬼，你又想嚇我！」韋小寶痛得「啊」的一聲大叫。公主罵道：「肚腸又沒踏出來，好痛嗎？喂，你猜猜看，我踏得你幾脚，肚腸就出來了？猜中了，就放你。」

韋小寶道：「奴才一給人綁住，腦子就笨得很了，甚麼事也猜不中。」公主道：「你猜不中，我就來試。一脚，二脚，三脚！」數一下，伸足在他肚子踹一脚。韋小寶叫道：「不行，不行，你再踏得一脚，我肚子裏的臭屎要給你踏出來了。」公主嚇了一跳，便不敢再踏，心想踏出肚腸來不打緊，踏出屎來，那可臭氣沖天，再也不好玩了。

韋小寶道：「好公主，求求你快放了我，小桂子聽你吩咐，跟你比武打架。」公主搖頭道：「我不愛打架，我愛打人！」刷的一聲，從床褥下抽出一條鞭子來，拍拍拍拍，在韋小寶精光皮膚上連抽了十幾下，登時血痕斑斑。

公主一見到血，不由得眉花眼笑，俯下身去，伸手輕輕撫摸他的傷痕。韋小寶只痛得全身猶似火炙，央求道：「好公主，今天打得夠了，我可沒得罪你啊。」公主突然發怒，一脚踢在他鼻子上，登時鼻血長流，說道：「你沒得罪我？皇帝哥哥要我去嫁給吳應熊這小子，全是你的鬼主意。」韋小寶忙道：「不，不。這是皇上自己的聖斷，跟我可沒干係。」

公主怒道：「你還賴呢？太后向來最疼我的，爲甚麼我遠嫁雲南，太后也不作聲？甚至我向太后辭行，太后也是不理不睬，她……她可是我的親娘哪！」說着掩面哭了起來。韋小寶心道：「太后早就掉了包，老婊子已掉成了眞太后，她恨你入骨，自然不來睬你。不臭罵你一頓，已客氣得很了。這個秘密，可不能說。」

公主哭了一會，恨恨的道：「都是你不好，都是你不好！」說着在他身上亂踢。

韋小寶靈機一動，說道：「公主，你不肯嫁吳應熊，何不早說？我自有辦法。」公主睜眼道：「騙人，你有甚麼法子？這是皇帝哥哥的旨意，誰也不能違抗的。」韋小寶道：「人人都不能違抗皇上的旨意，那是不錯，可是有一個傢伙，連皇上也拿他沒法子。」公主奇道：「那是誰？」韋小寶道：「閻羅王！」公主尚未明白，問道：「閻羅王又怎麼啦？」

韋小寶道：「閻羅王來幫忙，把吳應熊這小子捉了去，你就嫁不成了。」公主一怔，道：「那有這麼巧法？吳應熊偏偏就會這時候死了？」韋小寶笑道：「他不去見閻羅王，咱們送他去見便是。」公主道：「你說把他害死？」韋小寶搖頭道：「不是害死，有些人忽然不明不白的死了，誰也不知道是甚麼緣故。」

公主向他瞪視半晌，突然叫道：「你叫我謀殺親夫？不成！你說吳應熊這小子俊得不得了，天下的姑娘人人都想嫁他。你如害死了他，我可不能跟你干休。」說着提起鞭子，在他身上一頓抽擊。韋小寶只痛得大聲叫嚷。

公主笑道：「很痛嗎？越痛越有趣！不過你叫得太響，給外面的人聽見了，可不大英雄氣概。」韋小寶道：「我不是英雄，我是狗熊。」公主罵道：「操你媽！原來你是狗熊。」

這位金枝玉葉的天潢貴裔突然說出如此粗俗的話來，韋小寶不由得一怔。公主順手拿起一隻襪子，乃是從韋小寶脚上除下來的，一把塞在他嘴裏，提起鞭子又狠狠抽打。

打了幾下，韋小寶假裝暈死，雙眼反白，全身不動。公主罵道：「小賊，你裝死？我在你肚子上戳三刀，如果你眞的死了，就不會動。」韋小寶心想這件事可試不得，急忙扭動掙扎。公主哈哈大笑，提起鞭子又打，皮鞭抽在他精光的肌肉上，劈劈拍拍，聲音淸脆。

她打了十幾鞭，丟下鞭子，笑嘻嘻的道：「諸葛亮又要火燒籐甲兵了。」韋小寶大急：「今日遇上了這女瘋子，老子祖宗十九代都作了孽。」只聽公主自言自語：「籐甲兵身上沒了籐甲，不大容易燒得着，得澆上些油才行。」說着轉身出外，想是去找油。

韋小寶拚命掙扎，但手足上的繩索綁得甚緊，卻那裏掙扎得脫，情急之際，忽然想起師父來：「老子師父拜了不少，海大富老烏龜是第一個，後來是陳總舵主師父、洪教主壽與天齊師父、洪夫人騷狐狸師父、小皇帝師父、澄觀師姪老和尚師父、九難美貌尼姑師父，可是這一大串師父，沒一個教的功夫當眞管用。老子倘若學到了一身高強內功，雙手雙脚只須輕輕這麼一迸，繩索立時斷了，還怕甚麼鬼丫頭來火燒籐甲兵？」

正在焦躁惶急、怨天尤人之際，忽聽得窗外有人低聲說話：「快進去救他出來。」正是九難美貌尼姑師父。

這句話一入耳，韋小寶喜得便想跳了起來，就可惜手足被綁，難以跳躍。又聽得阿珂的聲音說道：「他……他沒穿衣服，不能救啊！」韋小寶大怒，心中大罵：「死丫頭，我不穿衣服，為甚麼不能救，難道定要穿了衣服，才能救麼？你不救老公，就是謀殺親夫。自己做小寡婦，好開心麼？」只聽九難道：「你閉着眼睛，去割斷他手脚的繩索，不就成了？」阿珂道：「不成啊。我閉着眼睛，瞧不見，倘若……倘若碰到他身子，那怎麼辦？師父，還是你去救他罷。」九難怒道：「我是出家人，怎能做這種事？」韋小寶雖然年紀尚小，也是個十幾歲的少年男子，赤身露體的醜態，如何可以看得？

韋小寶只想大叫：「你們先拿一件衣服擲進來，罩在我身上，豈不是瞧不見我了？」苦於口中塞着一隻臭襪子，說不出話，而九難、阿珂師徒二人，卻又殊乏應變之才。

她二人扮作宮女，以黃粉塗去臉上麗色，平時生怕公主起疑盤問，只和粗使宮女混在一起，從不見公主之面。這一晚隱約聽得公主臥室中傳出鞭打和呼叫之聲，便到臥室窗外來察看，見到韋小寶被剝光了衣衫綁着，給公主狠狠鞭打。

窗外九難師徒商議未決，建寧公主又已回進室來，笑嘻嘻的道：「一時之間也找不到豬油、牛油、菜油，咱們只好熬些狗熊油出來。你自己說，不是英雄，是狗熊，狗熊油怎生模樣，我倒沒見過。你見過沒有？」說着拿起桌上燭台，將燭火去燒韋小寶胸口肌膚。

韋小寶劇痛之下，身子向後急縮。公主左手揪住他頭髮，不讓他移動，右手繼續用燭火燒他肌膚，片刻之間，已發出焦臭。

九難大驚，當即推開窗戶，提起阿珂投入房中，喝道：「快救人！」自己轉過了頭，生怕見到韋小寶的裸體，緊緊閉上了雙眼。

阿珂給師父投入房中，全身光溜溜的韋小寶赫然便在眼前，欲待不看，已不可得，只得伸掌向建寧公主後頸中劈去。公主驚叫：「甚麼人？」伸左手擋格，右手一幌，燭火便即熄滅。但桌上几上還是點着四五枝紅燭，照得室中明晃晃地。阿珂接連出招，公主如何是她敵手？喀喀兩聲響，右臂和左腿被扭脫了關節，倒在床邊。她生性悍狠，口中仍是怒罵。阿珂怒道：「都是你不好，還在罵人？」突然「啊」的一聲，哭了出來，心中無限委屈。

公主一呆，便不再罵，心想你打倒了我，怎麼反而哭了起來？阿珂抓起地下匕首，割斷韋小寶手上綁住的繩索，臉上已羞得飛紅，擲下匕首，立即跳出窗去，飛也似的向外直奔。九難隨後跟去。

臥房中鬧得天翻地覆，房外宮女太監們早已聽見。但他們事先曾受公主叮囑，不論房中發出甚麼古怪聲音，不奉召喚，誰也不得入內，那一顆腦袋伸進房來，便砍下了這顆腦袋。衆人面面相覷，臉上神色極是古怪。這位公主自幼便愛胡鬧，千希百奇的花樣層出不窮，大家許多年來早已慣了，誰也不以爲異。公主的親生母親本是個冒牌貨色，出身於江湖草莽，怎會好好管束教導女兒？順治出家爲僧，康熙又是年幼，建寧公主再鬧得無法無天，也無人來管。適才她命宮女太監進來將暈倒了的錢老本、馬彥超二人拖出，綁了起來，各人已知今晚必有怪事，只是萬萬料不到公主竟會給人打得動彈不得。

韋小寶聽得美貌尼姑師父和阿珂已然遠去，當即掏出口中塞着的襪子，反身關上了窗，罵道：「臭小娘，狐狸精油你見過沒有？我可沒有見過，咱們熬些出來瞧瞧。」向她身上踢了兩脚，抓住她雙手反到背後，扯下她一片裙子，將她雙手綁住了。公主手足上關節被扭脫了髓，已痛得滿頭大汗，那裏還能反抗？韋小寶抓住她胸口衣衫，用力一扯，嗤的一聲響，衣衫登時撕裂，她所穿羅衫本薄，這一撕之下，露出胸口的一片雪白肌膚。

韋小寶心中恨極，拾起地下的燭台，點燃了燭火，便來燒她胸口，罵道：「臭小娘，咱們眼前報，還得快。狐狸精油我也不要熬得太多，只熬酸梅湯這麼一碗，也就夠了。」公主受痛，「啊」的一聲。韋小寶道：「是了，讓你也嘗嘗我臭襪子的滋味。」俯身拾起襪子，便要往她口中塞去。

公主忽然柔聲道：「桂貝勒，你不用塞襪子，我不叫便是。」

「桂貝勒」三字一入耳，韋小寶登時一呆，那日在皇宮的公主寢室裏，她扮作奴才服侍他時，也曾如此相稱，此刻聽得她又這樣暱聲相呼，不由得心中一陣蕩漾。只聽她又柔聲道：「桂貝勒，你就饒了奴才罷，你如心裏不快活，就鞭打奴才一頓出氣。」韋小寶道：「不狠狠打你一頓，也難消我心頭之恨。」放下燭台，提起鞭子便往她身上抽去。

公主輕聲呼叫：「哎唷，哎唷！」媚眼如絲，櫻唇含笑，竟似說不出的舒服受用。韋小寶罵道：「賤貨，好開心嗎？」公主柔聲道：「我……奴才是賤貨，請桂貝勒再打重些！哎唷！」韋小寶鞭子一抛，道：「我偏偏不打了！」轉身去找衣衫，卻不知給她藏在何處，問道：「我的衣服呢？」

公主道：「求求你，給我接上了骱罷，讓……奴才來服侍桂貝勒穿衣。」韋小寶心想：「這賤貨雖然古怪，但皇上派我送她去雲南，總不成殺了她。」心道：「你媽是老婊子，老子沒胃口。你奶奶雖然也好不了，可是老子沒見過。」罵道：「操你奶奶，你這臭小娘。」公主笑問：「好玩嗎？」韋小寶怒道：「你奶奶才好玩。」拿起她手臂，對準了骱骨，用力兩下一湊，他不會接骨之術，接了好幾下才接上，公主只痛得「哎唷，哎唷」的呼叫不止。待替她接續腿骨上關節時，公主伏在他背上，兩人赤裸的肌膚相觸，韋小寶只覺唇乾舌燥，心中如有火燒，說道：「你給我坐好些！這樣搞法，老子可要把你當老婆了。」

公主昵聲道：「我正要你拿我當老婆。」手臂緊緊摟住了他。

韋小寶輕輕一掙，想推開她，公主扳過他身子，向他唇上吻去。韋小寶登時頭暈眼花，此後飄飄盪盪，便如置身雲霧之中，只覺眼前身畔這個賤貨狐狸精說不出的嬌美可愛，室中的紅燭一枝枝燃盡熄滅，他似睡似醒，渾不知身在何處。

正自昏昏沉沉、迷迷糊糊之際，忽聽到窗外阿珂叫道：「小寶，你在這裏麼？」韋小寶一驚，登時從綺夢中醒覺，應道：「我在這裏。」阿珂怒道：「你還在這裏幹甚麼？」韋小寶驚惶失措，道：「是！不……不幹甚麼。」想推開公主，從床上坐起身來，公主卻牢牢抱住了他，悄聲道：「別去，你叫她滾蛋，那是誰？」韋小寶道：「是……是我老婆。」公主道：「我……我是你老婆，她不是的。」阿珂又羞又怒，一跺脚，轉身去了。韋小寶叫道：「師姊，師姊！」不聽得答應，兩片溫軟的嘴唇貼了上來，封住了口，再也叫不出聲了。

次晨韋小寶穿好衣衫，躡手躡足的走出公主臥室，一問在外侍候的太監，知道錢老本和馬彥超無恙，兀自被綁在東廂房中。他稍覺放心，自覺羞慚，不敢去見兩人，命太監快去釋縛。回到自己房中，一時歡喜，一時害怕，不敢多想，鑽入被窩中便即睡了。

這日午後才和九難見面，他低下了頭，滿臉通紅，心想這一次師父定要大大責罰，說不定會一掌打死了自己，不料九難毫不知情，反而溫言相慰，說道：「這小丫頭如此潑辣，當眞是有其母便有其女。可傷得厲害麼？」

韋小寶心中大定，道：「還好，只……只是……幸虧沒傷到筋骨。」見阿珂瞪眼瞧着自己，道：「多蒙師父和師姊相救，否則她……她昨晚定然燒死了我。」阿珂道：「你……你昨晚……」突然滿臉紅暈，不說下去了。韋小寶道：「她……公主……下了蒙汗藥，師姊跳進房來救了我，可是她……那時藥性還沒過，我走不動。」

九難心生憐惜，說道：「我雖收你為徒，卻一直沒傳你甚麼功夫，不料你竟受這小丫頭如此欺侮。」

韋小寶倘若有心學練上乘武功，此時出聲求懇，九難自必酌量傳授，只須學成少許，便終身受用不盡。但任何要下苦功之事，他都避之惟恐不及，昨晚被公主綁住了鞭打焚燒，心中怨怪衆師父不傳武功，此刻師父當眞要傳了，他卻哼哼唧唧的呻吟，說道：「師父，我頭痛得緊，好像要裂開來一般，身上皮肉也像要一塊塊的掉下來。」

九難點頭道：「你快去休息，以後跟這小丫頭少見為是，當眞非見不可，也得帶上十幾個人在一起，她總不能公然跟你為難。她給的飲食，不論甚麼，都不能吃喝。」

韋小寶連聲稱是，正要退出，九難忽問：「她昨晚爲了甚麼事打你？難道她不知皇帝很喜歡你麼？」韋小寶道：「她……她不願嫁去雲南，說是我出的主意。咱們師徒倆對付她母親之事，好像小賤人也知道了。」這樣輕輕一句謊話，便將公主昨晚打他的緣由，一大半推到了九難身上。

九難點頭道：「定是她母親跟她說過了，以後可得加倍小心。」心想：「那日我在宮中對付假太后，手段甚是狠辣。但那日小寶沒露面，難道竟給假太后看出了端倪，以致命她女兒下手報復？」

一行人緩緩向西南而行。每日晚上，公主都悄悄叫韋小寶去陪伴。韋小寶初時還怕師父和天地會的同伴知覺，但少年人初識男女之事，一個嬌媚萬狀的公主纏上身來，那肯割捨不顧？便算是正人君子，也未必把持得定，何況他從來不知倫常禮法爲何物。起初幾日還偷偷摸摸，到後來竟在公主房中整晚停宿，白天是賜婚使，晚上便是駙馬爺了。衆宮女太監一來畏懼公主，二來韋小寶大批銀子不斷賞賜下來，又有誰說半句閒話？

那晚阿珂扭脫公主手足關節，公主自然要問韋小寶這個「師姊」是誰。韋小寶花言巧語一番，公主性子粗疏，又正在情濃之際，便也不問了。

兩個少年男女乍識情味，好得便如蜜裏調油一般。公主收拾起刁蠻脾氣，自居奴才，一見他進房，便跪下迎接，「桂貝勒，桂駙馬」的叫不住口。當日方怡騙韋小寶去神龍島，海船之中，只不過神態親昵，言語溫柔，使已迷得他六神無主，這一會眞個銷魂，自是更加顚倒。

兩人只盼這一條路永遠走不到頭。阿珂雖然雜在宮女隊中，韋小寶明知她決不會如公主這般對待自己，竟然也就忍得不去討好勾搭。

這一日來到長沙，陸高軒從神龍島飛馬趕來相會，帶了洪教主的口諭，說道教主得到兩部經書甚是喜悅，嘉獎白龍使辦事忠心，精明能幹，實是本教大大的功臣，特賜「豹胎易筋丸」的解藥。韋小寶這些日子來胡天胡帝，早忘了身有劇毒，聽他如此說，卻也喜歡，當下和陸高軒及胖頭陀服了解藥。胖陸二人又躬身道謝，說道全仗白龍使建此大功，二人才得同蒙教主恩賜靈藥，除去身上的心腹之患。

陸高軒又道：「教主和夫人傳諭白龍使，餘下六部經書，尚須繼續尋訪。白龍使若能再建奇功，教主不吝重賞。」韋小寶道：「那自然是要努力的。教主和夫人恩重如山，咱們粉身碎骨，也難以報答。」胖陸二人齊聲道：「教主永享仙福，壽與天齊。白龍使永享清福，壽比南山。」韋小寶微笑不語，心道：「清福有甚麼好享？日日像眼下這般永享艷福，壽比南山才有點兒道理。」

吳三桂捧起木盒，笑道：「這兩把傢伙，請欽差大人拿去玩罷。」韋小寶搖手不接，説道：「這是防身利器，多謝王爺賞賜，卑職可不敢收。」吳三桂將木盒塞在他手裏。

第三十回　鎮將南朝偏跋扈　部兵西楚最輕剽

韋小寶和公主只盼到雲南這條路永遠走不到盡頭，但路途雖遙，行得雖慢，終於也有到達的一日。

貴州省是吳三桂的轄地，在貴州羅甸駐有重兵。建寧公主一行剛入貴州省境，吳三桂便已派出兵馬，前來迎接。

將到雲南時，吳應熊出省來迎，見到韋小寶時稱謝不絕。按照朝禮，在成親之前，他與公主不能相見。

其時公主正和韋小寶好得如膠似漆，聽到吳應熊到來，登時柳眉倒豎，大發脾氣。當晚公主對韋小寶說，怎生想個法子，把吳應熊送去見閻王，便可和他做長久夫妻。韋小寶嚇了一跳，心想假駙馬不妨在晚上偷偷摸摸的做做，眞駙馬卻萬萬做不得。公主見他皺眉沉吟，怒道：「怎麼不作聲了？要送吳應熊這小子去見閻王，是你自己說的，又不是我想出來的主意。」韋小寶道：「送是一定要送的，只不過咱們得等個機會，這才下手，可不能讓人起了疑心。」公主道：「好，暫且聽你的。總而言之，我是跟定了你，我決不跟這小子同床。你如不送他去見閻王，咱們甚麼事都抖了出來。我跟吳三桂說，你強姦我。就算皇帝哥哥再寵你，只怕吳三桂也會將你斬成了十七廿八塊。你就先見到了閻王老子，算是替吳應熊做先行官罷！」

韋小寶大怒，揮手便是一記耳光，喝道：「胡說八道，我幾時強姦你了？」公主嘻嘻笑笑，伸臂摟住了他，柔聲道：「你這狠心短命的小寃家，下手這麼重，也不怕人家痛嗎？」

這一日將到昆明，只聽得隊中吹起號角，一名軍官報道：「平西王來迎公主鑾駕。」

韋小寶縱馬上前，只見一隊隊士兵鎧甲鮮明，騎着高頭大馬，馳到眼前，一齊下馬，排列兩旁。絲竹聲中，數百名身穿紅袍的少年童子手執旌旗，引着一名將軍來到軍前。一名贊禮官高聲叫道：「奴才平西親王吳三桂，參見建寧公主殿下。」

韋小寶仔細打量吳三桂，見他身軀雄偉，一張紫膛臉，鬚髮白多黑少，年紀雖老，仍是步履矯健，高視闊步的走來。韋小寶心道：「普天下人人都提到這老烏龜的名頭，卻原來是這等模樣。」韋小寶見他走到公主車前，跪倒磕頭，站在一旁，心中先道：「老烏龜吳三桂免禮。」待他叩拜已畢，才道：「平西親王免禮。」

吳三桂站起身來，走到韋小寶身邊笑道：「這位便是勇擒鰲拜、天下揚名的韋爵爺？」

韋小寶請了個安，說道：「不敢。卑職韋小寶，參見王爺。」吳三桂哈哈大笑，握住他手，說道：「韋爵爺大仁大義，小王久仰英名，快免了這些虛禮俗套。小王父子，今後全仗韋爵爺維持。如蒙不棄，咱們一切就像自己家人一般便是。」

韋小寶聽他說話中帶着揚州口音，倒有三分歡喜，心道：「辣塊媽媽，你跟我可是老鄉哪。」說道：「這個卻不敢當，卑職豈敢高攀？」話中也加了幾分揚州口音。吳三桂笑道：「韋爵爺是揚州人嗎？」韋小寶道：「正是。」吳三桂笑道：「那就更加好了。小王寄籍遼東，原籍揚州高郵。咱們眞正是一家人哪。」韋小寶心道：「辣塊媽媽，原來你是高郵鹹鴨蛋。揚州出了你這個大漢奸，老子可倒足了大霉啦。」

吳三桂和韋小寶並轡而行，在前開道，導引公主進城。昆明城中百姓聽得公主下嫁平西王世子，街道旁早就擠得人山人海，競來瞧熱鬧。城中掛燈結綵，到處都是牌樓、喜幛，一路上鑼鼓鞭炮震天價響。韋小寶和吳三桂並騎進城，見人人躬身迎接，大爲得意。但轉念又想：「這樣如花似玉的公主，又騷又嗲，平白地給了吳應熊這小子做老婆，老子還千里迢迢的給他送親，臭小子的艷福也忒好了些。」又感憤憤不平。

吳三桂迎導公主到昆明城西安阜園。那是明朝黔國公沐家的故居，本就崇樓高閣，極盡園亭之勝，吳三桂得到公主下嫁的訊息後，更大興土木，修建得煥然一新。吳三桂父子隔着簾帷向公主請安之後，這才陪同韋小寶來到平西王府。

那平西王府在五華山，原是明永曆帝的故宮，廣袤數里，吳三桂入居之後，連年來不斷增添樓台館閣。這時巍閣雕牆，紅亭碧沼，和皇宮內院也已相差無幾。

廳上早已擺設盛筵，平西王麾下文武百官俱來相陪。欽差大臣韋小寶自然坐了首席。

酒過三巡，韋小寶笑道：「王爺，在北京時，常聽人說你要造反……」吳三桂立時面色鐵青，百官也均變色，只聽他續道：「……今日來到王府，才知那些人都是胡說八道。」吳三桂神色稍寧，道：「韋爵爺明鑒，卑鄙小人妒忌誣陷，決不可信。」韋小寶道：「是啊，我想你要造反，也不過是想做皇帝。可是皇上的宮殿沒你華麗，衣服沒你漂亮。皇上的飯食向來是我一手經辦，慚愧得緊，也沒你王府的美味。你做平西王可比皇上舒服得多哪，又何必去做皇帝？待我回到北京，就跟皇上說，平西王是決計不反的，就是請你做皇帝，您老人家也萬萬不幹。」

一時之間，大廳上一片寂靜，百官停杯不飲，怔怔的聽着他不倫不類的一番說話，心下都怦怦亂跳。吳三桂更是臉上一陣紅，一陣白，不知如何回答才是，尋思：「聽他這麼說，皇帝果然早已疑我心有反意。」只得哈哈的乾笑幾聲，說道：「皇上英明仁孝，勵精圖治，實是自古賢皇所不及。」韋小寶道：「是啊，鳥生魚湯，甘拜下風。」

吳三桂又是一怔，隔了一會，才明白他說的是「堯舜禹湯」，說道：「微臣仰慕皇上儉德，本來也不敢起居奢華，只不過聖恩蕩浩，公主來歸，我們不敢簡慢，只好盡心竭力，事奉公主和韋爵爺。待得婚事一過，那便要大大節省了。」心想這小子回去北京，跟皇帝說我這裏窮奢極欲，皇帝定然生氣，總得設法塞住他的嘴巴才好。

那知韋小寶搖頭道：「還是花差花差、亂花一氣的開心。你做到王爺，有錢不使，又做甚麼王爺？你倘若嫌金銀太多，擔心一時花不完，我跟你幫忙使使，有何不可？哈哈！」他這句話一說，吳三桂登時大喜，心頭一塊大石便即落地，心想你肯收錢，那還不容易？

文武百官聽他在筵席之上公然開口要錢，人人笑逐顏開，均想這小孩子畢竟容易對付。各人一面飲酒，一面便心中籌劃如何送禮行賄。席間原來的尷尬惶恐一掃而空，各人歌頌功德，吹牛拍馬，盡歡而散。

吳應熊親送韋小寶回到安阜園，來到大廳坐定。吳應熊雙手奉上一隻錦盒，說道：「這裏一些零碎銀子，請韋爵爺將就着在手邊零花。待得大駕北歸，父王另有心意，以酬韋爵爺的辛勞。」韋小寶笑道：「那倒不用客氣。我出京之時，皇上吩咐我說：『小桂子，大家說吳三桂是奸臣，你給我親眼去瞧瞧，到底是忠臣還是奸臣。你可得給我瞧得仔細些，別走了眼。』我說：『皇上萬安，奴才睜大了眼睛，從頭至尾的瞧個明白。』哈哈，小王爺，是忠是奸，還不是憑一張嘴巴說麼？」

吳應熊不禁暗自生氣：「你大清的江山，都是我爹爹一手給你打下的。大事已定之後，卻忘恩負義，來查問我父子是忠是奸，這樣看來，公主下嫁，也未必安着甚麼好心。」說道：「我父子忠心耿耿，爲皇上辦事，做狗做馬，也報答不了皇上的恩德。」

韋小寶架起了腿，說道：「是啊，我也知道你是最忠心不過的。皇上倘若信不過你，也不會招你做妹夫了。小王爺，你一做皇帝的妹夫，連升八級，可眞快得很哪，」吳應熊道：「那是皇上天恩浩蕩。韋爵爺維持周旋，我也感激不盡。」韋小寶心道：「我給一隻小烏龜你做做，不知你是不是也感激不盡？」

送了吳應熊出去，打開錦盒一看，裏面是十扎銀票，每扎四十張，每張五百兩，共是二十萬兩銀子。韋小寶又驚又喜，心想：「他出手可闊綽得很哪，二十萬兩銀子，只是給零星花用。老子倘若要大筆花用，豈不是要一百萬、二百萬？」

次日吳應熊來請欽差大臣賜婚使赴校場閱兵。韋小寶和吳三桂並肩站在閱兵台上。平西王屬下的兩名都統率領數十名佐領，頂盔披甲，下馬在台前行禮。隨即一隊隊兵馬在台下操演。藩兵過盡後，是新編的五營忠勇兵、五營義勇兵，每一營由一名總兵統帶，排陣操演，果然是兵強馬壯，訓練精熟。

韋小寶雖全然不懂軍事，但見兵將雄壯，一隊隊的老是過不完，向吳三桂道：「王爺，今日我可眞服了你啦。我是驍騎營的都統，我們驍騎營是皇上的親軍，說來慚愧，倘若跟你部下的忠勇營、義勇營交手，驍騎營非大敗虧輸，落荒而逃不可。」

吳三桂甚是得意，笑道：「韋爵爺誇獎，愧不敢當。小王是行伍出身，訓練士卒，原是本份的事兒。」

只聽得號炮響聲，衆兵將齊聲吶喊，聲震四野，韋小寶吃了一驚，雙膝一軟，一屁股坐倒椅中，登時面如土色。

吳三桂心下暗笑：「你只不過是皇上身邊的一個小弄臣，仗着花言巧語，哄得小皇帝的歡心，除此之外，又有甚麼屁用？一個乳臭未乾的黃口小兒，居然晉封子爵，做到驍騎營都統，欽差大臣，可見小皇帝莫名其妙，只會任用親信。」他本來就沒把康熙瞧在眼裏，這時見了韋小寶這等膿包模樣，更是暗暗歡喜，料想朝廷無人，不足爲慮。

閱兵已畢，韋小寶取出皇帝的聖諭，交給吳三桂，說道：「這是皇上的聖諭，王爺給大夥兒讀讀罷。」吳三桂跪下接過，說道：「是皇上的聖諭，還是請欽差宣讀。」韋小寶笑道：「他認得我，我可不認得他。我瞎字不識，怎生讀法？」

吳三桂一笑，捧着聖諭，向着衆兵將大聲宣讀。他聲音清朗，中氣充沛，一句句遠遠傳了出去。廣場上數萬兵將屈膝跪倒，鴉雀無聲的聆聽。聖諭中嘉奬平西親王功高勳重，勤勞王事，鎭守邊陲，撫定蠻夷，屬下諸將士卒，俱有辛績，各升職一級，賞賜有差。待聖諭讀完，吳三桂向北磕頭，叫道：「恭謝皇上恩典，萬歲萬歲萬萬歲！」

衆兵將一齊叫道：「恭謝皇上恩典，萬歲萬歲萬萬歲！」這一次韋小寶事先有備，沒有吃驚，但數萬兵將如此驚天動地的喊了出來，卻也令他心旌搖動，站立不穩。

回到平西王府，吳三桂便跟他商量公主的吉期，韋小寶皺起眉頭，甚是不快。

吳三桂道：「下月初四是黃道吉日，婚嫁喜事，大吉大利。韋爵爺瞧這日子可好？」韋小寶心想：「公主一嫁了給吳應熊，我這假駙馬便做不成了。」說道：「這似乎太局促些了罷？公主下嫁，非同小可，王爺，你可得一切預備周到才是。不瞞你說，這個公主很得太后和皇上寵幸，有甚麼事馬虎了，咱們做奴才的可不大方便。」吳三桂一凜，心想：「你故意刁難，還不是在勒索賄賂？」笑道：「是，是。全仗韋爵爺照顧，有甚麼不到之處，請你吩咐指點，我們自當盡力辦理。初四倘若太急促，那麼下月十六也是極好的日子，跟公主和小兒的八字全不沖尅，百無禁忌。」韋小寶道：「好罷！我去請示公主，瞧她怎麼說。」

回到安阜園，已有雲南的許多官員等候傳見，韋小寶收了禮物，隨口敷衍幾句，打發他們走了。想起來到雲南之後，結義兄長楊溢之卻未見過，便差人去告知吳應熊，請楊溢之過來一見。

楊溢之沒來，吳應熊卻親自來見，說道：「韋爵爺，父王派了楊溢之出外公幹未回，不能來伺候爵爺。」韋小寶好生失望，問道：「不知他去了何處？幾時可以回來？」吳應熊臉色微變，說道：「他……他去了西藏，路途遙遠，這一次……韋爵爺恐怕見他不着了。」韋小寶見他似有支吾之意，心想：「他說話不盡不實，在搗甚麼鬼？」問道：「不知楊兄去西藏辦甚麼要事？去了多久？」吳應熊道：「也不是甚麼要緊大事，西藏的喇嘛差人送了禮來，父王便命楊溢之送回禮去。還是前幾天走的。」韋小寶道：「這可不巧得很了。」

送走吳應熊後，越想越覺這件事中間有些古怪，他們明知自己跟楊溢之交情甚好，自己來到雲南，正好派楊溢之陪伴接待，怎麼遲不走，早不走，自己剛到雲南，吳三桂便派了楊溢之出門，倒似是故意不讓他跟自己相見。當下叫了趙齊賢和張康年二人來，命他們去和吳三桂父子的侍衞喝酒賭錢，設法打探楊溢之的消息。

這晚他和公主相見，說起完婚之期已定了下月十六。公主道：「我限你在婚期之前，送吳應熊這小子去見閻王，否則的話，我在拜堂之時大叫大嚷，說甚麼也不嫁他。」韋小寶心情本已不佳，聽她這麼說，更是怒火上衝，一跺脚便出了房門。公主搶上拉住他手，被他重重一甩，出房去了。公主大哭大叫，他只當沒聽見。

坐下半晌，甚感無聊，叫了十幾名侍衞來擲骰賭錢，這才心情暢快。賭到半夜，趙齊賢和張康年走進房來。韋小寶拿起一把骰子，還沒擲下去，見到二人，笑道：「現下是霉莊，要下注乘早。」趙齊賢道：「副總管吩咐的事，屬下查到了些消息。」韋小寶道：「好！」骰子擲下，翻牌吃了天門，賠了上門下門，拉了二人的手來到廂房，問道：「怎麼？」

趙齊賢道：「回副總管的話：那楊溢之果然沒去西藏，原來是犯了事，給平西王關起來了。」韋小寶皺眉道：「犯了甚麼事？」趙齊賢道：「屬下跟王府的衞士喝酒，說起識得這個姓楊的，想請他來一起喝酒賭錢。一名衞士說：『找楊溢之嗎？得去黑坎子。』我問他黑坎子在那裏。旁的衞士罵他胡說八道，愛說笑話，叫我別信他的。」

韋小寶沉吟道：「黑坎子？」趙齊賢道：「我們知道其中必有古怪，跟他們喝了一會子酒，就分了手。回到這裏，向人一問，原來黑坎子是大監的所在，才知楊溢之是給平西王關了。到底犯了甚麼事，我怕引起疑心，沒敢多問。」韋小寶問：「黑坎子在甚麼地方？」趙齊賢道：「在五華宮西南約莫五里地。」

韋小寶點頭道：「是了，兩位大哥辛苦，你們到外面玩玩去罷，代我做莊。」趙張二人大喜，逕去賭錢。二人知道代他做莊，輸了算他的，贏了有紅分，那是大大有好處的差使。

韋小寶悶悶不樂，尋思：「楊大哥定是犯了大事，否則吳應熊不會騙我，說派他去了西藏。若非大罪，他爺兒兩定會衝着我的面子，放了他出來。吳應熊已經撒了謊，我若再去說情，他們一定死賴到底，多半還會立刻殺了他，毀屍滅迹，從此死無對證。要救他出來，只有硬幹。吳三桂就算生氣，老子也不怕他，諒他也不敢跟我翻臉。」

當下把李力世、風際中、馬彥超、錢老本、玄貞道人、徐天川等天地會羣雄請來，告知此事，籌商如何救人。李力世道：「韋香主，這件事咱們幹了！能救得出這位楊大哥，那是最好。就算救不出，吳三桂知道你向他動手，定然以爲你是奉了皇帝之命。不是將他嚇個半死，便逼得他早日造反。」

韋小寶道：「正是如此，就怕他立刻造反，咱們一古腦兒給他抓了起來，大夥兒在黑坎子大監獄裏賭錢，那可不妙了。」玄貞道人道：「一見情勢不對，大家快馬加鞭就是。」韋小寶道：「你們去設法救人，我把吳應熊這小子請了來，扣在這裏，做個抵押，教吳三桂不敢胡來。」錢老本道：「韋香主這着棋極是高明。咱們明天先去察看了黑坎子的地勢，然後扮着吳三桂的手下親隨，衝進監獄去提人。」

次日午後，韋小寶命人去請吳應熊來赴宴，商議婚事。

安阜園大廳中絲竹齊奏、酒肉紛呈之際，天地會羣雄已穿起平西王府親隨的服色，闖入了黑坎子大監。韋小寶吩咐驍騎營軍士和御前侍衞前後嚴密把守，監視吳應熊帶來的衞隊。他和吳應熊一面飲酒，一面觀賞戲班子做戲。這時所演的是一齣崑曲「鍾馗嫁妹」，五個小鬼翻觔斗、鑽枱子，演出諸般武功，甚是熱鬧。韋小寶看得連連叫好，吩咐賞銀子。

正熱鬧間，有人走到他身後，悄悄拉了拉他衣袖。韋小寶回頭一看，卻是馬彥超，見他緩緩點頭，知已得手，心中大喜，向吳應熊道：「小王爺，你請寬坐，我要去撒一泡尿。」吳應熊心道：「這小流氓，說話如此粗俗。」笑道：「爵爺請便。」

韋小寶來到後堂，見天地會羣雄一個不少，喜道：「很好，很好，衆兄弟都沒損傷，人救出來了嗎？」見個人臉色鄭重，料想另有別情。馬彥超恨恨的道：「吳三桂這奸賊下手好毒！」韋小寶道：「怎麼？」

馬彥超和徐天川轉身出去，抬進氈毯裏着的一個人來。但見氈毯上盡是鮮血，韋小寶一驚之下，搶上前去，見氈毯中裏着的正是楊溢之。

但見他雙目緊閉，臉上更無半分血色，韋小寶叫道：「楊大哥，是我兄弟救你來了。」楊溢之微微點頭，也不知是否聽見。韋小寶道：「大哥，你受了傷麼？」徐天川輕輕揭開氈毯。韋小寶一聲驚呼，退後兩步，身子一晃，險些摔倒，錢老本伸手扶住。原來楊溢之雙手已被齊腕斬去，雙脚齊膝斬去。徐天川低聲道：「他舌頭也被割去了，眼睛也挖出了。」

眼前這般慘狀，韋小寶從所未見，心情激動，登時放聲大哭。他和楊溢之本來並沒多大交情，只不過言談投機，但既拜了把子，便存了有福共享、有難同當之心，見到他四肢俱斬的模樣，不禁悲憤難當，伸手拔出匕首，叫道：「我去把吳應熊的手脚也都斬了。」

風際中拉住他手臂，說道：「從長計議。」此人說話不多，但言必有中，韋小寶向來對他忌憚三分，當即定了定神，點頭道：「風大哥說得對。」

徐天川蓋上氈毯，說道：「這件事果然跟咱們有關。吳三桂怪楊大哥跟韋香主相交，又拜了把子，說他背叛舊主，貪圖富貴，投靠朝廷，因此整治的他死不死，活不活，好讓他手下的將領，沒一個敢起反叛之心。」

韋小寶垂淚道：「吳三桂他祖宗十八代都是死烏龜！楊大哥跟我拜把子，又沒背叛他。這大漢奸自己存心不良，瞎起疑心。楊大哥這等模樣，便是這大漢奸造反的明證。就算楊大哥眞的投靠朝廷，又有甚麼不對了？」

錢老本道：「正是。韋香主把楊大哥帶去北京，向小皇帝告上一狀。」

韋小寶問徐天川：「吳三桂下這毒手，是爲了怪楊大哥跟我結交，徐大哥怎麼得知？」

徐天川轉身出外，提進一個人來，重重往地下一擲。這人身穿七品官服色，白白胖胖，爬在地下，一動不動。徐天川道：「韋香主，這個傢伙，你是久聞大名了，卻從沒見過，他便是盧一峯。」

韋小寶冷笑道：「啊哈，原來是盧老兄，你在北京城裏大膽放肆，後來給吳應熊打斷了狗腿，怎麼又在這裏了？」盧一峯嚇得只說：「是，是，小人不敢。」

徐天川道：「當眞是寃家路窄，這傢伙原來是黑坎子大監的典獄官。他便是變了灰，老子也認他得出，我們扮了吳三桂的親隨去監獄提人，這傢伙神氣活現，又說要公事，又說要平西王的手諭。他媽的，他自己這條狗命，便是平西王的手諭。」

韋小寶點頭道：「那倒巧得很，遇上這傢伙，救人便容易了。」料想羣雄將刀子架在他頸裏，兵不血刃，便提了人出來，「八臂猿猴」反正手臂多，順手牽羊，將他也抓了來。

徐天川道：「楊大哥得罪吳三桂的事，就是他老兄向我告的密。」

盧一峯聽到「告密」二字，忙道：「是……是你老人家……你老人家逼我說的，我……我可萬萬不敢洩漏平西親王的機密。」

韋小寶一脚踢去，登時踢下了他三顆門牙，說道：「我去穩住吳應熊，防他起疑，各位仔細盤問這傢伙，他如不說，也把他兩雙手、兩隻脚割下來便是。」盧一峯滿口鮮血，忙道：「我說，我說。」他知這夥人行事無法無天，想起楊溢之的慘狀，險些便欲暈去。

韋小寶走到楊溢之身前，又叫：「楊大哥！」

楊溢之聽到叫聲，想要坐起，上身一抬，終於又向後摔倒。羣雄見到他的慘狀，都感憤慨。此人爲漢奸作走狗，本來也不值得如何可惜，然而吳三桂父子對自己忠心部屬竟也下此毒手，心腸之狠毒，可想而知。

韋小寶拭乾了眼淚，定了定神，回到廳上，哈哈大笑，說道：「當眞有趣。」只見席前的戲子站着呆呆的不動，一見韋小寶到來，鑼鼓響起，扮演「鍾馗嫁妹」的衆戲子又都演了起來。原來他一進內，吳應熊就吩咐停演，直等他回來，這才接演下去，好讓他中間不致漏看一段。

韋小寶向吳應熊致歉，說道公主聽說額駙在此飲酒，叫了他進去，細問額駙平日愛穿甚麼衣服，愛吃甚麼食物，問了許久，累得他在廳上久候。吳應熊大喜，連說不妨。

吳應熊辭去後，韋小寶回到廂房中，不見天地會羣雄，一問之下，原來又都出去了，心下奇怪，不知他們又去幹甚麼。直等到深夜，羣雄才歸，卻又捉了一個人來。

原來徐天川逼問盧一峯，得知吳三桂所以如此折磨楊溢之，一來固是疑心他和韋小寶拜了把子，有背叛吳藩之意，二來卻還和蒙古王子葛爾丹有關。這葛爾丹和吳三桂近年來交往甚是親熱，不斷來來去去的互送禮物，最近他又派了使者，携帶禮物到昆明來。這使者名叫罕帖摩，跟吳三桂長談了數日，不知如何，竟給楊溢之得悉了內情，似乎向吳三桂進言，致觸其怒。盧一峯官職卑小，不知其詳，只是從吳三桂衞士的口中聽得了幾句，在天地會羣雄拷打之下，不敢隱瞞，盡其所知的都說了出來。

羣雄一商議，一不做，二不休，索性再假扮吳三桂的親隨，又去將那蒙古使者罕帖摩捉了來。

韋小寶在少林寺中曾見過葛爾丹，這人驕傲橫蠻，曾令部屬向他施發金鏢，若不是有寶衣護身，早以命喪鏢下，心想他的使者也決非好人，眼見那罕帖摩約莫五十多歲年紀，頦下一部淡黃鬍子，目光閃爍不定，顯然頗爲狡獪。

韋小寶道：「領他去瞧瞧楊大哥。」馬彥超答應了，推着他去鄰房。只聽得罕帖摩一聲大叫，語音中充滿了恐懼，自是見到楊溢之的模樣後嚇得魂不附體。馬彥超帶了他回來，但見他臉上已無血色，身子不斷的發抖。

韋小寶道：「剛才那人你見到了？」罕帖摩點點頭。韋小寶道：「我有話問那人，他回答時不盡不實，說了幾句謊話。我向來有個規矩，有誰跟我說一句謊，我割他一條腿，說兩句謊，割兩條腿，這人說了幾句謊啊？」馬彥超道：「說了七句。」韋小寶搖頭道：「唉，這人說謊太多，只好將他兩隻手、兩顆眼珠子、一條舌頭，一古腦兒都報銷啦。」拔了匕首出來，俯身輕輕一劃，已將一條木櫈腿兒割了下來，拿在手中玩弄，笑道：「我這把刀割人手腿，一點也不拖泥帶水，你要不要試試？」

罕帖摩本是蒙古勇士，但見到楊溢之的慘狀，卻也嚇得魂飛魄散，結結巴巴的道：「大人……大人有甚麼要問，小的……小的……不敢有半句隱……隱瞞。」韋小寶道：「很好。平西親王要我問你，你跟王爺說的話，到底是眞是假？有甚麼虛言？」罕帖摩道：「大人明鑒，小的……小的怎敢瞞騙王爺？的的確確並無虛言。」韋小寶搖頭道：「王爺可不相信，他說你們蒙古人狡獪得很，說過的話，常常不算數，最愛賴帳。」

罕帖摩臉上出現又驕傲又憤怒之色，說道：「我們是成吉斯汗的子孫，向來說一是一，說二是二……」韋小寶點頭道：「不錯，說三是三，說四是四。」罕帖摩一怔，他漢話雖說得十分流利，但各種土話成語，卻所知有限，不知韋小寶這兩句話乃是貧嘴貧舌的取笑，只道另有所指，一時無從答起。

韋小寶臉一沉，問道：「你可知道我是甚麼人？」罕帖摩道：「小的不知。」韋小寶道：「你猜猜看。」

罕帖摩見這安阜園建構宏麗，他自己是平西王府親隨帶來的，見韋小寶年紀輕輕，但身穿一品武官服色，黃馬褂，頭帶紅寶石頂子、雙眼孔雀翎，乃是朝中的顯貴大官，賜穿黃馬褂，更是特異的尊榮。這罕帖摩心思甚是靈活，尋思：「你小小年紀，做到這樣的大官，自是靠了父親的福蔭。昆明城中，除了平西親王之外，誰能有這般聲勢？平西王屬下的親隨又對你如此恭謹，是了，定是如此。」當下恭恭敬敬的道：「小的有眼無珠，原來大人是平西王的小公子。」他見過吳應熊，眼見韋小寶的服色和吳應熊差不多，便猜到了這條路上去。

韋小寶一愕，罵道：「他媽的，你說甚麼？」心道：「你說我是大漢奸老烏龜的兒子，老子不成了小漢奸小烏龜？」隨即哈哈一笑，說道：「你果然聰明，難怪葛爾丹王子派你來幹這等大事。你們王子，跟我交情也是挺不錯的。」說了葛爾丹的相貌服飾，又道：「那日我和你家王子講論武功，他使的這幾下招式，當眞了得。」於是便將葛爾丹在少林寺中所使的招式，比劃了幾下。

罕帖摩大喜，當即請了個安，說道：「小王爺跟我家王子是至交好友，大家原來是一家人。」韋小寶道：「你家王子安好？他近來可和昌齊喇嘛在一起嗎？」罕帖摩道：「昌齊喇嘛刻下正在我們王府裏作客。」

韋小寶點頭道：「這就是了。」問道：「有一位愛穿藍色衫裙的漢人姑娘，名叫阿琪，也在你們王府嗎？」

罕帖摩睜大了眼睛，滿臉又驚又喜之色，說道：「原來……原來小王爺連這……這件事也知道了，果然……果然了……了不起。」韋小寶隨口一猜，居然猜中，十分得意，哈哈大笑，道：「你家王子甚麼也不瞞我，阿琪姑娘是你家王子的相好，他的師妹阿珂姑娘，就是我的相好。咱們還不算是一家人嗎？哈哈，哈哈！」兩人相對大笑，更無隔閡。

韋小寶道：「父王派我來好好問你，到底你跟父王所說的那番話，是否當眞誠心誠意，別無其他陰謀？」罕帖摩道：「小王爺，你跟我家王子這等交情，怎麼還會疑心？」韋小寶道：「父王言道，一個人倘若說謊，第一次說的跟第二次再說，總有一些兒不同。這件事情實在牽涉重大，一個不小心，大家全鬧得灰頭土臉，狼狽之至，因此要你從頭至尾再跟我說一遍，且看兩番言語之中，有甚麼不接筍的地方。罕帖摩老兄，我不是信不過你家王子，不過跟你卻是初會，不明白你的爲人，因此非得仔細盤問不可，得罪莫怪。」

罕帖摩道：「那是應當的。這件事倘若洩漏了風聲，立時便有殺身之禍。平西王做事把細，在理之至。請小王爺回稟王爺，咱們四家結盟之後，一起出兵，四分天下。中原江山，準定由王爺獨得，其餘三家決不眼紅，另生變卦。」

韋小寶大吃一驚，心道：「四分天下！卻不知是那四家？但如問他，顯得我一無所知，不免洩了底。」笑吟吟的道：「這件事我跟你家王子也商量過幾次。只是事成之後，這天下如何分法，談來談去總是說不攏。這一次你家王子又怎麼說？」

罕帖摩道：「我家王子言道，他決不是有心要多佔便宜，不過聯絡羅剎國出兵，卻是他殿下……」韋小寶一聽到「羅剎國出兵」五字，心中一凜，只聽罕帖摩續道：「……是他殿下費了千辛萬苦，才說成的。羅剎國火器厲害無比，槍炮轟了出來，清兵萬難抵擋。只要羅剎國出兵，大事必成。平西王做了中國大皇帝，小王爺就是親王了。」

羅剎國就是俄羅斯，該國國人黃髮碧眼，形貌特異，中國人視之若鬼，「羅剎」是佛經中惡鬼之意，因此當時稱之羅剎國。順治年間，羅剎國的哥薩克騎兵曾和清兵數度交鋒，雖每次均為清兵擊退，清兵卻也損傷甚重。韋小寶不懂國家大事，然在皇宮之中，卻也聽說過羅剎國兵將殘暴兇悍，火器凌厲難當，心想：「乖乖不得了，吳三桂賣國成性，又要去勾結羅剎國了，可得趕緊奏知小皇帝，想法子抵擋羅剎國的槍炮火器。」

罕帖摩見他沉吟不語，臉有不愉之色，問道：「不知小王爺有甚麼指教？」

韋小寶嗯了幾聲，念頭電轉，如何再套他口風，突然想起鄭克塽和他哥哥爭位，派馮錫範來殺師父陳近南的事，當即站起，滿腔憤慨的道：「他媽的，我能有甚麼指教？父王做了皇帝，將來我哥哥繼承皇位，我只做個親王，又有甚麼好了？」

罕帖摩恍然大悟，走近他身邊，低聲道：「我家王子既和小王爺交好，小人回去跟王子說明小王爺這般意思，成了大事之後，我們蒙古和羅剎國，再加上西藏的活佛，三家力保小王爺。那麼……那麼……小王爺又何必擔心。」

韋小寶心道：「原來四家起兵的四家，是蒙古、西藏、羅剎國，再加上吳三桂。」當下臉現喜容，說道：「倘若你們三家眞的出力，我大權在手，自然重重報答，決計忘不了你老兄的好處。」隨手從身邊抽出四張五百兩銀子的銀票，交了給他，說道：「這個你先拿去零花罷。」

罕帖摩見他出手如此豪闊，大喜過望，當即拜謝，心中本來就有一分半分懷疑的，此刻也消除得乾乾淨淨了，料定這位小王爺是要跟他哥哥吳應熊爭皇帝做，主子葛爾丹王子和自己正好從中上下其手，大佔好處。

韋小寶道：「你家王子說事成之後，天下如何分法？」罕帖摩道：「中原的花花江山，自然都是你吳家的。四川歸西藏活佛。天山南北路和內蒙東四盟、西二盟、察哈爾、熱河、綏遠城都歸我們蒙古。」韋小寶道：「這地面可大得很哪。」他本不知這些地方的大小，但聽罕帖摩說了許多地名，料想決計不小。

罕帖摩微微一笑，道：「我們蒙古爲王爺出的力氣，可也大得緊哪。」韋小寶點點頭，問道：「那麼羅刹國呢？」罕帖摩道：「羅刹國大皇帝說，羅刹國和王爺的轄地，以山海關爲界，他們決不踏進關內一步。山海關之外，本來都是滿洲韃子的地界，羅刹國只佔滿洲人的，決不佔中國的一寸土地。」

韋小寶點頭道：「如此說來，倒也算公平。你家王子預定幾時起事？」罕帖摩道：「這件大事王爺是主，其餘三家只是呼應夾攻，自然一切全憑王爺的主意。」韋小寶道：「父王要的的確確知道，我們出兵之後，你們三家如何呼應？」

罕帖摩道：「這一節請王爺不必擔心。王爺大軍一出雲貴，我們蒙古精兵就從西而東，羅剎國的哥薩克精騎自北而南，兩路夾攻北京，西藏活佛的藏兵立刻攻掠川邊，而神龍教的奇兵……」

韋小寶「啊」的一聲，一拍大腿，說道：「神龍教的事，你……你們也知道了？洪教主他……他怎麼說？」聽到神龍教竟也和這項大陰謀有關，心下震盪，說話聲音也發顫了。

罕帖摩見他神色有異，問道：「神龍教的事，王爺跟小王爺說過嗎？」

韋小寶哈哈一笑，說道：「怎麼沒說過？我跟洪教主、洪夫人長談過兩次，教中的五龍使我也都見到了。我只道你們王子不知這件事。」

罕帖摩微微一笑，說道：「神龍教洪教主既受羅剎國大皇帝的敕封，羅剎國一出兵，神龍教自然非響應不可。將來中國所有沿海島嶼，包括台灣和海南島，那都是神龍教的轄地。再加上福建耿精忠、廣東尙可喜、廣西孔四貞，大家都會響應的。只須王爺登高一呼，東南西北一齊動手，這滿清的天下還不是王爺的嗎？」

韋小寶哈哈大笑，說道：「妙極，妙極！」心中卻在暗叫：「糟糕，糟糕！」他畢竟年紀幼小，尋常事情撒幾句謊，半點不露破綻，一遇上這國家大事，不禁爲小皇帝暗暗擔憂，這「妙極，妙極」四字，說來殊無歡愉之意。

罕帖摩甚是精明，瞧出他另有心事，說道：「小王爺跟我家王子交情大非尋常，對小人又這等厚待，小人實是粉身難報。小王爺有甚麼爲難之處，不妨明白指點。小人若有得能効勞之處，萬死不辭。」

韋小寶道：「我是在想，大家東分一塊，西分一塊，將來我如做成了皇帝，所管的土地七零八落，那可差勁之至了。」

罕帖摩心想：「原來你擔心這個，倒也有理。」低聲道：「小王爺明鑒，待得大功告成之後，耿精忠、尙可喜、孔四貞他們一夥人，一個個除掉就是。那時候如要我們蒙古出兵相助，自然也義不容辭。」

韋小寶喜道：「多謝，多謝。這一句話，可得給我帶到你們王子耳中。你是葛爾丹王子的心腹親信，你答應過的話，就跟他王子殿下親口答應一般無異。」

罕帖摩微感爲難，但想那是將來之事，眼前不妨胡亂答應，於是一拍胸膛，說道：「小人定爲小王爺盡心竭力，決不有負。」

韋小寶又再盤問良久，實在問不出甚麼了，便道：「你在這裏休息，我去回報父王。」低聲道：「咱們的說話，你如洩漏了半句，我哥哥非下毒手害死我不可，只怕連父王也救我不得。」

蒙古部族中兄弟爭位，自相殘殺之事，罕帖摩見得多了，知道此事非同小可，當即屈膝跪倒，指天立誓。

韋小寶走出房來，吩咐風際中和徐天川嚴密看守罕帖摩，然後去看望楊溢之。推開房門，不禁大吃一驚，只見楊溢之半截身子已滾在地下，忙搶上前去，見他圓睜雙眼，一動不動，已然死去，床上的白被單上寫着幾個大血字。韋小寶只識得一個「三」字，一個「桂」字，轉頭問道：「是甚麼字？」馬彥超道：「是『吳三桂造反賣國』七字。」韋小寶歎了口氣，道：「楊大哥臨死時用斷臂寫的。」馬彥超黯然道：「正是。」

韋小寶召集天地會羣雄，將罕帖摩的話說了。羣雄無不憤慨，痛罵吳三桂做了一次漢奸之後，又想做第二次。

玄貞道人咬牙切齒，突然解開衣襟，說道：「各位請看！」只見他胸口有個海碗大的疤痕，皮皺骨凸，極是可怖，左肩上又有一道一尺多長的刀傷。衆人和他相交日久，均不知他曾負此重傷，一見之下，無不駭然。玄貞道人道：「這便是羅刹國鬼子的火槍所傷。」韋小寶道：「道長曾和羅刹人交過手？」

玄貞道人神色慘然，說道：「我父親、伯叔、兄長九人，盡數死於羅刹人之手，貧道出家，也是爲此。」當下畧述經過。原來他家祖傳做皮貨生意，在張家口開設皮貨行，是家百年老店。這一年他伯父和父親帶同兄弟子姪，同往塞外收購銀狐、紫貂等貴重皮貨，途中遇上了羅刹人，覷覬他們的金銀貨物，出手搶刼。他家皮貨行本僱有三名鏢師隨同保護，但羅刹人火器厲害，開槍轟擊，三名鏢師登時殞命，父兄伯叔也均死於火槍和刀馬之下，玄貞頭中刀，胸口被火藥炸傷，暈倒在血泊之中。羅刹人以爲他已死，搶了金銀貨物便去。玄貞醒轉後在山林中掙扎了幾個月，這才傷愈。經此一場大禍，家業蕩然，皮貨行也即倒閉，他心灰意冷之下，出家做了道人。國變後入了天地會，但想起羅刹人火器的凌厲，雖然事隔二十餘年，半夜裏仍是時時突發噩夢，大呼驚醒。

李力世道：「羅刹人最厲害的是火器，只要能想法子破了，便不怕他們。」玄貞搖頭道：「火器一發，當眞如雷轟電閃一般，任你武功再高，那也是閃避不及，抵擋不了。」徐天川道：「羅剎人要跟吳三桂聯手，搶奪韃子的天下，咱們正好袖手旁觀，讓他們打個天翻地覆。咱們漁翁得利，乘機便可規復大明的江山。」玄貞道：「就怕前門拒虎，後門進狼。羅剎人比滿洲韃子更兇狠十倍，他們打垮了滿清之後，決不能以山海關為界，定要進關來佔我天下。」徐天川道：「難道咱們反去幫滿洲韃子？」

羣雄議論紛紛。韋小寶自然決意相助康熙，卻也不敢公然說出口來，說道：「這件事現下不忙決定。咱們刦了楊大哥，捉了罕帖摩和盧一峯，轉眼便會給吳三桂知道，那便如何應付？」衆人沉吟籌思，有的說立刻跟他翻臉動手，有的說不如連夜逃走。

韋小寶道：「這老烏龜手下兵馬衆多，打是打他不過的。雲貴地方這樣大，十天半月之間，也逃不出他的手掌。嗯，這樣罷，各位把盧一峯這狗官，連同楊大哥的屍體，立刻送回黑坎子大監去。」羣雄一怔，都道：「送回去？」韋小寶道：「正是。咱們只消嚇一嚇盧一峯這狗賊，我看他多半不敢聲張。他如稟報上去，自己脫不了干係。楊大哥反正死了，留着他屍體也是無用。」

羣雄江湖上的閱歷雖富，對做官人的心性，卻遠不及韋小寶所知的透徹，均覺這一着棋太過行險，這等刦獄擒官的大事，盧一峯豈有不向上司稟報之理？李力世躊躇道：「我瞧盧一峯這狗官膽小之極，只怕……只怕這件大事，不敢不報。」

韋小寶笑道：「倒不是怕他膽小，卻怕他愚蠢無用，不會做官。官場之中，有道是『瞞上不瞞下』，天大的事情，只消遮掩得過去，誰也不會故意把黑鍋兒拉到自己頭上來。你們把這狗官帶來，待我點醒他幾句。」

馬彥超轉身出去，把盧一峯提了來，放在地下。他又挨打，又受驚，早已面無人色。

韋小寶道：「盧老哥，你可辛苦了。」盧一峯道：「不……不敢。」韋小寶道：「盧老哥很夠朋友，把平西王的機密大事，一五一十的都跟我們說了，絲毫沒有隱瞞。好罷，交情還交情，我們就放你回去。老哥洩漏了平西王機密的事，我們也決不跟人提起。江湖上好漢子，說話一是一，二是二。你老哥倘若自己喜歡張揚出去，要公然跟平西王作對，那是你自己的事了，哈哈，哈哈。」

盧一峯全身發抖，道：「小……小人便有天……天大的膽子，也……也是不敢。」韋小寶道：「很好，衆位兄弟，你們護送盧大人回衙門辦事。那個囚犯的屍身，也給送回去，免得上頭查問起來，盧大人難以交代。」羣雄齊聲答應。

盧一峯又驚又喜，又是胡塗，給羣雄擁了出去。

此後數日，天地會羣雄提心吊膽，唯恐盧一峯向吳三桂稟報，平西王麾下的大隊人馬向安阜園殺將進來，但居然一無動靜，也不知吳三桂老奸巨猾，要待謀定而後動，還是韋香主所料不錯，盧一峯果然不敢舉報。羣雄心下均感不安，連日衆議。

韋小寶道：「這樣罷，我去拜訪吳三桂，探探他口風。」徐天川道：「就怕他扣留了韋香主，不放你回來，那就糟了。」韋小寶笑道：「咱們都在他掌握之中，老烏龜如要捉我，我就算不去見他，那也逃不了。」點了驍騎營官兵和御前侍衛，到平西王府來。

吳三桂親自出迎，笑吟吟的携着韋小寶的手，和他一起走進府裏，說道：「韋爵爺有甚麼意思，傳了小兒去吩咐，不就成了？怎敢勞動你大駕？」韋小寶道：「啊喲，王爺可說得太客氣了。小將官卑職小，跟額駙差着老大一截。王爺這麼說，可折殺小將了。」吳三桂笑道：「韋爵爺是皇上身邊最寵幸的愛將，前程遠大，無可限量，將來就算到這王府中來做王爺，那也是毫不希奇的。」

韋小寶嚇了一跳，不由得臉上變色，停步說道：「王爺這句話可不大對了。」

吳三桂笑道：「怎麼不對？韋爵爺只不過十五六歲年紀，已貴為驍騎營都統、御前侍衛副總管、欽差大使，爵位封到子爵。從子爵到伯爵、侯爵、公爵、王爵，再到親王，也不過是十幾二十年的事而已，哈哈，哈哈。」

韋小寶搖頭道：「王爺，小將這次出京，皇上曾說：『你叫吳三桂好好做官，將來這個平西親王，就是我妹壻吳應熊的；吳應熊死後，這親王就是我外甥的；外甥死了，就是我外甥的兒子的。總而言之，這平西親王，讓吳家一直做下去罷。』王爺，皇上這番話，可說得懇切之至哪。」

吳三桂心中一喜，道：「皇上眞的這樣說了？」韋小寶道：「那還能騙你麼？不過皇上吩咐，這番話可不忙跟你說，要我仔細瞧瞧，倘若王爺果然是位大大的忠臣呢，這番話就跟你說了，否則的話，嘿嘿，豈不是變成萬歲爺說話不算數？那個一言既出，死馬能追？」

吳三桂哼了一聲，道：「韋爵爺今日跟我說這番話，那麼當我是忠臣了？」韋小寶道：「可不是麼？王爺若不是忠臣，天下也就沒誰是忠臣了。所以哪，倘若韋小寶將來眞有那一天，能如王爺金口，也封到甚麼征東王、掃北王、定南王，可是在這裏雲南的平西王府，哈哈，我一輩子是客人，永遠挨不到做主人的份兒。」

兩人一面說話，一面向內走去。吳三桂給他一番言語說得很是高興，拉着他手，說道：「來，來，到我內書房坐坐。」穿過兩處園庭，來到內書房中。

這間屋子雖說是書房，房中卻掛滿了刀槍劍戟，並沒甚麼書架書本，居中一張太師椅，上鋪虎皮。尋常虎皮必是黃章黑紋，這一張虎皮卻是白章黑紋，甚是奇特。

韋小寶道：「啊喲，王爺，這張白老虎皮，那可名貴得緊了。小將在皇宮之中，可也從來沒見過，今日是大開眼界了。」

吳三桂大是得意，說道：「這是當年我鎮守山海關，在寧遠附近打獵打到的。這種白老虎，叫做『騶虞』，極是少見，得到的大吉大利。」韋小寶道：「王爺天天在這白老虎皮上坐一坐，升官發財，永遠沒盡頭，嘖嘖嘖，眞了不起。」

只見虎皮椅旁有兩座大理石屏風，都有五六尺高，石上山水木石，便如是畫出來一般。一座屏風上有一山峯，山峯上似乎有隻黃鶯，水邊則有一虎，顧盼生姿。韋小寶讚道：「這兩座屏風，那也是大大的寶物了。我在皇宮之中，可也沒見過。王爺，我聽人說，老天爺生就這種圖畫，落在誰的手裏，這是有兆頭的。」吳三桂微笑道：「這兩座屏風，不知有甚麼兆頭？」韋小寶道：「依小將看哪，這高高在上的是隻小黃鶯兒，只會嘰嘰喳喳的叫，沒甚麼用，下面卻是一隻大老虎，威風凜凜，厲害得很。這隻大老虎，自然是王爺了。」

吳三桂心中一樂，隨即心道：「他說這隻小黃鶯兒站在高處，只會嘰嘰喳喳的叫，不管甚麼用，說的豈不就是小皇帝？他這幾句話，是試我來麼？」問道；「這隻小黃鶯兒，不知指的又是甚麼？」韋小寶笑道：「王爺以爲是甚麼？」吳三桂搖頭道：「我不知道，要請韋爵爺指教。」

韋小寶微微一笑，指着另一座屏風，道：「這裏有山有水，那是萬里江山了，哈哈，好兆頭，好兆頭！」

吳三桂心中怦怦亂跳，待要相問，終究不敢，一時之間，只覺唇乾舌燥。

韋小寶一瞥眼間，忽見書桌上放着一部經書，正是他見之已熟的「四十二章經」，不過是藍綢封皮，登時心中怦的一跳，尋思：「這第八部經書，果然是在老烏龜這裏，妙極，妙極！」當下眼角兒再也不向經書瞥去，瞧着牆上的刀槍，笑道：「王爺，你眞是大英雄，大豪傑，書房中也擺滿了兵器。不瞞你說，小將一字不識，一聽到『書房』兩字，頭就大了，想不到你這書房卻這等高明，當眞佩服之至。」

吳三桂哈哈大笑，說道：「這些兵器，每一件都有來歷。小王掛在這裏，也只是念舊之意。」

韋小寶道：「原來如此。王爺當年東掃西蕩，南征北戰，立下天大汗馬功勞，這些兵器，想來都是王爺陣上用過的？」吳三桂微笑道：「正是。本藩一生大小數百戰，出死入生，這個王位，那是拚命拚得來的。」言下之意，似是說可不像你這小娃娃，只不過得到皇帝寵幸，就能升官封爵。韋小寶點頭稱是，說道：「當年王爺鎭守山海關，不知用的是那一件兵器？立的是那一件大功？」

吳三桂倏地變色，鎭守山海關，乃是與滿洲人打仗，立的功勞越大，殺的滿洲人越多，韋小寶問這一句話，那顯是譏刺他做了漢奸，一時之間，雙手微微發抖，忍不住便要發作。

韋小寶又道：「聽說明朝的永曆皇帝，給王爺從雲南一直追到緬甸，終於捉到，給王爺用弓弦絞死……」說着指着牆上的一張長弓，問道：「不知用的是不是這張弓？」

吳三桂當年害死明室永曆皇帝，是爲了顯得決意効忠清朝，更無貳心，內心畢竟深以爲恥，此事在王府中誰也不敢提起，不料韋小寶竟然當面直揭他的瘡疤，一時胸中狂怒不可抑制，厲聲道：「韋爵爺今日一再出言譏刺，不知是甚麼用意？」

韋小寶愕然道：「沒有啊！小將怎敢譏刺王爺？小將在北京之時，聽得宮中朝中大家都說，王爺連明朝的皇帝也絞死了，對我大清可忠心得緊哪。聽說王爺絞死永曆皇帝之時，是親自下的手，弓弦吱吱吱的絞緊，永曆皇帝唉唉唉的呻吟，王爺就哈哈大笑。很好，很好，忠心得很哪！」

吳三桂霍地站起，握緊了拳頭，隨即轉念：「諒這小小孩童，能有多大膽子，竟敢衝撞於我，定是小昏君授意於他，命他試我；又或是朝中的對頭，有意指使他出言相激，好抓住我的把柄。」他老奸巨猾，立即收起怒色，笑吟吟的道：「本藩汗馬功勞甚麼的，都是不值一提，倒是對皇上忠心耿耿，那才算是我的一點長處。小兄弟，你想做征東王，掃北王，可得學一學老哥哥這一份對皇上的忠心。」

韋小寶道：「是，是！那是非學不可的！就可惜小將晚生了幾十年，明朝的皇帝都給王爺殺光了，倒叫小將沒下手的地方。」吳三桂肚裏暗罵：「總有一日，教你落在我手中，將你千刀萬剮！」笑道：「韋爵爺要立功，何愁沒有機會。」韋小寶笑道：「倘若有人造反，那就好了！」

吳三桂心中一凜，問道：「那爲甚麼？」韋小寶道：「有人造反，皇上派我出征，小將就學王爺一般，拚命廝殺一番，拿住反賊，就可裂土封疆了。」吳三桂正色道：「韋兄弟，這種言語，是亂說不得的。方今聖天子在位，海內歸心，人人擁戴，又有誰會造反？」韋小寶道：「依王爺說，是沒有人造反的？」

吳三桂又是一怔，說道：「若說一定沒有人造反，自然也未必盡然。前明餘逆，或是各地不軌之徒，妄自作亂，只怕也是有的。」韋小寶道：「倘若有人造反，那就不是聖天子在位了？」吳三桂強抑怒氣，嘿嘿嘿的乾笑了幾聲，說道：「小兄弟說話有趣得緊。」

原來韋小寶見到書案上的四十二章經後，便不斷以言語激怒吳三桂，盼他大怒之下，拂袖而出，自己便可乘機盜經。不料吳三桂城府甚深，雖然發作了一下，但隨即忍住，竟不中他計。

韋小寶眼見吳三桂竟不受激，這部經書伸手即可拿到，卻始終沒機會伸手，當下便即改口，儘說些吳三桂聽了十分受用的言語。他嘴裏大拍馬屁，心下卻在急轉念頭，如何能將經書盜了出去，尋思：「倘若我假傳聖旨，說道皇上要這部經書，諒來老烏龜也不敢不獻。何況皇上確是要得經書，曾吩咐我來雲南時乘機尋訪，我要老烏龜繳書，也不算是假傳聖旨。就怕老烏龜一口答應，卻暗做手脚，就像康親王那樣，另外假造一部西貝貨來敷衍皇帝，書中的碎皮就拿不到了。」

一想到假造經書，登時便有了主意，突然低聲道：「王爺，皇上有一道密旨。」吳三桂一驚，立即站起，道：「臣吳三桂恭聆聖旨。」韋小寶拉住他手，說道：「不忙，不忙，我先把這前因後果說給你聽。」吳三桂道：「是，是。」卻不坐下。

韋小寶道：「皇上明知你是大清忠臣，卻一再吩咐我來查明你是忠是奸，王爺可知是甚麼用意？」吳三桂搔了搔頭，道：「這個我可就不明白了。」

韋小寶道：「原來皇上有一件大事，要差你去辦，只是有些放心不下，不知你肯不肯盡力。將建寧公主下嫁給你世子，原是有……有那個……」吳三桂道：「有勉勵之意？」韋小寶道：「是了，皇上說過有勉勵之意，我學問太差，這句話說不上來了。」吳三桂道：「皇上有何差遣，老臣自當盡心竭力，効犬馬之勞。但不知皇上吩咐老臣去辦甚麼事。」韋小寶道：「這件事哪，關涉大得很。明天這時候，請王爺在府中等候，小將再來傳皇上密旨。」吳三桂道：「是，是。皇上有旨，臣到安阜園來恭接便是。」韋小寶低聲道：「安阜園中耳目衆多，還是這裏比較穩妥。」說着便即告辭。

吳三桂不知他故弄甚麼玄虛，恭恭敬敬的將他送了出去。

次日韋小寶依時又來，兩人再到內書房中。韋小寶道：「王爺，我說的這件事，關連可大得很，你卻千萬不能漏了風聲，便是上給皇上的奏章之中，也不能提及一字半句。」吳三桂應道：「是，是，那自然不敢洩漏機密。」

韋小寶低聲道：「皇上得到密報，尚可喜和耿精忠要造反！」

吳三桂一聽，登時臉色大變。平南王尚可喜鎭守廣東、靖南王耿精忠鎭守福建，和吳三桂合稱三藩。三藩共榮共辱，休戚相關。吳三桂陰蓄謀反，原是想和尙耿二藩共謀大擧，一聽得皇帝說尙耿二藩要造反，自不免十分驚慌，顫聲道：「那……那是眞的麼？」

韋小寶昨日揑造有一道密旨，想嚇得吳三桂驚慌失措，以便乘機偷書，但他畢竟年幼，於軍國大事所知有限，心想倘若胡言亂語一番，一來吳三桂未必肯信，二來日後揭穿，說不定干係重大，受到康熙責怪；是以決定先回安阜園，和羣雄商議之後，次日再來假傳聖旨。祁淸彪獻議誣陷尙耿二藩謀反，好嚇吳三桂一大跳，更促成他的謀反。此刻說了出來，果然驚得他手足無措。

韋小寶道：「本來嘛，說三藩要造反的話，皇上日日都聽到，全是生安白造，就像沐家後人的誣陷那樣，皇上從來不信。」吳三桂道：「是，是。皇上聖明，皇上聖明。」韋小寶道：「不過這次尙耿二藩的逆謀，皇上卻是拿到了眞憑實據。皇上說道：他二藩反謀未顯，暫且不可打草驚蛇，不過要吳藩調集重兵，防守廣東、廣西的邊界。一等他二藩起事，要吳藩立刻派兵去廣東、福建，將這二名反賊拿了，送到北京，那是一件大大的功勞。」

吳三桂躬身道：「謹領聖旨。尙耿二藩若有不軌異動，老臣立即出兵，擒獲二人，獻到北京。」韋小寶道：「皇上說道，尙可喜昏庸胡塗，耿精忠是個無用小子，決計不是吳藩的對手，只須吳藩肯發兵，不用朝廷出一兵一卒，就能手到擒來。」

吳三桂微微一笑，說道：「請萬歲爺望安。老臣在這裏操練兵馬，不敢稍有怠忽，專候皇上調用。老臣麾下所轄的兵將，每一個都如上三旗親兵一般，對皇上誓死効忠。」韋小寶道：「我把王爺這番話照實回奏，皇上聽了，一定十分歡喜。」吳三桂心下暗喜：「這麼一來，我調兵遣將，小昏君就是知道了，也不會有甚麼疑心。」

韋小寶指着牆上所掛的一柄火槍，說道：「王爺，這是西洋人的火器麼？」吳三桂道：「正是，這是羅刹國的火槍。當年我大淸和羅刹兵在關外開仗時繳獲來的，實是十分犀利的兵器。」韋小寶道：「我從來沒放過火槍，借給我開一槍，成不成？」

吳三桂微笑道：「自然成！這種火槍是戰陣上所用，雖能及遠，但携帶不便。羅刹人另有一種短銃火槍。」走到一隻木櫃之前，拉開抽屜，捧了一隻紅木盒子出來。

韋小寶本就站在書桌之旁，一見他轉身，也即轉身，掀開身上所穿黃馬褂，取出馬褂內口袋中的一部四十二章經，放在書桌上，將桌上原來那部經書放入馬褂袋中。這一調包，手法極是迅捷，別說吳三桂正在轉身取槍，便眼睜睜的瞧着他，也被他背脊遮住了難以發覺。八部經書形狀一模一樣，所別者只是書函顏色不同，韋小寶昨晚將一部鑲藍旗的經書封皮拆去了所鑲紅邊，掉了這部正藍旗的經書。

只見吳三桂揭開木盒，取出兩把長約一尺的短槍來，從槍口中塞入火藥，用鐵條樁實火藥，再放入三顆鐵彈，取火刀火石點燃紙媒，將短槍和紙媒都交給韋小寶，說道：「一點藥綫，鐵彈便射了出去。」

韋小寶接了過來，槍口對準窗外的一座假山，吹着紙媒，點燃藥綫。只聽得轟的一聲大響，一股熱氣撲面，手臂猛烈一震，火槍掉在地下，眼前烟霧瀰漫，不由得退了兩步。

吳三桂哈哈大笑，說道：「這火槍的力道十分厲害，是不是？」韋小寶手臂震得發痳，罵道：「他媽的，西洋人的玩意當眞邪門。」吳三桂笑道：「你瞧那假山！」

韋小寶凝目看去，只見假山已被轟去了小小一角，地下盡是石屑，不由得伸了伸舌頭，半晌縮不回來，說道：「這一槍倘若轟在身上，憑你銅筋鐵骨，那也抵擋不住。」俯身拾起短槍，放回盒中。

王府衛士聽見槍聲，都來窗外張望，見王爺安然無恙，在和韋小寶說話，這才放心。

吳三桂捧起木盒，笑道：「這兩把傢伙，請韋兄弟拿去玩罷。」韋小寶搖頭道：「這是防身利器，王爺厚賜，可不敢當。」吳三桂將盒子塞在他手裏，笑道：「咱們自己兄弟，何分彼此？我的就是你的。」

韋小寶道：「這是羅刹人的寶物，今後未必再能得到，小將萬萬不可收受。」心中卻道：「你和羅刹人勾結，這種火器你要多少有多少，自然毫不希罕。」

吳三桂笑道：「就是因爲難得，才敢送給兄弟。尋常的物事，韋兄弟也不放在眼裏。哈哈！」

韋小寶當即謝過收了，笑道：「以後倘若撞到有人想來害我，我取出火槍，砰的就是一槍，轟得他粉身碎骨。小將這條性命，就是王爺所賜的了。」

吳三桂拍拍他肩頭，笑道：「那也不用說得這麼客氣。火槍的確是很厲害的，只不過裝火藥、上鐵彈、打火石、點藥綫，手續挺麻煩，不像咱們的弓箭，連珠箭發，前後不斷。」

韋小寶道：「是啊。倘若洋人的火槍也像弓箭一樣，拿起來就能放，咱們中國人還有命嗎？大清的花花江山也難保了。」說到這裏，嘻嘻一笑，說道：「不過那倒也有一樁好處，我有了這兩把槍，武功也不用練了，甚麼武學高手大宗師，全都不是我的對手。」

說了些閒話，韋小寶告辭出府，回到安阜園中，關上了房門，將那部經書的封皮拆開，果然也有許多碎羊皮在內，心想：「八部經書中所藏的地圖碎片已全部到手，老子只須花點心思，慢慢拼湊起來，韃子的寶藏龍脈，全都在老子手中了。」不過要他花些心思，將這幾千片碎羊皮拼成一張圖形，想起來就覺頭痛，心道：「這件事也不忙幹，咱們有的是時候。」當下縫好了封皮，將碎羊皮與其餘碎皮包在一起，貼身藏了，想起大功告成，不禁怡然自得：「小皇帝、老婊子、老烏龜、洪教主、大漢奸，還有我的師父不老不小中尼姑，人人都想得這八部經書，終究還是讓我韋小寶得了。哈哈，他們倘若知道了，一個拉我手，一個拉我脚，四下裏一扯，非把我五馬分屍不可。」這件事想來十分有趣，只可惜跟誰也不能說，無法誇耀一番，未免美中不足。

他架起了腿，哼着揚州妓院中的小曲：「一杯酒，慢慢斟，我問情哥哥，是那裏人。揚州，那個地方，二十四條橋，每一條橋頭，有個美人，情哥哥……」正唱得高興，忽聽得有人輕敲房門，敲三下，停一停，敲了二下，又敲三下，正是天地會的暗號。

韋小寶起身開門，進來的是徐天川和馬彥超。他見兩人神色鄭重，問道：「出了甚麼事嗎？」徐天川道：「聽得侍衛們說，王府的衛士東查西問，要尋一個蒙古人，那自是在查罕帖摩了。聽口氣似乎對咱們很有些懷疑，就只不敢明查而已。韋香主瞧怎麼辦？」

韋小寶道：「去把這傢伙提來，綁住了藏在我床底下，諒吳三桂的手下，也不敢來搜查我屋子。」徐天川道：「就怕韋香主出去之時，大漢奸手下的衛士借個甚麼因頭，硬要進來查看。」韋小寶道：「說甚麼也不讓他們進來，當眞說僵了，便跟他們動手，難道他們還敢行兇殺人？」徐天川、馬彥超點頭稱是。

忽然錢老本匆匆進來，說道：「大漢奸要放火。」三人都是一驚，齊問：「甚麼？」錢老本道：「這幾天我在安阜園前後察看，防大漢奸搗鬼。剛才見到西邊樹林子中有人鬼鬼祟祟，悄悄過去一查，原來有十幾個人躲着，帶了不少火油硝磺等引火物事。」

韋小寶罵道：「他媽的，大漢奸好大膽子，想燒死公主嗎？」

錢老本道：「那倒不是。他們疑心罕帖摩給咱們捉了來，又不敢進園來搜，一起火，大批人馬來救火，就可乘機搜查了。」韋小寶點頭道：「不錯，定是這道鬼計。三位大哥有何高見？」徐天川揮手作個砍頭的姿勢，道：「殺人滅口，毀屍滅迹！」

韋小寶一聽到「毀屍滅迹」四字，便想：「那是我的拿手好戲，再也容易不過，管教這蒙古大鬍子片刻之間便化成一灘黃水。只是這傢伙熟知大漢奸跟羅刹國勾結的內情，須得送去讓小皇帝親自審問才好。」說道：「大漢奸造反，這蒙古大鬍子是最大的證據。咱們只須將他送到北京，大漢奸就算不反，也要反了。這個罕帖甚麼的，乃是要沐王府聽命於我天地會的法寶。」

如何搶先逼得吳三桂造反，好令沐王府歸屬奉令，正是羣雄心中念念不忘的大事，三人一聽此言，悚然動容，齊聲稱是。徐天川道：「若不是韋香主提醒，我們險些誤了大事。」心中對這個油腔滑調的少年越來越是佩服。

錢老本道：「眼前之事，是怎生應付大漢奸的手下放火搜查，又怎樣設法將這罕帖摩運出大漢奸的轄地。雲貴兩省各地關口盤查很緊，離開昆明更加不易。」韋小寶笑道：「錢老闆，你一口口花雕茯苓豬也運進皇宮去了，再運一口大肥豬出昆明，豈不成了？」錢老本笑道：「運肥豬出城，只怕混不過關，不過咱們可以想別的法子。當死屍裝在棺材裏，這法兒太舊，恐怕也難以瞞過。」

韋小寶笑道：「裝死人不好，那就讓他扮活人。錢老闆，你去剃了他的大鬍子，給他臉上塗些麵粉石膏甚麼的，改一改相貌，給他穿上驍騎營官兵的衣帽。我點一小隊驍騎營軍士回北京去，說是公主給皇上請安，將成婚的吉期稟告皇太后和皇上。讓這個沒了大鬍子的大鬍子，混在驍騎營隊伍之中，點了他的啞穴，使他叫嚷不得。吳三桂的部下，難道還能叫皇上的親兵一個個自報姓名，才放過關？」三人一起鼓掌稱善，連說妙計。

韋小寶忽然問道：「昆明地方也有妓院罷？」錢老本等三人相互瞧了一眼，均想：「韋香主要去嫖院？」錢老本笑道：「那自然有的。」韋小寶笑道：「咱們請玄貞道長去妓院逛逛，他肯不肯去呀？」錢老本搖頭道：「道長是出家人，妓院是不肯去的。韋香主倘若有興致，屬下倒可奉陪。」韋小寶道：「你當然要去。不過玄貞道長高大魁梧，咱們兄弟之中，只有他跟那大鬍子身材差不多。」

三人一聽，這才明白是要玄貞道人扮那罕帖摩。馬彥超笑道：「為了本會的大事，玄貞道長也只有奉命嫖院了。」四人一齊哈哈大笑。

韋小寶道：「你們請道長穿上大鬍子的衣服，帶齊大鬍子的物事，下巴上黏了從大鬍子臉上剃下來的、貨眞價實的黃鬍子，其餘各位兄弟，仍然穿了平西王府家將的服色，揀一間大妓院去喝酒胡鬧，大家搶奪美貌粉頭，打起架來，錢老闆一刀就將道長殺了……」

錢老本吃了一驚，但隨即領會，自然並非眞的殺人，笑道：「韋香主此計大妙，玄貞道長跟我爭風吃醋之時，還得嘰哩咕嚕，大說蒙古話……不過須得另行預備好一具屍體。」

韋小寶點頭道：「不錯。你們出去找找，昆明城裏有甚麼身材跟大鬍子差不多的壞人，隨便捉一個來殺了，把屍首藏在妓院之旁。錢老闆一殺了道長之後，將衆妓女轟了出去。道長翻身復活，把大鬍子的衣服穿在那屍首之上。」

馬彥超笑道：「這具屍首的臉可得剁個稀爛，再將剃下來的那叢黃鬍子丟在床底下，好讓吳三桂的手下搜了出來，只道是殺人兇手有意隱瞞死者罕帖摩的眞相。」

韋小寶笑道：「馬大哥想得比我周到。大夥兒拿些銀子去，這就逛窰子去罷！這件事好玩得緊，可惜我不能跟大夥兒一起去。」

鹿鼎記=The duke of the mount deer
／金庸著. -- 三版. -- 台北市：遠流，
1996 [民 85]
冊；　公分.--(金庸作品集；32-36)
ISBN 957-32-2946-3(一套：平裝)

857.9　　　　85008899